国家出版基金项目
NATIONAL PUBLICATION FOUNDATION

本卷主编◎金　钢

1945—1949年

东北解放区文学大系

短篇小说卷③

总主编◎丛　坤

黑龙江大学出版社

《1945—1949 年东北解放区文学大系》

短篇小说卷③

◇关沫南

不是想出来的故事

从佳木斯一上车，他在站台上买东西，我看那侧影就像李海。不过看他穿着一身黄军服，很整齐的，腰间又扎着宽皮带，自己心里寻思着决不会是东尖山子那个偷苞米的李海，因此就没有招呼。不知道什么时候他上车来了，坐在离我不远的一个座位上，戴着军帽的后影冲着我，没有让我看清他的脸面。车开起来，我到便所去解手，回来一看，那不正正是李海还有谁呢！李海看见我，真是又惊又喜，我也高兴得了不得，两个人紧紧握着手，直巴巴地站在那里，好半天全不知话儿从何说起。车上坐着的人们觉得怪有意思的，都把眼光投过来看我们，而李海还是涨红了脸，嘴唇嚅动着，要说说不出来。我拉他，串动了一下座位，就挨着他坐下来。

"想不到，你当了八路呢！"我说。

"唉！话儿长了……那时候我就想干呢，爹总是不让！"

除了照旧一见人开头总是不能说话，李海变得较前又胖又干净了，牙也没有苞米渣和豆饼糊着的那层黄玩意了，个头也长高些，叫民主联军这身黄制服一衬，小伙子棒多了。

"你多咱离开伊通县的呢？"我问。

"很久了。中央胡子进去不多咱，我就跑出来了……一家人全完啦，在那呆不了啦！"他声音激动着。

"家呢？"

"那不,大哥还是没有信儿!我妹妹又叫黄警尉补那狗肏的拉去了。黄警尉补不当党部委员啦,当上什么降队大队长了,杜聿明给的委任。楚九勾着他,说我是八路,要抓我,我躲到营城子去,这群王八肏的就把我爹弄起来了……"他说着,有点难过,但是愤恨得厉害,说到他爹被弄起来了,气得攒着拳头,就那么一下子捶到我的腿上,真有劲儿,把我的腿捶得怪疼的。

"老太太呢?"

"我妈么?你想还有好!我哥和我姐的事,您是知道的,事情已经过去,倒也罢了,因为我妈难过也没有办法;您看,光复啦,国民党王八肏的和黄警尉补楚九是一家人,照旧整咱们穷人,咱可到啥时候还有个好!把我妹妹拉去不算,楚九戳咕着又要抓我,抓不着我,就整我爹,我爹叫他们整去之后,我在营城子听人说,王八肏的们逼我妈找我去自首,后来又让她拿几千块钱去抽我爹。您想,我家十几年连铺炕席都铺不起,可上那去淘换这个钱。同时楚九又紧撵着搬家,那个破西下屋也不让住了;我妈连熬糟带上一股急火就病死了……"李海说着眼睛里就含着眼泪,差点儿掉下来。

"我们一家老小给楚九干了十几年,也叫他们祸害够呛啦,我妈死了,这些黑了心的吃人肉喝人血的牲口,不但不帮几块薄板,连一领旧席子也没舍得给。还是老更倌,穷人对穷人有个心,把我妈用些布丝破铺陈的,好歹裹着,也不知埋在那儿了……"李海的眼泪终于掉下来了。坐在对面座儿上的两个老客模样的人听了,也连连摇头,有些叹息。

隔了一会儿,李海又说:

"一家人全完啦!我还等什么,还顾虑什么,我恨我爹早先拦着我,不让我干八路!竟顾虑这顾虑那的。你顾虑,人家可不顾虑,人家是人肉筵席好欢喜,说吃就吃!那朝晚,我想透啦,不能再顾爹呀妹妹呀这几个人啦,干吧!若是不跟国民党反动派干,不跟黄警尉补楚九这样人干,若还再不干到底,那天下的穷人就没有活路啦;自己将来讨了老婆生了孩子,也还是人家的牛马和饭菜!"

"你变了……"我被感动地说。

"是咱遭的那些活罪受的那些苦让我不得不变,共产党和革命军队让我变得更快,从打参加民主联军以来,我觉得在伊通县东尖山子住的那十几年,我们就不算有家,现在自己才有个家啦。"他是把革命军队当作他自己的家的;我心里这样想着,就对李海不禁更钦敬起来。

火车停过了一个小站,又轰隆轰隆地走起来。我们的谈话继续着;我把我自己从打离开伊通县,在长春二道街和他见那面后的情形也对他说了一些。话头儿就那么由东到西地扯着。当我告诉他自己这次是调转工作到牡丹江去时,却一下子想起来:还忘记问他所属的那个部队在那儿驻防,现在他是要到那儿去?他听我这么一问,也好像忽然想起一件什么事情,就一把攀住了我的肩膀头说:

"看!我这个混劲儿,说这么半天话,倒忘记告诉你了,我爹到这边来啦!现在病在林口安泰客栈了,我这是从后方特为请假去看他!"

"怎么?老爷子出来了,从那块过来的呢?你见过他吗?"唠了半天嗑,这是我的新发现。

"还没见过他,这不,我在前方接到他的信才知道他到林口啦!信上说得也很简单,就说他自从被降队弄去,受了不少难为,我妈靡钱抽他,'中央军'就让他当苦力,背子弹和给养,整天饿着肚子挨打挨骂,受不了苛嗒,才冒着九死一生从吉林逃出来,走老爷岭,经舒兰、五常奔过来的,本来有病,又上了点年纪,再搭上挨打受惊爬山越岭的,就病倒了,病得不轻呢!"

"怎么找到林口去了?"我又问。

"一起先,我们队伍是驻在林口的,我爹一个在哈尔滨道外果匠铺里耍手艺的老乡亲知道我;这次我爹,大概是从他那儿打听出信来,才找到林口去的。林口那个客栈我们早先住过,现在还有两个同志留在那里,所以我爹就来信了!"说到这里,李海有些焦躁不安起来,直向窗外看,似乎恨不得下一站就到林口。

"可不知道病得怎样呢！……"他自言自语着，眼睛也阴郁起来，脸向着窗外就不再说什么了。

车走得平平稳稳的。卖面包茶水和烟卷的，还是一会儿招呼着走过去，隔一会儿又走回来。车上很沉闷，空气很不好，李海把车窗裂开一点缝，让初春的凉风吹进来，他就把头伏在窗玻璃上。窗外的景儿，在人们的眼底一声不响地向后面退下去。林木、远山和大地，静静儿的。这使我想起来伊通县，想起在东尖山子草甸子上黄昏时散步的情景。也使我想起楚家大院的那些人们；尤其是李海他们一家。脑子里一浮现出李海的父亲——鹅头，和李海那灯草棍儿似的母亲时，就仿佛我又走进他们那西下屋里去，坐在破稀烂糟的靡席子炕上，偶尔点着油灯，多半是摸着黑儿和他们唠家常嗑的情景了。也浮现出李海坐在瓜地里讲楚家苛苦他们时的气愤模样了。一想到这，好像一切记忆都勾起来了。

※　　※　　※

我记得我认识的东尖山子的第一个人，就是李海的父亲——鹅头。

在长春时节，岳母和妻常闲说话儿就提到这名字。起先我以为是鹅脑袋，常了听着不对劲，细问才知道是楚云志家里的扛年做的李春山，因为他的脑袋长得像鹅头，东尖山子的人才给他起了这么个外号。好多人知道他叫鹅头，却闹不清他的本名儿。

这名字我那时觉得很招笑，也想着要看看这个鹅头到底是什么样。楚云志家我没去过，只知道他是东尖山子的粮户，人都叫他楚九爷。岳母在他那有几垧地，岳父死后，岳母和妻就靠着这几垧地过活。因为孤儿寡母，楚九看着他们母女俩好欺侮，就把这些地强租过去，由他们转租再吃一份租子。同时使坏心眼儿，今年让岳母使粮，明年让岳母使钱的，然后利滚本本滚利，不几年工夫就把这几垧地滚到他手里去。余下两垧，他就借着换新照，岳母不常在那，不知道多咱官项儿给换，非他换不可作由子，从岳母手里把这两垧地的照和红契也要到他手里去。事后换完了照，他又说垧数弄错啦，岳母的新照里也掺进去了他的地，还要重换；照不给，红契也不给，一催，他就说岳母要红契没有用，又是什么照还没有换，官项儿的事情不好办啦等等的，连拖带支吾。岳母为这事曾去过几次，一回来就给我们讲伊通和东尖山子的事。鹅头和老赵李海啦等人的名字，从这就深深地印在我的脑海里。

"八一五"那年，苏联对日寇宣战了，当天晚上飞机就在长春监狱和东天街扔下炸弹来。街面上人心惶惶，紧张得很。我和妻刚从监狱里出来不久，都是特务要视察的人，在那稍前我就听说日本关东军部有一个密令，说是在紧急关头，要把所有过去的政治犯思想犯再抓起来，必要时一块枪决。长春一混乱，我们就预作准备，第三天天一发亮，我和岳母和妻，就到头道街大车店里去雇车，准备向伊通逃难。但是车已经很少了，又没有去伊通的，我们就和一辆往大南屯去的车讲好，花八百块钱捎脚，到大南屯再说。

夜里，我们歇在大南屯大道旁的那家店里。正在愁明天没法走，就在我们吃小米干饭大葱蘸豆瓣酱吃得正香的时候，在昏昏的油灯下，岳母看见了鹅头；他是和楚家的三儿子一块赶车要到长春去卖粮的，走到这儿就听说长春被炸戒严，不敢往前走，把粮卖了正准备要回伊通。这回好了，大家吃过了饭，就在月亮地里，吆喝着喂好马套上车，连夜往伊通赶。

这是我第一次看见鹅头：一个前额突出，脸型瘦长，不大强壮的四十多岁的中年人。在影影绰绰的油灯下和月亮地里，我没大看清他的像貌，但他和我们说话的声音，使我知道他是个老实厚道的人。

鹅头在车前抡着鞭子，哈着腰，我明明白白地看出他是冷，冻得有些哆嗦。赶到后半夜下起小雨来了，车上又没个遮阴，我们穿着毛衣，还把带来的铺盖披着身子包着腿。而秋夜的寒气，在你乏得打盹儿的时候还是向你袭来；鹅头穿着一件碎得一条条的布衫儿，上面披着本来垫在屁股底下的那条破麻袋，他哈着腰是为的躲那迎面向胸膛吹来的冷风冷雨。我让妻把我们的毛毯分给他一条，他

乐得没法儿,一面说:

"也不是上了点岁数怎的,这就觉着像扛不了哩!"

也不知道是怎么回事,以前觉着鹅头这名字很招笑,从打见了鹅头以后,总觉着拿鹅头取笑是罪过,总觉着我们这些人都有点对不起鹅头似的。

到伊通第二天,又坐了二十里地大车去东尖山子,我们就住在楚九爷家里。

楚九爷四十多岁,抽大烟,有老伴和两个儿子。大儿子在伊通县里当保卫团,二儿子就是那天和我们一块坐车回来的福庆,他在家管劳金。楚九有两个弟弟,也都有老伴,却没儿子。大家都住在一起,房子地还没有分,却吵吵着要分。楚九的两个弟弟没有嗜好,不花错钱,反对楚九抽大烟,说怕他败坏家业,天天对他指桑骂槐说闲杂。但是还不敢张罗着就分,因为楚九比他们强的是认字,笔墨上行,当村长,把警务科的黄警尉补巴结得很好,又送大儿子去县里当保卫团,很打么,官项上说得出去。出荷摊劳工,东尖山子由他说了算,并且他从我岳母手里还弄去了一些地,有他,楚家总是一帆风顺,遇不着不痛快的事;再说,老二和老三没有儿子,分家也占不了多少便宜。不过争吵是家中常事,楚九除了逗引着也希望两个弟弟常抽点烟,好使他们没话说,同时也专找小节骨眼:什么老三不该头疼脑热也吃好几服汤药,什么闹病是常事,该死的活不了,该活的死不了;又是什么老二养的一窝鸡太糟蹋粮食啦,应该知道日子是从艰难里过起来的,想当初他和老人挣的这份家业也不易啦等等的。而老二和老三一听,也就叨咕起来,什么家业是老人给留下的,谁不是他妈一天起早贪黑的,挨过累呀,现在说抽,一顿就是好几个烟泡,可有他妈多少指项呀。就这么的争呀吵的,没有完。楚九一气就说不行啦,上不来气啦,慌得大儿媳妇麻溜捶脊梁,二儿媳妇麻溜掌大烟灯,滋溜滋溜抽一气大烟才算缓过气来。那边老三也气得心口疼啦,爹一声妈一声地连哭带喊呀,这就得找西村的张罗锅子来给号号脉配一服汤药吃。时不时地三老爷还常是一阵傻呵呵地就笑起来，完了就冷不丁地大口骂人，唱唱儿。一到这时候，三老爷屋里的可就鼻涕一把眼泪一把，到西村去找二神，回来让会跳大神的二老爷给看病了。看着吧，不一会门坎上站着人，窗户上也蹲着人，二老爷可就烧上三炷香，在屋里喝喝咧咧地跳起神来了。

吃饭的时候，哥三个分三起，都捏着小酒壶，小八仙桌上摆得很丰满。炒菜焖肉的时候，屋里的和两个媳妇先不吃，都到厨房里去看着，怕劳金们偷嘴吃。劳金吃的是大锅饭大锅菜，发霉气的粗粮食，饭米汤炖倭瓜，菜有一定的份，不许多吃；吃饭要快，干活要勤，完了喂马的去喂马，放猪的去放猪，放牛的去放牛，下地的由福庆看着，谁也不许闲着。尤其是更倌老赵，总得一个劲干：一会儿垫牛圈，一会儿锄草，一会儿又收拾院子，完了要挑水，一个人合抱不过来的大木桶，一天要挑一二十担水。井又深，辘轳把又沉，担完二十担水，汗已经像披雨似的从脑袋和脊梁上淌下来。抽袋烟歇口气的工夫，东家在上屋可又说话啦："这老赵可上那去了呢？老赵！老赵！"就又得去干这，去干那。动不动又是："吃人家饭得服人家管，奸懒馋猾可有什么大出息！"老赵也不吱声。夜里只能睡两三个钟头的觉，要打更，连件汗衫儿都没有，下身只穿一条单裤子，光着膀子和脚，半夜在院心里转。虽说是秋天吧，也冻得没法儿，回来挨着小猪倌小牛倌趴在土炕上刚合合眼，烙烙身子，一时东家出去解手看他不在，一喊，就又得揉揉眼睛出去。

天一早一晚真凉了，劳金们都想先使几个钱，添件旧衣服；尤其是老赵和鹅头。但是东家不给使，东家的柜子里锁着很多出荷配给的布匹，常常地卖给东村五尺西村一丈的，可就像没看见老赵和鹅头还在那里光着膀子要单儿似的。老赵气愤得常和我叨咕。有两天他病了，热得很厉害，就那么光着膀子，靡铺也靡盖的，躺在靡席子炕上，不吃也不喝。东家却吵吵起来了，什么"人老奸马老猾呀"！什么"挺大个人，装病可有什么意思呀"！然后又要扣工钱，又要算账的。老赵没法，只好硬挺着起来。

这些事使我愤恨着。没事儿我就站在井边看老赵挑水，到西下屋和鹅头、他的老伴、他的二儿子李海、他的二女儿荣花唠嗑，一唠唠到夜深。他们的日子过得使我难过，每逢李海一对我笑起来，我就看见他那叫苞米和豆饼皮子糊着的一口黄牙，有一股熏人的气味。时常吃了这顿没那顿的。晚上等人都睡熟了，李海就戳咕着父亲，一同跳院墙到旁人地里去偷苞米、倭瓜和土豆，回来在天不亮前就弄熟吃下肚子去。但这事东家是知道的，虽然他们没好意思上东家的地上偷过，但东家那讥笑的脸，刻薄的话儿都没有情面地施给他们看，说给他们听。

楚九一讲古说今教训人的时候，就拿西下屋比喻，认为那是最下贱丢人的一些人。人若不修好积德就难免那样。他们管鹅头叫老作贼的，管李海叫偷苞米的。

鹅头和我谈话时，常是惭愧地说："咳！关先生，叫你见笑，看不起！这都是祖上的靡德，才吃这顿没那顿的去拿人家的。"

李海不像他的父亲，有那些靡用的道德观念，他起初见人不大能说话，等到混熟了，就爱和我说什么。一谈到这事他就说：

"我爹念过两天书，叫圣人害了。我不像他，靡吃的咱就动手。没有么，不偷！偷的又不是穷人，穷人又没有地！"

从李海的嘴里，我知道了他们家中更惨的故事，当他讲到这些事时，坐在黄昏的瓜地里，我看见泪珠湿满了他的脸。他讲到他的哥哥：

"……大哥在一年工夫摊了两次劳工，第一次是摊派上的，第二次挑上了东家的大儿子，东家却非得逼着哥哥去顶替，我们该东家几个印子钱，不去，又逼着要钱，又要送官项的，就去了。回来作践得不像个人！那知道第二年东家大儿子国兵适龄，又逼着去替当国兵，大哥不干，爹也火了；但是，小胳膊拧不过大腿，该人家钱，人家又有黄警尉补这个靠山，结果把爹弄去押了两个礼拜拘留，又要判思想犯，没法答应了，爹才出来。现在大哥走三年了，起先还有信，现在连死活都不知道！"

说到他的姐姐,李海呜咽起来了:

"姐姐那年才十九岁,针线活样样好,帮妈缝呀补的,多少也赚几个钱,添补家用。谁想到楚九这王八肏的,我肏他活祖宗,人面兽心,有一次把姐姐强奸了,完了就跟妈提要娶姐姐做小,又答应这个答应那个的,我爹我妈活心了,心想反正孩子也让人糟蹋啦,生米做成熟饭了,不答应也得答应。姐姐嫁过去,整天受楚九屋里的气,还不到三个月,真是说出来都砢碜,他妈的黄警尉补常来,又看上姐姐了,非得要,楚九简直是牲口,溜须拍马地把姐姐又让给黄警尉补了,你看,穷人还叫个人?姐姐到黄警尉补那儿,是活活憋屈死的!⋯⋯"

在讲到这些事迹时,李海流完了眼泪就咬牙切齿地沉默好半天。他常爱说:

"关先生你看着的,有那么一天,我把这些活兔子⋯⋯"照例是说到这里向四下看看有没有人。然后可劲用手从半空朝下劈去:"全拾掇他!"

就在我和这些"下贱丢人的人"常来往的时候,我看出来楚九这一家人对我们的恶意了。他们是风闻过我和妻都是刚打完官司的"思想犯"。这次来的这几天,为了地的事,岳母又曾经和楚九口角过几次,因此,楚九就在一天特为请黄警尉补来家吃饭,拿他来威吓我们。

那一天我和妻是躲到西下屋里去的。我和李海提过这事,他就说他有一个磕头弟兄在营城子开杂货铺。劝我和岳母妻等到他那先去躲一下;但是那些日子秋雨连绵,往营城子去的大酱缸那一段路很不好走,延迟着就没有去。

接着,不断地从县里传来动人的消息。有人说日本已经投降了,有人说到处还在打着,又有的说苏联大兵早到这边啦,"中央军"也陆续地来。更偶尔听到有人说,中国的共产党也发来队伍啦,这些消息我都半信半疑。不过,人说的中国共产党队伍也来了的这消息,却紧紧地吸引着我的心,使我兴奋得就止不住和李海讲起来共产党怎样是穷人的救星。

没过两天,一个朋友从长春跑来找我,告诉我长春早挂青天白日旗了,快回去吧!这样,我就在十多年也没有的兴奋里和东尖山子告别了。

大约是过了一个多月。鹅头给东家卖粮,赶着大车到长春来了。见面照旧愁眉不展的,告诉我伊通成立了国民党党部。黄警尉补不但不算汉奸,倒当上党部委员啦,比以前更威风;常到楚家去,合计成立"中央军",让楚九当什么队长。说到这,他叹了一口气:

"咳!咱穷人到多咱还不是一样得在人家脚底下……"

但是"八一五"第二年正月,我却又见到了李海。他高高兴兴地赶了一车粮食到长春去卖,告诉我八路军到伊通啦,这是他们得到的救济粮食,慢慢地还要清算和分地,什么汉奸特务的国民党党部全跑啦,楚九也不知藏到那儿去啦,黄警尉补跑出去建军,还领了一批中央胡子去打伊通,被八路打得落花流水,打死不少,活抓不少。李海还告诉我:"八路同志待咱穷人太好啦,和和气气的,像一家人!西村二顺子他大哥从一个叫什么延安的地方也回来啦!你看离家十几年,这下穿着军衣回来,爹妈乐得什么似的。他整天给我们讲八路军打日本的故事,真好!我们整天围着他。我要当八路,我爹我妈总是不让,就连我要收拾老楚家,他们还顾虑这顾虑那的总有说道!"

※　　※　　※

我在长春和李海见这面后,一年多了,没想到又在这儿遇到他。

往事像唱影儿似的一串串从脑海划过去,李海那灯草棍儿似的母亲,柔和的妹妹;更倌老赵,甚至于小猪倌小牛倌,这些人的样子都好像在我眼前晃荡着,经久不消失。

到林口,我也要去看看鹅头。和李海下得车来,落日已经把林口山腰上那些毁坏了的日本兵营,照得通红。

越过铁道和狭小的街,到了那个店,我看李海三步并成两步就走进去;我随着进来,由李海他们留守的那两位同志领到鹅头的病室去。

鹅头已经奄奄一息不能说话了。我们意外地看见他的左眼睛瞎了，那两位同志告诉我，这是在吉林被"中央军"打瞎的；因为他身体太坏，干活不灵便，吃了不少的苦。

鹅头躺在那里，看见他的儿子，看见我，只是用眼睛微微转动一下代替了点头，然后他剩下的那只眼睛里就流出泪来；好像告诉他的儿子，表示他完了。李海伏在爹的身上，脸被泪水洗着，一面还安慰着爹。

我们看着这老人，守在他的身边，一夜没有睡。一面向那两位留在这的同志，打听鹅头乍来时说的一些话，说的一些事。因为他再不能说一句话了。

第二天，李海红肿着眼睛，出去又请了几位医生来；诊断的结果，医生都摇着头走了。终于，这位长期挨饿受冻没享过一天福的老人，在这天傍晚咽下了他最后的一口气。

临死前，他那失神的眼睛最后亮了一次，他好好儿地上上下下瞧看了他儿子一下。他看见李海穿着整齐的"八路"军装，腰间扎着宽条皮带，头上戴着黄色军帽；他笑了，在笑容里把眼睛轻轻地合上。

李海一时没有眼泪。却像失了神，又像想起了什么，离开父亲的尸身，低着头，轻轻地走到外面来，他一屁股坐在地下，看见太阳在山那边把金黄色的光芒射出来，山和狭街更静了，他茫然地看了好半晌，却突然回过头来捉住我的手说：

"我不跟他们拼到底才怪……"

他把粗大的手掌啪的一声拍在地上。又狠狠地接上一句说：

"我一定要他妈打回东尖山子去……"

说完这句话，他才呜呜地哭起来。

选自《东北文艺》，1947 年第 2 卷第 1 期

◇关寄晨

立功抓地主

一

当阎子斌和关文瑞在哈尔滨抓住了逃亡地主国民党建军营长宋景玉的时候,两个人高兴得饭都不想吃,恨不得一步就迈回正白旗去。

去拉林的火车是下午三点钟才开,可是日头一歪西他们就向车站出发。他们让地主走在前面,两个人背两根钢枪在后面跟着。中午,哈尔滨的大街是异常热闹的,电车、汽车,各种各样服装的行人,川流不息地从他们面前闪过去。两旁商店的玻璃窗摆设得耀眼花红,留声机的声音不断地从旁边送过来,可是他们谁也没有心思去注意这都市的繁荣,特别是小阎,瞅着前面垂头丧气的地主,他简直高兴得不知想什么好。他一会儿端起了枪,一会儿又把枪背上去。在他的脑子里,区委书记的影子,始终在那里晃来晃去。开始他想起了他曾几次向区上要求入党的情形,随后,又想在一次农会会员大会上为了争取立功,他如何自告奋勇地争抢着来抓宋景玉的激动场面。但使他一想起来就觉得愉快的,是在他们临出发时,区委书记曾这样向他说:“只要你能把宋景玉抓回来,为大伙立了功,回来组织上一定批准你入党的要求。"现在,他想:"这回可美了,回去把狗日的地主往农会一交,我阎子斌,就不愁不是光荣的共产党员!"他越想越高兴,一把扯开布衫上的纽扣,正打算哼两句"没有共产党就没有中国",一辆汽车一叫,使他吃惊地站住了。

就当他躲开汽车的一刹那间,他忽然听见老关惊慌地喊了一声:

"跑了!地主跑了!"

像一瓢冷水泼下来一样,小阎浑身一凉,心便突突地跳起来,果然,在前面,从混杂的人群中间他看见宋景玉像一只兔子一样正飞跑着拐向另一条大街去,他立即不顾一切地提起枪来就蹿,一路上他们像发疯似的嚷叫着:

"截住!截住!"

"地主跑了!"

"跑了!"

街上的人都为这突然的事情怔住了,谁也不知道这两个农民究竟是怎么一回事。他们一面跑一面喊,恨不得多生出几条腿来,小阎的尖顶草帽跑掉了,连头也没有回,在一个十字街口上,老关猛烈地撞翻了一辆脚踏车,但他只狠狠地骂了一声,立即爬起来又追了下去。

他们一连追了好几条大街小巷,可是地主却愈跑愈远了。这时候小阎急得心里像火烧一样,他的喉咙已喊得完全嘶哑,特别是他一想起来"立功"、"入党"脑袋就整个的蒙了,于是不管三七二十一,顾不得大街上那么多行人,他拉开枪机,朝天"砰""砰"就是两枪;接着老关的枪声,也接连不断地在大街上响起来。

这时候,都市的秩序完全混乱了,跟着这突然的枪声,大街上的人们都惊慌地奔跑起来,汽车马车完全停止了,小孩子吓得到处哭叫,许多人不知道究竟发生了什么事情躲在商店的门口,莫名其妙地望着这两个开枪的农民。就在这最紧张的时候,街头上,一个市郊卖菜的农民,却迅速地抽出扁担,迎面拦住了地主的道路。

"杂种操的,你往哪跑!"说着说着,一扁担下去宋景玉被打倒在地下。

不久,小阎和老关气喘吁吁地赶上来,他们顾不得擦汗和道谢,上去拉起地主来就是一顿饱揍,用绳子紧紧地把他捆了起来。卖菜的农民也在旁边气呼呼地骂着:

"狗日的看样子就不是个好玩意。这不是伪满,穷人翻了身,你什么地方也跑不了!"

"这话对!"小阎说,"哈尔滨也是咱老百姓的!"

他们在这里歇息一会,又继续出发,但由于刚才跑昏了头,忘记了道路,现在站在这个大都市错综复杂的十字路口,根本找不到去车站的方向。卖菜的农民看着他们这个迷迷惑惑的样子,笑了笑,担起菜筐,说:"我的菜也不卖了,走,送你们到站上去。"于是他们一路亲热地说笑着,一直赶到了车站。

二

火车在三点钟准时开行了,车出了滨江站,小阎心里像放下了一块大石头。他们坐在较后面的车厢里,虽然地主就在他们面前,可是小阎仍然紧紧地拉着绳子。车上人对他们并没有十分注意,因为在这些日子里,像他们这样的乘客是很平常的,一路上多少次地主想给他们说话,乱扯些不相干的事,但他们谁也不去理他。

车一过三棵树就加快速度,很快东门站就紧接着闪到后面去。从车窗上望过去,田野里一片绿油油的庄稼,谷子已经有半人多高了,苞米高粱也正在吐缨出穗,偶尔一群农民,在金黄色的麦地里紧张地收割,但一闪也就不见了。这些农村里的自然景象,在小阎眼里是完全熟悉的。他没有心思去多看它们,只不时伸出头去望望太阳,心里正盘算着什么时候可以到牛家站下车,着急的是是否能够在天黑以前押着这个地主很快地赶回屯去。

不久,车到了孙家站,立即又向着平房驶去。

"再有一站就到了。"小阎自言自语着,可是就在这时候,地主忽然站起来，在火车巨大的响声中，他向小阎要求着："让我去尿一泡。"

"走！你的事真多。"小阎不耐烦地狠声狠气地说，立即跟着站了起来，他喊了一下老关，拿起枪支，便牵着地主走向车尾的厕所去。

在那里他让地主走进去，关起门来。自己牵着绳子在外面等候着，他心想："不怕你跑掉，老子拉着绳子还怕你跳车？"可是他却死也没有想到，狡猾的地主一进门就在里面上了倒锁，然后拼命挣断了绳子，打破玻璃，从车窗里大胆跳了出去。

就在这一瞬间，车厢里立刻有人喊叫起来：

"犯人跳车啦！"

"犯人跑啦！"

听到喊声，像一个沉雷打在头顶上，小阎的脸色立刻变得苍白了。他拼命地推门但始终推不开。从门缝里把绳子拉出来，捆住的人早已不见了，于是他一面喊叫着老关，一面急忙扑向车厢门口去。

"杂种操的，老子跟你拼了！"他愤怒地骂了一声，就在火车飞速的开行当中，没有任何生命危险的考虑，他提着钢枪，一纵身，也跳了下去。

"嗳呀！"人们耽心地惊叫起来，眼看着小阎摔下去，把石子溅起多高，滚在路基下面，再也没有起来。

这时候，火车仍然飞一样地奔驰着，老阎在车上几乎急得哭出来，眼看着地主跑掉了，小阎又不知死活倒在铁轨上的旁边，全部责任落在他一个人身上，他恨不得一只手立刻把整个火车拖回来。他耽心的不仅是小阎的生命，更重要的是宋景玉这个反动地主一旦跑掉了，就会给全拉林的老百姓留下一个最大的祸害。他一直发疯似的喊叫着，但下坡奔跑的机车却仍然拼命地前进。这时候，他完全蒙了，汗珠子一颗颗地往下直掉，他不敢再跳车，也不知道究竟该怎样办好，望着机车不停地奔跑，他愤怒极了，突然"砰""砰"

两声,他不顾一切地向着机车,猛烈地开起枪来。

随着这意外的枪声,整个列车立刻混乱起来了,接着又是几颗子弹呼啸着前去。旅客们以为发生了匪情或其他紧急事故,一个个惊慌地从坐位上爬了下来,一时,乘车的军人纷纷拔出了手枪,执法队和护路军也全副武装地从前面跑过来。戴着大红袖标的列车长一面莫明其妙地惊问什么事,一面赶向后面去,最后当他们发现这个开枪的农民时候,老关仍然是吵哑地嚷叫着:

"火车站下,站下!"

"地主跑了,反动派营长跑了!"

"杂种操的!"

于是车长立即拉起风原,火车停止了。接着,一大群人立刻围拢上来,当车长详细地询问了老关,了解了出事的情形之后,便带着满脸的愤怒,决定火车立刻向后倒退,用最快的速度帮助农民捉拿反动地主。

三

当小阎从铁轨旁边清醒过来的时候,他觉得头部正在剧烈地疼痛,伸手一摸,五个手指全被血水染红了。浑身有好多地方都在酸痛,可是他没有管这些,爬起来用力地撕破自己的上衣,胡乱地把头伤包扎一下,便提起枪来向地方赶去。

那时候,宋景玉以为没有人来追,正一个人慢慢地走着。及至发现阎子斌单独地拿着枪赶来时,已经跑不及了。他立即跌倒在小阎的面前,一面哀求着,一面威吓着说:

"阎子斌,咱俩没仇呀,你回去吧,'中央军'割地时就来了,'中央军'过来,我保证你的性命,你家里有什么困难,我也一定帮助。"

"滚你妈的蛋,吓唬谁!"小阎气愤愤地骂着说:"快跟我回去,咱俩没有私仇,有公仇,我是为正白旗的老百姓。"

宋景玉一看势不对,乘他不备撒跑就又钻了庄稼地,小阎慌忙地打了一枪,没打着,宋景玉却在庄稼地里不见了。这一下子可把小阎急坏了，一个人翻也不敢翻，只好在一个高坡上呆呆地监视着。

不久，当他回过头去时，突然在一里多路远近，他看见一个屯子的屋顶和树尖，正埋藏在两旁高岗的中间。这时候他像遇见了救兵似的，毫无犹豫地连向屯子里开了三枪，不到五分钟的光景，果然从屯子的两头十几个民兵自卫队都拿着枪支匆匆地向他奔来。

"快来！快来！"

"反动派营长跑啦！"

"地主跑啦！"他向援兵们大声嚷叫着，直到这些民兵们满身大汗乱糟糟地跑上来为止。

"就在这疙瘩，跑不远。"他一面回答着来人乱七八糟的询问，讲述着当时的情形，一面立即指挥着他们迅速地分头搜索着庄稼。恰好就在这时候，那列倒退的火车，正发着巨大的声音，飞快地向这里驶来。

一会儿，火车在他们面前停下了，老关第一个跳下车来，随后，执法队、护路军和大群的乘客，都接连不断地涌向田野去。刹那间，在夕阳强烈的红光下面，到处都散布着搜捕反动地主的人们。

"快，那块高粱地，高粱地！"

"上坡，上坡！"

"西边桥眼里去，西边！"

"他妈的！"

很快地人们在十几垧方圆的辽阔地带，安下了一个严密的天罗地网。一阵阵的嘈杂声，叫骂声，从每一块庄稼地里喧腾起来。许多人一直在跑来跑去地到处赶热闹，车里车外，旅客们更围成了无数的小圈，纷纷议论着，推测着这个逃亡地主的命运。

"抓不住啦，这么深的青稞子，往那一藏，那还有个找。"

"没个跑，这么多的人，趟也把他趟出来啦。"

"眼时没有路条，他算一步也走不了。"

"这话对，到那老百姓都得把他抓回来。"

说着说着，大伙看见人们都向一块谷子地里趋去了，老关端起枪走在最前面，许久，许久他用枪支拨着谷叶寻找着，突然在一片较稠密禾苗旁边，他觉得有人在猛地抱住了他的腿，他吃惊地连忙闪开了几步，转过身来，他看见地主宋景玉瞪着两只可怕的眼睛正趴在他的面前。

一阵紧张的颤抖，使他马上举起枪来"砰"的一声，地主立刻倒了下去。

"好王八犊子，出来，快给我出来！"老关大声地吆喝着。

人群立刻乱糟糟地向这里涌来了；整个列车的周围都在嚷叫着地主抓住了的消息，当小阎和执法队民兵们赶到老关身旁的时候，宋景玉左膀上正流着鲜血假装昏迷地躺在地上耍死狗，死也不肯起来。

于是，七手八脚的人们很快地把他抬进了车厢，火车又继续前进了，一路上人们不停地议论着，都纷纷埋怨起老关来：

"你这一枪打得可真没学问，人都在跟前了，你还怕他再跑！"

"要我说你早给他一枪，也就早惹不下这么多麻烦了。"

"……"

四

不久，他们在牛家站下了车，当天晚上屯里人知道了这个消息，便派了二三十名民兵套着大车连夜把他们接回了正白旗。

当小阎和老关还没有进村，村边上早站满了老百姓在等候着，见了面，大家都亲热地围上来向他们慰问，好多人争抢着给小阎洗头，忙着从村外去请医生来。第二天全屯老百姓又自动地发起了一次热烈的慰劳，大家都同意从斗争果实里，拣一件最好的衣服奖给小阎，以赔偿他撕衣服扎头的损失。同时农会更决定给他们两人各记大功一次，并召开了一个盛大的庆功大会，号召全屯老百姓向他们学习。

在这个大会上，仍然是包着头的小阎，高兴得简直嘴都合不起

来了,他笑着向大家说:

"……眼时可真是咱们老百姓的天下了,为着咱们穷人抓一个坏蛋,惊动了好几千人,火车都倒退了二十里!"

"那还用说,这会儿是人民火车么。"

"翻身火车么!"全场老百姓都愉快地笑着,叫着,拍起巴掌来了。于是小阎和翻身火车的故事传遍了三区。

就在这个会后,区委书记找小阎谈了一次话,告诉他由于事实的考验,组织上决定接受他的要求,批准他成为光荣的共产党员。

一九四七年八月廿六日

选自《七斗王把头》,东北书店牡丹江分店 1948 年

七斗王把头

五常周家岗群众七斗王把头的故事,反映了东北解放区土地改革的简单轮廓,其中有许多事实,充分说明了阶级敌人的顽强奸诈,和我们在掌握政策及工作作风上的缺陷,致使群众运动走了不少弯路,王把头所以要七斗,其中就有不少经验教训,值得今后吸取。

一、廿余年的群众仇恨

王把头,名叫王云才,是五常堡一带有名的汉奸恶霸地主,远在九一八事变前,他在苇河县山林里打木头当把头,广揽劳工,入山拉套,当时穷人为了生活,每年利用冬间休闲带马入山劳作者甚多,其中且有不少五常的农民是在他的花言巧语下,远途赶去的。但每年劳作的结果,却没有一个人能够带钱回来,许多人惨死在山林中,许多人反而赔了马倒贴不少钱,因此气愤而死的人也不在少数。可是王把头却一年比一年富了起来,这是什么缘故呢?老百姓提起来谁都明白:王把头是真正实行了"不杀穷人不富",喝了穷人的血,逼死了穷人的命。

那时候,在山里打木头的人们只是背地里敢叫他王把头,见面时却得恭恭敬敬地喊他一声"王七爷",这个"七爷"的来历说明了一个重要问题,谁都知道和"七爷"平行的其他六个"爷"(或者更多的"爷"),都是苇河等山林地带有名的胡匪,因此他就仰仗着这"七爷"的威风,在山林中逞凶霸道,劳工们没有一个不怕他,也几乎很少几个人没有挨过他的打骂。冬天在高山峻岭间伐木头运木头是一件极其艰苦的工作,人们除去忍受彻骨的山林严寒和日夜

20

辛苦的劳动外，还必须警惕着意外的死亡。时常有这样的事情发生：在王把头皮鞭的威逼下，劳工们马拉着套子，载着木料从万丈陡坡上滑下来，虽然爬犁上了滑圈，但溜滑的冰雪一不小心仍会无情地把人马摔进深谷去，很多人就这样牺牲了，很多穷人依为生命的马也就这样白白死掉了。

可是王把头可不管这些，他仍然照样威逼工作，克扣人们的工资，当每年春季下套时，很多劳工一算账，人的食粮，马的草料，在王把头的账上远远超过了他们一冬的工资，不仅赚不到钱，反而倒该王把头许多，于是王把头便采取了强硬的扣套办法，扣去工人们的马，并把他们赶下山去，他家里的八匹好马，没有一匹不是这样扣来的，劳工们稍一反抗，他就会让那些胡匪拜把兄弟们，整得你家破人亡。

但群众最惧他的还不是这些，而是他彻底的汉奸行为。伪满康德三年间，抗日联军赵尚志部队曾活跃于五常榆树一带，领导群众坚决抗日，而王把头却勾结日本，当上了团总，一变地主的大排为地方自卫团，配合日军积极向赵尚志进攻。当时为了防止抗日联军的活动，日寇曾实行了合屯并户的人圈政策，在五常堡一带，日寇指导官小金城，严命所有村屯拆屋毁房，集中于指定的地点。当时王把头所住的黑鱼泡，只有四户人家，当然也在被拆之列，但他为了保存自己的大院，不惜以四万吊巨款，向小金城纳贿，并亲自送上大洋马一匹。结果日寇答应了他的要求，他便强迫附近的周家岗、解家屯、大林子、杨家屯、郑家屯等十一个屯子，二百余户人家，搬家拆房，集中黑鱼泡来。可是那时候，群众已经拆了自己的老屋，含着眼泪在小金城的指定地点，占了地号，盖起房子来了，由于这四万吊的突然变化，使得王把头却耀武扬威地走马叫骂各屯，立逼着群众再拆掉新屋，搬向他屯去，并声言谁家不搬，谁就是有意通匪窝匪，非放火烧房子不可。群众稍一犹豫，果然第二天大队日本兵及地方自卫团，在王把头和小金城的率领下，闯进屯子不分青红皂白就放起火来，群众在仓促中，仅顾逃命，许多家庭的全部财产皆付之一炬。人们望着烈焰和灰烬号叫痛哭,男女老少围跪在王把头的面前叩头求饶,但他却毫不理会,一面叫骂一面踢开众人,一直延烧下去。在这种残暴的威胁下面,群众无可奈何只好再含着眼泪,忍着愤怒作第二次的搬家。当时正值初冬天气,天寒地冻,群众无法盖房,全部在冰雪中挖地窖子藏身,地面上仅搭一小小的马架,以避风云,四面墙壁皆在地下,到严冬时马架变成了冰块,地窖子里到处冰雪,墙壁上像涂满了白蜡一样,做饭睡觉烧不着火,女人小孩冻得整天哭号,一冬之内,二百多户人家,冻死冻坏者不下十数人。

就这样,新的周家岗建设起来了,群众在王把头的脚下,灾难更无尽头。他是八十垧地的地主,也是一个剥削穷人的魔王,一般佃户们租种别人的地,只交一石五斗租子,而他却非要两石,穷人们从七八丈深的地下挖出石头修桥,而他却拿去盖房子修炮楼。

后来在吃租的剥削上,由于"出荷"的关系,他更想尽花样,创造了所谓"里青外冒烟"的高度剥削办法,不要榜青户,只要穷人的劳力(里青),一切土地、马匹、种子、工具等皆由他出,穷人自己在家吃饭(外冒烟),到秋收分庄稼时,除去对半分粮外,他的马匹、工具、种子、肥料等都要按份分粮。这样一来,穷人每年辛苦所得不及全部收获的十分之二,且要白白地替他出官工,租子稍一迟交,即打骂交加,以退地相威胁。

后来他当上了保董,和小金城来来往往,称兄道弟,后面常跟着三把匣子,威风凛凛,更无人敢惹,村子里一切劳工、官差、摊钱派款之事,从没有他的份。平常克扣群众配给品,逞凶霸道,欺男霸女之事,实罄竹难书,但就在这样凶狠恶道的基础上,他却还强迫周家岗一带的群众,挨户敛钱,为他打制一重七钱五分的金质"德政"牌,上写"保董王云才德政",并举行了一次庄重的献牌仪式,演了一幕可耻的"歌功颂德"。接着,他手下的那群百户长、十户长及流氓狗腿之类,为了取得他的欢心,更搜敛民财向他献肥猪、锦帐等大大庆贺一番,日寇小金城亦予以褒奖,弄得翻天覆地,但苦了的只有穷苦的群众。

"八一五"后，王把头为日寇所支持的保董虽然垮台，但在防匪自卫的名义下，复出头组织大排，强迫全村群众挨户出钱，买了二百个手榴弹，全部放在他的大院里，平时让百姓站岗放哨，一到紧急时，他便紧守自己的大院不顾百姓的死活，为此群众曾受到许多损失，但屈于他的威力，也只好忍气吞声了。

五常堡一带群众，在这个汉奸恶霸和封建地主的欺压剥削下，就这样屈辱地生活了二十多年，一颗仇恨的种子，一直在生根发芽，开花结果，直到如今才把它连根拔除。

二、演了一场戏

去年七月，工作队到达五常，两次走进周家岗的边沿，均无法进入。王把头促使他的本家侄子，另一恶霸地主王彦春率领大排，武装占领村子东西两头的炮楼，拒绝工作队进村，并耀武扬威地威胁工作队说："'中央军'已经占领县城了，你们赶快滚吧！"后来工作队在我军掩护下，进入该村，全部收缴了大排的武装，王彦春畏罪潜逃，而王把头却钻了个未公开出头的空子，销声隐迹，暗中威吓群众不许说他的坏话，把武装反抗工作队的责任全部推在王彦春身上。果然工作队先清算了王彦春家，然后才以打赵尚志的罪名，轻轻地向他进行了第一次斗争。

这次斗争可以说完全是工作队及流氓包办代替的。当时虽然名义上成立了农会，但群众并不了解农会是干什么的，农会的正副主任，唐占河、陈永海二人全是流氓地痞，一开始显得非常积极活跃，能说会道，家里又穷，实际上这些人完全是从发洋财出发的，根本谈不到有什么认识和觉悟。在斗争王把头时，群众虽然有二十几年咬牙切齿的仇恨，但在当时时局不定的环境下，没有人敢出头。群众心里顾虑很多，第一怕斗不倒王把头，将来自己会惹下滔天大祸；第二对共产党根本不了解是怎么回事，即使知道是向着穷人的，但却又怕工作队站不长，再加上汉奸特务及狗腿等到处造谣生事,群众就更加不敢动了。有些更老实的农民则认为:穷人那一辈子也没有翻过身,真不敢相信天下会有这样的事,王把头人多势众,花招又多,拔根汗毛,比穷人的腿粗,咱们这帮穷棒子怎么会把人家斗倒呢?因此都采取观望态度。工作队要去斗争,大家能躲就躲,躲不了就在后面跟着。开会时,谁也不敢说话,只听见工作队及唐占河、陈永海等人叫唤,王把头嬉皮笑脸地站在那里,他们问一句,他就回答一句:"我错了。"眼珠子却直瞅着人们,吓得群众谁也不敢抬头,拼命地往人后面躲。斗争会就这样开了半天,结果,他八十垧地只承认了五十垧,斗出三十垧,留下二十垧,并斗出四匹马、六床被子,算是赔偿了群众二十多年的人命和血债。斗争后群众说这是工作队、流氓和把头在唱戏,大伙算是看了一场戏。后来分地分东西时谁也不敢要,没办法只好把它们暂时存在农会里。

工作队做完了这些工作,认为发动了斗争,完成了分地,便暂时放松了周家岗的工作,以后环境就一直在动乱中,开始是闹胡子,后来就经常听到江南战斗的炮声,各种各样的谣言,像秋天的风一样吹来又吹去,群众整天陷在恐慌里,在这种情况下,王把头仍然在村里大摇大摆,人们见了他仍然得恭恭敬敬地喊他一声"王大爷"。被流氓把持的农会,变成了官衙门,群众没有事都不敢到那里去,存放在农会里的马匹和其他斗争果实,不久就被陈永海假借着卖钱给大家分的名义,全部拐跑了。自此,这幕戏便全部结束,村里又恢复了过去的老样子,一直到度过了新年。

三、拔了几次毛

今年一月间,各地开始了重煮"夹生饭",工作队又把周家岗作为一个基点,开始煮饭工作。首先抓回了武装恶霸地主王彦春,分了他的浮物并把他枪决了。不管这一斗争是如何的包办代替,但总算把压在群众身上的两块大石头搬掉了一个,再加上当时江南战争的初步胜利,群众打消了变天思想,认识了共产党,开始在半年来许多耳闻目睹的具体事实中,特别是在枪决了王彦春之后,贫苦群众中新的积极分子王福山、马海友等渐渐露出了头角。于是就在这个初步发动的基础上，又重新组织了农会，洗刷了流氓坏干部唐占河，选出了扛大活出身的王福山为主任，并同时成立了儿童团和妇女会，使村子里半年来死气沉沉的现象，开始起了变化。但这一变化基本上还是形式的，是少数先进的积极份子的变化，绝大多数群众的眼睛，却还在望着王把头。

可是王把头并没有什么两样，除去见人多几张笑脸以外，表面上依然镇静如常，但谁知道就在这个风向转移的时候，这个老奸巨猾的家伙，就早已为自己今后的出路准备了一切。

三月间，由于公粮的征收，引起了群众间黑地的纠纷，一部份贫苦群众在自己切身的经济利益上，提出了查黑地的要求。他们不愿意由于大粮户的隐瞒大量黑地，使自己多摊负担，这个纯经济利益的矛盾，埋下了二斗王把头的基础（因为谁都知道，王把头八十垧地在第一次斗争时只报了五十垧，其余卅垧却一直在隐瞒着，地照也没有拿出来）。当时工作队就抓紧了这一条件，通过干部和少数积极份子，立即发动了向王把头的第二次斗争。

这次斗争虽然不像演戏，但由于缺乏对群众的启发教育，仍然未发动起群众来，群众多年来对王把头的畏惧心理并未打破，开会时除了干部和几个积极份子外，其他人讲话都需要经过三番五次的动员，而且声音很小。但不管怎样，总算敢讲出来了。这样就使得王把头无法抵赖，承认了自己的黑地，并答应赔偿群众的损失，当时由于群众并未发动起来，见达到了斗黑地的目的，斗争没有怎样坚持就结束了。大家和他清算的账目是：三十垧黑地按五十石粮算，罚他十五万元，准备用以给群众买马，解决春耕困难，这是群众第一次从王把头那里得到的经济利益。

虽然群众所得到的利益并不多，但经过这一次斗争，却给群众一个很大的教育，惧怕和看戏的心理开始消除了，眼看着枪毙王彦春及二斗王把头的具体事实，村子里的贫苦群众开始动了起来，"王大爷"的称呼，从此谁也不再喊了。要求参加农会的基本群众一天比一天增多。

就在这个转变的基础上，工作队又发动了第三次斗争，原因是王把头的十五万罚款并没有拿够，还差四万九千元他就不想给了，再加上春耕迫近了，而大部分群众还没有牲口和工具种地，为解决这一困难，在第二次斗争的十天之后，又召开了三斗王把头的大会。

这个会一连进行了三天，在农会主任王福山领导下，很多人都讲了理、诉了苦，把二十多年的仇恨一齐倾诉出来了。大会开得还好，一扫过去群众不敢说话的现象，结果斗出了二十五石粮、两匹马、一台车，以及豆饼、豆油、银元、箱柜等物，并倒出瓦房五间，初步地解决了群众的生产困难。但这次斗争基础上还只限于贫苦群众，中农及部分落后群众并没有参加，他们还保持着观望态度，不斗也不要东西，直到第四次斗争时，才开始转变。

第四次斗争，是在斗倒了该村地主老于家之后群众自动发动的。当斗老于家时，有三十七人不发言，对斗争表示消极，会后，有人就对他们提出质问，问他们为什么不发言？并告诉他们如果大家都抱这种态度，地主斗不倒，将来翻起把来，谁也没有好处。这样一来，对中农及部分落后群众是一个很大的教育，当时形成了一个反省检讨的热潮，空前地团结了群众的力量，就在那天晚上在积极份子马海友、王福山、萧凤起等人的领导下，又向王把头展开了第四次斗争。

这次斗争的目的，主要是确定地权，写白契文书。因当时正是出犁种地的时候，大多数分地户过去不敢要地，现在敢要了，但在真正要出犁时却担心着地权问题，没有白契文书总不放心，因此又斗第四次，结果狡猾的王把头看风使舵写了白契文书，交出了地权，群众也就满足了。

这三次斗争，前后不到五十天，群众是一次比一次发动起来了，在这期间周家岗的工作，一般说是前进了一大步，但对于王把头说来，仍然等于拔毛，表面上他老实了许多，实际上他仍未把群众看在眼里,他公开地向别人说他没错,他也是穷人起家的,大伙分了他不要紧,再过几年又是一样。也就在这个时候,他打发他的姑爷狗腿子,一个名叫谢中玉的流氓乘隙钻入了五常民主政府的公安局。

四、"不如狗叼个饽饽"

四斗王把头之后,周家岗全村转入了春耕生产,但在组织换工插具时,又发生了许多问题,其中最严重的是大部分小户没有吃粮,没有马匹,饿着肚子眼看着地种不下来,而一些有粮有马户却自己插在一起,把小户完全闪在一边,甚至像王把头这样的被斗争户既不积极生产,仍然吃穿不愁。在这种情况下,工作队和一部份积极份子,为全村大多数群众的迫切要求着想,又发动了对王把头的第五次斗争。

但这次斗争的发动却遭遇到意外的困难,一部份群众由于怕耽误生产表示消极,而另一部份群众,则认为王把头已经斗了四次,差不离了,再斗也斗不出什么名堂,因而也不感兴趣。针对着这些思想阻碍,工作队和积极份子特利用晚上生产回来的时间把基本群众召集到村北的大坡里整整教育了半夜,提出了没吃的地种不下来怎么办,是等着饿死,还是向王把头讨还血债?咱们跟王把头比一比,看究竟翻身了没有?俗话说大船破了还有三千钉,王把头是不是就啥也没有了?经过这一连串的启发教育,群众思想开了,当时马海友、萧凤起就号召说:"愿意斗的站过来,不愿斗的不动!"结果参加会的一百多人中,只有一个没过来。

就这样在第二天的上午,三四百个男女老幼发动了攻势,农会主任王福山怕搞得过火受上级批评,当时曾藉口天不早了,明天再斗吧,企图加以阻止,但群众谁也不理他,大家扛着国旗,打着锣鼓,一拥而进,把王把头的大院团团包围起来。一部份人把地主家的人全部撵出来斗争,其余男女老少一齐动手扛东西,当时从大院到村中心的学校操场,沿途布满了群众的岗哨,搬运东西的人络绎不绝,中农也全部参加了斗争,群众说这次要翻身就翻它个彻底,斗争情绪之高,为过去四次所未有。王把头全家的浮物除去分散埋藏的外,几乎全部被扛了出来,连他本人悠闲时经常亲自培植的几十盆桃树,也全部为群众搬去,其他衣物、家具、粮食等整整摆满了一操场,一眼望去犹如小市。群众眼看着起出这样多东西,无不异常愤怒,当时大家议论纷纷,这个说:"怪不得咱们饿着肚子种不了地,原来粮食,好东西都被他剥削去了。等咱们饿死了,还不知道怎么死的呢。"那个说:"要是咱们有这些东西,咱也会说再过几年还是一样,根本就不把穷人放在眼里。这话多狠呀!"大伙越说越气,决定这回非给他个厉害不可,群众要打,工作队不让打,有些积极份子实在气得没办法就主张来一次假枪毙,群众无不赞成,说不许打,咱们吓唬吓唬他,叫他知道穷人的厉害,说着就一拥而上把王把头拉了出去,这时候工作队见事情闹大了,认为群众过火,立刻拼命追了回来。结果只把他撵出了大院,分了浮产,斗出二十五石粮、一匹马,甚至为了照顾他们今后的生活,还强迫群众给他全家卅二口,留下了十几石粮食,群众虽然由于没出气不高兴,但因工作队不许可,也只好算了。

这一次王把头虽然在经济上受了一次严重的打击,但仍未向群众低头,相反地这次斗争却给了他一个锻炼,不得不使用一些办法来对付日益觉悟的群众。于是就在斗争后的不几天,全家"头枕砖、身露肉"地装起穷来,打发他一家老少,哭哭啼啼地到处去要饭,企图麻痹一部份群众,可是老百姓谁也不可怜他,每次看见他,总是指着鼻子骂他:"老汉奸!"

恰在这时候,周家岗发生了一个大的变化,以马海友为首的三十多个积极份子,在爱国保田的号召下,一起参了军,一部份人也上了担架队。村子里斗争的空气开始平静下来,工作队也以为该村已经成熟,因而转移了力量。在这种情况下,王把头见有机可乘,便又开始活跃起来,一面装穷麻痹群众,一面却暗地对他的亲戚说大话:"别看斗得我这样,不要紧,这跟小孩打个碗,狗叼个饽饽一样!早晚我叫这帮穷小子认识我王大爷。"接着他便唆使他的狗腿姑爷谢中玉,利用我公安局公安员的名义,以偷东西等莫须有的藉口,上了好几条罪状,要把积极份子张景芳、萧万山等捆绑送县。谁知这一来,却惹起了群众公愤,全村老百姓一起出面担保,揭露了谢的阴谋,结果不仅人未捆去,反而把谢从公安局捆回来,美美地斗了一顿。

五、"龙书案"前的决战

六月间春耕结束后,县里召开劳模大会,群众提出了"净身出户,画地为牢"的迫切要求,同时县上也贯彻了大胆放手发动群众的方针,号召检查翻身砍大树、挖财宝、彻底打垮封建势力,这给予周家岗的干部和积极份子以极大的启示和鼓励,再加上那时青黄不接,群众没有粮食吃,于是回屯后,出其不意地就把王把头抓了起来,迅速地展开了第六次斗争。

当时群众的要求主要是要金银财宝,以及斗他的装穷要饭和说大话等。由于五次斗争所积压下来的仇恨和愤怒,使群众再不愿意和他讲什么了,只要他把底产说出来,并告诉他:"你不说,就揍你,今天可不像以先,这回翻身翻定了。"可是他却死也不肯承认,于是群众恨极了,用皮带狠狠地揍了他一顿,并逐个审问了他家里的人,结果经过两三天的时间,连打带问,好容易才说出了二百八十尺布,三百多件衣服,三付金钳子,其余再也不肯讲了。群众向他要金牌子(所谓"德政"牌),他说早已送礼卖掉了,虽一再追问拷打,他总咬牙不说。至此群众意见是先把老家伙放一放等斗完别人,再好好收拾他,只要许老百姓打,交给老百姓处理,不怕整不彻底他。其实早知道能这样斗法,早就彻底了。

就这样,结束了第六次斗争。

七八天以后,紧接着又斗第七次,可是在刚要发动的时候,王把头却跑了,群众简直气得快要发疯了,不管三七二十一立刻把他全家卅一口统统捆了起来,并立逼着他的大儿子王彦国去找他。王彦国被打后承认他父亲在河边一个鱼窝棚里藏着,但当农会派民兵和他一起去找时，王把头却又跑掉了。这时候群众一面派人继续寻找王把头，一面就斗他的儿子和家里人。周家岗小学校的操场，一时成了群众的战场和法庭，男斗男，女斗女，小孩斗小孩，口号声，皮带声，哭叫声，接连不断地整整热闹了一天。全村群众采取了轮番战术，你来斗一阵，他来打一顿，气愤得声音都嘶哑了，可是他们都啥也没有说出来。傍晚时候，当他的大儿子王彦国被群众打得直骂他爸爸害他时，王把头却在人群的后面意外地出现了。他大声地向群众嚷叫着："不要打他们，他们啥也不知道！"当时，群众见他回来了，立即一拥而上把他捆了起来。一面揍他，一面气愤地问他为什么逃跑？而他却假装迷惑似的说他走蒙了（其实据事后调查，是因为没有路条走不了，在外面饿回来的）。又说他刚才在路上碰见一群小鬼，都只有半尺来高，有的捎着柴，有的推着小车，围住他不让他走，结果他打了一棒，小鬼不见了，前面却有一条河，他趟了过去，水打腰深，过来裤子却还是干干的。他刚讲完，群众上去就是几个嘴巴，群众说："老杂种操的，到这时候你还敢拐着弯子骂穷人呀，谁是群小鬼呀，王八犊子！"一脚把他踢倒在地下，几十根皮带，棍子没头没脑地打起来。直到他大声喊叫着："我说，我说，我有金牌子。"群众才住手不打。

于是，就在当天晚上，在他的亲自引导下，群众冒着倾盆大雨，连夜在村东北方一片树林里从三尺深的古坟里把金牌子起了出来。从此，周家岗群众血汗制成的金牌子，又光华闪耀地回到了群众的手里。

至此，周家岗完全改变了面貌，村子里群众空前活跃起来，斗争的胜利果实除浮物公平合理地分配外，金银财宝全部变钱买了马，准备做到每户有马一匹。在斗争中涌现出来的积极份子达三四十人，在各种工作中均起带头作用。全村参军者也在七十名以上。斗争后重新整理了农会，审查了会员，入会者一百二十五人集体宣誓，决心跟着共产党走，坚决和一切封建势力作殊死的斗争。

六、一个教训

从七斗王把头的全部过程中,我们可以清楚地看到,从初期群众的思想顾虑,到后来干部的政策顾虑,形成了群众运动的曲折道路,这不是一个必然现象,而是一个群众路线问题。王把头所以要七斗,检讨起来,主要是对群众缺乏启发教育和思想酝酿,从实际斗争中,打破群众的顾虑,把群众的要求,和我们的政策结合起来,特别是前四次斗争,程度虽有差别,基本上还是干部、积极份子和少数群众的运动,群众并未发动起来。因而形成零敲碎打,每次仅为一个问题,斗斗就算了,事前既无酝酿,事后又无总结,这样就无法提高群众的觉悟,团结群众的力量。结果使地主感觉不到群众的威力,在政治上打不垮威风,在经济上也挖不尽财宝;同时更不能满足群众的要求,使群众在思想上疲于斗争,不感兴趣;这是对封建势力的游击战,而不是发动群众的优势,来一个彻底摧毁的歼灭战。其中关键问题,就在于启发教育和思想酝酿的好坏。事实证明,自五斗开始的最后二次斗争由于进行了这一工作,群众被充分地发动起来,在斗争的规模和深度上,都有着显然的不同,甚至在一年来,六次斗争中从未瞧得起群众的王把头,在最后也认识了群众的力量,要群众保他的命了。

其次,表现在领导上走群众路线是不够的,是当群众发动起来后,不能够大胆放手地满足群众要求,特别是在五次斗争中,表现得最为明显,群众和王把头廿多年的血海深仇,一旦撕破脸敢于斗争,要打,要假枪毙,而领导上却加以阻止,约束了群众的手脚。直到大胆放手问题普遍提出后,群众才反映说早知道这样斗法,早彻底了。其实,像王把头这样典型的"三性地主"(恶霸性、汉奸性、封建性)早就该按照群众的意见,交群众处理了,但我们却走了不少弯路,发动了七次斗争,在时间上整整拖了一年。这是我们工作中的损失,也是我们一个宝贵的教训。由此,也更加证明了今天大胆放手砍大树、挖财宝、满足群众要求的方针是完全正确的。

一九四七年九月二日

选自《七斗王把头》,东北书店牡丹江分店 1948 年

◇军右

向银宝

　　天刚浮起鱼肚白色,树林子还是蓝沉沉的,司号员们"练习"的号声,就划破了清晨的静寂,在村外杏树林里嘹亮地响起来了。向银宝听到这号音,就悄悄地爬起来,溜出营部跑到杏树林去。向银宝是一个通信员,自己没有号,所以只好打游击,吹人家的。有时他很早就爬起来,天上还有星星。他蹑手蹑脚到司号班去,摇醒他的朋友邹桂鹏,低声地叫:

　　"练习了,起来吧。"

　　邹桂鹏打亮电棒,看看搁在窗台上的日字钟,就压低嗓子骂道:

　　"鬼催你来了,才过半夜咧。"

　　向银宝黑黑的圆脸,营部的人都叫他黑枣。他只十六岁,性子很倔强;但又听话,温存,甚至于好哭。身体也不怎么好,常咳嗽打摆子。他喜欢背在司号员身上那枝闪着黄铜色亮光的军号。他想:"会吹号多好啊,在火线上,嘟嘟嘟,冲呀!"这样,黑枣就常跟司号员混在一起,学起吹号来了。小鬼们玩打仗的时候,黑枣总是当司号员的。起初,他捏圆小拳头当号吹,但大家都反对,说"不像号";向银宝想了想,就决定用哨子当"号"了。他规定吹一下是"前进",吹两下是"冲锋",三下是"追击"等等。但小鬼们又说打篮球打排球上课排队才吹哨子!吹哨子不像打仗用的。营部李支书也和他开玩笑叫他"司哨员"。有的见了他就说:"唉,司哨员,吹了个'冲锋哨'吧!"弄得黑枣很不好意思吹哨子了,可是"怎么办呢?"黑枣就用自己每月积下来的零用钱,偷偷摸摸地到洋铁铺子里买来一把小孩玩的洋铁喇叭。他在号颈上缠上一串五色珠子,这样,在玩打仗的时候,他就把洋铁喇叭挂到肩上了。可是假的还是假的,他写给三营一个小鬼的信上说:"……和真的没差别。就是有一个缺点,就是吹起来呼呼呼,李支书笑我说像毛驴叫咧。"

开"七一"晚会的那天晚上,天快黑了。向银宝和邹桂鹏练完了号,就顺着一条小道向挂着煤气灯的会场走去,他胆怯地向他的朋友说:

"我差不多就能当司号员了,是不是?"

"是嘛。可是——你胆小,还怕鬼咧。"

"你不怕?"

"我怕还成,我是共产党员!"邹神气地说。

说糟了!"我是共产党员"这句话对于向银宝是太严厉了。他受到了刺激,就独自跑了回去。一跑进屋里,他就伏在背包上哭起来。"邹桂鹏是党员,金鸣是党员,郭秀明是党员,就只我不是,多丢人哪!"他伤心地想。黑枣很想入党,他认为"要彻底干革命,就要入党"。可是,他只十六岁半,不够年龄。所以他不高兴当小鬼,有时做梦做到李支书叫他填入党的表,他端端正正地写上"十七"两个字,黑枣把"七"字看了又看,好像怕写成"六"字似的。现在,他伤心地想:"当小鬼吃不开,排队排在末尾,不叫背大枪下连队,也不叫入党……"

营长在会场上没看到黑枣,就叫李支书去找。李支书跑到通信班里,向银宝看见了他就从炕上跳下来。李支书打亮电棒照他的脸,黑枣泪水还没干咧。李支书笑着说:

"谁吃你的冤枉了?黑枣。"

黑枣默默地站着,不喘气。李支书拖起他的手就走:

"看晚会去,大家都热热闹闹,你就闷在屋里哭。"

一提到晚会,向银宝就突然倒到炕上哭泣起来,一面赌气地说:

"我不去。"

"唉?"

"不去——我没心思看晚会,我不是党员!"

李支书完全明白了,坐在炕沿上,抚摸着黑枣的头发,用手巴掌轻轻拍他的面颊,并且抱他坐起来,安慰他:"傻孩子,你不是排上的黑枣,你还会长呀。我像你这样当小鬼的时候,也不是党员嘛。入党是有一定年龄的呀。"

黑枣顺从地听着,睁大他的那双黑眼睛,信任地望着支书,默默地跟着到会场上去了。走到街上,李支书逗他讲话:

"下回打仗,营长说给你吹一次号呢。"

"哄我?"向银宝的眼睛发亮了。

"营长说你的号吹得比人家好哩。"

向银宝快乐起来了。

"七一"之后约莫两个礼拜的样子,他跟着部队去打仗。当天夜晚,随营部住在石门,离攻击目标五里地外的一个村里。向银宝这几天又咳嗽打摆子了。他害怕营长看出了,不带他到前面去,所以挺起胸脯来走路,装没病的样子。可是营长还是看出来了,严厉地说:"乱弹琴,快睡觉去!"黑枣不高兴地爬到炕上去,可是就昏昏沉沉地睡着了。夜间十一点,营部悄悄地向前运动了。李支书正在准备到前边去,黑枣醒来,发觉营部很静;只听见碎石街道上悄悄地迅速地运动的脚步声。战争的经验使黑枣本能地觉得"他们打仗去了"。他慌乱地跳起来,背上短马枪,跑到大厅里去。李支书安慰他:"不到前边去,我就要睡觉了。"可是,怎么说黑枣也不相信:

"哄我。你挂着枪和皮包干什么?"

李支书笑着说:"到前面去看看队伍就回来的。"可是黑枣死缠着支书说:"看看我也要跟你去。"正在这时候,营长从屋里出来,严厉地说:

"你去干什么?乱弹琴。睡觉去!"

黑枣低着头,沉默着,小脑袋斜斜地垂落到肩胛上,扁着嘴。突然哇的一声哭了起来。营长心里感觉虽有点麻烦,但还是想劝慰劝慰他,就把手放在黑枣肩上,很温和地和他解释着:

"你病嘛,怎么能去呢!"

"我没病。"

营长摸着黑枣的额角:

"不成! 你又要打摆子了。"

"没打。挂花也要上火线嘛。"

这话是多么坚决啊! 营长再也不好拒绝了,就这样黑枣快乐地跟营长和支书到火线上去了。

营指挥所设在一座小柏树林中。在面前,是敌人的据点,子弹在近处画红线似的闪光,手榴弹短促地粗暴地爆炸着,喷射出赤红色的火焰照亮了柏树林。子弹声在指挥所周围啸啸地飞着。黑枣躲在柏树林里,睁大黑眼睛看着面前的耀眼的红光,着急地想着:"为啥还不冲进村呢?"他真想跑到打仗的地方去,可是营长叫他待在营指挥所里不要动。黑枣闷得慌,觉得受了委屈。他埋怨着:"干么把我当病号呢!"但他不敢吭气,因为营长正紧张地在指挥着眼前的战斗。李支书、通信班长、通信员、卫生员都在忙碌着。但是,在半夜两点钟光景,他被派去送命令了。打得很紧,营长看着眼面前的弹光。灵敏的向银宝知道营长有事情要叫人做,就大胆地说:

"要送命令吗? 营长。"

"你不能去。"

"我能去,我没打摆子嘛。"小家伙说话了。

营长看了小鬼一下,就说:

"去吧! 找到二连长告诉他,要强攻,听清楚了吗?"

"听清楚了,要二连强攻。"向银宝响亮而明确地说,并且像从笼里放出来的兔子似的,穿过侧边一小块平地,溜进营长告诉他的一条隐蔽的沟子里去了。

向银宝抓紧背后的马枪柄,弯了腰在火网下跑着。他脸上开始烧起来。他想："打摆子是穷人病,你一跑路这儿摆子就不打了。"又想："要强攻！营长有办法,一准打开这王八窝。"不到半点钟他就完成了任务,带着二连长的报告跑回来。向银宝清楚地转达着连长的话:

"营长,告诉连长了。连长说咱们已冲垮了敌人的村口工事,五排占了村北高房向街里掷手榴弹哩。连长说敌人还顽强抵抗,还企图反攻——报告完结。"

营长点头,转向邹桂鹏:

"叫二连预备冲锋！"

向银宝的病,被刚才的工作热力所压制着,等他向营长报告完了,就又发热,脸上被炙得通红,身上也像被火烧着一样。他不敢吭气,只是用手肘顶住额门靠在一株柏树干上,闭起眼睛,但立即,他听见预备冲锋号声突然停止了。黑枣跳起来跑出去,他看见邹桂鹏挂花倒在地上。他又忘记了发烧,黑眼睛闪着愤怒的激动的亮光,跑到被机枪火力扫射着的地方,从邹桂鹏身旁拾起军号,拿起来接着吹预备冲锋号。营长向他叫着:

"注意隐蔽,进来一点！"

可是,黑枣一直站在邹桂鹏受伤的地方,完成了邹桂鹏剩下的任务。然后,他又胆怯地看着营长,怕营长责罚他没有命令他吹号他就吹起来,并且耽心营长不叫他背邹桂鹏的号。可是,营长赞许地看了他一下,并且说:

"把号背起。"

黑枣紧张而迅速地把军号挂到肩上去,又帮着李支书和通信员把邹桂鹏抬回到柏树林里。这样一搞,他全身都出冷汗,眼前一阵黑,想倒下去。可是营长又在外头喊他:

"向银宝！"

"有！"黑枣擦着额上的冷汗,响亮地答应着,跑到营长的跟前去。

"吹号叫三连前进！"营长命令。

黑枣迅速地从肩上取下邹桂鹏的军号,面对着密集的弹火,吹起前进号来。像一切司号员的姿势一样,黑枣把左手撑在腰间,右手拿起军号,小脑袋微微仰起。他在机枪火力网下站着,扫过来的机枪子弹在脚下卷起了尘土。在弹火的红光中,小黑枣背着短马枪,是这么小,然而是这么严肃,沉着而坚定!他刚吹完,觉得气很喘,但营长继续下命令:

"站进来一点,叫二连冲锋!"

敌人发现了营指挥所,轻重机枪火力都更密集地向这面扫过来。我们架在指挥所侧面的营重机枪排也向敌人开起火来了。整个柏树林都冲起红光,喷射着蓝黑的弹烟,被照亮了的营指挥所的树林,好像是燃烧起来了。但是小黑枣没有听营长的话站进来一点。他只听见营长叫吹冲锋号的命令,他站在原地方吹"嗒嗒嗒嗒嗒……"尖锐悲壮的冲锋号声,响亮地飘动在这保定西郊的静夜的平原上。紧跟着这进军的号角,前面各队部响应起来的前进号声,从敌人的四面响起来了。接着是"呀呀"的喊杀声和手榴弹的密集的爆炸。

向银宝的冲锋号还没吹完就受伤了,这小鬼好像没受伤,一直把冲锋号吹完才倒到地上。他手里还紧紧地拿着军号哩。

支书和通信员把黑枣抱回树林里来。营长低声说:"轻点轻点。"

通信员把向银宝放在柏树林后边的空地上,卸下他的马枪来。

"到后面去搞付担架来。"营长吩咐身边一个通信员。通信员从树林后边跑出去了。

营长蹲在地上,解开黑枣的衣服检查伤口。黑枣重伤了,着了两个重机枪弹,右胸旁一个,左腹部一个。他向紧张地走过来的卫生员说:"赶快上药!"

卫生员蹲下去裹扎伤口,但伤太重,血止不了,大量的血不断从伤处流出,把地上的草都染红了。并且由于胸部受伤,血也从嘴里进出来,温度开始降低,原是发烧的涨红的脸,渐渐变成冰冷和发紫的了。向银宝因伤痛而叫唤,痛苦地抽动着身子。营长摸着他的

冰冷的额角,额上流着很大粒的汗珠。营长低声叫着:

"黑枣,黑枣。"

黑枣睁开眼睛。这时通信员带了一付担架进来。营长说:

"你不要着急,黑枣,担架来了,到后边去。"

"不去,营长,我要跟你待在这里。"

"你两处挂重花呀!"

"不——去。"黑枣微弱地说。

伤势实在太重,不能上担架。营长考虑了一下,就又让黑枣留下。并且营长要注意前面的情况,就吩咐李支书关照向银宝,自己出去了。向银宝的神志很清楚。他手里还紧紧地捏着军号,通信员想从他手里拿开,但是,他捏得更紧了,固执地说:

"我要。我还要吹。"

然后又看着支书,声音是微弱的然而是清楚的:

"李支书,咱们冲进村去了吗?"

"咱们正冲进去咧。"

"我吹号吹错了吗?"

"你吹得很好,你一吹冲锋号,咱们部队就冲进街去了。"

这是事实,部队已经冲进了村,正在村里歼灭着敌人。机关枪声渐渐稀疏下去了。

"李支书,咱们不能让一个王八鬼子跑掉呢!"

"放心,黑枣,半个也跑不掉。"

黑枣因逐渐兴奋而伤口更痛,叫唤着,胸部和腹部抽动着,而一抽动就更痛了,温度也继续下降。嘴里仍然流血,但黑枣还是很兴奋。支书禁止他说话:

"你是听话的,不要说话。咱们这番打了胜仗,有很多胜利品。回去叫营长给你一把缴来敌人的军号,只是现在不要讲话。"

黑枣顺从地沉默着,并且因为伤痛而昏迷过去。但不多一会,他又清醒过来。他看着李支书。他的眼睛一点痛苦的表情也没有,而是天真和安静的。他用舌头舐着从嘴里流出来的血,细声地说:

"我不要军号了,李支书。"

"那你要什么呢?"

"我——我要请求两样事。"

"你说好啦,银宝。"

静了一会,他断断续续地说:

"我能当司号员吗?"

"能,银宝,你是咱们模范的司号员。还有呢?"

黑枣又静了一下,羞怯地看着李支书,动了几下嘴唇,想说又不敢说。李支书看出他不好意思来了,就鼓励他:

"没有关系,唉?"

"我要——我要加入共产党,我够格吗?"他的黑眼睛盯住李支书。

"你够格了,黑枣,你是一个小共产党员,咱们营上一个英勇的小布尔塞维克。"李支书的眼睛,缓缓地流下眼泪来。

"我差一岁呢?"

"没有问题,银宝。"

"不哄我吗?"

"支书从来不哄你嘛。你放心吧。我告诉教导员,我帮你填表,我介绍你入党。"

黑枣的眼睛发亮了,闪着异常的满足和欢喜的光辉。他慢慢地举手到帽边上,微弱地然而清楚地说:

"敬礼!"

李支书还礼,然后,黑枣的打颤的小手,无力地重落到胸前。他的黑眼睛最后闪动了一下,看着支书,好像是说:"支书,可不能让鬼子跑掉一个!"于是,眼皮垂了下来。李支书擦着眼泪,低着头。

敌人歼灭了,营长走进树林后边来,看着伤口还流着血的黑枣,沉默着,垂下了头。

东北书店 1948 年 6 月初版

40

◇纪云龙

伤兵的母亲

漫天大雪轻轻地下着。老大娘从那眼深井里打了一桶水,又饮了饮马,才直起腰来,喘一口大气。老大爷挺挺腰板,把几天的干粮、草料往爬犁上一丢,在井旁的水上甩了两下响鞭。

"到队伍上,把你的小棉袄脱给铁锁得啦。"她说。

"嗨,铁锁是抬担架去,他成天价干活,冷不着啊。"

老大爷坐上爬犁,她赶紧嘱咐一句:

"见着铁锁,叫他好好侍候挂彩同志,同志冷热多在心,千万可别溜号呀,区政府帮咱们穷老苗家翻了身,分了地,他要跑回家来,可丢人咧!"

"嗯哪,我会说。"

她忙凑上前去,往老大爷手中掖了几张票,叫捎给铁锁花,可是他不收,却扬起鞭子,吆喝一声,爬犁就顺着松花江边的田垄跑下去了。

老大娘,六十四岁的人了,她跟前只有铁锁。铁锁是前年日本鬼子投降才从黑河跑回家团圆的。"满洲国"时候,她家遭的罪就不用提了:啼饥号寒,亲离子散。租着马大棒子的坰半地,去了出荷还能有什么。马大棒子又当屯长,成年抓铁锁当劳工,铁锁哪年

着过家,全指着老大爷一个人下地。大前年过年,媳妇脖子上生疮,简直是活活饿死炕上的,那时买四块板都没场去借钱。丢下一个孙女今天好歹算抚养大了。

"要不是工作团来,大伙斗倒马大棒子,要没有共产党呵,咱们穷老苗家真是压折的树枝,哪辈子才能翻过这个个儿来!"

现在,一家四口,分了四垧地,是不愁吃不愁穿了。今年过年,蒸了两锅黄澄澄的豆包,馅儿里还加了分得老马家的蜂蜜,那又香又甜的说不出的滋味,是多少年没吃上嘴的呢。

在豆油灯底下和孙女编着席子,想起这些事来,老大娘自己笑了。

"奶奶你笑啥?"小丫问。

老大娘哄她:"笑豆包呢。"

"呵,我吃!我吃!"

她们的玩笑被街上的人声打断了,屯子里的狗也叫成一团。老大娘心里明白:大概是担架队下来了。只这么一想,她的老迈的神情马上显得精神起来,好像来了一件什么值得高兴的大事一样。她一翻身下了炕,觉得腿脚分外的灵活,不亚于屯子里的年轻的媳妇们。

大雪还在纷纷下着。来到街心,她看见农会主任老刘正举着豆油灯和一位同志搭话,同志问老刘,朝阳堡的伤兵医院还有几里地,老刘说,就是这儿。

"这医院很有名气呀,招待得好,我们队伍上都知道,这堡子多少户人家?"

"不多,五十三户。"

那同志扭身往黑处望了一下说:"医院就在街上吗?"

"哈,究实了,咱们朝阳堡哪有什么医院,同志们爱这么叫罢了,医院就在五十几户老百姓家里!"

担架进屯子了。老大娘和男女老少们忙着去接。"抬咱家去吧!""往我们家抬吧,主任!"人们把担架围了一圈这样争吵着。屯长和农会主任的豆油灯在上边一闪一晃,他们和受伤的战士们寒暄着,大声地吆喝着接担架手脚笨重的老乡们:"轻着点呵! 别磕碰!"

担架员都让到农会烤火、吃饭去了。三十几付担架都进了老乡的温暖的家。

老大娘喊着小丫,把一个伤势很重的伤员让到自己家里来。那位同志和老刘也跟进来了。她细心地搬开火盆,挪开没编完的席子,上炕拾掇铺的东西,照应着伤员。那位班长模样的同志亲自把伤员抱到炕上,他因为一转一扭的挪动,痛苦地呻吟着。刚刚镇定下来,他又像说梦话似的喊:

"别管我,我死也不下火线,你们抬班长去吧!"

因为激动,他的声音有点发颤。

老大娘伏在他的头上说:"同志,你冻着啦。小丫,去再添上把秫秸,锅里舀碗开水来!"

班长小声地告诉农会主任,这位同志是胯骨叫炮弹打了,伤势很重,希望老乡加意照顾;临走又再三嘱咐老大娘:"老大娘呵,你老多费心吧,我们这个同志打仗太勇敢了,他一个人打死二十多个敌人,从大荒地往后抬这两宿,雪太大,叫他遭了罪……多费心吧,老大娘……"

她把同志送到门口说:"同志放心吧,只要不嫌弃,我拿他当儿子待!"

又往灶口加了一把火,锅里的水滚开了。她放好篦子溜上几个豆包,心想:"还有什么好吃的给这个受伤的同志呢?"这是过年留给铁锁(他在前线过的年)吃的,小丫闹着要吃,哭了好几回了。

他又哎哟地呻吟了一声。

"同志,你喝点水吧?"她端着碗问。

他摇摇头。

"你饿不饿?"

"不,"他微弱地睁开眼睛看看她,"噢,老大娘,给你老添麻

43

烦嘞。"

他试着欠欠身,又咬着牙躺下了,伤痛。老大娘怕他这样仰身喝呛了嗓子,就跟他说:"你嫌我脏吗?我拿嘴喂你。"

于是她坐在炕上,就像喂小孩似的一口一口喂他。这时,他心中松快多了。他觉得这水咽到肚里,浑身就暖了起来,他感觉老大娘喂他的水特别甜,当日本投降后他离家参军的时候,曾感到队伍里的水比在家好喝;这时,老乡的水又比在队伍好喝了。顿时他觉得像回到了老家,火线上作战的影子再也记不起了。

"小丫,看看豆包溜热了吗?给大叔拿来!"

小丫把热腾腾的豆包拿来了,当她递给奶奶的时候,她用滚圆的小眼好奇地看着伤兵,不敢向奶奶要,她似乎知道:这应该是给同志吃的。

老大娘在衣襟上擦了手,要喂他,他无力地拒绝着:

"给孩子吃吧,老大娘,唉……"

"同志,吃吧,还有哩。"

"我们怎好吃老乡的东西,唉,你们待我们太好啦……"

"别这么说呵,你们打仗流血为的谁?要是江南的'种殃军'来了,再也没有一个人侍候,咱们宁叫你们吃一锅,不叫他们喝一碗。给,尝尝。"

分给小丫一个,他才答应吃的。

"老大娘,这么甜呵!"他惊异地问。

"这是分恶霸的蜂蜜。"

他心里乐极了,他像有一肚子话要说,但是气力可不够使唤,说不下去了。他想问一问这边老百姓翻身的情形;他想和她讲,在他家乡十户有九户给财主养蜂,但谁也没尝过蜂蜜是啥味;他还想告诉她,他家也有个上了年纪的母亲,却没有她这样疼爱过他。

在家乡的怀念中,在母爱的氛围里,老大娘又给他喝了一碗热水,看着渐渐睡去了。老大娘在地下一块小木板上,安置小丫也睡着,把剩下来的被都轻轻盖在他的下身。她偷偷替他解下了皮带,垫高他的枕头，才悄悄吹熄豆油灯，一个人守着火盆坐在炕梢微闭起眼睛。

半夜，她被他的尖锐的喊声惊醒了："同志们！立功的时候到啦！冲……呵……"点着灯，她将他的头搂在怀里，好久，才又平静下来，大概是刺激了伤，又哼了半天，才睡着。

一宿，这样难受了三四回。鸡叫了。

天快亮时，他忽然一脚蹬开被子，要爬起来，这可把老大娘吓坏了。

"干啥？同志，干啥？"

他不说话，咬着牙，两眼直愣愣地瞪着，非要勉强坐起来，可是伤又的确疼痛难忍。

"说话呀，要什么喝？水吗？"

"下地……"他迷糊地说。

"要解手？"她急忙问，"别下地，看冻着，我给你拿家伙事儿。"

实际上，他是一点也不能动弹，连坐起来的力气也没有。老大娘给他拿进一只尿盆来，跪在炕上，替他解开腰带，扶他强坐起，用自己的背撑着他的腰。

"娘呵……"

他感动地叫着。

她也叹了一口气说："拉吧，孩子，娘给你拾掇。"

给他擦屎端尿盆的时候，老大娘才用她的花眼看见了他那扎着白布，血迹模糊几乎已经烂掉了的胯骨。

当她回到屋里，看见他伏在被里抽噎。

"伤痛？同志！"

"呵，老人家！你别叫我同志啦，你老就是我的娘呵……"听到这里，老大娘也不由得落了一把老泪，她也说不出为什么来。

到第三天，铁锁的爹也从队伍看儿子回来了。这三天，在老大娘的抚爱下，同志的精神已经逐渐变好了，差不多像好人一样的能吃能睡了。

晌午,县里特别派来接他的担架,抬他离开朝阳堡时,他洒着满脸的热泪,和站在群众欢送的行列里的老大娘说:

"老人家,我这辈子也不能忘了你老!现在我亲娘是在蒋管区,也不知死活下落,你老就像是我的亲娘!"

一九四七年三月

选自《东北文艺》,1947 年第 1 卷第 5 期

◇李　纳

出　路

　　去年冬,我到刚解放不久的某矿山工会工作的时候,认识九组里一个工友彭名贵,他是个出名难对付的人,一个月下十多个班,有钱就送到牌九场上。自从十一月共产党接收矿山之后,没有人再耍钱了,可是他还是偷着赌。你叫他开会,他说:"开会给不给钱?不给钱,咱们两便罢。"你催得急了,他只好跟着你走,走到半道,他说:"你先走一步,我去一下便所就跟上来。"结果连个人影也找不见了。你叫他学认字,他说:"认字?我半辈子都过去啦,'八十岁学吹鼓手——中气不接',也不知道下辈子有没有儿子,我又不教训儿子。"工友们常在一块议论共产党好,他表示怀疑:"嗳嗨!我就不信天下还有为穷人的!我亲眼看见过好多回啦:日本小鬼、国民党,真是'去个孙悟空来个猴',一个比一个厉害!都是人家说了算,咱们说什么也是扮挨揍那一角。人家一个个空皮包来,满皮包去,有钱的还是有钱;咱们受穷的还不是受穷?共产党来了又能怎样?"所以他的哲学就是:"有钱就花,有饭就吃,死了四块板一装,拉倒!"有些从训练班回来的工友,听到他这样说,就和他讲道理,他一边敲洗脸盆,一边说:"你们良心倒好,吃了几天共产党的高粱米饭,尽说的'黑棉袄'①的话。"

我也问过彭名贵:"为什么你那样喜欢推牌九?"他直率地回答我:"心里闷得慌,就像没个着落,不推牌九干啥?"

有一天下午,我到九组去,因为今天刚开支,工友们都到街上玩去了,大房子里剩下几个人,他们都正在忙着做吃的。彭名贵坐在炕上喝酒,见我来就赶忙叫:"老弟,来,咱们哥俩喝几盅。"他已经喝了不少,还总向杯里斟酒,因为酒的作用,他的话就格外多起来。我们谈到他过去的生活,他说:"老弟,你问问伙计们,早先,谁不知道我老彭是个好样的,身体强,干活好,但是干来干去,落得个什么?落得一身虱子!我们许多乡亲伙计们一个一个被日本鬼子、国民党折磨死了,我自己也闹个家破人亡,连这条命还是捡来的,心一横,一溜下坡道就走下去了。老弟,谁不是爱好的,我老彭睡着比人长,站着比人高呀,谁不爱走到前面?!"

彭名贵和表哥石振中一九四一年从天津来到矿山,就被安置在坑内干活。那时彭名贵十七岁,可是长得和大人一般高,粗胳膊,身上有的是劲,人家抬一百斤,他总不肯抬九十九斤半。他本来在天津鞋铺当学徒,因为给人铺床叠被倒尿壶的气受不了,所以赌气不干,跟上表哥石振中来到东北。他俩都下大班,每天干十三四点钟,到了换班还不准上坑,不到下班时间,把头就提上大棍子来催班。睡觉连个炕席也没有,几块砖就当枕头,每天吃窝窝头,喝咸盐水,这些苦楚他都受得了。他常说:"早先,老是吃人家眼下饭,现在吃自己的,那怕喝口凉水也乐意!"他一文错钱也不肯花,不敢领胶皮鞋,光脚下坑。工友们常劝他:"小彭,瞧你累得哼哼的,你歇个班吧。"他总回答:"我不累。"别人有钱,不是耍钱,就是嫖窑子,他连牌桌跟前也不站。夏天黄瓜贱,就爱吃个黄瓜,常说:"我吃黄瓜就当过年。"所以工友们都爱和他开玩笑:"小彭,你又过了

---

① 矿山工作人员的制服是黑棉袄,所以有些落后工人就统称公家人作"黑棉袄",话里带着歧视的意思。

年没有?"

小彭在天津,就打定主意,到关外,什么苦活也干,省吃俭用,能每月邮个二三十块钱给他娘,要是往后过得好,有个家,就把娘接来;他娘是个受苦人,又不巴望吃好穿好,只要不冻着饿着就行了。所以闲下来,他就打个小木箱,等着开了支,把钱就攒在那小木箱里。他不爱多说话,除了干活,还是干活。工友们一提起他来,都说:"这人心肠好,人靠实!"

表兄石振中,脸上有几颗麻子,眼睛有一只不好使,小时候就爱干重活,性子刚直爱动,他娘叫他去给东家放猪,他不爱人家管住他,总和东家闹别扭,两月中换了三个东家。因为父亲是门头沟的刨煤工人,就把他也带到门头沟去刨煤,他一到矿山,就像到了家一样高兴,每月挣两块现大洋,养活一家。后来爹娘死了,他越发无牵无挂,他不知省钱,工钱领下来就花,有钱大家用,没有钱就空肚子挨饿。他从小就和煤作了朋友,他喜欢煤,所以尽管走了许多地方,到处都让他憋气,到底还是没有和煤分开。这年到了天津,看到表弟小彭,他俩就约着到了东北。他们紧挨在一起睡,一块吃饭,在一个掌子①干活。

过了几个月,开支一次,扣了饭费、灯牌钱、帽子钱、房钱、火车钱,连一个毛钱也没剩。有一天在大房子里,小彭和表兄说:"咱们在天津时,王把头不是说,火车费什么费都由他出,我们来矿山只管发财吗?为什么我干了几个月,一个钱都剩不下,大哥,咱们找他问问去——"

石振中说:"老弟,算了吧!问也白搭,我到过多少矿山,我早就看清了,他们的规矩全一样——吃工人、穿工人、坑工人。"

炕上还坐着一个工友,他认识几个字,到矿山也有七八年了,他最好的朋友就是《七侠五义》,一闲下,就戴上花镜读他,所以大家全叫他"秀才"。他听见他哥俩谈开支的事,就插上来说:"老弟,你

---

① "掌子",坑内采煤工人干活的场所。

们新来,还不明白这矿山的根底,你们到了这里就算是走了绝路了,唉! 没法子。"

另一个工友张大个从炕上跳下来说:"这些杂种每天提根棍,打人就当活干,还吃好穿好,这不是吃的咱们是吃的谁?"

小彭点了点头说:"咱一天在泥水里滚来滚去,连直下腰都不行,都是给人家干了啊!"

但,他又想起受苦的娘,为了给娘挣两顿饱饭吃,他只得咬紧牙挺下去,以后他还得更节省,过几个月,他想总会有点钱邮回去。

矿工的日子,一天比一天难过,东西直往上涨,工资却没有涨。"配给品"也不发。每天大批抓来的劳工送到矿山,吃橡子面都把脸吃肿了,矿上的牲口都喂得饱饱的才让干活,而人却饿着肚子赶下坑去。坑内溜"掌子"的像穿梭,一见工人直下腰就是几棒子:"你他妈的,干活比牛还慢。"如果有人告诉他肚子饿,没有力气,他就瞪着眼骂:"吃饱了,撑得你们更不想动弹啦。"

天气又热,七八十个人挤在一间大房子里,两铺炕中间安着做饭的火炉,人住在里面,就像盛在蒸笼里。许多人害了病,但是日本子把头那管你有病无病,只要你还有口活气就得下坑,你不下去,他的大棒准打下来——"一个臭苦力,那里来这样多穷病!""你几天没吃饭,那是你撑得太饱啦!"

人不知死了多少,一死就拖到山上喂狼。

这样的日子,老石并不是没有过过的,他明知到别个矿山也一样:"到那里也是只有人家的坐处,没有咱的站处。"可是,他实在呆不下去了,他又想换一个地方。

有一天,忽然小彭手里拿着一封信对老石说:"大哥,我娘病得快死了,要我回去,大哥,怎么办? 怎么办? ……"

小彭急得直流泪,老石心里也很难过。他喜欢小彭,他像亲兄弟一样地待他。他说:"兄弟,不要难受,我和你找王把头请假去,走!"

王把头那肯让他们回去? 他说:"等几天吧。最后他说:"你们先干着吧,等我给上头商量商量,他们要准你回去,你们就走。"

他们只好回来等回信,谁知一天天过去,把头不但不准走,而且变了脸说:"人还能不死? 你站在跟前,她要死还不是一样蹬腿! 现在'增产'要紧,人还不够使唤呢,还能准你们回去?"

小彭知道走不脱,心里比油煎还难受,拿起窝窝头来,一点味也没有,刨煤也举不起镐头。老石心里很不忍,只有劝他:"兄弟,慢慢想办法。"

过了几天,老石告诉小彭,他认识一个在冀东被小日本俘虏来的八路军——小日本把好几十个俘虏都分在掌子里干活,要他们向老工友学习成为熟练工人。——老石告诉小彭:"八路军是些干活的人,是为穷人打仗的队伍,因为大家都结成一条心,所以鬼子都怕他们。这个队伍官和兵都一样看待,他们要把压在穷人头上的家伙推下去。"

小彭心里只挂着娘,他那里听得进去这些话。

中秋节那天,老石悄悄地告诉小彭:"兄弟,今天是八月节,把头、外勤都正忙着过节,咱们今天夜里……"

小彭吃惊地问:"逃跑? 你能走得出去?"

老石说:"'八路军'有办法,他说用木板搭在电网上跑过去,这危险也真危险,可是我豁出去了。老弟,我打十五就下坑,二十多年跑了多少炭矿,总没痛快过一天。"

小彭年纪小,他从没有见过这样危险的事,他听见这事就慌了:"那怎能行呢? 家雀也难飞出去啊,要被他们抓住了可怎么办?"

老石坚决地说:"死了也比这样活着强!"

两个人都不说话,老石看到小彭脸发白,嘴唇直打哆嗦,他拉着小彭的手,哑声说:"兄弟,你能跟我们一块走最好,要不,你暂且呆下,等我们去试试,能出去,给你捎信……"

小彭望着房子四边圈起的电网,电网外的岗楼,他哭了。老石安慰他:"兄弟,你别哭,我能出去,一定马上想法去看我大姨,你不在跟前,我把大姨就当自己的娘。"

小彭偷偷地把橡子面窝窝头烤成片，装在他表哥口袋里，看着老石在朝大房子黑屋角里一拐就不见了，他回到炕上躺下，心里又害怕，又烦躁，就像害病一样。

因为是中秋，正赶上开支，许多工友都打了点酒，心里烦闷，格外容易醉，老王头钻到桌底下哭，一个山东即墨人扭住另一个病得快死的工友嚷起来："王把头，你把我诳出来，老子跟你拼了。"

那个瘦得只剩下一把骨头的人，只是翻白眼，旁边的人拉开他。张大个子说："大哥，他不是王把头，是你的老乡呀！"

即墨人固执地说："他就是，就是……"

许多人拉开他，他躺在地上，像小孩一样地哭了。

这种事，小彭已经见惯了，但今天晚上，更使他伤心，人家是一醉解千愁，他却想一睡解千愁，可是翻来覆去总也睡不着。

电灯像鬼火，暗得人对面坐着连脸都看不清，酒醉的人都睡熟了，即墨人在梦中还骂王把头，"秀才"凑近灯光念他的《七侠五义》，牌桌上有人押下小褂，有人问他："你只有这件小褂，押上了明天穿什么？"

"没有就光膀子吧，得快活一时就快活一时，谁还顾得了明天的事？"

小彭的心一直就摞在老石身上，只要听到外面一点声音，他的心就跳半天。月亮偏西，大家都躺下睡觉，小彭也蒙眬睡去。

朦朦胧胧，他听得外面有人大叫："你跑，除非你会驾云。"这是王把头的声音。他一骨碌从炕上起来，听见窗下一群人的脚步声，鞭子、大棒在人身上猛揍的声音。

"巴格亚鲁，猪，打死关系的没有。"

"是，是，中国人的臭苦力，像牲口一样，一吆喝一大班，揍死没关系。"

小彭的心，比千根麻绳绞着还难受。他想："是我大哥吧？不会是，大哥早就跑出去了——不，跑不出去，跑不出去！变小雀也飞不出去……大哥，你死得好惨呀！……"

他什么都看不见，只见无数大棒在眼前晃，棒上粘着血，大哥躺在地上不动了……

…………

天刚亮，下夜班的张大个子回来，他一进门，就拍着脑袋嚷："昨天夜里又有两个想逃跑的人碰在电网上烧死了。"

小彭赶忙问："你看到是谁？"

张大个说："看不清是谁。烧得才惨呀，身子就像块黑炭……"

"秀才"默默地抽着烟，叹口气说："挂了号，就像马带上笼头，跑不了，死不了，只好给人家干。"

张大个抢着说："干？干到什么时候才到头？到底还有没有咱煤黑子说理的地方？"

即墨人说："这几天，光死在电网上的也不知有多少！"

"秀才"擦了眼泪说："逃不出去，早死早托生去吧，他们总算熬出头来啦，咱们却还在这儿混吃等死。"

小彭头发涨，他想打人，他想出去和他们拼命，他们让他的表哥死，也让他的娘活不成。

把头进来了，他大声嚷着："吃得像猪，睡得像狗，还不下坑去？在这嘀咕什么？三天不吃镐把墩肉就皮痒！"

他点了下人数，怪声问："石瞎子呢？到那儿去啦？"

大家都不作声。

"你们都哑了吗？彭名贵，他到那里你不知道？"

小彭嘟嚷着说："我和他又不穿一条裤子，我那里知道？"

把头抢起镐把，照小彭劈头就是一下，恶意地说："你放心，他跑不出去！"

于是那些人们只好把愤怒压在心里，像羊一般被赶下坑去。

表哥没有消息，母亲也不知死活，十八岁的小彭简直变成哑巴，他还想逃，但那有逃走的路？"有个家，把娘接来"不过是做梦，自己累死还是橡子面也吃不饱。拿起镐头就来气："累死也是给人干，咱还不是落得家破人亡！"心里难过，偶尔到牌桌跟前站站，有人叫他：“赌两把吧，这玩意可有意思呢。”

“咱们这号人无儿无女，省钱给谁用？”

“小彭，有钱就狠花，无钱就欠着，来，蹲下赌两把。”

说是赌两把不要紧，可是一沾上你就别想再丢开，于是赢了钱还想赌，输了钱更想捞回来，人不在牌九场心也撂到牌九场上，赌得连件小褂都不剩，还欠了一身债。又和几个人造假骰子，赢了钱，大家吃吃喝喝，输了钱，就吃赢钱的。从此，小彭就这样越赌越上了瘾，后来有人劝他不要再赌钱了，他却说：“赌钱也是一穷到底，不赌钱还是一穷到底！”

国民党来，工友的生活比日本鬼在时还难过，糠窝窝也吃不上，饿死的人就不知有多少，而那些经理，厂长，处长，科长，却吃得一个比一个肥。因此小彭常说：“不管日本子，国民党，吃工人总是一个样。”但有一点正对小彭的口味，就是可以在大道上推牌九。自从国民党来，小彭每天就不干活，光推牌九。

就这样，彭名贵和从前完全变成两个人。

※　　※　　※

彭名贵讲完了他的故事，天已经黑了，他把我送到工会，他再三向我说：“老弟，我现在就是吃点喝点，死了算完！说实在话，天下那个人也不明白咱工人一点苦处！”

我说：“你真的以为没有人明白咱工人的苦处吗？”

他没有作声，我明知道他一时不会相信我的话，所以我只好把许多话咽下不说，我瞧着他那良善的面孔，心想：“慢慢地，总有一天，你会相信我的话的。”

不久，我调到别的矿山工作，在矿工代表会上，我遇见一位熟人，他兴奋地告诉我，彭名贵现在可变了，他现在非常进步，在红五月大竞赛中，还向几个不爱干活的工友挑战，把他们都带起来了。接着交一封信给我，信这样写着：

“老弟同志：

我请人写这信给你，告诉你，你走了四个月，咱矿山全变样了，我也变样了，现在我可明白了共产党是怎么一回事，咱工人是真翻身了，就得好好干。我向咱组挑了战，得了胜利。我原是个好干活的，现在撂下牌九，拾起镐把，我还是个好干活的！

还告诉你一件好消息，我表哥回来啦！他没有死，他现在咱职工会办事，这些年他在冀东打日本子，打过国民党，我们见面那痛快劲就不用提啦！我娘也活着，我表哥捎来她的信，她因为天津过不下去，逃难到冀东解放区六年啦，我娘说那里的穷人全过得好，她现在像上了天堂一样。我娘还说现在天下是咱穷人的，要我好好干活。我表哥现在常和我讲解放区的事，我现在才明白从前错了，老弟：我就像一个喝惯苦水的人，有人拿糖水给我喝，也把碗摔掉。现在我总算熬出来啦，老弟！以后，再没有人敢拿苦水给咱工人喝了。

老弟！共产党真好！我只告诉你一件事，你就知道我不是当你面说假话了。咱组有人碰坏腿，有个医生要拉，经理听说赶忙跑到医院，说什么也不叫拉，请了许多医生参考，这人果然没成残废。要叫早先，一百条腿都拉了。像这样关心工人的事，每天有，我还能不动心吗？

老弟，我现在干活越干越来劲，我原是个好干活的，老弟请放心吧！我现在撂下牌九，拾起镐把，我还是个好干活的。

老彭六月一日

‘秀才’问候你，他现在再不愁眉苦脸啦，把《七侠五义》也丢掉了，他每天都读工人政治课本。”

我写了一封信给他，说他的转变让我很高兴，我相信他将来会变得更好！

一九四九年六月于沈阳

选自《东北日报》，1949 年 6 月 27 日

姜师傅

机器厂一千多工友，每个人有每个人的故事，下面讲的是一个老钳工的故事：

老钳工叫姜富成，今年五十六岁，从当学徒挨巴掌算起，和机器打交道，少说也有四十年；论技术，是千里挑一的好手；人也正派，牌桌跟前从不站一下，不喝酒、不抽烟，工友谁不佩服；就是脾气躁，三句话不对就摔桌子打碗，这也没什么，在早，技术强的人谁不是这样。

去年，工厂要归人民管了，很多工友痛快，也有那不明白的工友害怕失业，他倒不在乎，说："单凭我这两只手，走遍天下也饿不着；老中华民国、伪满洲、国民党，我都过来了，不管谁来管，我的手总没闲过。人家吃橡子面，我可也没饿着。谁来不是一样开工厂，谁来咱也是耍手艺吃饭，咱不信共产党不要工厂！"

他说得对，共产党不但一来就开工，并且还要把少胳膊缺腿的机器也装上（这些机器零件，在工厂附近水沟里大道上一睡三年），老头那次看见不心疼？现在要找回来装上，正对了他的心，他当然举胳膊赞成。

七十几台机器都装好了，还有两台大旋盘机，连身子也找不着，单剩两个大轮，老头自告奋勇来画图。

你没看见老头那股劲，一天爬在机器旁边，量呀、画呀。人家叫他："姜师傅！吃饭啦。"他连眼也不翻，等人家把饭送到他眼底下，他才胡乱吃点。

机器零件配好，他带上一班工友装上，一试验，很好使唤，厂长好高兴,工友们也称赞:"不愧是姜师傅,四十年的老工友。"老头那快乐,就不用提了。

老头当了三年钳工组长,现在组长还是他干。因为工厂刚开工,纪律还没实行好,有个别工友在上工时打闹、磨洋工,老头一见就生气。有一回,一个二流子工友挫一个轮轴,挫了一天还没完,这些活,那一件瞒得过老头的眼睛,他骂那工友磨洋工。那工友说:"现在讲'民主'啦,我爱挫多少就挫多少,你管不着!"这下惹得老头来了火:"我不管你'民主'不'民主',你磨洋工就不行!"顺手就给那工友一巴掌。

老头有一样打不通:有人介绍他参加工会,他说:"参加那玩艺干啥? 坐在那里开会比挨刀还难受!"

工友每天有一点钟学习,上政治课、讨论什么的,他从不参加,总坐在机器边摸摸这,弄弄那。有的工友劝他:"姜师傅,学习是开脑筋的……"还没说完,他就给人家顶过去:"不开脑筋一样吃饭!工人的本分是干活,我单知道人家给我钱,我给人家干活,别的我什么都不管。"

到后来,一到学习,就找不到他了。

真把你闹得哭不得,笑不得。

碰巧,他的学习小组长又选上儿子姜自豪,儿子是积极分子,凡事都走在前头,年轻人谁不爱脸? 想不到自己的爹是个"老不进步",岂不是自个儿打嘴? 心里越想越气。那一天,一跨进门,见他爹正收拾钓鱼竿,更加不愉快,他粗声说:"爹! 你为什么早回来?"

老头见儿子一脸正经,早有几分不耐烦,也大声说:"回来怎么着?"

儿子平时是很怕爹的,爹说一不敢说二,一见爹生气,心早软了,结结巴巴地说:"爹,你老为什么每天不学习?"

老头跳起来说:"好小子,你管起你爹来啦,这还有个王法!"

儿子见爹没有听完他的话就骂人,心里也翻了:"爹,你总得讲理。"

"讲理!? 你他妈跟你爹平起平坐! 老子养了你,老子也揍死你!"

说着,用钓鱼竿劈脸打过去。

儿子身上挨了一下,火更上来了,他说:"你总得留点脸面!"

"老子不嫖不赌,不拿人一针一线,有什么丢脸的,老子把你翅膀养硬了,有人给你撑腰了,你给老子滚!"

自豪他娘回来,见老头正在劈头盖面打儿子,忙把老头拉开,将钓鱼竿折作几截丢了。老头见折断鱼竿,越发暴跳如雷:"都是你惯的他,现在来管他爹了。老子绝种也犯不上要你,你收拾铺盖给老子滚! 以后再跨这门槛,小心打断你的脚筋!"

老太太只有这个孩子,是含在口里养大的,从来舍不得弹他一指头,看见挨了打,心里那有不疼的,她说:"俗话说:'伸手不打过头儿',他这样大了,人有脸,树有皮,有话不能好说,犯得上打他? 他也有个三朋四友,你叫他以后怎么见人?"

老太太作好作歹才算把他们劝开。

谁知他父子两从此就不讲话,儿子吃完饭就出去,晚上一回来倒头便睡。

厂里庆祝工厂修复,要开庆功会,奖励一批英雄模范,老头也是模范,可是开会这天,找人戴花却找不见他,厂长、工会主席着急得了不得,工会主席无法,只好亲自去找他。

不料无意间碰到他在小馆里喝酒,主席高兴地说:"老姜! 墙缝里都掏遍了,原来你在这里躲着喝酒,回去吧,要开会啦!"

他放下酒杯,慢吞吞地说:"开会? 我不去!"

主席说:"有什么事,开完会再说,一千多人在等你呢。"

他说:"你们自个儿去开吧! 我干活不为当模范。"

主席说:"当模范不是顶光荣的事!? 我想当还当不上,走吧!"

他站起来说:"我那样不如刘友,他在头等,我为什么该在二等?"

主席为难地说:"那是大伙选的。"

他说："人活着就为争口气，争个脸面，刘友能跳八丈，我也不能只跳七丈半，刘友能搬铁，我也不能搬石头，他什么地方比我强？咱们比一比，我要输了，也不算在这工厂干活二十年！"

原来机器厂选举模范时，铆工组提了组长刘友作候选人，一提到刘友，千多工友倒有八百赞成他当一等模范，都说："好样的，技术强，能团结工友，思想进步，值得咱们学习。"赶到提出老头，就有人交头接耳，半天没人吭气，后来有人说："论他的功劳，也够上一等，就是他不关心工人自个儿的事……"讨论结果，选为二等，因为这样，他就憋了一肚子气。

老头总抱怨人家和他过不去，可是他又想："我和人无冤无仇，总不能全厂工友都跟我作对，莫非我也有错？"但一想到在上千工友跟前出丑，他就烦闷起来。

他平常和主席交情不错，磨不开主席几句好话，就跟上主席走出酒馆。

走在半道，主席说："老姜！咱们这老脑筋可要换换啦，早先，咱们除知道吃饭外，就知道干活，糊涂半辈子，现在国家是咱自个儿的，工厂是咱自个儿的，咱们可得要学习管家呀；有个工人学校，是为咱们工人办的，咱们厂现在正要派几个人去学习，我想要求去，怕上边不答应。"

老头没有作声。主席又说："老姜，这是个好机会，你去行不行？"

老姜说："你这不是打鸭子上架，存心和我过不去，我土都埋半截了，还去读书！？"

主席说："现在不能只凭会干活就行啦，咱们还要明白道理。"

老姜说："我说什么也不去！"

主席说："不去也由你，拿我替你想，还是去好，有好多人想去还抢不到呢！你再想想吧。"

第二天，他有事找厂长，刚走到门口，听到厂长和主席说："老姜到现在思想还没有打通，大家还要耐心帮助他搞通思想。"

他的头"嗡"一下晕起来:"'打通思想',敢情是要斗争我。""在众人跟前'斗争',我这块老脸往那儿搁?""怎么办?快躲过这关,上学去!"

工人学校在一个半山上,灰洋楼,早先是满铁单身汉住的。老头分在楼上第三组。天冷,屋里正烧暖气,墙刷得晃眼,上面贴着上几期学生的漫画、歌词。刚把行李撂下,就进来一个四十来岁的女同志,灰军装干净利索,笑起来眼睛又慈祥又亮,讲话时带点南方口音。她和他们每个人亲热地握手,问:"你们来多少人?""冷不冷?"又问从工校毕业回去的学生情况:"××关节好了没有?""××小孩生下来胖不胖?""××……"

等她出去,大伙议论开了,有知道的人说,这是校长,二十多年的老同志,学问好。老头也喜欢这个校长,可是使他憋气的是又和刘友编在一组。

组上的人刚把行李铺好,就去帮跛脚大师傅杀猪、洗菜、烧开水,和早来的同学混得和自家人一样。下午会餐,吃的是猪肉熬白菜,大伙吃得很香。

工校是上午上课,下午讨论。他们差不多每人有个小本,拣自己喜欢的歌都抄上,没牙的老头也张着嘴巴唱歌。老姜对这些都觉着没味,开讨论会,他就是不开口,一开口就是和刘友抬杠;有人批评他,也和人家抬杠。刘友找过他几次:"姜师傅,你对我有什么意见,咱俩谈谈吧!"他总说:"没什么!"在心里却说:"和你谈心事,那犯不上!"

有一天,刘友没吃饭,外组的人就很诧异,一会,又见老头端着一碗挂面送给刘友,这是怎么着?大家向第三组打听,才知道原来是这样回事:

今天校长讲"工人是最受剥削的阶级",回到组里,大伙都谈自己受过的苦,而刘友的苦,比谁都多。

刘友给人当牛马,还天天挨饿,自己又胆小,凡是别人没走过的路,他决不肯走,什么都让人三分。国民党接收了他们的工厂,他简直就喝糠糊糊。这时工友们发动向厂方要求发点吃的，刘友想要救活孩子，也参加请愿，谁知到厂长室，找厂长请求，厂长说："没有！"

工友逼得去抢仓库，厂方叫厂警开枪、抓人，刘友也被抓去，他们硬要刘友承认是共产党，刘友说："你们打死我，我也不知道什么共产党，我抢白面是为了要活，我不能空着肚子做工！"

刘友伤心地接着说："还有一个工友，他是这次请愿的带头人，他是上好的人，技术又好，只要对工友有好处的事总跑在前头。我死也忘不了他告诉我的：'老刘！救咱们工人的只有共产党！'就在那一夜他被活埋了。他死后，大家难过得了不得，有人说他是共产党员。他为了工友，把性命丢掉，工友们，他才不过三十来岁啊！

"蹲了一回监，把我的糊涂脑筋打开，我不再想死，我要活下去！因为没证据，又把我放出来。到这工厂不几天，我们的队伍打来了。工友们！我现在为什么干得这样起劲？因为我爱共产党，它的对头就是害死我一家的反动派！……只有它能帮助咱们工人翻身！"

刘友讲完，有的工友已经揩了几次泪。老头一言不发，心事沉重，他难道不是和刘友一样，挨过拳头？爹是工人，死时连棺材也没装，尸首就丢在地上任狗吃；娘还不是改嫁又饿死。自己这一生给人当驴使唤，也没有过过一天好日子，自己受的苦还不是和旁边坐着这些工友的苦一样。老刘讲得对："一枝笔写不出两个无产阶级。"咱们是一样的人。他恨自个糊涂，对不住共产党，对不住老刘讲的那个共产党员，对不住老刘，也对不住儿子……

一个月的阶级教育，使老头明白很多事，干活不用说更起劲，工友的事也爱管了。老头本来识几个字，每天闲下来就戴上花镜看书。老头常说："五十多年算白活啦，现在要从头干起！"

今年"五一"节，老头换上新蓝布衣裳，参加秧歌队。下午和儿子一道回家，老太太端上两样好菜，一碗是鱼，一碗是炖肉，父子两个高高兴兴地吃完走了。老太太收拾盘碗，心里又乐，又想不通，到底他们父子俩为什么闹翻，又为什么和好？

父子俩匆忙地顺着河走，俩人都不说话，他们顾不上看红红绿绿的秧歌队，也顾不上挤到人缝里看街头剧。老头只觉着心要蹦出来，脚不由己地飞快地跑。

一进门，迎面看到一面大红旗，旗下是六个人的大像，老头知道这是共产党的领袖马克思、恩格斯、列宁、斯大林、毛泽东、朱德，他们好像对着老头点头，对着他笑……

可是会场还没有人，父子俩会心地笑了笑说："太早啦！"

今天入党的是老姜父子，介绍人是刘友和工会主席，他们又特别选择"五一"这天举行仪式，所以参加的人很多。

老头心发烧，嘴唇干燥，他喝了很多水。这个会使他想起很多事，他想讲很多话，可是等他站在红旗下，却又嘴唇哆嗦得讲不出话来："我爹是工人，我是工人，我儿子还是工人，共产党是咱们的党，咱们工人要有出路，就要一辈子跟着毛主席走！"

掌声把他的话盖过，他停了停，接着说："我糊糊涂涂活了五十多年，总寻思凭手艺挣饭吃，可是好手艺也只能对付着不死，造好高楼大厦还是别人住，自己还是一辈子蹲狗窝，等到不能卖力气了，人家还不是像狗似的把你赶走，跟我爹一样，拿床破席一卷，撂给狗吃。"

老头声音沙哑，他擦了下眼角，大声说："现在国家是咱自个儿的国家，工厂是咱自个儿的工厂，我成了共产党员，我更要领头干！我虽然五十多岁，可是你们看我的胳膊，和年轻力壮的小伙子一般粗，我还能给我的党我的国家干几十年！"

掌声和口号使玻璃窗震动起来，老头觉着毛主席的眼更亮了。

一九四八年十一月沈阳

选自《煤》，东北书店1948年

煤

煤能使废铁化成铜

黄殿文是哈尔滨有名的小偷,外号叫"无人管",他蹲过好几次笆篱子,但是毫不在意,他说:"监狱就是我的家,长久不来,还想它呢!"

今年一月,又进了监狱,法院判他半年徒刑,送到矿山生产。

到矿山,他用锅灰把脸一抹,躺在炕上哼哼,今天说骨头疼,明天说筋疼。人家吃饭他不吃,等旁人都上班头,他才偷着起来弄饭吃。这样过了半来月,有一天,工会陈主任到大房子去,正好他在炒菜,来不及爬上炕,只得搭讪着说:"主席,我病好了,过几天就能干活了。"

陈主任说:"你也该干点活,要不,连饭也吃不成啦。"

他说:"你分配吧——不过你不管饭我也能对付。"

主任说:"你愿干什么活?"

他毫不迟疑地回答:"叫我看水楼吧。"

主任纵声大笑起来:"那是妇女和老头干的活,你年青力壮的,还是挑点别的吧。"

他说:"你说,只要是轻巧活就成。"

主任说:"你去推煤车吧,三个人推一辆,你重活干不动,就和两个老工友推一辆。年青小伙,干点活有多好,为什么要犯那没出息的病?"主任从身上摸出一百块钱给他,"去洗个澡,剪剪发。"

主任又告诉他,矿山新老工友待遇一样,只要劳动,就有钱花。

他嘴里哼哈答应，心里却说："我要钱干吗？在哈尔滨做一次'买卖'①就是好几万，我还挨这累？"

第二天一大早，他就跑到工会去："主任，我今天干活去，你给我找条绳，我把棉袍扎上。干活要有个干活的样子！"主任赞赏地看看他："头发一剃，可不是一个挺干净利索的小伙子吗。"就给他找了一条绳，他把前襟扎在腰里，问："还带什么家伙？"

主任说："不用了。"

他兴致勃勃地跨出门槛，拉开姿势，大声吼唱起来："我迈开大步往前奔，康刷勒刷……"

到运输股挂了号，把他分配和两个老工友推一辆车，谁知他不用力气，只作着推车的架子，嘴里哼着二黄，身子向两边摇摆，后襟直向两个老工友扫来。车推不动了，老工友说："你使点劲吧！"他说："这不是使劲？"

煤车怎么也推不过去，老工友把手一松，他也跟着松下来，说："老工友不是要团结新工友吗？你们不推，我也没法子！"

后面来了一串煤车，翻车的没有事干了，催促着。他就站在一旁喊："大家来帮忙呀！这挂车推不过去啦！"果然跑来几个人帮着推，他倒蹲在犄角上，一手拿一个大饼子，咀嚼着喊："注点意！不是闹着玩的，小心压住脚呀！"

运输组长见他老耽误事，就叫他回去，他正乐意这样办。于是跑到草甸子里睡了一觉，回去见了主任说："他们两个都不推，让我一人推，那能推得动？我不敢批评他们，怕他们骂我'坏蛋'。"

主任说："你别撒谎了，我知道你偷了懒。明天可得要好好干活。重活干不了，我送你去仓库缝口袋。"

主任亲自把他送到仓库去，他缝起口袋来，手指伶俐，别人缝二十多针，他一只口袋就缝好了。主任见他像个干活的样子也挺高兴，临走嘱咐他好好干。

---

① "买卖"，即偷。

主任一走,他把针一撂,对那三个人说:"你们不是老娘们? 这是老娘们干的活呀!"

大家也没理他,他说:"你们愿听哈尔滨的事吗? ……"

大家说:"你赶快缝吧,一会就晌午了。"

他一本正经地说:"一分钱,一分货,十分钱,买不错。刨煤一天挣几千,咱们一天才挣千儿八百的;要认真干才是真傻瓜!"他把头凑到那三人跟前,问:"你们愿听《小老妈开膀》吗? 我唱一段给你们听。"

于是拉开嗓门唱"小老妈在上房打扫尘土……",引得那三个人手下的针也动得慢了。

唱完后,他说:"你们光听唱,不给钱行吗? 唉,不给钱也行,你们三人缝好的口袋分一份给我,我就天天给你们唱。"

股长一来,他赶忙装个样子,股长一走,他又把仓库变成戏园子。

下班时,见仓库里堆着些小笤帚,就顺手挑一把揣在袖里。走过合作社,只见猪肉刚捞上来,喷香!他走进去,佯装买东西的样子,把一大块肉偷走,连盖肉的布也拿走了。一回大房子,就叫:"来吃肉呀!"有人问他:"多少钱一斤?"他说:"我一堆买的。"

有个工友叫杨立顺,因为他嗓门高,好说话,又姓杨,所以大家叫他"洋炮"。他看到炕上多了把新笤帚,在心里寻思:"这玩艺只有仓库有……"所以就问:"这笤帚是谁的?"

"无人管"说:"我的!"

"你那里来的?"

他满不在乎地说:"路上捡来的呗。"

另一个工友走来说:"这是仓库的东西。"

他气愤地说:"谁见我从仓库拿来的? 别血口喷人;在街上捡点东西也犯法!?"

大家都围上来:"你拿了人家的,还不认错? 连猪肉也保险是拿的! ……"

65

"你破坏了我们的名誉!"

他说:"名誉卖多少钱一斤?"

"斗争他!"

"斗争?只要不打就行。"

大家气得脸红脖子粗,说:"走,上工会去!"他把棉袍一抖,拉长语调:"上工会就上工会,走呀!"见大家拿走了肉和笤帚,他半开玩笑地说:"你们说不勒大脖子,这不叫勒大脖子叫什么?"

大家到工会,把赃物往桌上一摆:"主任,你瞧!"接着把事情叙述一遍。主任严厉地说:"黄殿文,你闹得太不像话了,几次破坏矿山的规矩。以后再拿人家的东西,把你送到警卫连!"他看到大家都很气愤,生怕真送警卫连。他想:"光棍不吃眼前亏",躲过这一关吧,所以就说:"我错啦,我给你们赌咒,再犯错误就天打五雷轰。"

主任见大伙走开,就说:"老黄,你坐下来,咱俩唠唠。"

主任给他卷了一支烟,从闲谈中问到他的家世:他是双城人,在家里也种地,父母亲死了之后,就寄住在大爷家。当过几年兵,以后又想在哈尔滨混点事,但在伪满时代,没有个做官的亲戚,那里也混不上事。住在旅馆里,和一班小偷打上交道,没有钱,小偷就鼓励他出去偷,一回两回,觉得这买卖不错,一出去就有钱花,往后耍钱、抽大烟、扎吗啡、逛窑子……什么都来。结果,老婆被大爷撵出来,到哈尔滨找到他,在店里租了一间小房住着。他三五天也不回去,媳妇问他,他总用话支开去。他说:"没有不透风的墙,日子长了,屋里的知道我干这没出息的事,她哭着要寻死。我说:'我也是没法子呀!'我答应她找事干,不再偷了。可是主任,不偷?除非我袋里装满钱。"

主任说:"现在你媳妇的生活谁照管呢?"

他说:"我也不知道。说不定被人家撵出来了。人过到这一步,什么人也顾不上啦。"

主任问:"你和你媳妇感情怎么样?"

他眼睛一闪，垂下了头说："主任，我屋里的是个好女人，我对不住她……"

主任说："你应该为你妻儿想一想，在这里好好干活，把媳妇接来。"

他绝望地说："我现在是臭名传千里，再莫想抬头啦！人生一世，过一天少一天，混一日了一日，享福也是一天，蹲监也是一天，挨累也是一天……"

主任说："你这就不对啦。从前偷东西是没法子，旧社会逼的；现在是新社会，人人都得工作。你年纪不到三十岁，前程远大；像我这老头子，土都盖半截了，还越干越上劲。你好好干活，也和老工友一样能立功，又能减刑。"

他点点头，在肚里寻思："可也对——但是干活多受累！"

主任说："你下坑干活吧，坑里挣钱多，每月开七八万，手边也宽裕些。"

等他一走，主任立刻照着他说的地方给他老婆打个电报，希望她到矿山安家。

然而，这小子的脑子里却又塞满了"溜"的念头，"溜"总得要有盘缠。他早就看准睡在他身旁的工友的包袱，这人叫李子明，平时不爱说话，不会喝酒，样子和姑娘似的，所以大家都叫他"大姑娘"，叫惯了倒连真名都丢了。"大姑娘"有他特殊的爱好，他刨煤很起劲，每月开支八九万，他的钱都做了衣服。他有一双黄皮鞋和一身红绸里的衣裳，因为冷，收拾在包袱里，但他还是时时打开。"无人管"早就打它的主意。他也害怕被抓住，但又一转念头："抓住是他的，抓不住是我的。皮袄谁穿谁暖和，吃饭谁吃谁饱——八路军真可笑，讲民主，光用嘴，不疼不痒，当什么用？"

他把那包袱看准，要溜时一定"借"它当盘缠。

那天，他当真跟坑长下坑内，往坑内的道路走，泥水煤混合在一起，把不住就要摔跤。瓦斯灯的亮光只能照一小片，不小心就碰着头，他在心里骂："这是阎王路！那个鬼崽子发明下煤坑。"坑长却像走平道似的，一路告诉他："这里滑，那里有坑。"好容易挨到下面，坑长说："你坐着歇歇，"就把他分在"洋炮"和"大姑娘"的"掌子"①里干活，并且告诉他，"洋炮"就是小组长，不明白的事找他。他想："倒霉，和他一道——但是，不管它，反正我不能总呆在这里。"

他看见爱漂亮的"大姑娘"满脸漆黑，只有两排牙齿是白的。他越看越不顺眼，在肚里骂："还高兴个屌。也不照照自己的脸，装鬼都不用化装了。大洋炮，还总唱……"

"大姑娘"见他坐在镐把上不动，就说："瞅够了吧？瞅也瞅不下煤来。"

"洋炮"说："上来，我教你刨。"一面把着他的手刨了几下。他说："就是这样刨，容易，让我刨给你看。"

他拿起镐头，在煤上乱刨一阵，"洋炮"说："你别像关公耍大刀一样，力量要用在两臂上。"

他把镐头一撂："操他妈，这煤和生铁一样，凭我这胳膊就刨不下来。"又转向"洋炮"，"你能刨下我不能刨下，来，咱俩摔个跤试试。"

"洋炮"说："过几天再刨煤吧，把这些煤铲下去。"

他叽咕着："出娘肚皮也没干过这活。七十二行，这叫什么行？"

拿起铁锹，像有千斤重。他把铁锹用力往煤里一插，煤和铁锹一齐滚到下面去。他大声嚷叫着："铁锹掉下去啦！""大姑娘"说："你这不是成心捣乱？！"

他说："我手一松，它就掉下去啦。"

"大姑娘"不耐烦地说："别吵吵，下去捡吧。"

他巴不得这句话，就"扑通"往下一纵，故意把头用力在地上一碰，失声大叫："哎哟，我的头被煤碰破了。"蒙着头，"洋炮"一看，

———————————

①　"掌子"，坑内采煤工人干活的场所。

果然流血了,就说:"你上医务所瞧瞧吧。"

他真快乐,他的计划进行很顺利。

当天,"无人管"和"大姑娘"的包袱一块失了踪。两天后,"无人管"的媳妇也到矿山了。

陈主任心里真着急。把她安置在大房子隔壁一间小屋里,劝她不用发急,男人过两天不回来,就找人送她回哈尔滨去。

女人只好住下来。她那能睡得着?深夜了,只听见大房子里忽然吵闹起来,她清楚地听到主任的声音:"我告诉你跑不出去,穷人的江山穷人爱,儿童团三步一岗五步一哨,你能跑得了?现在你信我的话了吧?"

另一个声音:"你为什么逃跑?叫你干活学好是坏事?矿山什么地方亏待你?"

许多声音:"说呀,你为啥不说话呀!"

一个非常熟悉的声音:"我一时的错误。"

孩子被吵醒,她把孩子抱着走出来,一看,坐在炕上的正是她丈夫,她止不住流下眼泪。男人见了女人,大吃一惊:"谁叫你来的?"

女人说:"你打电报叫我来的!"

男人说:"我那里打电报叫你呀!"

女人拭擦了一下泪说:"政府待你这样好,劝你学好还给钱,又给你接家眷,你还跑什么?这几年,我什么罪没有受过来?家里撵我,街房邻舍笑我,要没有小丑儿,我早一头扎死了!"女人抽抽搭搭地说:"你不见以后,我黑夜白天盼,家里啥吃的都没有。我只好厚着脸领着孩子回大爷家,人家不肯收留。天黑了,还下着雪,我挂着孩子,不知道上那里去。哭爷爷叫奶奶,小店又留不下。政府说你在这里生产,我以为有指望了,卖了那床破被就来找你……"

女人简直说不下去,怀中的小丑儿也哇的一声哭起来。大家看看黄殿文,又看看女人,心里都难过起来。女人接着说:"谁知你又逃跑,人家待你好,我一来就看在眼里了。你究竟安什么心?你是存心要让我娘儿们饿死?你到底把我们娘儿们安顿在什么地方?"

黄殿文焦躁地说："得,得,别说了吧!"

大家劝解着："大嫂,你也别伤心啦,回去休息吧,好好劝劝老黄。"

"大姑娘"几次站起来要东西,但他看了这情形很心酸,他咬一咬牙说:"算了吧,我一个跑腿子的好张罗,他老婆刚来,权当送给他安家。"

第二天,黄殿文垂头丧气地去找主任:"我家里说什么也不回去,愿在这里落户。主任! 你瞧我这吃的、住的……"

主任说:"住的你不用操心,早给你找好了,就是那所红砖房。你先支一万块钱买点油盐。吃饭的家具一会给你送去,炉子早就安好了。"

他笑着说:"谢谢你老。"

主任说:"现在你家里来了,你下坑去刨煤,多挣点钱。只要你这一月下足二十八个班,给立一小功,减一月徒刑;往后生产要超过任务百分之三十,给你立一大功,减三个月徒刑。"

他为难地点点头。

主任又暗叫"洋炮"来说:"你和黄殿文一块干活,把他改造好了,给你立一小功。"

"洋炮"说:"我豁出一个月工钱不要。我来改造他。"

第一天,"洋炮"来催他下坑。先叫他做些零活,他常常歇下来,瞅着煤不动,"洋炮"也没有说他,只管一个人刨。下了班,也总和他一块闲唠。三天之后,黑板报上表扬了他,他觉得脸上有点光彩。

下晌休息时,他问"洋炮":"你早先是干什么的?"

"洋炮"说:"我也和你犯一样的病,在早,我是有名的蘑菇匠,现在我算是安心生产了。民主政府不准有游手好闲的人,哈尔滨也没有咱们这种人的路了。"

他说,"干活也真难,土篮一搁到肩上,就不是味儿。"

"洋炮"说:"干几天就惯啦,只要你下决心,就是累也不觉累。"

"洋炮"诚恳地看着他说:"你这几天还是胡思乱想,你溜走也没有道,哈尔滨来了许多新工友,不是告诉咱们不准有闲人啦。咱们两人好好刨煤,能立功,又能参加工会。"

黄殿文想:"也对,出去再偷也偷不着,老婆又在这里。干吧,立了功,减了罪,再回去做个小买卖,刨煤这事是干不了。"

他说:"你教我刨煤吧。"

"洋炮"举起镐头,一边刨一边告诉他:"力气要用在镐尖上,后把要死,前把要活,镐要拿得稳,刨要刨得准,才能刨得久,累了,左右手换换。"

不一会,刨了一大堆。

他也举起镐去刨,但煤却固执着不肯下来。他觉得有点惭愧,他抱怨自己:"这么粗胳膊,不能刨下煤来!"

"洋炮"说:"慢慢刨,别着急。"

他下定决心,把手膀也累肿了,手上起了血泡,还是咬着牙坚持下去。

一个月过去了,他没有歇一个班,立了一个小功。

这天,"洋炮"拿着一卷钞票放在他手里:"开支啦,咱俩开支十万,我和你对半劈。这是五万,你收下吧。"

他接过钱,是一卷五百元一张的红钞票,他拿在手里,像比过去拿在手中的钱要重得多,他装在口袋里似乎又比平常的钱轻多了。

他说:"老杨,咱们去割二斤肉,到我家包饺子,咱们好好唠一唠。"

他们穿过大道,上合作社去。买肉的人太多,他拼命挤到前面,看看周围的人,他再不觉得比人矮半个头。他叫:"割二斤肉!"吃惊自己声音也有些变样,仿佛比平时高昂了。

他提着肉,买了酒。一路上看见人就招呼:"大哥,上那去?"他觉得今天工人们好像不关心他,为什么不问他:"你的肉和酒是那里来的?"

这是他生平第一件漂亮事呀!

为迎接"五一",坑和坑、组和组展开集体立功运动。"洋炮"领着黄殿文、"大姑娘"和另外两个工友和四组竞赛。

坑内刨煤声、炮声、车声把说话的声音都淹没了。到处闪着瓦斯灯的亮光,没有一只手歇着。

"洋炮"是个熟手,镐头一下去,只见煤哗啦啦落个不停。煤刨得太多,车不够用,各处都嚷着:"车呀!"

老黄对"洋炮"说:"这片煤硬,用炮崩吧。"

"洋炮"喊:"行,可是槽要掏得深些。"

黄殿文躺在煤层下掏槽,像鱼游在水里一样快乐。

炮"轰隆"响了,大块的煤崩下来。

"大姑娘"抢到了车,嚷着:"四组一共推出十车了,咱们得加油呀!"

顶煤的柱子密密地直立着,像一座大森林,有的已经压弯了,煤发出吱吱的声音。黄殿文一心要赶过第四组,他不顾生命的危险钻进去取煤。"洋炮"警告他说:"老黄,要冒顶①啦!"

他说:"不要紧,里面还有一两吨煤。不取出来不就糟蹋啦。"

两吨煤一会就被他们抢出来了。

望着发光的煤,"大姑娘"高兴地自语着:"这一大堆,准能超过四组了。"

黄殿文帮"大姑娘"装好了煤,看着一车、两车往坑外运,他格外兴奋,又重复他已经说过几十次的话:"咱们现在吃煤、穿煤,国家用的是煤,那一家离得了煤?煤真是宝贝呀!"

四月底总结,"洋炮"领导的组刨煤超过任务百分之五十,每人记了一次大功。

"五一"这一天,他一清早就去找工会主任:"主任,请你到我家坐一坐。"

主任见他满脸笑容,忙说:"好,我一会来。"主任到了他家门

---

① "冒顶",煤塌下来。

口,只见他用自己钉的小车推着孩子玩,见他来,赶忙丢开,把主任请到屋里。

屋里有自己钉的小炕桌,新炕席,桌上放着瓜子、糖、香烟,还有两个茶杯。他夫妇俩殷勤地让主任上炕。

主任说:"今天是你的好日子,我还没有给你道喜,你倒先请了我?"

他说:"主任,你真像我老爹!我屋里的常念叨你。"

女人说:"你比我亲爹还强。"

主任说:"这不是我的功,是共产党的功。俗语说:'种大烟的多抽大烟的多,种高粱的多吃高粱的多。'共产党提倡人人当好人,所以好人就多。"

女人说:"咱们怎样也不能忘记共产党,他把废铁炼成钢了。"

主任说:"你的刑期已满,你愿回去吧?"

两人都说:"我们说什么都不回去啦。"

男人说:"今年我刨了一亩菜地,吃菜不用化钱,屋里的又给大房子里缝缝补补,一月也能挣两万多。你老看,外面跑着那几只小猪也是我的。我不领水袜子,屋里的用旧水袜子一改就能穿,又结实,又省钱。"

女人说:"你老有钱化吗?没有就开口。"

男人虽然总是满足地微笑着,但心中似乎有一件事情没了,他替主任倒了茶,轻声对女人说:"你抱着小丑儿出去走走,主任不常来,我们好好唠唠。"

女人笑着说:"你还有什么背人的事?"把小孩往背上一撂,出去了。

女人走后,屋里沉默起来,黄殿文像遇到难以解决的事,他犹豫着。然后在身上掏出一个纸包交给主任:"主任,请你装起来。"

主任莫明其妙地顺从了他。他说:"不瞒你老说,我这一万块钱留在身上,是准备和屋里的逃跑的。现在你老撵我我也不走,这钱倒成了累赘。请你老代我……"

主任困惑地问他:"这是什么钱?"

他说:"这是'大姑娘'的衣服钱啊!衣服我见'大姑娘'自己赎出来了。这事多亏你老没叫斗争我,逼我。要不,我屋里的是爱脸面的人,她也没脸再住下去。"他用双手抱住膝头:"我和'大姑娘'在一个'掌子'干活,一看见他我心里就难过。请你老把这钱交给他,往后,我的头就抬起来了。"

主任安慰了他:"过去的事就当死了吧……"

这时女人和"大姑娘"、"洋炮"一块进来说:"叫你开会领奖啦。"

他和大家一起出去,刚要进会场时,他低声对主任说:"主任,请你给我改号头①,要能批准我入工会我就更心足了!"

一九四八年五月于鸡西煤矿

选自《东北日报》,1948 年 6 月 20 日

---

① 犯罪的人和工人在经济上完全平等,就是号头不同。

巧　遇

十月五日那天,在东北画报社门口,出现了一群不速之客,其中有老太太,媳妇,还有小孩,都穿着最干净的衣服,好像去赴会一样。收发问她们找谁,老太太毫不迟疑地回答:

"找我儿子!"

"姓什么?"

"姓苗。"

画报社并没有这个人呀!然而他们固执地分辩着一定有。收发同志将他们带到办公室,事情才被弄明白了。

原来这老太太姓苗,山东人。儿子苗宗安,当他十七岁时,为躲劳工而离家,六年来音信不通。父亲从前给人做小工养家,今年才从两圆搬到哈尔滨。昨天晚上,突然有一个亲戚告诉他们:

"你们有名誉了,苗宗安参加民主联军,当了战斗英雄了!"

那人说:照片他是看见的,登在道外同记商场东北画报出版的紧头画报上。这喜讯使老夫妇一夜没合眼,第二天,消息便带给两个出嫁的闺女,连一个亲戚,当天便找到画报社来了。

"请你们找一找。"母女都恳切地说。

七手八脚,从柜里找出一本贴战斗英雄的本子,老太太脸贴近相册,眼睛忙乱地探索着。巧极了,就在第一页的左下角,英雄苗宗安的照片被发现了,他倔强地直视着前方,"战斗英雄"的标志顺帖地挂在胸前。母亲惊喜地审视,抚摩着,喃喃地说:

"这孩子长大了,胡子这么老长也不刮——队伍里打仗操练,那有时间刮!鼻子下巴跟从前一个样,戴帽子的地方变样了,呵!是了,他从前就不戴这帽……"

英雄的姐姐抱起身边挤着"看舅舅"的孩子,凑近他的耳朵:"瞧你舅舅多光荣!你长大了也参加民主联军,打反动派,当英雄。"

老太太幸福地笑起来,夸耀地说:"当英雄,好不容易呵!几千几百中才选出一个呢!"

眼前这位老人引起我们最高的崇敬;是她千辛万苦地为我们养育出一位出色的英雄。他用自己的血肉保住了穷人的江山。这老人给我们人民的是这样多。我感到她在我面前忽然长大起来。

老太太抱住绿色的相册,微笑,点头,仿佛她根本就没有想到要离开它似的。我们都希望为她作一点什么事。于是大家忙着放了一张六寸大的照片送给她,老太太大喜欲狂地接过去,像年青了许多岁,大踏步迈出门去,一边说:"让他爹也瞧瞧吧……"

第二天,老太太托人送来一封给苗宗安的信,除了报告她们一家的愉快情绪外,末了,热切地遥祝他们的爱子"胜利前进"!想来这封信到达英雄手中时,他正是在胜利的前进中。英雄将会用千百倍的勇敢歼灭敌人来回答他双亲的愿望。

选自《东北日报》,1947 年 11 月 15 日

小　杨

"他究竟为什么被司令部扣起来,现在还不明白。"小杨焦急地对范明说。范明立刻停下笔,握住小杨冰冷而颤抖的手,温柔地说:

"不会有大不了的事,一两天就会出来的。"

范明的安慰并没有减少小杨的忧戚,她立在窗前凝视着外面飘落的雪花,用慨叹的音调说:

"我也这样想,但总放不下心。我哥哥胆小,说话结结巴巴,天气这样冷,难免生病的。"

小杨因哥哥被扣而失去平静使范明很愕然。自从"八一五"之后参加××会的工作,小杨对生活的热爱和永远乐观的精神给予同事们很大的力量。范明对于她,有着绝对的尊敬与信任,但今天这事,她却无法同情。因为在范明看来,她的哥哥不仅自己落后,而且因为妹妹参加建设新东北的事业而不承认是他的家属。骂他们:"不知羞耻,女人也跟人家宣传!"甚至连一条被子也不给他妹妹。

"你哥哥对你并不好……"范明说。

"那是近来才这样的。早先,小孩时候,我们感情真好,我觉得世界上最好的男子是我哥哥。那时,我有过稀奇的幻想:不结婚,永远守住哥哥和母亲。"小杨沉入深深的怀想里:"他现在对我不好,但我对他还是充满幼年时真挚的情感。"

"假如他真是个坏人,你也还对他好吗?"范明将小杨拉到炕上,强迫她躺下,自己坐在炕沿上。

"什么,我哥哥是坏人?那我当然——不过,他不能是……

唉,"小杨苦笑着坐起来说:"我心里乱极了。我要去见他一面。"

小杨挣脱范明的手径自走了。范明目送着小杨的背景消失在转角处,关好门,仍然草拟发言提纲。

长时间的静寂。

"呀"的一声门响,小杨以平时一般轻快的步伐走进来,双颊红得似苹果,自言自语地说:

"缴了一个敌人的枪,真是出人意料之外!"小杨的声音有些嘎哑,她用敏捷的动作卸去身上的大衣,躺到炕上去了。

范明看着她,等待她说下去。她却一个人小声地哼起了"快乐的心"。

"小杨,不要唱歌好不好?"范明跪到炕上抱住小杨的手臂央求着。

"为什么不唱歌?缴了一个敌人的枪还不应该乐一乐?"

"到底你哥哥怎样了?"范明接着问。

小杨忽然一骨碌坐起来:"不要再说他是我哥哥,他现在是我的仇敌!"她向范明困惑的脸投出一瞥,继续说:"我像飞似的跑到司令部,幸好很快找到胡同志,他笑嘻嘻地问我:'是来看你哥哥吗?你哥哥在'八一五'后加入反动组织,任务是扰乱社会治安——这是他自己坦白的。手枪已经交给我们。'刹那间,我的情感就起了变化,当我想到我信任的哥哥就是蜷在背阴角落里制造谎话,用手枪对准自己同胞的人,我就恨——比和他干同一事情的人更恨十倍。"

小杨垂下眼帘,标志着坚定的嘴唇闭得更紧。范明同情地凝视她的朋友,悄悄地递一杯茶给她。

"胡同志要我劝劝他,我说:'我不要见他了!'回头便跑。街上的人仿佛都向我射来仇视的眼光,真想钻到地下去。但很快就想开了,世界上有的是革命的儿子也有的是反动的父亲,有革命妹妹也有坏蛋的哥哥,有什么了不起,嘛,我自己走我的路!"

"小杨,你真是个热肠人,你不是几次劝他参加我们工作吗?

难道竟一点也看不出。"范明抚弄着靠在自己身上的小杨的头说，小杨霍地站起来。

"我以为他不过脑筋不清爽，所以还用很大的力气争取他，谁知他不但不愿和我一起工作，反而讽刺我，有一天，我们冲突起来，他说：'国军要来了，你们还胡闹。'我说：'谁来我们也不怕，反正我们是为老百姓办事情，难道给老百姓做好事也犯法？'他再没有话可说，只得搭讪着：'看你那儿恶样了，连一点女人气味都没有了。'现在想起他那像咬伤的狗的样子，还觉得好笑。"

小杨清朗的笑声在屋子里响着。范明觉得小杨的每根头发都满含着愉快和健康。

"大义灭亲，小杨，我更爱你了。"

范明激励地注视着小杨热情的眼光，她们紧紧地握住手，她们觉得比以前更了解，更靠拢了。

选自《东北日报》,1946 年 4 月 15 日

夜　袭

　　他们三个人有事从前方到后方去。

　　夜晚星星眨着眼睛。用草捆住的脚走在雪地里连一点响声也没有。"看！"机灵的小胖子走到罗圈沟时忽然轻叫一声，另外两个人顺着他的手指望过去，一列帐篷立在雪地上，帐篷里透出灯光和烟。"一定有鬼子。"三个人同时在心里肯定着。

　　英雄们对于打鬼子有着最高的兴趣，他们充满着自信和骄傲，不仅勇敢，而且聪明。不待商量，小胖子就说："我先去探探。"

　　真碰巧，外面连一个人影都没有，有一个帐篷里虽有灯光，但里面都静悄悄的。小胖子用左眼往缝里一贴，欢喜得几乎跳起来，他用手一招，性急的二虎便抢到前面掀门帘，小胖子一把就将心爱的机关枪抓出来，一号和二虎连忙去抢六支三八式步枪。这时外面忽叫："什么人？"小胖子一把捉住他，原来是一个替鬼子当差的中国人，手枪还没有对住他就吓得连提裤子的手也松了。小胖子忍住笑说："不喊叫，就不毙你。"那个人果然很听话地站住了。

　　小胖子敏捷地从六个睡得像死猪一般的伪满军中爬进里间，取下木桩上的指挥刀，在两个烂醉如泥的鬼子面前站起来，"送你回老家吧。"

　　鬼子正要去摸枪，脑袋已经被锋利的指挥刀砍下了，小胖子缴了他们的手枪。

　　四个人将缴到的胜利品分背到身上，走了一段路小胖子说："爽性再开他们一次玩笑。"又折回来在帐篷后面放几枪，帐篷里的机关枪和步枪全发出恐慌的响声，以为是杨司令的大队来了。

已经走远了,还听见帐篷里的枪声。

选自《东北日报》,1946 年 4 月 30 日

一个铁工的家

在通化火车站旁边，排列着许多红色的小洋房，门前都有长方形的空地。假若矮树发出绿叶，地上长满小草，一定是很可爱的。

这本是"满洲国"时代"满铁"职员的住宅，现在这些漂亮的房子已经成为铁工人员的住家了。

我们都喜欢在这一带散步。看到那些以前曾是蓬头垢面现在却换上干净衣服的小孩唱着："八路军，带来幸福给咱们……"，心里总感到兴奋。

有一天中午我到那里去，看见几个女孩子，有的打秋千，有的跳绳，看样子是无忧无虑的。

"女同志，"我看到叫我的是一个穿淡黄方格衣服的女孩子，便走过去问她：

"女同志好不好？"

"好，女同志还教我们唱歌。"两只大眼睛仰视着我。

"你将来当女同志吗？"

许多小孩都笑起来。我又问穿黄方格衣服的女孩："你家在那所房子？"她指着不远的地方。

"我到你家玩好吗？"

"好，走吧。"女孩丢了绳，连忙过来拉我，我不忍拂逆这可爱女孩子的好意，所以便跟着她走去。

她走得很快，我要小跑着才能追上他，走到门外，她便愉快地叫："妈，有客。"

于是门口闪出一个穿阴丹士林布旗袍系白围裙的年青女人，这和我以往见到的工人家属截然不同。

"来看看你们。"我笑着说。她上下打量我，又用责备的眼光望望她的女儿。我发现自己是一个并不受欢迎的来客，很想退回来。

"你是日系人吧？"她冷淡地问。

"不是，她是同志，就是这里报社的。"女孩子咯咯地笑起来。

女主人也大笑不止，她丢下扫帚，一面殷勤地招呼我进屋，一面说："现在日本人也说中国话，我很听不明白。"

房子是日本式的两小间，里间放着两口藤箱和几条红红绿绿的被子。外面一间布置很有趣：栗色的橱上，贴着一个大"福"字，墙上是全套石印的《七侠五义》，桌上放一只闹钟，玻璃底下压着抄得很工整的"东方红，太阳升"和"七只花"，说明这里的主人是一个喜欢唱歌的人。

女主人解下围裙，给我倒了一杯茶。我说："你们的房子很不错。"

"本来是鬼子的，现在该我们享福了。"她满足地笑着。

小女孩挨在我身边，我们开始长谈起来。她告诉我：老家在三源浦，家里有公婆和两个小姑子，丈夫是管火车进站打旗的，做这种事已经五年了。她本来住在老家里，去年年底才搬来这里的。

在谈话中，她欢喜探问我的家世和生活，亲热地抚弄我的手掌，我的每件事和每个动作仿佛都给她莫大的兴趣。这种乡村型的真实、朴素的女人，是深深地使我喜爱。

女人们在一起是容易打开心扉的，她很快地就触到自己生活的疮疤。

"从前我跟着男人们下地、开生荒，住在茅草棚里。外先生挣钱少，公婆每天在我面前咒骂儿子不成器，连媳妇、娃娃也养不了，在外先生面前，总说我不好。他也很苦恼，每月'配给'很少的高粱米，后来变成发霉的橡子面，一家人连喝粥也不够。冬天，简直可以冻死人的时候，他还是穿着很薄的衣服在站上跑，又受日本人的气，不干又不行，所以脾气变得很坏，三句话不对头，就抓住我的头发打个够。小秀每天也跟人家拾煤，冬天，两只小手冻出血来，又没有钱买药,就由它烂……"母女都沉入惨痛的回忆里,小秀将头埋在我的膝上,我抚摩着这个被摧残过的小生命,不禁也感到一阵辛酸。"现在好了,那些事都已经成为过去了,不要再想它了吧。"我安慰她。

"现在好了,小秀也进了新办的'铁路学校'。同志,你没有看见,'四四'儿童节那天,小秀排在队伍里,拿着小旗子,这是他平生第一次进学校,她小脸红红的,唱着歌,我当时流下眼泪,暗地里说:'小秀,妈想不到你还有今天。'"

母女俩对于新生活所给予的幸福的满足是使人感动的,我只连连地说:"将来生活还要更好。"

这时,进来一个穿黑棉袄的男人,女孩子跑去拉住他说:"爹,这是报社的女同志。"

这个人高兴地说了几个"好"字,便抱怨他的妻子:"怎么不给同志买点东西来。"他走出去,一会拿着一包花生回来:"同志,没有什么好的招待你。"

我们又谈起现在的生活,这个爽朗的年青人大声说:"每月赚四百五十元,还发五百斤煤,一百斤高粱米,房子不出钱,虽然煤少点,但已经尽量想办法,快得到解决了,比起从前真是天上地下。"

"现在不算好,将来还要生活得更好。"我又重复这句话。"够了,同志,给自己人做事,有高粱米吃就好了。同志,精神上太愉快了……"他激动得说不下去。从他的身上,我看到中国工人的坚忍和善良。

已经三点钟,他要去上工,临走时再三嘱咐女主人留我吃饭,并对我说:"你一定在这吃便饭,我回来再详谈。"

女主人真的去切肉,我因为有事,坚决告辞回来,母女俩将我送得很远。临走时,小秀恋恋地拉着我,她母亲亲切地说:"你常来玩,我们要像姊妹一般的来往啊。"

一九四六年四月十一日于通化

选自《东北日报》,1946 年 5 月 7 日

◇李　群

小鸭蛋和机关枪

新四军第一支队第五连有个十五岁的小战士，叫周阿顺，参加革命已有两年了，长得结结实实，圆圆的脸，短短的小腿被军装遮住了大半段，走起路来蹦呀跳呀的，不知道是那个人给他起了个别号叫他"小鸭蛋"，于是全连，全营的同志就都叫他"小鸭蛋"。

有一次，第五连被敌人包围了，而且敌人的兵力非常多，所以他们"第五连"就决定了突围。

在突围的时候，敌人拼命地打枪，五连的战士就拼命地冲，啊哟，"小鸭蛋"看到轻机枪手胡大个子被打倒了，嘴里直往外冒血，很快就死了，机枪也躺在他旁边。"小鸭蛋"已经跑过头了，心里想："人死了没有办法，革命的武器一定不能丢。"于是很紧张地冒着敌人的枪弹赶快又跑回头，抱起机枪就跑，可是他已经掉队了，大批的敌人从后面追来。

跑了有多少路呢？他也不知道。"小鸭蛋"实在跑不动了，小脸涨得通红，汗水直流。平时他笑嘻嘻的，这时可不笑了，他把机枪抱得紧紧的，不顾一切地直往前跑。

在后面追的鬼子也跑不动了，咕噜咕噜地骂着，打着枪，他们离"小鸭蛋"顶多有三百步了，怎么好呢？在转弯的路边上，有一条小河，旁边还有芦草，这一下"小鸭蛋"可放心了，他和他的机枪都有救了。他抱着机关枪朝河里一跳，哎呀多凉快呀，他就顺手拉了一把水草,把自己头盖上,机枪就放在河边水里,将鼻子和嘴巴都露在水草外面,心里还在扑通扑通地跳着。

后面的那些鬼子拖拖拉拉地追到了河边,傻里傻气地望了一下,又向前去了。

鬼子去远了,"小鸭蛋"把机关枪拿起来大胆地站了起来,简直是一个淋过雨的小鸡呀,可是心里一点都不慌,带着机关枪去找部队去了。

太阳快要落山了,但阳光是红红的。在红光里,在操场上,"小鸭蛋"被五连的同志捧得高高的,放下来又举上去,"小鸭蛋"心里可一点都不害怕,只是高兴地跟着大家一起笑着。连长跷起大拇指说:

"'小鸭蛋',你真够资格做个小英雄!"

同志们都帮着他打菜打饭,谁也不愿意离开他,他一面吃饭,一面将带回机枪的事情讲给大家听。

选自《小英雄》,东北书店 1948 年

◇吴伯箫

"火焰山"上种树

　　靖边草山梁的山是干山,没有清泉,没有溪流,老百姓称它"火焰山"。山上淘四十丈下去,不但淘不出水来,反而淘出来远年的锅灶炉烬,滩底打几十丈深也往往还是干巴巴的。老百姓吃水,要凭水窖,储存夏秋两季落的雨水。女子问婆家,先不问牛羊地亩,先要问存几窖水。没有水窖就不敢问。因为缺水,所以那一带的树木是稀少的。一年到头,若是没有庄稼在地里,满山遍野便常是光秃露的,显得干枯没有生气。

　　可是,沙漠里有绿洲,海洋里有岛,"火焰山"上自从来了白云瑞竟也有了黑洞洞的一抹树林。那抹树林盖满了一道山沟,两架山峁。柳树、榆树、青杨、白杨、水桐、椿树、乌柳、沙柳、家柳、毛乌柳、桃、杏、月牙、柠条、马茹、龙柏梢(丁香),像样的大树三千五百一十五抹;成堆成行的灌木丛,沟沟洼洼、圪圪峁峁,散布得都是。这一抹丛林里是白云瑞底村子东渠。这个村子十二户人家,一道渠,拖了一里路长,但在村外是看不见的,因为住家底窑洞都被茂密的树木遮蔽了。讲迷信的过路人带着羡慕和惊讶说:"这村子的风水真好哇。"不想种树也懒得种树的人见了白云瑞也搭讪着:"你种活这样多树,我看你不是水命也一定是土命。"

白云瑞自己却说:"我偏偏是火命。"

白云瑞不信迷信,是说啥就干啥的人。他最初在东渠种树,人家讽刺他:"八百里火焰山,那能种树? 你别胡日鬼!"他不服:"怎么能长庄稼呢? 我不信不能长树!"他封了一斤点心就到五十里地以外的盛家畔去看"崔鬼毛"去了。"崔鬼毛"是个怪人,家里十几棵柳树,无论谁买,他贵贱不卖,白云瑞就和他好好一商量,"球,你闹去。"他却轻轻易易地答应了。白云瑞就小心翼翼地弄来了八棵柳树栽子,三十一窝沙柳。他下定了决心,费了种庄稼几倍的心机,一务艺就务艺活了。像沙里淘金,他自然喜欢。从此他一年栽他百来棵树,今年死了,明年补栽,前后一直栽了十八年。

白云瑞看样子就知道是个干净利落的庄稼人。像一棵树一样,细高挑身材。他不吸烟,不喝酒,他讲究卫生。家里地扫得很干净,东西放得整整齐齐。窗户就是冬天也留了窗眼,流通空气。他说从前有一个医生告诉他:病有三种(自然不止三种):鼠疫、瘟疫、虎疫。三种病都是吸了肮脏空气生出来的(那时没谈细菌传染);从那以后他就把窗户留了洞,窑洞里里外外都保持空气的清新。他家里厕所离住窑三十步,猪圈驴棚也隔得远远的,都经常打扫,垫土,让猪羊牲畜不生疾疫。

他爱树也像爱家人爱牲畜一样。栽种时选苗、选地、选栽种时令。柳树选那皮带嫩绿,没有斑点裂缝,没有黑心的头次落椽的栽子。因为苗嫩水分大,地干也能补救。埋得深浅,要看栽子的高低。山地鸡蛋粗的低栽子比高栽子好,能栽两季:春天清明前后(前十天比后十天好),秋天立冬前后(后十天比前十天好)。沙柳、毛乌柳、家柳要压梢,梢梢是肥些嫩些的好。地挖尺把深,先撩老土,后填新土。白杨、青杨要带根刨,不带根栽不活。水桐高栽子顶上要留三四根细梢枝。椿树起圪嘟嘟(打苞发芽)再栽。桑树栽条子。榆树种榆钱(拣那透熟的,滚胖的)。桃杏种核(要秋里种,春里种往往沤坏了不出)。月牙树多久也能栽。龙柏梢春上栽,栽一棵活一棵……树栽活了,白云瑞保护它:怕牲口啃,他就在栽子上捆刺针,涂猪血狗屎,抹黑烟子。怕枝枝桠桠不成材,他就科抚;春季树未发芽,科的搓子一年可以长光,没有疤痕,秋分寒露前后科的树,树叶可以喂羊。为了树长得舒妥,长得旺,他常把树间的土地务得又熟又松。春天犁一遍,锄几遍,把杂草弄得干干净净。"地荒了,树也不愿意活。"他说。下了雨他就栽树,不下雨他就给树根培土,务庄稼以外的空闲时间,你老见他在树行里转来转去,摸摸这棵树,又看看那棵树,手里不是斧头就是锄头,有时连饭都忘了吃。人们说他"爱树成癖"。

整年整月地忙碌在树林里,白云瑞身体健康,精神也愉快。他能唱一口好秧歌。他不识字,却能自编自唱。一唱唱它个半清早都显不出疲劳。年年春节,为了吸引哈哈马马的人(不务正的邋遢人)不去赌博,他和村里郭光刘搭伴搞社火,常走遍全乡,受到大家欢迎。他们唱些戒赌、生产、教学好的曲调,演查岗、放哨、送公粮一些急公好义的故事,都收到好的成效。今年边区号召长期建设,他用"打宁夏"的调子立刻编了一支歌,传唱在乡里。又用"张先生拜年"的调子编了"抗日军民歌"。最近又编了"三大盛会"、"妇女卫生"。他编好怕忘了,就请识字的人替他记下。他是又朴素又有文采的人。

他为人正派。"火焰山"缺柴,缺木料,闹木料须得到五六十里地以外的友区去。而他这一乡又差不多都是东边的移民,没有基础。于是在庄里庄乡要栽树的人就来问他:"我们能栽不能?"他回答:"咋不能栽,我刚科好了一些栽子,你拿几棵栽去。"他还很仔细地告诉他们栽的方法。秋雨连绵的时候,有的人家房子塌了,来向他借椽,他说:"借啥哩,要用就拿几根去用吧。"这样你两根我两根,你两棵,他两棵,科百来条椽,截二三百棵栽子,一闹就闹得光光的。有人向他说:"椽要五百元一条,栽子要一百五一棵呢,你干么不要钱?"他笑笑:"'上山擒虎易,开口借人难',一道山就只我有树嘛。"这样,闹罗圈的,闹连枷、镰柄、杈子的,都到他家来。一般舆论说:"没见过这样好说话的人,只要开口就给人家东西。"他种了半亩家柳,不等自己割,人家就来割净了。割了去编筐编篓。王仲恩说:"今年割了,明年就不割你底啦,我种的明年就能用啦。"白费力,不赚钱,他婆姨嫌麻烦;他解释说:"挨门挨户要钱,咋好意思?真要起钱来,树木也不一定保得住。再说咱也不是没有吃穿的人家。不如提倡大家种树,送个一年两年,三年五年,只要大家都有树了,还要你的?那时家家有了柴烧,家家有了木料,还可以多养羊,多积粪,多打粮食。"俗话说:"多种一棵树,多养一只羊。""少烧一升粪,多收一升粮。"这些是他提倡种树的最好方法。也是他和睦乡里,团结群众的秘诀。

他送给赵三树栽,赵三出远门回来就送他三两冰片。早年里因家务事曾和他打过官司的亲戚,自动上门同他和好起来。村行政主任刘万祥,因为送树不要钱,路上碰见老远就招呼,拉他家去吃饭。小学教员高攀底小孩没奶吃,他借一只母羊给他吃羊奶,高攀就到处宣传他底好处。——是这样,他被全乡拥护,当选了植树和卫生英雄。

对劳动英雄这个光荣的称号,最初他还认识不够,用他自己底话,说是"思想没有搞通"。他觉得一个人种三十来垧地,养一群羊,务艺那么一片树木,太忙了,没有工夫;家里有七十五岁的老母亲,一个婆姨,娃又小,男的九岁,女的才七岁:实也离不开家。而且树木虽务艺了一些,但算得了啥成绩?乡上选他,他和村长吵了三架。县上孙树桐提他的名字到分区,使他急得"美美地出了一身水"。可是,在县上他得了一顶英雄帽,一张锄头的奖励;在分区罗专员奖他一件宽宽大大的毛呢大氅。走到那里,那里摆酒筵,奏鼓乐,已经使他感得兴奋光彩。特别到了延安,在劳动英雄模范工作者代表大会上,听了报告,参加了小组讨论,会见各地的英雄,听了英雄们底生产成绩和为建设边区发展边区的一片赤诚和信心:他底脑筋一下就给转过来了。眼光也放远了。才真真认识劳动英雄是花钱买不到,修行修不来的无上荣耀。

"自己好算啥呢?我要把我那一点点种树经验宣传到全县,全边区,使家家有树,处处成林!"

选自《黑红点》,东北书店 1947 年

孔家庄纪事

一

让我记下这页历史吧。——孔家庄老百姓翻身的故事。

孔家庄是明朝永乐年间建立的。若老年人底传说和记忆不错，一代生一代谢，到现在该有五百多年了。孔家庄是平绥铁路底一个车站。车房底门脸上还存有詹天佑底娟秀题额。车来车往，浓重的白烟，轰隆的声响，尖锐嘹亮的汽笛，弥漫波荡在这一带也有三十几年了。孔家庄迤南七里是洋河，水深水浅，河宽河窄，滋润着土壤，哺育着居民，谁知又有几千万年呢？但根据有史以来的记载，老百姓从奴隶的地位站起来当家做主人，这无论如何是第一次，是翻天覆地的事啊！是美事。

自从中国有了共产党，老百姓翻身就有了希望。自从共产党领导人民建立了革命根据地，从敌人手里解放了广大区域，老百姓翻身的花朵就开得漫山遍地了。这部史诗伟大是空前的，这里姑且算采摘新蕊一枝，凑近些，请一看照眼的颜色，一嗅馥郁的芳香而已。

二

一九四五年秋，八路军解放了张家口，离张家口两小站火车路的孔家庄驻屯的敌人也就狼狈逃窜了。八路军到了孔家庄。但是到孔家庄的八路军，不是带枪的队伍，是三个徒手的和善的老百姓，穿老百姓的衣裳，说老百姓的话，一切和老百姓一模一样。他们是替老百姓办事的。

八路军要来的消息,孔家庄底旧甲长和地主早就从旁晓得了。他们事先布置得很周到,几乎一进堡子门,就有人迎接。恭敬,又像客气,喜滋滋地把三个人拥进了"村公所"(管一个大乡,十三个村子),左右前后一圈都是笑脸。泡茶,递烟,那才是殷勤呢。喝一碗倒一碗,吸一枝点一枝。不到饭时,酒饭就已经预备好了。公家招待不算,还有私人请客。"今回到我家去吧。""我家里也便宜哩。"都像多年的老亲故友。

也不是不谈话,不过所谈的总不过寒暄些天气,或道几句辛苦。若问问:

"今年年景怎么样?"

"行涝,大家打的粮食都够吃吧。"

"这村里有佃户雇农么?"

"没那佃户雇农。一家七十亩八十亩的地,都自己种啦。"

八路军工作人员急于了解的是村里老百姓真实的生活情况,但对面争着来的,却是些不痛不痒的回答。

怪啦,三百多户人家的这样一个村庄,光是"闻香下马"的缸坊(蒸酒的酒店)就有四座。看外表也分明有瓦房,泥房;有砖墙,土墙;有宽阔的车门通着几进的深宅大院,出进是三套两套的骡马大车;也有爬爬小屋门户直冲着街面,蹲在门口晒太阳的是黑黢燎光的破羊皮里裹着瘦骨嶙峋的老汉,老婆:怎么会没有佃户呢?怎么会没有雇农呢?"到街上转转去。"像罩在雾里闷在鼓里的工作人员,不得不另打主意了。

三个人走在街上,甲长和地主团团地陪着;佃农和雇工远远望见就搭讪着走开了。妇女不照面,偶尔碰到,扭脸就走;再一会,嘭的一声连门也关了。旧政权伪政权统治底下,老百姓谁敢进村公所底门,谁敢和保甲长讲话呢?脚还没踏上台阶,"干什么?出去,出去!"里边呵叱的声音已经劈脸盖下来了。那是两种很不同的人哟:一边被压在底下,一边高踞在上面,旧政权正是后者压迫老百

姓的工具哩,仿佛是一堵厚墙,现在旧政权也正好把解放老百姓的人和老百姓隔开了。

找不到佃家和雇工,接近不了基本群众,工作从那里开始呢?三位工作人员微微地苦恼起来了。另方面,老百姓也是苦恼的,小门小户里透露出了疑惑和牢骚:

"人家行,有茶有烟,有酒有肉;咱们黑手,泥指甲,算得个什么!"

"八路军为老百姓办事么,这三位,怎么老和甲长地主一道打圈子!……"

三

有着急于氽水救人的那种心情的人,绊脚的石块,是挡不住他底前进的,三位工作人员从一个村公所扫地的年轻小伙子那里找出一堆乱麻的头绪了。

"小同志,这村里佃户多么?"

"多哩,六十来家。"

"扛长活的伙计呢?"

"别庄上雇来的不算。光咱村总有三十多。"

"你给咱找几个佃户雇工来谈谈可好?吃了晚饭。大家没事的时候。就到村公所来。"

"都找穷人?"那小伙子心里有些迟疑,心里可是热起来了。

这样,晚上就开了一个会。佃农,雇工到了二三十个,甲长地主们也都来了。黑鸦鸦坐满一屋子。但屋里很静,那么多人竟没有一声咳嗽言语。佃农,雇工呢,到村公所开会,和地主们一搭里起坐,在生人跟前露面,一切都是新鲜事儿,满肚子委屈不知怎么开口;地主们呢,早就预备好了的话,被在场的那么多底下人和替老百姓做主的工作人员,给完全吓回去了。——会开得非常沉闷。三个同志几乎是唱了独角戏:报告了日本无条件投降,抗战获得了最后胜利之后,把减租减息,增加工资的政策也详细解释了,但在座的人没有一个提出意见，或者疑问，大家你看着我，我看着你，都一声不响。

等一说散会，人们哄地就走散了。

会议仿佛是失败的。

作为酝酿，会议其实是成功了。

酿雪天气虽是闷沉沉的，但又有"山雨欲来风满楼"啊。——会议以后，街头巷尾，锅台边，炕头上，家家户户一伙一堆地都开始议论起来了。减租减息！增加工资！小广播，比无线电还快。这里边有回忆，有比较，有疑虑：

——地是这样些地，人是这样些人，为什么富的愈富，穷的愈穷？有的人手不扶犁，肩不挑担，袖着手坐在家里，就可以吃香的，喝辣的，山珍海味，享不尽的清福；有的人却睡半夜起五更，泥一把汗一把辛苦一年，年底算账不够给东家，剩下的，除了两手茧子，就只有猪狗样的吃食，牛马样的生活。

——同样是孩子，同样是父母，奶妈瘦削的婴儿吃着面糊糊在膝边啼哭，而东家又白又胖的孩子却抱在奶妈底怀里吸吮血肉酿成的乳汁。

土地就比镣铐，有的拿它锁住了人，有的被它锁住了。

那天夜里，睡觉的人该不多吧？即使心宽睡得着，也乱梦纷纭，怕也各有酸甜苦乐不同。嘴里不说，心里有数；精神上，情绪上，像风吹水面一样，不太平静的生活，翻滚着细浪了。

四

"啥叫二五减租？"

在另一次农民大会上（前晚还只二三十人，今晚一开头就是七八十，慢慢聚到百来十，屋里盛不下，院子里也站满了），锈着的嘴打开了；埋藏在心里的问题，提出了。

"譬如说一亩四斗租，二五减，交三斗就成了。"

"那有啥用？咱这里差不多的地，好年景石把粮食；今年雨水来得晚，均扯匀拉也不过三成年景。一亩交三斗，不正好白操心！再说水旱地一样，也不公平。水地打一石拿三斗，还剩七斗；旱地打三斗可就光了。……这些咱政府都有办法么？"

"办法？还是咱们大家想。"工作人员立刻回答了。

政府底办法，是从大家底办法来的。

"我来。"站在后边的陈殿贵，那个五十来岁的老佃户，刚从地里回来就赶来开会的，晚饭还没来得及吃哩。田地出产一类事情，他摸得最清楚。听了别人底意见，他就提高了憨直的嗓子说话了。他来得简单也干脆："三成年景，咱就按三成开称；二五减，交三斗；三成开，三三见九，咱就一亩地交它九升……水旱不均，也有办法：好地折一吹，坏地折一吹就得了。反正凭良心，咱们也不亏人。"

这样群众提出问题，群众就解决了。

因为差事（公费摊派）不合理：穷人借钱出差事，富人却放账生息，大家决定："干脆今年不拿利钱！"——因为当长工养活不了老娘，把老婆卖了四百元"蒙疆"（伪币），那个看来傻虎虎的杜芬，"四百元，现在说，还换不了一条好手巾哩！"说着动气了，提议非增加工资不可。

问题一个挨着一个。多少辈子的事，要一次解决。多少年的话，要一气说完啊！忽然一个老太婆底声音把人丛里一些嘈杂的声音压下去了。那是田富荣的母亲，她尖着嗓子激动地说："你们减租的减租，增工的增工，"她微微有些慌张，"我是分收（半种地），收割的时候人家地主就收去了，那还怎么减？"

"一样减！地主收了去，再和他要回来；不但要粮食，还得要秸秆呢。八路军说啦，副产物是不交租的。有章程。"人丛里有人自告奋勇就替他答复了。

"说说倒是挺容易，我这样一个臭老太婆子这还是第一次在人前讲话哩，我敢向人家要哇？"

田老婆一提到困难，热烘烘的讨论顿时寂静下来。"可不是，今天咱说减租减息，增加工资，过去少交一粒粮食，少拿一文利钱都不行哩。若是减了,他们不让你种地又怎么办?"

这时候,人丛里站起了赵怀玉。这个四十岁上下的老实人,从十岁就帮助父亲种地,佃户当了三十年,到现在房没一间,地没一垄。一家就是他和六十岁的老娘两个。他最懂得穷人底苦楚和难为。他本微微有些口吃,今天说话却比较流利。而语调又热情,又肯定:"事情有咱们大家哩么。还有咱政府做主。怕啥呢? 单凭一个人,漫说田妈妈不敢向人家开口,就是龙人也不顶! 俗话说:'众人是圣人。'只要咱大家伙一心,天塌了也扛得起来。……何况我们不光减租减息,并且还保证交租交息呢?"

一席话,群众又活跃起来了。

于是划分小组,推选组长,自然形成了组织。

"谁来带头呢?"

可是谁来带头呢? 工作人员这样一句话,像在流水里投了一块石头,细浪上激起了新波,立刻各小组喊喊喳喳便开起小会来了。这里说:"赵怀玉带头。"那里说:"陈殿贵。"等征求大家意见的时候,一片喊声是"同意,同意!"表决当中,有人高举起双手,吆喊着:"双喜进门。"——这就是农会底主干:主任,赵怀玉;组织,陈殿贵。

会开到这里,鸡已经叫了,但谁也不想去睡。

他们愿意一直等到大天亮的时候。

五

"减租,增资,大家都同意了。也想出了一些很好的办法;但是也得教全村老少爷们都知道一下。这不是强迫,咱们是讲道理。……"散会以后三个工作人员和几个积极份子:赵怀玉,陈殿贵又继续谈起来。

"是啊,怎么想法教大家知道知道呢?"

"开个全村的群众大会吧。大会上大家都说说。"

隔了一天,大会就在戏台前面举行了,这是件大事,全村男的,女的,老的,少的,能到的都到了。往常年看戏也没这样人多。这台戏热闹哩,多少千年才演这样一出啊!是老百姓登台主演今后历史的日子。

会开得好。虽然老百姓初次上台讲话,胆子还比较小,三言五语就下去了:"我们要二五减租,三成开……"语气里还只强调政府法令。但那怎么能怪他们呢?千百年的压迫,头低惯了,声音细惯了,一下抬起头来大声说话,气力自然不会过于饱满。虽然地主也有的当场表示:"减租好,首先减我。"似乎很勉强,事实上也的确在计划明减暗不减。但那也是解释得通的,被祖祖辈辈底因袭迷信所锢蔽,你怎么能希望他们一下就脑筋换过,心眼转弯呢?——无论如何,大会是有很大收获的:地主们都给佃户当场开了条子:租种多少地,原租多少,几成减,几成开,应缴多少。都盖了手戳,打了手印。最后还换了准租五年的新契约。

更大的收获,是在这个大会上,选举了民政、财政、教育、实业、粮秣五个委员,组织了新的村政权,公推了老百姓自己的村长。是旧政权下台的时候了。从此村公所主持,农会(他们会员是九十六名)工会带头,有着男女一千六百多人的这样一个大村庄的事情,都办得顺顺当当。

六

天下的事会是那样容易么?

急行的人要留心岔路,顺流的船更要提防暗礁。

孔家庄突然有一晚从一家小小的土烟馆里殷殷响雷了:"哼,穷小子们这还了得,减租减息,增加工资,走着瞧吧,等×××来了,我拿五十亩地换他们几个脑袋!……"这是旧甲长过足了大烟瘾敲着烟盘子说的话,好毒辣,好厉害呀!但是他记性太坏,他忘记了他给敌人做事的时候他那三十万的贪污,他忘记了强奸人家的妇女他所犯的罪恶,他更没有注意他违犯全村老少底公意,竟抗不减租,不增资所留给人们的愤恨。

于是被暗雷惊觉,孔家庄展开了清算斗争。

更随来了反敌伪,反恶霸,反土豪的狂风暴雨。

在清算斗争大会上,旧甲长被带到台上了。

"不是你霸占田老汉的女儿不遂,串通鬼子把田老汉捆走,和蓝蓝他们四个一块掀在地窖里给鬼子枪崩了么?不是你给老郭一块钱,叫他去车站看你的煤栈,被鬼子捉住,叫他直挺挺地跪着,用切菜刀切下了脑袋么?不是?……现在你要拿五十亩地换我们的脑袋!哼,现在可不是你底世界了!"

几千只手指着他,几千只眼睛瞪着他:"谁赖你欺负谁!鬼子征工,有钱的你一个也不用,没钱的却非去不可,你简直和日本一气相通!"

"捆起来!"

"送他县上去!"

若说一个月前,群众还是软弱的,为了一个不生即死的问题他们坚强起来了。若说开始的时候,老百姓还胆小,爱情面,满足于眼前胜利,为了更长远更广大的人们底幸福,他们已经抓破了脸,要干敢于干到底了。枝枝节节的小恩小惠已不能满足任何人,共同一致的奋斗目标是两个字:翻身!

减租不够,要退租。理由是光明正大的:二五减租,增加工资,早在抗战初期抗日政府就明令颁布了。敌人统治的时候,富豪有钱,或剥削了穷人底钱,可以拿来资敌,难道老百姓辛苦流汗应得的本分钱不应该收回一些么?

大多数人底公意就是公理。

于是小孩子结起队来在前边喊着:"退租啦,谁要不退谁就是坏蛋!"佃农,雇工拿了算盘走在中间,后边跟的是大车,牲口,升,斗,麻袋。退租增资,就轰轰烈烈地开始了。

痛快的富户,没什么迟疑,照应退数目装上粮食众人就走了。狡猾的地主,"我这个好办,你们说怎么算就怎么算,不过我底账不在家,你们先回去,我找回账来再说。"耍人哩。群众们知道:"种多少地,种几年,谁还不记得?口里说着就算啦。球,等啥哩。"扭不过,闹嚷一阵,仓房的钥匙也就拿出来了。

一天,两天,三天,孔家庄滚了锅。一车车的粮食,从这家拉出,向那家拉入:扰扰攘攘,像秋收打场,像粮食集市。真热闹。退租的粮食,各种都有:谷子、红粮、荞麦、绿豆、草麦、莜面、山药……粮食不够,就折成钱,折成地,折成宅院,甚至折成猪、羊、牲口……计算起来,粮食底出入是七百二十石上下,地八百二十五亩,钱边币两千,房一座。

七

孔家庄也有孤寡老弱,也有瘸子、拐子、瞎子,他们生活是苦的。但他们既不能租种人家底地,也不能扛活当长工,减租增资没他们的份,是不是他们就永远穷苦下去呢?不,村里的人在大家都要求翻身的时候,并没有忘记他们。办法是募集公粮,扶弱济贫。农会主任赵怀玉退租得了三十二石粮食,自己和一个老娘吃不了,自动拿出了十石优抗,十石济贫,说:"不是八路军和政府帮助,兄弟爷们大家齐心,咱们穷庄户那谈得上翻身?现在只要为了贫苦老百姓,死也死得了,几石粮食还算得什么?"在这样影响和号召底下,集的济贫粮是四百石。穷户每人四斗,分了百石左右,余下三百来石,就接收了地主要收拾的缸坊,办农民酒业合作社,搞生产,预备给贫户按季分红接济。缸坊工人对地主说:"不要收拾,咱们合作吧;你粮食不多,算你入股。"地主也高兴。一样蒸酒,多出了三层意义,因此两家这样的合作社出的酒又多,又醇。

贫富悬殊是没法一刀切齐的。他们查出来的千多亩官地和黑地,就专预备补助和调剂。这里边连鸦片鬼,懒婆,懒汉部被计划在内,只要他们能改邪归正,在新社会里做个好人。

真是皆大欢喜啊。

眼看孔家庄,家家有了地种,家家有了粮吃。曾经是愁吃愁穿的人,有的屋矮灶小愁粮食没处放了。六十二岁的史成才,十三岁开始给人家当长工,一辈子光棍,辛辛苦苦四五十年,都是吃稀的,穿烂的；到老来没积下一间房，一粒米，敌人在时，连配给都不给他，说"年老无用了"。这次大翻身，从清算中买了二十亩地。人家问他："你这样大年纪，还能种得了么?"他极有信心地回答说："好你说的，过去给人家种一辈子都种啦，我自己底地怎么还种不了?"年根下，家家筹备过年的时候，他已黎明拾粪准备春耕了。老赵底母亲年年冬天犯痨病，今年偏偏没犯。老赵说："运气来了，老人家也不生病了。"——这还不是什么运气，心里愉快，吃饱穿暖，自然病就少生。孔家庄，已算塞北，年年冬天，狂风大雪，今年却格外暖和；人们说："八路军来了，连天气也变了。"那倒恰好是凑巧的事情。

为了自卫，村里组织区小队，要二十个人，"好，我们去!"自动报名的是四十二人。最初在村公所扫地的那个虎头虎脑的青年——李进打了冲锋，皮大衣，皮帽子，高筒皮靴，背了三八式步枪，丁东丁东，你看得出他在街上走着时那种得意的神情。又一天要拨二十个人参加万全县保安大队。问他们有啥意见? 他们连迟疑都没有："好，没啥意见。"兴致勃勃地就出发了。——就凭八路军，人民的武装，这一带土匪绝迹了。地主也高兴，往年怕抢，不敢住在家里；现在都舒舒服服过一个安稳年。劳军，有的送一口整猪，实心实意地说："咱们弟兄来了，日子就太平了。"

村里的事都是自己底事。帮助工作，个个都积极。区长说："一针见血，开门见山。"十八岁的娃娃桑云龙，被派到小屯堡去帮助搞减租减息，说罢就起身，他虽然从小没离开过家，但是没一点犹疑和眷恋。他五十七岁的老爸爸送他出门，特别给他腰里揣上二百元边币（晋察冀票），嘱咐说："咱们翻身了，也要帮人家翻身呀。出去，要好好工作! 在外边花费一点不要紧。"

阳历年，全村庆贺翻身，热闹哄哄唱了一台大戏。

为了纪念，有一天全村约定吃顿好的，白面葱花脂油饼，起名叫"翻身饼"。

春节到了，家家米、面、肉、柴、炭全有了。又是扫房子，扫院落;又是蒸年糕,炸点心;办黑板报,写标语:"男勤女也勤,黄土变成金。""多施肥,多锄草,精耕细作收成好。"贴对子:"欢迎共产党人兴财旺,拥护毛主席国泰民安。"那种兴奋,忙碌,快乐的气象,简直像熊熊燃烧的一团烈火。

那个四十多岁的杜芬,正计划春天来时娶老婆呢。

戏台前的广场上排演着五六十个人的社火,大秧歌。

现在正锣鼓喧天。

一九四六年二月一日旧历除夕

<div align="right">选自《黑红点》,东北书店 1947 年</div>

"调皮司令部"

这是武城战斗底一个尾巴。

打武城,是一个胜利的战斗。二百多俘虏不说,光搬运胜利品——四百五十包棉花(每包二百四十斤),三百二十枝枪,十几大车弹药……——就到鸡叫还没搬运完呢。黑咕隆咚的夜里,走三四里路,十月二日已是初冬了,还要过一道卫河(运河)才能到根据地,就算有千百成群的老百姓帮忙吧,也还是够忙活的。

东西没搬完,部队却已不能不撤了,敌人驻德州的水陆警备队正开了汽艇经郑家口赶来增援。他们是一百五十个人,有两门小炮,两挺重机枪,八挺轻机枪。而交织在清和、夏津一带又都是敌人底公路网啊。

我们大部队撤回,留下一排人作掩护。这一排人,由两个班守住渡口,好搬运东西。另一个班,由刘副排长带去两个战士围城边侦察,就便再看看这被敌人统治了四年刚刚解放的城里的情况。余下七个,田副班长带着离渡口三里五里,在河边通城里的要道警戒,任务是于必要时打麻雀战,拖住敌人。

副班长叫李二黑,才十六岁。是班里最小的。但最大的也不过十八岁,都是些聪明的又非常调皮的孩子。里边有一个绰号"调皮司令",叫小黑李子,平常有点懒,不太爱学习,但学啥却快,记一笔好日记;不太愿意放哨,但放起哨来却又最严:严重关头,无论谁,那怕是指挥员也得问清楚才能放过。又有一个绰号叫"调皮参谋长",不很讲卫生,生活上有些邋里邋遢,爱开玩笑,拉胡琴,也最爱说俏皮话,有时指导员批评他,他不服气,用食拇指上下比量着:

"哼！你这样大点小干部还批评我！"——因为他们都是穷孩子出身，军龄都在三年以上，可以说都是在部队里长大的，又有几个当过勤务员、通信员，见的人多，经的事广，只要大事抓紧，小的地方他们是天不怕地不怕的。一个小班长带了这样几个调皮鬼，领导是不大容易的。再加上班长也不那么老练，领导方式上多少有些毛病，表面看起来他们就多少有点像不团结的样子了。经常在宿营的地方，一进他们屋子，告状的就特别多："他调皮！""他才调皮呢！"指手划脚，嘻嘻哈哈，嚷成一团。——这种战斗场合，本来是不敢给以单独任务的。不过这次身边没人，而他们一向在正经事上不含糊的作风和对敌斗争中的勇敢与机警，确证他们不会误事，出漏子，才使副排长下了分派他们的决心。

王小马，这班里另一个十七岁的战士，就是榜样。平常看来吊儿郎当，张长李短说话不能再多，生活细节也满不在乎，但一听打仗，第一个跑到头里就是他，那次征求奋勇队他总是首先报名。别人遇事批评他，他总说："别吹牛皮，打仗的时候咱们见！"事实上也的确是这个样子。一九四一年一年，他自己得了敌人九枝三八式步枪。只百团大战，破击德石路，在东西高村战斗我们夺获敌人八八式野炮（九匹骡子拉着的）的那次，他一个人就缴了敌人两枝三八式。他惯常一瞅见有利的机会，就机动地行动起来了。打冀县的一次，他就是在敌人混乱当中转眼不见了的。那么一个结结实实的矮胖个子，在敌人的空隙里钻来钻去。队伍集合快走了，排长为他着急到快要生气的时候，他却背着三枝步枪满头大汗地赶上来了。为他单独行动批评他吧，看他笑嘻嘻胜利的样子，仿佛那种机动又正是值得发扬的。排长笑笑，大家也都给以欢迎和鼓励。

这个×连六班（他们底真正番号），"调皮司令部"（在开玩笑的时候，大家这样称呼他们），模范班（后来因学习战斗的出色而荣获的徽号），由十六岁的李二黑带着，接受了警戒任务，出发了。他们真高兴，像初当家的儿女似的，一本正经起来了。嬉笑扯皮的心被严肃的工作挤得无影无踪。彼此从踏实的步伐，从振奋的表情，从偶尔在暗处一闪的眼光里透露的坚定的意志,都表现了他们互相信赖,互相团结。"看吧! 我们要完成一件光荣的任务哩……"仿佛都说了这么一句同样的话,便在黎明前朦胧的烟雾里消逝了。

他们是出发了。在渡口负责指挥的团长却并不放心,他一边督促着加速搬运物资,一边不时地向武城和他们出发的方向远远地谛听眺望。像送考的教师:"他们会及格么?"在心里不断地这样问着,又肯定地自己回答着。

天快明了,东方已渐渐发白,胜利品还有四十包棉花没有过河呢。这时远处传来了一排炸弹声,和不久以后一阵密集的机枪声。团长不由得一惊:"糟糕! 一定是六班和敌人接火了。"有些担心:"他们不会硬冲吧?"但想到出发时给他们的任务分明是"打麻雀战",也就没打算派人增援(跟前也实在没人可派)。就一壁信赖着那班调皮孩子底机智和勇敢,一壁布置拆毁那九十只木船所搭成的浮桥。

一只木船刚拆除抬向对岸,从武城那面刘副排长回来了。背了一个战士,那是被漏网的敌人放冷枪负伤的。另一个战士打着掩护还落后几步。会合了就好,受伤又是打在腿上,并不太重,大家算了却了一桩心事。另一心事就专牵挂在李二黑那七个人的身上。

"你看是他们来了么?"几百米远开外已隐约看得见人底活动了,团长凝神地望了一会把望远镜递给了副排长。

"球事啦,怎么只五个? 敢又是挂彩啦?"副班长像母鸡辨认鸡雏那样,老远就看出是他们,不过背着的,抬着的,却使他心里浮上一层"不幸"的暗云。

原来,正当那个十六岁的班长和六个年轻的战士,一起警惕地向北走着,走不到三里地,忽然遇到那一百五十个鬼子上陆了。由于黎明前的天色,由于仓皇与疏忽,鬼子并没发现他们;倒是他们先从踢踢囊囊的脚步声,再从朦朦幢幢蠕动的人影,发现鬼子正顺着他们这个方向前进。可是等辨识清楚,鬼子离他们已只五十米远左右。这时小班长可难住了;打么? 那是送死;不打么? 难道等死?"咋办呢?"他机警地下一个决心,小声地但坚定地命令六个战士说:"卧下,不要暴露目标。"

这里是静静地卧下了,连气也不敢喘,那边敌人依然踢囊踢囊地继续前进。"他妈的,老子算给你泡上了!"小班长有些焦急。但三年的战斗经验稳住了他,并不慌张。他想的是怎样拼,或者是怎样牺牲。

鬼子进到离六班十多米远的地方,有计划地,又像忽然地停住了。"教他狗囵的发现啦?"战士们一个意念闪过,都自动地把手榴弹揭去了保险盖,勾住了拉线。鬼子停下,把重机枪都架起来,又仿佛没发现,而是在休息;不,在附近教带来的夫子挖工事呢。"狗囵的,倒计划得长远!"小班长脑子里这样一转,紧接着就使尽气力地喊了一声:

"冲啊!"一排手榴弹朝鬼子坐得最密的地方扔过去了。

倒下就不再起来的是十四个鬼子,少腿缺胳膊受伤的也五六个。

"连长! 前进啊!"小班长站起来大声喊着:"从右边包围啊!……"像真有那么一大队人马在后边预备着一样。

鬼子措手不及,一听可慌了。重机枪也不要了,两箱子弹也丢了,都拼命地叉开两条短腿向回跑。这里七八个人,班长和两战士就趁空夺得了那挺重机枪。"调皮参谋长"和另一个战士一人抢了一箱子弹。王小马两人掩护着就往南作胜利的撤退。等鬼子跑到百十米远停下来用轻机枪反转扫射的时候,这里相去已有相当距离了。

"我们还是把机枪子弹埋起来……"班长不管背后乱飞的枪弹,心里估计着:浮桥撤了,十月里一人多深的水是不容易过的。急切不能会合队伍,只好执行上级的指示,留下打游击。一边加快脚步,一边就和他底六个战士商议。

"球","调皮参谋长"又提出他底主意了:"我们要和重机枪共存亡! 拼命我们也得把它抬回去。好容易——"

"对,说咋办就咋办。"本来就是征求别人意见的,班长听了也同意了。

鬼子底轻机枪打得虽密,但有武城战斗的余畏,加上情况不明,并没敢深追。

"调皮司令部"且打且走,是全部回来了。回来的情形,正像副排长在望远镜里看到的:前边五个,背着的,是两箱子弹。抬着的,是一挺崭新的剔亮的三八式重机枪。后边,在还不太亮的晨光里不容易一眼望到的远处,还有两个,那是按战斗规矩留下的掩护部队。王小马是里边的一个,带一副长坂坡上赵子龙底神气。

他们和部队会合了,团长和副排长欢喜地迎接了他们。未拆完的浮桥伴了船下汩汩流水等待着他们。

选自《黑红点》,东北书店 1947 年

◇吴济嫔

猛打猛冲的李长明

一

早晨二排攻击马家洼子大东山，上面有严密的炮击、工事。又因为老乡带错了路，天亮才到了山脚，没完成任务，却受了些损失。扛活出身的二班战士李长明，为阶级弟兄复仇的烈火在脑中燃烧着。他向排长要求攻击任务，回头又向战士们说："白天没打下山头来，晚上咱们来突击，一定拿下他狗日的来！给伤亡的同志们报仇！"

"好！"同志们和他一样的愤怒，异口同声地响应着。李长明接着又说："咱们革命就是为人民服务，牺牲了是光荣的。到时候只要机动灵活点，没有关系的。"他焦急地期待着黑夜快快到来，叫三八枪和刺刀显显威风，恨不得太阳一下子落下山去。

天晚了，连长一分配任务，使李长明同志泄了劲，任务是：二排继续攻击大山头，一排解右侧方小山头敌人的小哨。

敌人未及展开火力，小山头就被一排占领了，但大山头敌人的火力倒很猛，机枪、炮响成一团。二排却没动静，大家都猜想，二排一定被敌人火力封锁住了。一排长想：我们来完成这个任务吧，随

108

即下了命令："三班在前面突击,二班作预备队。"战士李长明向排长说："咱们就这几个人,谁突在前面,就算谁突击好吗?"排长想了想,采纳了这个意见。改为二三班分为两路同时出动。

期待得不耐烦的李长明同志冒着弹雨冲在最前头。敌人一挺机枪正在猛烈地射着,他乘着敌人换梭子的空隙,从左侧冲了过去,一枪把射手打死。另一射手不知死活还想压梭子,却被他一把把机枪抓住了,射手还要夺,勇士的三八枪结果了他的性命。一旁还有一个搂着大枪吓得不敢抬头的敌人,勇士把大枪夺了过来:"交枪不死!"敌人战兢兢地站起来当了俘虏。这时副排长上来了,李长明同志马上把胜利品完全交给副排长,随即在二班前面勇猛地冲上了岗楼。岗楼里敌人的机步枪在猛烈地射着,这时班长负了重伤。李长明更加愤怒了:"同志们! 班长挂花了,我们要给班长报仇!"说完不顾一切地冲向岗楼。枪弹打在他背包上,差点没把他带倒,他毫没理会,仍然前进! 手榴弹把左手炸麻木了,流出血来,他活动了一下,仍然冲杀。他一口气迅速接近了岗楼,手榴弹一个一个地投了进去,岗楼燃起了熊熊的烈火。敌人再不打了,狗窝里传出了哀叫:"老乡们! 别打了呀! 我们交枪!"

里面的重机枪、步枪都成了战利品了。李长明同志没停止,单人带枪冲过岗楼,在一个沟里,他发现了四个敌人。问了一声没答应,他火了,一枪打倒了一个,刺刀又猛刺向敌人。

"老乡别打啦,交枪啦!"

"快交枪! 交枪留命! 不交枪都打死你们!"李长明同志始终忘不了他是个受苦人,又补充了一句:"咱们都是穷人,穷人不打穷人!"

李长明背起了四枝步枪,押着三个俘虏找了副排长来,交代了一下,又问俘虏那里还有敌人,俘虏告诉他说:"东南角有个沟,沟里有茅棚子,他们都在那里。"

班长负了伤,剩下他和何长久,他就带着何长久去搜索,慢慢接近了敌人,看见敌人有三十来个。这时二班也上来了,向敌人猛扑

过去,敌人都驯服地当了俘虏,就是没有得到枪,因为他们都是扛炮弹的。

功劳大会后,李长明同志已经成为两大功的功臣了。

选自《战斗小故事》,东北画报社 1948 年

◇吴宣扬

割谷子

秋天,落过一场雨,已经很冷了。

八月节的第二天,鸡叫过三遍,赵喜文的妈已盘腿坐在炕梢上吸着旱烟,一面用细麻绳穿着"家雀蛋"豆角,一面寻思着:

"前年我大儿子还在大地主老宋家扛活,给人家割谷子,眼巴巴地瞅着黄金色的谷穗往人家场院里拉;今年可不同了,是给自己割,往自己家拉,这都是共产党的恩啊!"

赵喜文醒来,看了看多年受苦受累的老母亲,如今这样畅快,对自己的生活这样舒心,就更加高兴地从被窝里爬起来,披上小棉袄,说了一声:

"妈!昨晚开会说我弟弟参军,咱是军属,今个就给咱们先割谷子。"

"我知道啦,昨晚开会回来你不是告诉我啦。"

"……"

"东墙抹完啦?"

"昨下晌农会来几个人,帮着抹完的。"

"快去搭苞米楼子吧,等饭好了喊你。"

"今个早晨我就能搭完。"赵喜文很有信心的,就拿着斧子走出去了。

高粱在朝阳里晒红米,大地充满了谷香。赵喜文搭完苞米楼子,吃过了早饭,就和换工小组往岗西的谷地走去,边走边想着昨晚开"收秋会"合计的事。

会开得比"铲地会"还热闹,开了半宿,要做到全村一个闲人也没有,都说:今年是咱自己的。割谷子时槎要放低,可以多得草,又干净,过年种地还得劲,也好铲;高粱割倒要码立码子,虽说费点工,可省了下雨生芽,不挨耗子啃牲口祸害;苞米先在秸上擘棒子,苞米叶子到家扒下来,还能编草鞋;黄豆都要贴地皮割,要是垄沟有荒草,老李大爷说:"得先把铺子底下的草割净再放铺子,省着装车时反权糟践豆子,费工。"随割随拉。又都说:"割、拉、打都先帮助军属做。"

到了谷地,王老头一看谷穗有一尺长,站在里边谷穗碰脖子,就笑着说:

"一碗泥土一碗饭,十成工夫十成收。"

"可不是,三铲三蹚的谷子长得倒比往年好。"李老头接着说。

"军属的庄稼长得还能孬啦。"刘福海赞扬了一句。

"咱们割吧!"换工小组长看了看大家这个高兴劲儿,自己也就笑了。

"好!"

"对!赵老大别看铲三遍地叫你落下,这一回看谁第一。"刘福海割了一把谷子,就直起腰来对着赵喜文说。

"老刘大哥,别看蹚三遍没有赶上你,这回和你比一比。"小张对刘福海说。

"刘福海啊!别看拿大草没做在你前头,这回和你也比赛比赛。"王老头也抢着说。

"大家比赛吧!看秋后谁能当上模范。"换工小组长向大伙说。

"刷!刷!"的割谷声响起来了。

李老头心想——你要做第一,他要争模范,就说:"我也不能叫你们落下。"又看大伙这个乐劲,又寻思庄稼长得真好。

小张随着割谷声,唱起歌来:

"遍地庄稼黄又黄呀哈嘿,

男女老少一起忙呀哈嘿,

一穗儿庄稼一滴儿汗,

谁种的地来呀谁收粮!"

大家伙听着歌声,也都随着哼哼起来。

"往年里忙来么愁断肠,

辛辛苦苦为地主忙;

今年个忙来么喜洋洋,

粮食往各人家里藏!"

一九四八年九月二十四日

选自《新的气象新的生活》,东北书店 1949 年

◇利　化

我要伸冤！我要报仇！
——记战士血泪的控诉

　　我叫田保安，今年二十八岁，陕西干县人，家有十八九口人，我父亲兄弟三个，在民国二十四五年有九十亩地，自民国二十五年国民党抽壮丁、要粮、要税、人捐，这事走了那事又来了，就是现买现卖都来不及，因此家景闹得一天不如一天，家里人也一天闹气吵架，逼得没法就分开了。

　　我们这支分了三十亩地，工夫不多我爷就死了。卖了一头牲口十亩地，又借了五十块钱，才把丧事办了。五十块钱一年要化二十五块钱的利，给人家立了十亩地的文书，后来还不起账，人家逼得又紧，就把十亩地顶账了。杂粮杂款重，今天要这明天要那，眼看着家景就没法过。又借了人家八块钱暂时糊口，后来连八块钱也还不起了，叫我给人家做活去顶账。那年我才十三四岁，东家全家欢欢喜喜的，但是用另眼看咱们，东家吃的和给咱们吃的是两样饭，这种"进门三尺低，出门三尺高"的生活我干不下去，就偷着跑回家去了。我父亲连打带骂叫我去："欠人家的钱还不起，不给人家做活，拿什么还账……"我说："打死我也不去了。"后来我父亲没法子，他就替我顶工去了。我想："父亲是一个整工，我顶半个工，叫父亲顶工不合算。"别人也劝我，我就又去了。

　　民国二十六年把我大哥抽壮丁抽走了。家里的地卖得也差不多了。我父亲就给人家做半工，捎带着种自己的一点地，等把人家的地种好了，自己的地也就误时候了。一年连种子也收不回来，没吃的就得向大财主借，三月借一石粮到五月就得还一石五，"一步赶不上，步步赶不上，钱剥削钱，粮剥削粮"，后来又卖了五亩地，气得我父亲说："咱们不要地了……"

我父亲给我找了个大财东开的染房里学染布，一个人一天染五十丈，染不出来就骂就打，晚上干到十点多钟，早上黑蒙蒙的就得起来，冬天冷水里拉布，把手冻得满是裂口，成天价膀子使得酸痛，掌柜的还骂："你给我染不出来，小心点！"有一天不小心，把布碾了个小窟窿，吓得我没法，跑吧！往那儿跑呢？跑了和尚跑不了庙，听天由命吧！当天我也没敢吭气。我娘再三地嘱咐我说："好孩子！人家怎样打你！怎样骂你！你也别吭气！咱们赔不起人家的布。"第二天掌柜的连打带骂，我半句话也没敢说。

民国二十九年，那时我才十七八岁，抽壮丁就抽到我身上了。为了我一个壮丁，就出了两次钱。但是出一百次不顶事。我父亲眼含着泪说："我受了你们多少气呀！放在地上你们要哭，背在背上不能做活，从小养大，喂大了一个又抽走一个，现在我还有什么指望？……"眼看离过年还有三四天，保上非抓我走不行。我娘说："怎样也得让这孩子过了这个年再去呀！"家里故意把我的棉衣拆开，叫我盖着被子围在炕上，说这孩子还没衣服，把衣服做了再去。一家子给人家叩头作揖，哀求祷告，又给他们买的大烟，送的钱，当下才算没抓去。刚过了年，我十三岁的弟弟抱着我的腿说："二哥！我替你去吧！家还有二嫂子，你在，好养活家！"初二那天下了大雪，有一尺多深，这时全家都乐了，一家子念道："这可好了！这样大的雪，十天八天他们不会来的，怎么也得过了十五去了。"谁知道大年初四晚上，他们又来了，用枪把我父亲从炕上打起来，"你这老家伙，真舒服，找你儿子去，明天一早就走……"一家也不知是哭好，还是说什么好，我娘说："我知道这样，小时把你摔死比这也强！……"我说："娘！没法子！明天打早给我做点饭让我走吧！"全家哭了一夜没睡觉,天不亮就忙着给我做饭。面条刚盛在碗里,狗腿子们就来了,抓着我就叫走,一家人都给他们叩头作揖,我娘给他们跪下说:"老总!阎王催命不催食!叫我这孩子吃了这顿饭再走吧!"几脚把我娘踢倒了。我媳妇隔着门扔给我一张饼。全家追着我叫,一面哭一面送……我走了两三里地也不敢回头,怕看见他们腿软得走不动……

三个人绑在一块,把我们送到县上,冬天就叫我们睡在操场里,第二天就叫我们下操,又打又骂,心里难过不敢哭,过了二十多天,要往师管区送了。我看见了个机会给家捎了个口信,叫我父亲最后再看我一下。我父亲就连夜赶来了。拿了一双新鞋,烙了一张大饼,饼里装着点钱,当官的不让父子见面,像住监狱一样,我在窗子里,父亲在窗子外说了几句话,父子俩就对着哭!班长说:"你哭我打死你!"马上我们就要开走了。我父亲在路边上看着我哭,我上了山顶,回头还看见我父亲爬在路上哭,不知道他哭到什么时候才回家……

第二天才把我们放开,叫我给连长担行李,那天我们这一百多壮丁起变了。跑了二十多个,用机枪扫死了几十个,剩下我们三四十个,连长把手榴弹导火线拉出来,站在高处骂着说:"还没为国家尽忠,你们就跑,我把你们都打死!不要你们了!"吓得我们大伙跪下求饶命。同志们!当官的不拿咱们当人,多惨呀!

第二天没给吃饭,走到师管区二十几个人挤在一个小炕上,身也不让翻,一个连着一个地绑着,大小便也不叫去,憋得人们就在炕上乱动,人多把炕沿挤塌了,说我们要用石头打死他们逃跑,五个人一堆吊在院子里,用竹竿往死里打。整吊了一夜打了一夜,我说:"排长!不如叫连长把我们枪毙了好一些!"排长狗日的说:"一下死了倒好,受罪吧……"

叫我们吃皮皮渣渣、酸得不能吃的苞米饼子,排长班长却每天去偷老百姓的菜,剩下的菜钱他们分了。我到师管区五天,就托人给家写了一封信。我父亲就连明带夜急忙赶来了。别人叫我给他拿了三个酸饼子,我父亲说:"这还能吃呀! 日子长了不把娃你饿死!"他老人家眼里就出来泪花了。他说:"咱们家里穷,没钱给你,给你烙了一张大饼。"我父亲没吃一口东西,我叫父亲吃饼,父亲也舍不得吃,把饼都放坏了。爷俩说什么好? 我父亲看着我哭! 我看着父亲哭!

父亲回去了,我连气带病鼻子口里直淌血,流了一大盆,当时就晕过去了。连长看了看说:"把他埋了吧! 死了。"我心里明白,我听得清清楚楚,就是不能动不能说话。别人就向连长求告:"他没死! 连长!"连长说:"埋了算了,没用了,他活不了啦!"同伴们说:"还有气,怎么能埋呀! 埋也得等着死了!"连长喊叫了几声就走了。我病了以后,只有我一个乡亲到庙里给我许了一次愿。

一天从师管区往正规军拨,要向洛阳开,我以为这一下可不受罪了,谁知道下了车把我们关到一个院子里。天眼看就下雨了,他不给我们找房子,一直叫大雨浇了有半个多钟头,才给我们找了几间破房子。官长们向老百姓要下麦子,叫老百姓推出面来,烙成饼子卖给我们,把麦麸子煮一锅干不干稀不稀的饭,没菜没盐尽沙子,谁也吃不下去,逼着就得买他们的饼子,这是人能做出来的事吗?

第二天来人就分新兵,每连四十几个,每人发了一套短小的军装,还有一块五角钱,也没有被子,晚上冻得睡不着觉,大伙背靠着背坐着,冻得打寒战,排长狗日的还说:"你们商量什么? 要跑吗?"后来我鼻子又流血了,找老乡把我扶到一个药铺里,医药费不多不少恰好一块五角钱,当时我又气又伤心!"钱多几个也好,少点给我剩下几个也好,恰好是一块五角钱,算了不吃药了,等死吧!"我就把药扔了。我躺在炕上就胡思乱想,想起了家! 想起了爹娘! 自己有病跑不了! 我哭! ……死吧! 趁着屋里没人,我把班长的枪摘下来,顶上了一颗子弹,这时班里的人听着枪栓响跑进来才把我拦住。

后来又把我们开走了。几次想跳火车,又想:"跳车摔死了谁管你？也得叫狗拉去，家里连个信也不知道，唉！等着吧！……"那天吃的倒是白面馒头，外面熟里面生，又有炼油气，我又有病不想吃，班长说："你想开小差吧？连饭都不吃了？"有病谁来照管你！每天派人看着我，后来松了点，跑吧！又怕抓回来打屁股，有的被抓回来的，把屁股给打烂了，然后再往伤口里头喷上盐水，叫你慢慢烂去活受罪。什么惨无人道收拾人的方法，他们都会干出来的。他们说我心思不良，把我送到军事队去，半死不活地把我放在一间空房子里。只有房东一个老太太给我偷着送饭、弄糖水给我喝，才救了我一条命……

我在长春接到家里一封信，说我娘瘫在炕上了。父亲眼也看不见了。三弟也不知是叫抓壮丁的抓走了，也不知是那儿去了。我媳妇也出门子改嫁了。我听别人念信给我听，我哭也不出眼泪来，五六年的光景，闹得家破人亡，五零四散！……谁没有家啊……我们都离家五六年了……谁料想会弄成这个样子……

同志们！谁害了我们那！在旧社会拿枪为谁呀！咱们家里穷、苦，是谁害的呀！我们要看明白：咱们穷人想翻身过好日子，只有革命成功才能行，我们光是想回家，是解决不了问题的，就是叫你回家你在家能待得好吗？我们解放了，我们开了脑筋，认清了真理，我们要跟着共产党走！要干革命！我要伸冤！我要报仇！我要打倒那些吃人的野兽！我要和他们算总账！

选自《擦干眼泪复仇》，东北书店 1948 年

◇但　娣

早晨七点的时候

　　走进女监的铁门，便是一个长通间，两面排着铁格子的监房，每个监房的地下，都满坐着形形色色的女犯，蜡黄的脸，饥饿的眼睛，蓬发垢面，受惊的样子，宛如是一群神经病患者，使人看了异常的可怕。我就同着这些女犯们过了许多日子，终日的忧伤，无依，受苦使我们变成了另一种人了。我们这一群无光的灵魂，无意识地在等待着被毁灭。我们三号的女监的铁格子内，在监房的地下坐着一群女犯——偷摸，杀人犯，花案，叛徒……

　　我们肩靠肩的拥挤地坐着，低着头从破烂的衣裳上捉拿着虱子。

　　马桶的尿屎的气味，直刺进我们的鼻孔，使我们时时想发呕了。

　　女看守，她手中拿着一条皮鞭子，凶狠狠地在铁格子外的通道间走动着。不时地从铁格子外投进来她那一双凶恶的眼睛，在监查着我们的行动。

　　我们坐得屁股发痛了，但谁也不敢动一动；我们之间沉闷得感到十分窒息，但谁也不敢说一句话。

　　一直等待着女看守走累了，她离开了通道间走回她自己的看守休息室去，我们才从死一般的寂静中开始混乱起来。打着，骂着，争论着，讲说着。讲说着那些亡失的青春时代的回忆，讲说着那些受丈夫们虐待的苦日子，讲说着那些走过的熟悉的繁华街道，讲说着那些市场上诱惑人的好吃的东西，鲜红的肉……有的流泪了，有的十分哀伤，有的高笑了起来，整日地我们都是这样地机械地无光地从早晨盼到日落……

我们谈着一直谈到太阳从监房的铁窗消失下去，监房里渐渐地昏暗朦胧。

我们都饿了，我们听见自己的肚子在响着，我们便在监房的地下晃动起身子。饿得十分焦躁，不再讲说什么了，在瞪着眼睛谛听着送饭的男犯们敲门。

我们好容易等着有敲门的了。

杂役在铁格子外嚷着：

"把盆子拿来！"

女犯们全都饿狼般地伏在铁格子上，向通道间望着。

女杂役将盛满黑色腐烂的马铃薯皮的饭盆从铁格子送进来，我们便拥挤上去，眼睛闪着饥饿的光，伸出许多黑脏的手，快开抢了，嚷着，骂着，打着。

"妈拉×的，家雀×屁股了吗，唧唧唧唧的！"

女看守用鞭子敲着铁格子骂着。

我们才静了下来，围着饭桶坐下，贪婪地吃着那腐烂的黑色的马铃薯皮。

我在群犯们之中，发现了只缺少陈焰没有来吃饭，她坐在监房一个角落里，将头埋在膝盖上，一声不响，痛苦地用手不住地抓着头发。

我忙着去喊她：

"陈焰！吃饭了。"

她抬起头来，含泪地摇着头：

"我吃不下去一点东西！"

便又将头垂在膝盖上了，一声不响。

120

我们吃着马铃薯皮,吃得舌头发涩吐起酸水来不再想吃了,我们便唱起了歌:

……

> 噢!哈!嘿呀!
>
> 我们不怕死呀!
>
> 为了我们的祖国
>
> 我们不怕死呀!
>
> 噢!哈!嘿呀!
>
> 我们不怕死呀!

不久男监也应和起来了。

我们唱得更有劲了,坐在地下肩靠肩的,一边晃着,一边拍着手。一股力量充满了我们的胸腔,使我们什么都忘却了,仿佛有一种光照在我们的生命中发光,仿佛有一些花朵开放在我们的生命中吐着芬芳。

女杂役罗华伏在铁格子外也唱了起来,她微笑地激昂地敲着铁格子。

我也激昂地敲着铁格子唱着。

忽然,陈焰从角落里走向我的身旁,她哀求般地摇动着我的肩说:

"范黎!我求求你们!不要唱了,我的心快碎了。"

陈焰的泪水流淌在她痛苦的脸上,她的声音颤动着。

我从我的肩上将她的双手取下来,安慰她说:

"是的!我们不再唱了。你安静一点!"

"姐姐!我怎么能安静下去呢,秦坚也许宣判死刑了。"

她说完便伏在我的肩上哭了起来。

女思想犯们停住了歌唱,然而隔壁的男监们仍然在唱着。

陈焰无可奈何地将耳朵用两只大手指堵塞住了。许久她走向男监的墙壁处,伸出满凸露着青筋的瘦手,用力地在墙壁上拍着:

"我求求你们,不要唱了,看上帝的面上,我的心要碎了。"

男监便静下来了。

陈焰低着头，懊丧地走回到原处坐下了。啜泣着。

她的哭泣使我十分难过，我用我的衣襟替她擦着泪水：

"陈焰，不要哭了。也许秦先生不会宣判死刑的。因为我相信着真理，秦坚是为了真理而活动的。"

陈焰抬起头来失望而愤怒地向我说：

"真理！黎，你忘了我们是被日本帝国主义压迫的殖民地的可怜虫吗？哪里会有真理？"

"不过，为祖国而牺牲是光荣的！"

"我知道，然而从此我们便诀别了，我们之间也失掉了一个同志。而且他的家庭还有老母和幼小的弟妹们！"

"焰！你不要想得太多了。"

她哭泣得那样的伤痛，使我也沉浸在痛苦的无言中了。

女看守走来了，用鞭子打着铁格子骂了起来：

"你哭什么？"

我替陈焰辩解：

"为了她的未婚夫。"

"妈的！进到什么地方还不知道，还想汉子，想汉子×痒痒了吗？"

她的话激怒了陈焰，陈焰反抗着：

"我们是思想犯，你说话要慎重一点！"

"思想犯，什么是思想犯，日本人就恨思想犯，打死你们也没人管。"

"你是不是中国人！中国人应该爱中国人。"

"你们是犯人知道吗？犯人是龙得盘着，是虎得卧着，知道吗？"

女看守牛气般地打开了铁门，她似乎要来处罚我们了。

忽然女监的外门有用铁棍子叩敲的声音，女看守便又从三号监房跑了出去。

不久我听见从通道间响来刀刺和皮靴的声音了。

我们知道是看守长来了，便都老鼠一样吃惊地在谛听着，腰板挺得直直的，一动不敢动地坐着。

女看守开始在通道间报告了：

"报告！全员一百六十人，出厅三人，现在一百五十七人。"

刀刺声和马靴声，渐渐地移近了。

女犯们都把眼睛注视到通道间。

一个看守长卫送着一个戴羞耻帽的女思想犯响着铁铐子走来了。在三号监房的门前站住。

女犯们对新来者都好奇地伸长了脖颈在看着。女看守便骂了起来：

"有什么可看的，××！都是两条腿顶一个肚子，有什么可看的。"

看守长在新来的女思想犯的脸上打了一个耳光说：

"你的死了的好！"

新来的女犯的眼中充满了愤怒的火焰，并没有哭泣，只回答了他一句：

"没有灵魂的狗！"

看守长因为是日本鬼子，不懂她的话，便向女看守说："你的检查检查她！"

然后立刻走开了。

女看守检查完了，便将她关在三号间。

新来的女思想犯，因为受辱不住地咒骂着：

"王八蛋！"

然后她用一双惊奇的眼睛望着我们，我替她让出了一个空位子请她坐下，她没有向我道谢，高傲地坐下了，她瞧望着四面透风的监房和挂满蜘蛛网的墙壁、发臭的马桶发起愁来。她的眼睛望着铁格子暗淡无光了。低下头去沉默得仿佛在思索着什么，仿佛被灾难所苦。

我悄悄地问她说：

"你是思想犯吗？"

"是的，晚上就在地下睡吗？"

她懊丧地问着我。

"是的！"我告诉了她一些狱中的生活，便将我的囚被借了给她说：

"这里的囚被是不够用的，差不多是三个人盖一条，这是我的先借给你吧！"

她谢了我便回过头去向四周瞧了一下。她忽然发现了陈焰在哭泣着。她便向我问：

"哭着的女人是运私米的吗？"

"不是。"

她自语着：

"我以为是运私米的呢，中国人活不了的太多了，生活迫得他们不得不运私米的也太多了呢！"

她叹息着在望着陈焰。

"那么她是偷摸吗？"

我告诉她：

"不是，她是爱国挺身队的女同志！"

新来的女犯吃惊地问着我："这里也有女思想犯吗？"

"有的！一共三个。在号里的有陈焰和我，在号外的女杂役有罗华，她判了十五年。"

新来的兴奋地向我伸出一只手来紧紧地握住，眼中充满了喜悦的泪水向我说：

"我的名字叫姚瑛，是王冈事件的叛徒。我高兴极了，有你们在这里！"

然后她兴奋地走近陈焰说：

"同志！你为什么要这样的悲哀，受苦是我们中国国民的义务。"

124

我正想将陈焰未婚夫秦坚预判死刑的事讲给她。

忽然听见了哗啦哗啦铁铐的响声。

陈焰向我说：

"你听，一定是出厅的回来了。"

她惊慌地爬上了铁窗子。

于是我也和许多女犯都像猴子似的爬上了窗子，在眺望着。

我看见那扇黑绿色总监的大铁门被打开了，走进一群出厅回来的犯人；排着两列队子，哗啦哗啦地响着，穿过运动场向男监走去。

陈焰的眼中闪着不安的灾厄的光，在犯人的群中扫视着。

她将脸紧贴着铁格子，伸出一只颤动的瘦手，但是却被铁格子所阻。缩回那只颤动的瘦手，她仰着恐怖苍白的脸，凝视着秦坚。

我在犯人的队伍中看见了秦坚，他低垂着头，仿佛背负着生的沉痛一样缓缓地迈着步子跟随在犯人的队后。

犯人的队伍从女监的前庭走过，秦坚便抬起头来凝视着女监的铁格子。

陈焰绝望般地喊了起来：

"坚！你判了吗？"

秦坚听见了陈焰的喊声，用一双充满无限伤痛的眼睛望着女监的铁格子。

"×你妈的，瞧什么？"

一个看守用刺刀背击打着秦坚的头，秦坚无奈地跟跄地跟随着犯人的队伍往前走去。

陈焰望着秦坚的背影消失在男监的门里，她急忙地从窗台上跳了下来，走向靠男监的墙壁，将耳朵贴近墙壁，她听见了从男监传来的一阵骚动，吵嚷和开门的声音，铁铐响声和关门的声音。

陈焰用手敲着墙壁，许久从男监的墙壁发出了一种沉重含混的回声，仿佛是由男监秦坚敲来的。啪啪的手拍着土壁的响声：

陈焰高声地喊了起来：

"坚！你判了吗？"

然而从男监并没有回答传过来,只听见由墙壁传来的一种奇特的"咯吱咯吱"的碎声。

我跑到铁格子前,我看见女杂役罗华正在通道间和洪涛在说话,洪涛是第七工场裁缝思想犯人。我看见洪涛一边捆绑着女监将钉完的纽扣的军服,一边擦着眼泪脸色沉沉的,他和罗华说着些什么,罗华也用衣襟擦起眼泪来了。

洪涛背着军服走了。罗华伏在铁格子上向我说:

"秦坚被宣判死刑了。"

这消息使我宛如坠入了黑色地狱一样,我的意识开始昏暗起来。

我去看陈焰,陈焰仍然地在拍着墙壁在喊着:

"坚!你判了吗?"

已经是夜晚了。

通道间燃起一只幽暗的灯。

陈焰在弯着腰挖掘着靠男监的墙壁。

从男监的隔壁也咯吱咯吱地响着,忽然墙壁被他们挖穿了,我听见了秦坚在喊了起来:

"陈焰!"

我听出秦坚的声音,我也伏向洞口去,我看见秦坚的眼睛闪动着死的痛苦的光在凝视着陈焰。

陈焰激动地说:

"坚!你判了吗?"

我没有听见秦坚的回声,只听见陈焰的声音发颤着:

"死刑吗?"

"明天早晨七点钟。"

"坚!"

陈焰没有说完便哭泣起来:

"焰!你静一下,我有许多话想嘱咐你!焰!擦去你的眼泪!"

"我希望你请求再出一次厅。"

"我不希望那样，我不是见时机不好，不肯牺牲自己，就牺牲了主张。我不是动摇分子。焰！你不是说过吗？我们应该为了祖国而流血而牺牲，这不是光荣的吗？"

"我没有忘，不过……"

"我懂了。不过这是我的光荣也是你的光荣，焰！你应该坚强起来！"

新来的姚瑛便走向前去，她鼓励着陈焰：

"是的！我们应该更坚强起来！焰！你允许我祝福他一句话吗！"

焰将位置让给了姚瑛，姚瑛兴奋地说：

"我是新来的姚瑛，祝福你的光荣！秦坚，请你放心，我们一定用全力来爱护她！"

"谢谢！新同志！你们应该勇敢地做下去，为了祖国，我们应该有牺牲的魂魄。"

"我不怕死的，只要我有一口气，我就会为祖国做一点事的，以后的工作有我们来负担。"

姚瑛说完了话便退回原处。

我听见有敲打女监外边的铁门声，我知道是部长来点最后一次的名了。接着，女监的外门被打开了。

我便听见有马靴的响声走进了通道。我们都规规矩矩地坐到原位去。

陈焰垂着头，流着眼泪。

拿着犯人名簿的在铁格子前站住了。女看守站在旁边，拿着名簿的汉子粗声地喊：

"报号！"

于是我们便开始各自报起自己的号来了：

"一百二十号，一百三六号，四百〇六号，二千二百号，三千三百五一号，四千〇五号……"

看守兵们点完了名便将各监房锁上，然后走了出去。

是犯人就寝的时候了,女看守也回到自己的房间睡了。

陈焰又伏到洞口去悄悄地和秦坚谈着。

女犯们,都准备睡去,都为了挤的缘故争吵着,骚动着。房间太狭窄的缘故,我们只好腿压着大腿睡。就听见陈焰在悄悄地啜泣着,很久我才昏昏地睡过去。

忽然我被身旁的女犯给碰醒了,我听见更夫敲着梆子从狱墙外走过。

我抬起头来看陈焰仍然伏在洞口处在啜泣着,是那么悲哀伤痛。

秦坚在不住地劝着她,叮嘱着她许多话。

我听见从远处村子里,有鸡在啼叫着。铁窗外薄明了。

我听见有急促敲男监的铁门声,许久我听见有人喊着:

"把三十号房间打开!"

我听见有哗啦哗啦打门的声音了。我听见有人在喊:

"二千六十六号!提出来。"

我知道这是提秦坚来的,我坐起来;我看见陈焰痛苦地颤抖着。

"快出来!"

我听见男监骚动起来。

我听见了陈焰的一声绝叫,我看见陈焰溢动着死的恐怖、痛苦、泪水的脸苍白了,她疯狂般地爬上了铁窗子。

我慌忙地从囚被中爬了起来,也爬上了铁窗。

我看见秦坚被几个看守兵护送着从男监里响着铁镣走出来,在他的眼上用一块白巾蒙遮着,双手紧铐着铁铐,哗啦哗啦地从女监前的广场走过了。

陈焰的脸色更苍白了,她绝叫了一声,便从铁窗上昏倒在地下。

我和姚瑛几个难友,将她抬至一个角落,我伏下身去,喊着她的名字。

但是许久听不见她的回声,我伸出一只手去抚摸她的脉搏,我发现她的脉搏已经停止了。她苍白地憔悴地死了。

通道间的墙壁的钟敲了七下。

我从铁窗望去,我望见死刑楼里火烟升起来了。

选自《东北文学》,1946 年第 1 卷第 2 期

短篇小说卷③

早晨七点的时候

◇佚　名

撑船的女儿

撑船的女儿和她的妈妈住在渡口的一间小茅屋里,母女就靠着摆渡生活,妈妈非常爱自己的女儿。

有一天,在远处打起仗来,枪声越响越近,女儿站在高处去看,正看到二里路外有一群鬼子向渡口跑来,新四军追在后面。

撑船的女儿说:"妈,快上船,把船撑到对岸去,别让鬼子过河!"

妈妈说:"你把船撑过去吧,我留在这儿看家。"

"不,鬼子坏极了,你不能留在这儿!"女儿说过就拉着妈妈上船,可是妈妈不肯走。

枪声更近了,已经听到鬼子呼喊救命的声音,女儿没有办法,只好丢开妈妈,拿起篙,使劲一撑,船像一支箭一样飞到河对岸去了。

十几个鬼子兵怆怆惶惶地跑来,口里喊着:

"船! 来的船!"

可是船却安详地躺在河对岸,随着风吹,在那儿荡着。

另一个鬼子兵从口袋里掏出一大把钞票,摇着,大叫:"船,船,钱的有!"

可是撑船的女儿睬也不睬他。

不好了，几个鬼子闯进女儿的家里，拖出她的妈妈，鬼子大声叫着："把船撑过来，不然打死你的妈妈！"说着就打了妈妈几下，妈妈哭着，骂着，要和鬼子拼命……

女儿在对岸咬着牙发抖……

后面来了一阵枪声，是我们的军队追来了，鬼子急着发慌，把老妈妈往河里一推，妈妈就沉下河底去，几个鬼子也跟着跳下河，和妈妈一起沉到河底去。

另外的几个鬼子也就给打死在河边上。

撑船的女儿把船撑到妈妈落水的地方发狂地喊着："我们打胜仗了，妈妈，妈妈哟！"

选自《小英雄》，东北书店 1948 年

大麻子撒大谎

——记小汉奸变成小战士

这个故事是发生在阜东九区的。

民运工作同志刘湘,抓住了一个小汉奸,叫作"小麻子"的。

小麻子可真神气啊! 他拍拍刘同志的肩膀说:"请你到楼上来谈谈!"

刘同志就同他到楼上来,小麻子开口说了:"我也晓得新四军好,日本鬼子坏,我今天是有意投到你们这边来的,要不然,你还抓得到我吗?"

刘同志听了他的话非常高兴,就说:"小麻子,你能不做小汉奸,那是再好没有啦!"

小麻子忽然吐了一口痰,很严肃地又说:"我跑过来时,偷了黑狗队大队长的一枝盒子枪,埋在黄河北岸的一个坟地里,你赶快去把他取来,哼! 是一把很漂亮的快慢机呢!……"

刘同志一听,心里真痒了恨不得马上把枪弄来,可是,黄河北岸是黑狗队的地方,不能不小心一点。于是他就和小麻子一起去找治安委员。治安委员是一个青年人,两只大眼睛总是发光,小麻子一看就有点害怕,他的身上背着一枝盒子枪,小麻子心里想:"这个人是干什么的,可不得了呀!"

刘同志把刚才"枪"的事情告诉治安委员。治安委员到底不同,他把头摇一摇,睁大了两只像灯一样大的眼睛,盯着小麻子,他只简单地说:"小麻脸,你玩的什么滑头?"这句话可把小麻子吓了一大跳,脸也变红了,但他还壮着胆子说:"真的话! 你不信,你带了大刀去同我取枪，要没有枪，砍我的头好了！"

治安委员走过去摸摸他的头说："谁高兴砍你这个麻头，放老实点，到底是什么名堂？"

小麻子被他这么一讲吓慌了，他竟想逃跑，可是，一把被治安委员抓住了，他很和善地笑着说："小麻子，别想跑，告诉你，你的心里头有什么点子，我一看就看出了，一五一十地说出来吧！"

小麻子忽然哭得好伤心啊！治安委员和刘同志替他揩了眼泪并且劝他谈话，告诉他："一个中国儿童不应该做汉奸，靠鬼子没有办法……"半个钟头以后，小麻子忽然笑了，他抬起头来说："告诉你们，他妈的！黑狗队已经安排好了，一连人等你们一去取枪，就打死你们！"

刘湘同志一听，吓了一大跳："妈的！好危险，差一点儿，命都玩掉哩！"

小麻子说："我愿意做你们一个小鬼，或者做一个小兵，死也不过去了！"治安委员开玩笑地说："我放你回去！"小麻子说："谁喜欢那个鬼地方！"于是小麻子参加了新四军，并且带着军队去打黑狗队那一连人。

选自《小英雄》，东北书店 1948 年

粉笔藏在棉衣里

盐城给鬼子占了以后,就办了一个城中小学校,强迫小孩子去读书。

有一天,在小学周围的墙壁上,忽然发现用粉笔写了许多"打倒小日本"的标语,字体歪斜,一望就知道是小孩子写的字。

这标语被日本兵看到了,勃然大怒,就声势汹汹地跑到学校里来,抓住汉奸校长问:"这是不是你学生写的?"汉奸校长吓得出了一身冷汗,就马上向日本兵赔了很多不是,又送了十五元伪票,才允许调查了这件事以后再说,好容易把这"皇军老爷"打发走了。

鬼子走了以后,这位汉奸校长一肚子气没落出头,随即召集学生训话,大骂了一顿并且逼着小学生交出粉笔,可是小朋友都噘着嘴,谁也不讲话,更没有一个人交出粉笔来。

这个汉奸校长真气极了,亲自来挨身搜查,可是查来查去,没有收到什么名堂,虽然更是气得火上浇油,但也无法可想,后来他在小朋友的正义底下屈服了。

最后他只好骗骗小学生说:"你们对我为什么这样呢? 我自己也不愿这样做,也不是真心做汉奸的!"小朋友听了他的话都说:"你不做汉奸为什么替日本做事,听日本人说! 那些抗日标语是抗日的人写的,你去问他们好了,我们不知道!"说得校长满脸通红。

过了二天城里墙上又出现了用粉笔的标语,鬼子和汉奸都很头痛,没有办法,原来小学生都把粉笔藏在贴身的棉衣破洞里,谁也查不出来。

选自《小英雄》,东北书店 1948 年

"叫穷人翻身和我父母翻身一样"

——记鹿永芳同志的诉苦和检讨

弟弟送人,全家挨饿

父母未生我时种地三亩,两口人只够吃。生了我就不够吃了。没法,处处借粮,吃一还二还三。后来我有了弟弟,妹妹,人口一增多,越发没法过活了。我弟弟四岁时,我父亲和母亲偷着商议把他送给姓刘的地主。人家来抱时,我碰头打滚地跑到娘怀里叫:"为啥把俺弟弟抱走?"母亲也哭着说:"咱家穷,养活不起,谁叫你命穷,不生到财主家,瞎了眼来穷人家受罪!"

日子一天天不好过,地主鹿夕吉见天到俺家逼着要粮食,甚至不让俺家做饭。父亲到姑家去取借,分文没借到,逼得没法,只得把二亩地给了地主。这下家里只剩下一亩地,日子更不得过了。父亲出去当泥瓦匠,母亲干地里的活,我和叔叔到济南去拉炭车子,四五天一趟,常常是半夜五更回来,问问母亲还没有饭吃呢。

秋天母亲到地里去,我和妹妹到坡里去拔野草。一家人天天吃盐煮野菜,母亲饿得两眼发花。秋收时,有次母亲到人家割过的地里拾粮食回来,给地主家的管家看见,硬说是偷他家的,罚了十几元钱。受了屈还不敢分辩。

卖掉妹妹,愁死父母

有一次,地主家的孩子把我打哭了。父亲前去讲道理,反给地主家打了一顿,回家就躺倒了。没有钱请医生,母亲白看着,急得

大哭了一场。后来母亲哭着对我说："孩子你还小,长大了给你爸爸报仇!"

挨了打又得罪了人,母亲怕借不出粮来吃。连气带愁,不久她就得病死了。

日子更难过了,吃了地主鹿连成的粮食又还不上,只好应着给他家干活。开了春,父亲就给他家收拾房子,一脚踩虚,从屋上跌下来摔昏了,大半天才苏醒过来。不行,还是得干活,不然还不上粮食,人家不让啊。

那时穷得吃不上饭。饿急了眼,我和妹妹跑到娘坟上痛哭。父亲越看越心酸,有一次竟想碰死,幸亏给邻居拉住了。后来再也没法活下去了,父亲把家底卖光,带着我和妹妹出外要饭。到了半边店子庄,父亲把我九岁的妹妹卖给姓张的地主家。卖上十五元钱。妹妹大哭起来,好歹把她哄住,我和父亲趁空走出门外,老远还听到妹妹的哭声。我和父亲也一路哭着回家。还没吃饭呢,就买了点粮食做了顿饭,父亲光看不吃,又不敢表示难过,怕我看出来。我这才想起那是吃的我妹妹的"肉"啊!

母亲死了,妹妹卖了,父亲光发愁,到十一月初五也就病死了,那时我才十一岁。家里只剩下我一个人了。住在空空的三间破房内,连饭也不会做。晚上不敢进屋睡觉,光在门外站着号哭。叔叔听到是我的哭声,才出来把我送到屋里。我一蒙上头就睡,连尿也不敢尿,有时老鼠从我身上经过,吓得我一口气也不敢喘。

干工厂,干伪军,挨打受骂

二月里,叔叔给我找了一件事,带我到济南府福昌恒带子工厂学徒。一天到晚做工,两头不见太阳,线弄断了挨竹板子。买卖越好工人越倒霉,加了工,因为当经理当把头的都想多挣钱,多织一付带子,当把头的就到经理那里多领一付的钱。活多加了工,做不出那些活,常常连饭都不敢吃,不然,人家不让干,就完蛋了。所以就忍着打骂、困乏,拼命地干工。

有时回家看看，也没有什么亲人，就去地主家看妹妹，一见面，兄妹就哭，又不敢说别的。临走，妹妹总是含着眼泪说："哥哥，走了吗？"我不敢回头，就走出门去，怕她再哭。后来妹妹不知为了什么，也死了。

后来工厂关了门，没法可想，就干了伪军，也是光挨打骂。干了两年，四五年在淄川城才被解放。

旧社会给了许多坏思想

我从小一直到参加革命，老是论命："什么也是命定的。谁叫咱命不好来，生到财主家多好。"过去还嫌穷人的房子脏，看到穷人黑纸包着肉皮太不好，人家财主家孩子多好，长得又滑堂又漂亮。

前些时候，讨论到谁端谁的碗时，我还说："不种人家的地，就没啥吃，受罪是应该的。不给人家种地，肚子饿得拉丝弦。"为这个问题，我还跟别的同志抬杠。后来听到一个老大爷说："虮子吃人，还是人吃虮子？虮子是不下力，吃人血的。"我才转过来，明白了地主是吃穷人的。过去光喊为人民服务，我以为只要是老百姓就是人民，把地主也算在人民里头，实在太糊涂了。

我过去还有个糊涂思想："咱这块肉到那混不出吃来？"我常说："身上穿着二尺半，又扛着七斤半，混吧。"所以我的工作情绪忽高忽低。我把干革命看成了干工厂，拿着上级当成了工厂的把头。在队伍里遇到艰苦就埋怨上级，根本没有拿革命当自己的事看。

在三源埔住时，我多领二十元菜金自己花了，真是吃饱了就忘了挨饿的时候。过去在家买匣洋火，母亲都难为得要命。指导员，我这津贴费还上过去贪污的钱。

四平战役中我还想开小差。一个姓陈的拉拢过我，他自己逃亡了，我没有时间走。想起来要是真跑了的话，跑回家去，还得受地主压迫，要不就当胡子或是国民党，都是死路一条。我忘了本了，太对不起革命，太对不住死去的父母了！

要求艰巨任务，替穷人报仇

母亲曾对我说过："孩子，你还小，大了给你爸爸报仇。"现在我想，什么叫孝？光守着老子挨饿不算孝，消灭封建地主，替父母报仇才是孝子。我父母是给地主逼死的，地主得给我父母偿命，我父母已经死了，叫穷人翻身和我父母翻身一样。

我决心革命到底，将来打回关里把我的弟弟要回来。打不倒蒋介石，穷人就不能翻身。过去我在连里作战，上级还没给我一回大的任务，今后我要求艰巨任务，光说嘴不行，咱们还要看实际的！

选自《擦干眼泪复仇》，东北书店 1948 年

睡在麦子里打电话

麦子熟了，和平军在乌龟壳里伸出头来，看到根据地黄色的麦田，闻到麦子的香味，不由得滴下几滴口水来。黑狗们想……要抢麦子了。

民兵们背着枪割麦子，儿童团们在团长李如宗的领导下，做全体农民的耳朵和眼睛。

李如宗和小朋友们常常跑到据点附近去侦察敌人的动静，如果黑狗队出动了，他们便飞跑回来，告诉大家跑反的方向。

到了晚上，大人都休息了，李如宗和几个小朋友还在放哨，他们把场上的草堆透了一个大洞，堆与堆之间都通了电话（小朋友玩的，两个纸筒一根线做的），小朋友们睡在草堆里，轮流睡觉，如果一有动静，就把大家叫醒，用电话讲话，看准敌人从那边来，在相反方向洞里的小朋友，就负责给自卫队送情报。

由于儿童团电话灵鬼子下乡几次，都碰了一鼻子灰，麦子也没有抢到。

选自《小英雄》，东北书店 1948 年

通信员当了指挥员

仆英良是三中队的通信员。季家堡战斗那一天，他跟着政教，寸步不离地保护着首长。

敌人的火力很猛烈地向十大队射击，小股的敌人已经开始向十大队阵地作试探性的冲锋。政教预见到这里将有一场恶战，就说："快去叫中队长调挺机枪到十大队来。"仆英良本来不知道中队长在那里，但他硬说知道，弓着腰就很快地去了。

他通过电道，铁路，终于找到了中队长，带来了一挺重机枪，可是回来的时候，比去的时候更难，敌人机枪封锁住了他的去路，机枪班长没有了办法。仆英良同志对他说："人家的是机枪，咱们的也是机枪，人家能打，咱们就不能打？快架起来打！"班长听他的话在铁路上架起重机枪，打了两梭子，把敌人的火力压下去。敌人的火力一停，他命令班长拖起机枪就跑；敌人的机枪再响，他命令班长再停下，再架起来打。他对班长说："我叫你打你就打，我叫你停你就停，包你没有错。"他们就这样地停停，打打，打打，停停，终于通过敌人的三百米远的封锁线，到达了十大队的阵地。他喊了声："报告，重机枪来了！"政教回头一看，喜得叫："好，好，就架到那里打。"这时候敌人已经向十大队阵地发动了猛烈的冲锋，但敌人的冲锋终于被击退，这挺重机枪也起了很大的作用。

选自《阶级的硬骨头》，东北书店 1948 年

小四子的好计策

　　小四子把牛绳扎在树上，就躺在绿毯子似的草地上，呼呼地睡觉了。他越睡越舒服，忽然觉得好像有人在叫他，他睁开眼睛，看到一个麻脸的汉子，拿着一枝香烟。小四子坐起来很不高兴地说："做什么？"

　　麻脸汉子抽了一口烟，很客气地说："小兄弟，这里是什么地方？"

　　"陈家庄。"小四子说。

　　"这里有没有新四军呀？"麻汉子又问。

　　"有的。"

　　"有多少兵呀？"

　　小四子有点不耐烦地说："不晓得！"

　　麻脸汉子真讨厌，他还要问：

　　"住在什么地方？小兄弟，你带我去看好吗？"

　　小四子有点奇怪了，那家伙怎么老是问新四军呢？一定不是个好人。小四子想了一想就说："好的，你帮我牵牛。我带你去看新四军。"

　　麻子汉点头说："好，谢谢你，小兄弟。"

　　小四子摇着牛鞭一边唱小调一边走，麻脸汉子牵着牛跟在后面。

　　穿过了大草原，到了村口，新四军的两个哨兵端着发亮的步枪在放哨，小四子飞也似的跑到那哨兵面前，指着后面的麻脸汉子叫："他偷我的黄牛！"麻脸汉子非常生气地骂道："小鬼东西，谁偷了你的黄牛？"

　　哨兵端着枪说："站住！你为什么偷他的牛？"麻脸汉子气得要哭了，小四子在哨兵的耳朵上咕噜了几句，哨兵气得脸都涨红了，对麻脸的汉子骂道："他妈的，汉奸！"

　　"原来你是探消息的汉奸！"小四子说。

　　"小四子，去替我找一根绳子把他捆起来。"

　　小四子连忙去找了一根又粗又壮的绳子，把麻汉奸像猪一样地捆起来。哨兵指指小四子的肩膀，伸出一个大拇指头说：

　　"小四子，真不错！"

选自《小英雄》，东北书店 1948 年

一枚勇敢奖章

二梯队冲进突破口，于贵林碰见负伤的蔡永平同志躺在那里。老蔡说："这回全靠你们啦！老于你能不能给我报仇？""你尽管休息吧！咱们都是穷哥们来革命，吃饭两个碗，可都是一个心，管保给你报仇就是了……"于贵林安慰他一番，便走过去了。

于贵林受领了炸垮房子的任务，他先看了一下地形，接着穿过敌人两座地堡组成的火网，把炸药放在屋顶上，那想到拉弦断了没有响。他又捏着仅剩了二尺长的弦，拉了一下，房子便炸开了一个缺口，紧接着又一包，整个房子成了一堆土，部队便顺利地突进去。

敌人退到一个独立园子，凭着两道鹿寨和碉堡做绝望的挣扎，大碉堡里敌人的轻重机枪在拼命地叫唤，已经有六个同志为了夺下它而负了伤。在这个时候，于贵林同志奋勇地抱起一包二十斤重的炸药，要完成这个艰难的任务，虽然两道鹿寨的缺口正对着敌人的枪眼，难以使人接近，但他已抱定了牺牲的决心。于贵林机警灵活地察看了前面的地形，回避了敌人的机枪，以突然的动作把炸药送上去。他拉了火，听得导火管里发出"哧溜哧溜"的声音，才放心地跑下来。炸药一响，碉堡已化为土堆，一挺马克沁重机筒子，也被气浪冲向半空。

部队涌入园子，于贵林担任运送手雷的任务。

当他要返回本班时，迎头地堡来一枪，左肩棉袄被打了个洞，于贵林一阵愤怒，顺手打过去一个手榴弹，只听得地堡里哇哇乱叫。这时副连长走过来，于贵林把情况说了一遍，便对敌人喊起来："缴枪吧！"里面敌人动摇了，"俺没枪，您别打死！""你缴枪吧，不能打死你。"副连长紧接回答了敌人。结果里面爬出来八个敌兵,又缴了一门炮、两枝步枪。战斗刚结束,一枚"勇敢奖章"便挂在于贵林的胸前,全连一致称赞:"老于真行!"

选自《阶级的硬骨头》,东北书店 1948 年

指导员和一个碗

从王麻子出发时,某部一连炮班谢维新同志借了老乡一个碗,吃过饭就装在挂包里,因出发时集合仓促忘记了。经过半天的行军,到了腰岭子龙家窝棚一带宿营,到宿营地一解挂包,还有一个碗在挂包里未还,怎么办呢?已经走了这样远,急得心里噗噗跳,无可奈何,马上报告了班长,班长报告到连部。指导员张伯林同志连忙追究:到底是故意犯纪律偷碗还是真的忘掉了?谢维新同志过去对爱民工作的执行是不错的,不是故意偷碗,但是忘了也不对,犯了纪律就得处分。

人受了批评,然而纪律还是犯了,老百姓家的碗飞了,怎么办呢?张伯林想了又想,决心把这个碗送给老百姓,马上找了房东家老乡,说明这个碗的重要,要他帮忙,房东慨然答应送碗去。指导员又写了一封道歉信,里面说:"吕先生:对不起,由于同志不细心将碗带走,是部队教育不够。特派人送上,请原谅!"

来回七十里路,晚上老乡回来了,带来了收条和吕先生的一片感激之情,大家高兴了,指导员特别炒了两个菜请老乡的客。

选自《战斗小故事》,东北画报社 1948 年

◇彤 剑

四喜临门

玉珍开完了妇女会回来，满心欢笑。拉开那画着牡丹凤凰的屏风，迎面那嵌着一面大玻璃镜的橱门，放射着闪闪的光，也像在微笑着欢迎她。而镜子里那个穿着绛紫色旗袍的新娘子，舒开眉眼畅朗地笑了。

她笑了。但她一望见那橱门，就又陷入了往日悲伤苦痛的回忆里去。

那橱子，那四周雕刻着连锁的菊花中间嵌着人来高的大镜子的橱子，它是怎样地抬进这房子，是再也没有谁比她更知底的了。

当她亲爹病倒，临死还不起债，把她作了"押账"硬给拖到这家的时候，是还没有这个橱子的。虽然也曾因为两石租子利长利，利滚利地压死了她的亲爹，可是拦不住当家的奶奶几两几两地抽大烟，自然没有更多的钱来买卖这些洋式家具。

老当家的又"起家"，还是在少掌柜常存孝当了警尉以后。自从把那一道杠三个金豆的肩章扛上，黄制服漆亮的大皮靴一穿，警察署县公署晃来晃去，国事犯经济犯一抓，钱可就挣来了。"黑无常"的外号也就在背后流传开了。

这么一来，当家奶奶可就更喜欢"黑无常"了。从先不过是让他帮着烧个烟泡，这时却对躺着抽起来。人们也有些风言风语的，有的说当家奶奶是"黑无常"的父亲的小老婆，说他俩早就不干不净。因那时她年纪小，连累带困的每天脑袋直嗡嗡，那还有什么心思听闲事。不过人们把内当家的叫"无常奶奶"她却觉得非常恰当！她一见她心就有点哆嗦，生怕那长杆大铜锅的烟袋又打到头上来！——其实，"无常奶奶"很少抽旱烟的，这样就好像是专门给她预备的了。

在"黑无常"当了两年警尉以后的冬天头上，在新买的对面院子里，五间新式的房子修成了。她还是第一次看见这样的房子呢。外屋门还单修出个小间来，开着三面门；里屋门是向旁边拉的，窗子都是双层大玻璃，满墙都画着粉红小花朵。

两个"无常"搬房那一天，这个嵌着大镜子橱门的橱子，从外面抬进来了。她亲眼看着的：张大爷在前面弯着腰，倒背着手背进来；小猪倌在后面挺着细脖子仰着脸托着，走一步晃两晃的。到了外屋门，她从侧门进去开那正门的时候，只听"轰隆"一声，开开门一看，是橱子摔在地上了。张大爷惊慌地溜看着那大镜子叨咕着："老天爷！别摔坏吧！"接着就直哼哼起来。小猪倌正扒着那雕刻连锁菊花的橱门边，尽力抽他被压在下面的腿。她跑了过去帮忙，却又听得"咔吧"一声，小猪倌把那刻着的菊花扣下一块来。她吓得向后一仰，可没敢喊出声，慌忙把那块木片夺了过来低低地说："这要让'无常们'看见哪，打不死你也得脱层皮！"说着，就向那橱门边的疤痕上去贴。但那里贴得上呢？她吐了一口唾沫才将就粘上啦。张大爷这时都吓呆了！

等小猪倌把腿抽出来，才看到他迎面骨被橱底子砍了一道大口子，直向外冒血。可是他好像不痛似的，连看都不看一下，只是直瞪着两只眼睛，看着那粘上去的木片忙问："玉珍姐，粘得上吧?！"

她本打算说他几句的，但看了看那冒着血的伤腿，却变了话说："你还不快走！等着在这里挨烟袋锅子！"这句话提醒了他，才拐着腿溜走了。每一步都滴着鲜血。

她和张大爷拉了进去，安放在迎门。还好，破处是在下面，被炕的阴影遮着，一时看不出来。她想等会找点胶粘上兴许就躲过去了。

可是，搬了一天房的疲劳，使她忘了这样做。当第二天那些什么五太太，八奶奶来给贺喜的时候，就都夸这个橱子。"无常奶奶"也高了兴，扭下炕来，摸着那橱门边，从上看到下。

"啊！"突然一声惊叫："才买来就让你这小臭×心子给糟践啦！"像蒲扇大的巴掌打到脸上来了！

她没有哭，没有叫喊，她把眼合得紧紧的，忍受着那左一下右一下的痛打；她的头也随着晃过来歪过去，直到全脸像被火烙着，嗓子眼发干，嘴里流着黏液的时候。直到"无常奶奶"叫着："给我冲着橱门跪下！什么时候那一块长上再给我起来！臭丫头！把我的手都打痛啦！我手头要是有烟袋，一下不把你脑浆子凿出来！"

她走前几步，双腿跪下去，用尽了一切力量，把浮肿的两眼睁开一条细缝，望见橱门里散乱的头发，脸上青一块紫一块的，鼻子和口角在向外流淌着鲜血。她立时就晕过去了。

现在，她再也想不下去了。过去那痛苦悲伤像一堆小虫一样在咬着她的心。

"这样的事永远不会再有了！"她低声地自语着安慰自己。她望了望那透着阳光的玻璃窗，那拉开了的屏风门，和那粉饰着粉红花朵的墙壁。回头又望着那闪着光亮的橱门，一个熟悉的面庞又呈现在眼前了。"那孩子俊多啦！"这些日子婶子大娘们都在这样说。是的，那光亮齐整的短发，那黑溜溜的两只大眼睛，那丰满的脸蛋，那红润的嘴唇微微地张开着，笑了！

在一年以前，她做梦也没想到还有这个出头的日子。就是在去年秋天头上，工作队刚下屯堡的时候，她还不大相信天下真会有这么好心肠的来把穷苦人救出火坑。她也还是那样的在人前不敢吭声。"无常奶奶"在她面前还照样的威风，所不同的是大烟家具不敢那样明摆着啦！并且和她说："以后不许你出门，你要是向外头跑骚去，我要砸断你的腿！"

但这威风却没吓住穷哥们，不多几天听说农会也成立起来了。

早先的小猪倌这时已长成壮小伙子的大龙,在下黑间也总往外蹓。张大爷有时也出去两趟,回来总还是哼哼,自个叨咕:"胳膊能拧过大腿去吗?"

可是奇怪,"黑无常"却有点发毛了!坐不住立不住地不知和"无常奶奶"嘀咕什么。结果总是女的哭一场,男的唉声叹气一阵,就偷偷摸摸把大烟家具拿出来,对躺着一抽。这时候那女的也就出乎寻常地叫:"玉珍哪!到外面看看,有什么人来告诉给我一声。"

只有一次,她听到他俩说了个尾声。那女的还在哭着,那男的说:"……你总这么拦着,要不,我早跟'光复军'一块拉过去了!你要知道,现在不比以前。'地下军'打散啦,哈尔滨是人家的,等不得'中央军'到,我就会让这班穷小子们给收拾了的!——'好汉不吃眼前亏'!"

"那咱们就一块走。"女的说。

"家呢?不要啦!——你一个女人家留下,他们不会怎样的。可是对我们有用处。你把干货藏起来,房子地是拿不走的。给他们分!你把谁领干的一个个地给我记住,等我回来的时候算账!他拿我一根草,我抽他一根筋!他用我一寸布我揭他一张皮!"

"可是你到外边不要……"女的又哭起来了。

"这是什么时候,你还扯这个?""黑无常"说。他就这样偷偷地逃跑了。以后听说他到了长春又当了什么委员。

玉珍想起这个来,她就非常懊悔,恨自己当时糊涂,为什么不早告诉给农会?

往后,她悟出个道理来——"黑无常"是穷人的死对头,工作队又是他的对头,那么工作队一定是向着穷人的。这样,她开始感到工作队亲近了。她从大龙那里打听消息。大龙告诉给她说:"咱们有了救啦!工作队就是共产党啊!共产党就是穷人的救星。"

从这时候起,好像受欺的孩子遇上了亲娘一样,她胆子大了,气也壮啦。说也奇怪,"无常奶奶"好像比过去矮了半截,也再不用烟袋锅打人了,说话也和气啦。有一天拿出两件半新衣服给她,还说:"从前你小的时候淘气,有时打你两下,手头重了些,可总是我一手把你拉拔大了的,我想你也不会记恨着。再说我也没个闺女,过二年给你找个好婆家,走动起来也是门亲戚。"

她听了这话又恨又气。

有一次,可把她真气急了!那是在热天里,正当砍挖运动闹得轰轰烈烈的时候——这时连张大爷也积极起来了呢。农会的大龙告诉给她:留神"无常奶奶"把浮产藏在什么地方。在一个傍晚,她从帘缝向屋里看,恰好见那橱门里映出来的"无常奶奶",正在向裤裆里缝什么。当她一缝完,也看了看那橱门,嘴里嘟囔着:"让你们挖吧!我都把它砸烂!"拿起长烟袋,下炕就冲着橱门扑上去!

这下她可急啦!她好像忘掉了一切,只记得一句:"那橱子是穷人们的,绝不能让她毁坏!"便像猫扑耗子似的跳了进去!用力是那样猛,一把就将"无常奶奶"摔倒了。

"好小臭×!你反啦!"无常奶奶叫着。但,她马上想变个招,急着说:"玉珍,你要是真闹啊,我可当着大伙把你和存孝通奸的事说了!我是亲眼看见的,在你房子里呆了半夜。"

她一听这话,真是羞辱、气愤、仇恨一齐来,五脏也都烧起来了!她开始用平生第一次那样大的力气来卫护自己的人格,来报复多年的仇恨!她咬紧了牙关,握紧了拳头,向着那骚女人的身上,不分点地擂去!

那骚女人大叫着:"玉珍要谋财害命啊!打死人啦!"

这时,大龙从外面跑了进来。后面是张大爷他们一大帮,把后面外屋里黑压压挤满了,院子里也喊成了一片:"把'女无常'拉出来!""要她把喝咱们的血给吐出来!""砍倒大树好长苗!""挖出浮产大家分!"

无常奶奶叫挖底了。

浮物挖得很澈底,明着的、暗着的。软货、干货,连裤裆里的九个金镏子都给挖出来了。最后给"无常奶奶"个"净身出户",让她去住小马架。人们都说:"玉珍这回有功!"在分浮物的时候,她属一等,让他随心挑。可是她说:"让上年纪些的先挑吧。随后给我几件什么都行。"

张大爷这时从人群里走出来,他是那样地笑:眼挤成了一条线,山羊胡翘着。可真不像过去那个眵目糊眯着眼,一步三哼哼的"张哼哼"了。他走上前去,摸着那嵌着大镜子的光光溜溜的橱门说:"依我说呀!把这个留着给玉珍做嫁妆吧!"大伙连声地喊着赞成。

这样,橱子分给她了。可是她也弄不清将来嫁的那个人准是谁。以后妇女会又选上她的小组长,黑夜白天忙着开会、挖浮,那有什么工夫想自己的事。不过正因为工作,就常和大龙碰头,两人又都住原来的房子,在一个院里,有个事什么的,总是合计合计,长了就更觉得近乎啦。尤其是那天"无常奶奶"提到的那件事,她想起来就感激大龙,常自己寻思:"要不是他救了我,真的发生了那不能见人的事。也许在井里,梁上……可就看不见今天了!"

原来,那是在日本子快投降的前几天的一个晚上。她刚进"无常奶奶"的房门要拿东西,见"黑无常"下炕要出去,她就闪到一边。但他看了看那脸朝里躺着的"女无常",便摆过来向她做着可羞的手势,想拉她出去。她是不敢声张的,只有躲闪。但这时"无常奶奶"却"扑棱"一下子坐了起来,骂着:"臭丫头!我没叫你,进来做什么?还不给我滚出去!"她退了出来,又听到她说:"长孝,你太不知好歹!一个黄毛丫头你都看上眼啦!可是有我在,别的人你就别想!要挑明了咱们丢人现眼一起当!!"接着又说了一句:"是我真老了吗?"就抽抽搭搭地哭了起来。她赶紧悄声地跑回自个住的房子。

她回到黑洞洞的屋里有些害怕起来。她知道他那对贼溜溜眼睛瞅她,已经有好些日子了,觉着那眼神不对,像个鬼也似的围着她身边转。可是"端人碗就得属人管",跑没亲可投,逃无路可走!

"难道就真的让……"她的心肝像浇上了滚油,但从头到脊梁却像披上了冰。她哭,她急得围着炕沿转,没办法!

后来不知怎的了,想起了一线之路,就是把门给插得紧紧的,这才安了点心。

可是这顶什么用呢？在驴子叫了几遍以后真有人来推门了！她的心立时怦怦地跳了起来她知道不会是别人的。就不答言。

门没推开，外面小声地说话了："玉珍！开开！对你有好处。你要答应了我，明天就带你到哈尔滨，住高楼，吃好的穿好的，不会虚待你的。"说着门就吱呀吱呀地摇动起来，震得房顶上都掉土。

她更急了，生怕把门推开。她拖着哆哆嗦嗦的腿，下得炕来狠命地抵住门，门立时不摇动了。外面的大概发觉了有人抵着，也就不推了。

"你顶着门哪！好！人进不去枪子可钻得进去！"紧接着就是哗拉拉的拉枪声。

她恐慌起来了。她知道这样的黑心贼是什么都会做出来的。她发出了绝望的呼喊："救命啊！要打死人啦！……"

可是外面没真打枪。门又经过一番猛劲的推动，又不动了。她听着"黑无常"像是走了出去，吊到嗓子眼上来的心才松下点去。

"你顶着门我就进不来了吗？"糟啦！"黑无常"却推开窗子跳进来了！那窗子是活的，听说老当家没死的时候，"无常奶奶"在这屋里住过。"黑无常"该是最清楚的，她事先竟没有想到。

已经进来了，有什么办法呢？她只好在黑暗里躲着他转。但"黑无常"的手电亮了，她逃不出那个绿惨惨的光圈。"黑无常"一步跳了过来，一把被她推了开去，来了个仰面朝天！他爬起来一个猛扑扯住了她的衣服，两个人就摔起跤来。

这时在她面前只剩下一条路——羞辱到死亡！

可是又有人推门了！

"好不要脸哪！把门都插上啦！"是"无常奶奶"来了。

"你真活够了吧？偷人偷到我家里来啦！""无常奶奶"骂着。但当她看到那滚得浑身是土的"黑无常"的时候，却又嘎嘎地笑了。

"好哇！我的少爷，没抱上母狗倒惹了一身骚吧？""无常奶奶"说着便一把拉着那垂头丧气的"黑无常"走了。

第二天"无常奶奶"一醒来,还没抽烟,就吩咐她擦那嵌在门里的大镜子,擦了一遍又一遍。开始还很奇怪,但当她看到"无常奶奶"躺着的地方,又看了看那房门,心里真是又恨又笑。可是她晚上为什么去得那么巧?房子隔这么远,双层玻璃的窗子喊声无论怎样是听不到的。她一直疑惑了两天,直到大龙被"黑无常"狠狠地砸了一顿棒子,躺在炕上起不来,才知道是他把"无常奶奶"召唤了去,门也是他撞开的。

为了这,她感激得暗自落泪;为了这,她也曾冒着一切危险在黑夜里去给他送水送饭。她知道只要那个"无常"看见,都会打她个半死的。可是她情愿也被打得起不来炕,却不能眼看救了自己的人躺在炕上饿着。也正因为这,她更知道他的底细了:他比自己大一岁,因为龙年生,起名叫大龙,但到了"无常"家却管他叫小猪子。他也和自己一样,剩下孤苦伶仃的一个。爹被抓劳工送到煤窑里,窑塌了砸死啦!妈哭瞎了眼,没人管挨着路去要饭,一天被急雨给冲到沟里,活生生地给浸死了!亏了张大爷他们帮忙,给找着抬回来,却连个裹尸的席都没有,就光身子埋了!因为他去埋妈,没有把猪照管好,不知怎的跑了个小猪崽子,回来挨了顿打,不许吃饭。一把推到门外头,淋了半夜的雨,要不是张大爷偷偷给拉进来,也许给浇死了呢!就为了这啊,他们也曾相对着从鸡叫哭到天明。

就从这件事起,她总觉得像受人的恩没报似的,心里过意不去。直到前些天,有一次她和他说:"你为救我遭那么大的罪!我这一辈子可怎么报答你呢?"大龙说:"你还不是为我受冤枉,被打得顺嘴角子流血!"

原来两个人都是这么想的。往后,他俩便更亲近了。要说是像一对难兄妹,可还觉得多些什么,彼此心里都像明镜似的,可是谁也不先开口,又谁也没个爹妈给做主,这事只好搁在心里。

现在的年头可就是真不同了,好事总有人出来成全的。这时挖浮产、丈量土地的工作都做过去了,轮到站队排号那一天,农会里满屋子的人,为了她和大龙谁该是第一,争得很热烈。后来大伙都说："他俩差不离,论阶级:都是雇农。论工作:都是出头积极的。论苦:都是被'黑无常'家害得爹亡娘死剩下个独根!"最后评议是房子地由他俩先挑可心挑。这时后面不知是谁又插了一句:"他俩还都是单身哪! 将来娶媳妇的娶媳妇,找婆家的找婆家,家底子要给人家多评一份。"他俩一听这话,都羞得把头低了下去。接着是一阵乱哄哄。

"大伙听我的! 大伙听我的!"又是张大爷在这节骨眼上出来了。他拍着手从炕上站起来:说"这两个孩子是我看着长大的,他们的性子我最摸底,什么事要是由他们自个说呀,那是会一天也不带哼声的。我这里倒有个主意,大伙看咋样?"

"马老了路子熟,人老了见识宽。你老的话错不了,快说吧!"后面有人催着。

"依我说呀! 来个'四喜临门'! 这话怎么讲呢? 大伙听着:分给他们头等地二垧半,外加二亩菜园子,从前地无一垄,现在分到地就扎了老根。这是一喜。把'无常'家的洋房子分给他们两间。从前在那里挨打受气,现在自个是当家人,这更是一喜。还有那两喜呀! 就是两家合一家! 男的娶了媳妇,女的找了婆家。这还不是喜上加喜吗?"

张大爷这么一说,人们都高兴地笑着。齐说好主意! 她俩这时羞得不知怎么是好了,直向人群里钻。可是钻到那儿,那儿就有人拥着问:"那么个漂亮姑娘还不乐意呀? 你打着灯笼找也找不到哇!"或者是说:"有这么个好男人还不随心哪? 过了这个村可就没有这个店啦!"大家嗡嗡的,要他俩都说了"愿意"才算完。

就这样,他俩结婚了,一切幸福。

选自《东北日报》,1948 年 3 月 14 日

◇ 张　节

靠山屯小学教员

一

高向群来到靠山屯当教员，来时热情很高，想得很美，信心也很大，觉得头头是道；可是没过三天，他就凉了下来，觉得什么都不顺手，越想越苦恼。

他从联中师范班毕业以后，教育科分配他和另外两个同学一道来康平区当农村小学教员。临走之前，教育科赵科长跟他们谈过一次话，说："农民翻身以后，孩子们都要念书，但是教员很缺乏，你们这一去都是很宝贵的。"鼓励他们每个人都要抱定决心去办好一个农村小学，帮助广大农村人民文化翻身。赵科长特别强调说："这是建设新民主主义社会当中一件非常艰巨伟大的工作，也是青年知识份子的光荣任务！"这些话听起来虽然不稀奇，却好像给他加了一把劲，使他勇气更大，信心更高。青年团支部书记小刘跟他谈话时，他满脸都是热扑扑的。小刘劝他："要牢牢保持一个团员的光荣，遇事要起模范作用。"他回答说："你放心，我在工作上绝对要比学习时还努力！"小刘劝他："咱们青年人容易犯的毛病是，干什么事都是开头火力壮，时间长了就要松劲，这点千万要注意！"他就说："哼，我早认清了，到屯里教学不简单，是帮助农民文化翻身的大事，你瞧着吧，我一定能坚持工作，决不至于半截腰里松劲！"小刘又说:"乡下比不得街里,生活可能比个人家里苦些,工作当中也可能有困难!"他就说:"嗨,你放心,工作上本领大小个人不敢吹,要说吃苦耐劳总不成问题。去冬平分土地,咱俩一道跟工作团下乡来着,你又不是不知道! 若说工作上有困难,一个'克服'到头!"不管怎样说,他相信:凭他这样精明能干,学习成绩又蛮不错的人,下乡当个小学教员,一定呱呱叫。

就这样,他对工作有理想又有信心,加上他不用惦记家庭生活(父亲在街里开着个小铺),所以离开学校时他比谁都高兴。他和两个同学说说笑笑地到了康平区。区政府民教助理跟他们谈话当中,真个谈到了教员对这里非常宝贵,比方:镇子上一个完小一百五十多学生,连校长在内才只有三个教员不说,全区七个行政村(二十多个屯),共有十一个小学,在这十一个小学教员当中,连一个师范毕业生也没有。其中只有一个老中学生教学最好,两个上教员训练班受过训的青年(算是区上派下去的)也还不错,余下各村自己找的教员都是凑合事。最挠头的是群众艰难不易挑出的这些教员当中,还有一个是"四书脑瓜",有一个是地主;地主不好好教,群众有了反感,后来都不让孩子上学了,平安村的学校就垮了台。另外,靠山屯村连一个教员也找不到,群众就和西沟村争教员(西沟有两个小学),争到现在还是空的……高向群听了这些话,越觉得自己到屯里能耍得开了。但是,民教助理也谈到了屯里当教员的困难,那就是:不能吃苦不行,不和群众打成一片不行,怕麻烦还是不行! 高向群觉得这些都不成问题,脑瓜里转都没转。

区政府讨论了一下,决定他们三个人留一个在完小,一个去靠山屯,一个去平安。谁留镇子上,谁下屯? 民教助理一没意见,问题就来了。高向群看见那两个同学你瞅我,我瞅你,谁也不开口,他就干脆地:"我决定是下屯啦!"停了一下,名叫王金的那位同学才说也愿下屯。下屯就下屯罢,可是还有个问题:照民教助理谈的情形看来,靠山屯村大,而且死乞白赖和西沟争过最好的一个教员,恐怕那村的学生不太好教;至于平安村,村子既小些,又曾勉强拿一个地主对付过几天,看来那村的学生一定好教。谁去靠山屯,谁去平安?王金笑咯吱地看着他不说话,他忍不住又干脆说了:"我到靠山屯罢!你看怎样?"当然王金很同意。

二

高向群坐着靠山屯上街卖草的车走了。从区上到靠山屯有二十里地,当中路过西沟村。赶车的是一个五十来岁的老头。问起他"贵姓、大号",他很势派地说:"我贵姓李,大号是国兴,都叫我老李头。咳!往常时穷人的大号谁知道?如今翻了身,大号也有出头地方啦,地照上写了我的大号,挂光荣匾也写上了我的大号!翻身的好处就是说不完。"提起翻身的事,老李头满脸是笑,说话也分外甜;可是,高向群一提起他是去他们村当教员,老李头就一怔,大睁两眼瞅了他一下,说的话也就不太顺听了:"教员?唉!好教员真难得呀!就打着灯笼怕也不能再找来像周建华那样能干的啦!他在俺们村当过两年教员,那人真没比的,我看他不属第一也属第二!只恨那时人们还没见识,上了坏人的套,把一个好教员糊里糊涂弄松走啦!"老李头也没回脸看一下这位新来的教员,自己嘀咕一气就不吱声了。

高向群听了老李头这几句有头没尾的话,摸不清到底是怎么回事,只觉得这分明是看不起自己。他心里有些不如意,低着头不住地想。他寻思:"周建华能怎么了不起,值得他背搭后还这样奉承?那人既不是师范生,又不是县上派来的,顶多也不过教学卖劲!"他又寻思:"大概一个'老庄'对学问上不摸门,很容易拥护一个教员,说不定过一时期他也会这样奉承我!"他只顾低头想来想去,不觉车已经走到西沟村边了。老李头冷丁大声招呼了一声,他吓了一跳,抬起头来。老李头脸朝他喜笑颜开,用鞭杆指着西边地里,对他说:"嘿,你瞧!那不是周先生!又是领着小嘎们割麦呢!"老头乐的声音都有点哆嗦了。不顾再说旁的,就像年轻小伙似的一纵身跳下地,朝西连跑两步,摇着鞭子大声喊叫:"喂!周先生,日头好可落啦,该回歇着啦!"高向群看见西边地里有一个大人正在码麦垛,头前有几个大些的孩子割麦,后边有两个小孩子捞麦个。他心说:"噢,那就是周建华!"周建华对老李头打着招呼,朝这边跑过来。来到跟前,他笑嘻嘻像逗笑似的说:"嗨,老李大叔,你的麦子能收几成?属我的不赖也是瞎,顶多四五斗!你说,这是老天爷诚心跟咱爷们过不去罢?"老李头张大嘴笑了,忙拦住他的话,说:"老天可没爷,我早不信啦!"周建华接着说:"正经话,我的一垧地狠心都种了麦,只说秋冬不缺吃个油烙饼,省下学田粮食好好兴办兴办学校,谁知现在打了折扣!不过看样子大秋一准能逮住。"老李头说:"麦子你不吃还给谁省?"周建华眉一皱,说:"明年籽种一定艰贵,我若吃了不是罪过。还是好好存下作籽种罢!……可是说的,你大小子来信没有?""上月初间就来啦,大忙天道,也没啥要紧事,就没来求你给他写回信!……嘿,这不是往后就不用跑腿了嘛?我给俺们村接来先生啦!"周建华听说他是县上派来的教员,连忙过来和他握手,他只顾听他们俩说话,没料到会有这一着,愣了半天才伸出手去,一握,是个粗卜拉的大巴掌。他寻思:"这,那像一个正经教员?听说话是满嘴庄稼气,看样子是浑身庄稼气!"周建华倒是十分高兴地说:"哈,可盼到一个近伴当啦!我老早就想上县里学习一个时期,但群众说啥都不放,又得不着一个人帮助,我深知道不学习就要落后,这一来可好了!以后咱俩离得不远,可以多会面,多讨论了!"

离开西沟村以后,老李头一路上不住气地夸周先生怎样怎样能干,闲月天又是怎样组织小学生们帮助大人识字,忙月天又是怎样组织小学生们帮助大人生产,又是怎样每天至少抽两点钟带着学生们搞生产,小学生们又是怎样一年到头误不了学习也短不了做活。老李头越说越高兴,但是高向群却没有注意听,他只顾大瞪两眼想心事。他总想:"周建华可能是庄稼人底子,能和庄稼人对脾气,大概学问不会太好,说不定他将来在学问方面倒真要受到我的帮助和指导……"他越想越得意,对工作前途越有信心。又联想到:将来把学校办得很有成绩,还能帮助提高别的教员,群众对自己比对周建华还拥护,名气一出,老师同学们都会称赞自己,佩服自己,县里干部们也会高看自己……但是,老李头又说了几句话,他却听得真真的:"我看你先生是初次到屯里来教学吧?依我说你为后倒要多和周先生亲近亲近!那人不光庄稼院摸得透熟,对教学上头办法也实在多。我大小子春旺,没参加那前儿,给人扛活,没捞着爬一天学门,倒叫周先生教会不少字,他参加革命军也是周先生指点的,如今也真出息啦!我也跟周先生学会不少字,这一年多没有他我也没心学啦!但凡我有空,就是不求他写信也总要去看他,给他送个黏豆包啥的!"

高向群听了这些话很不服气,心里又不如意起来,把脑瓜一搭拉,寻思:"人老就啰嗦,没治!等着瞧吧,到那一天叫你欢奉承我呢!"老李头转脸见他不太理会,想是他走乏了,也就忙吆喝两声牲口,闭嘴不再说什么了。

三

高向群头天晚上住在村公所。才进村公所时,村长和农会几个干部正在讨论生产问题,一听说来了教员,都拥到门口接他进来,问长问短,都很亲热。谁知偏遇上民兵队长刘大有是个"心比铁实在,嘴比刀利索"的人,最爱说俏皮嗑,一喜欢谁,见面就要逗笑。他说:"先生,你来得太晚啦,要是白天来,先打个招呼,我保准把屯里小嘎们都聚合起来,排队到村口上,唱两个歌子、拍拍巴掌,欢迎欢迎老师嘛!"有人接着说:"嗳,这倒是真话!"高向群一听蛮高兴。可是没过多久,刘大有又开腔了:"村长!先生请来啦,你要上紧动员人拾掇书房呀。别的是小事,可千万别忘了安房盖,先生脸皮长得挺嫩,若是叫日头晒蜕了皮,包管大家干部都得受批评!"高向群一听,觉得自己受了莫大的侮辱,立刻脸红到耳朵根。他当下就把脸一绷说:"哼,这不是欺负人吗?岂有此理!"刘大有一夹肩膀,吐了一下舌头,就不言语了。村长、干部们见势头不对,一边忙说:

"大有！先生新来，不兴逗笑！"一边忙解释和安慰他。他受这一刺，饭也没吃饱，憋憋屈屈地睡了一夜。

不如意的事一天比一天多。论住的，住的地方不称心，学校不像学校样子，只是一座三间空房，完全不合他的希望，里边不仅没有专备教员住的单间，就是连炕也没有！村长再三答应他："到秋后一有工夫，管保把学校收拾得漂漂亮亮的，叫老师有老师住地，学生有学生座位！"论吃的，吃的也是不如意：说是优待教员，一天三顿还是大半瓜菜土豆少半粮。村长再三说："眼下粮食太艰贵，说不得要累先生遭几天罪，等收秋后短不了照区上定的数给拨粮！"论起学校来，那就更糟：开学十来天，只来了十几个七八岁的小小孩，一个大些的也不来，他原来计划得很好，每天也要抽两点钟带着大些的学生们下地生产，可是现在没法实现。这点办不到不要紧，最糟的是小孩们越来越不服管教，而且动不动就给他弄难看；上起课来，上边讲，下边吵嘴打架，不说还好些，越说越闹得厉害；教写字，有的就拿着笔在眼上画圈，一说他不对，他又捞一把抹糊个满脸黑；用洋嗓门教唱歌，小学生们就叽叽嘎嘎乱笑，有的跳到桌子上，鼓起肚子咧着嘴故意用大粗嗓子嗷嗷叫。这些倒好说，最使他难受的是小孩们拿周建华做榜样教训他。比方：他一教歌，门口就哄一帮放猪放牛的半装小子姑娘，七嘴八舌地说："嗨，这先生唱歌可不好听，跟周先生唱歌差远去啦！"有一天正上课，有个小孩对着门后尿起来，他上前一巴掌把小孩打哭了，偏赶小孩的一个十二三岁的姐姐在门口，她进来狠狠地冲他说："现在民主国家当先生的还兴打人？俺们以前周先生，从来没弹过学生一指甲！"这小姑娘又瞪了他几眼，然后拉着她的小兄弟说："走！回家告咱妈说，不跟他念书啦！"

在书房憋一肚子气，回到村公所里又受麻烦。一会儿是文书说："高先生，你帮我算算这个账！"一会儿又是村长说："先生，报上这句话咋讲？"受麻烦倒不怕，怕的是受了麻烦还不落好。比方：老李头求他给前方的大小子写信，写完以后念一遍，老李头一听，就说："先生，你少写两句话，快添上罢：'家里事事如意，越过越兴盛，不用惦家，你只管一心一意好好作战，多多解救众百姓！'就这末的吧！我看到底你不赶周先生摸我的心，他能把我心上的话写得完完全全的。"

高向群越来越觉得这当教员不是当教员，简直是挨累，遭罪，受窝囊气！可惜自己满身本事搁到这里使不出劲，好像钻进鸡架底下抡大刀，一点也要不开。学校呢，眼看要垮台，没教够二十天，学生从十七个只剩下九个了！村里呢，好像都不太稀罕自己，乍来那几天还不错，走到那里，人们都忙打招呼，姑娘媳妇们也老远地笑眯眯瞅着自己，就连刘大有，虽说头天下晚辣辣唧唧地冒犯自己一句，可是第二天早上就忙给自己整洗脸水，好像赔不是，连着几天一见面总是挺热乎地先生长先生短。可是，这几天来自己走到那里都不太招人欢迎。比起头年冬自己跟着工作团下乡的情形更是大不相同，那时候村里群众对自己挺尊重，走到那里都是热乎乎的，现在自己走到那里不光是感到冷而寡寂，而且是不尊重自己的话也越听越多：这个说"高先生不会教学！"那个说"怕是他学业不深！"他寻思：要说自己不及周建华对庄户院摸得熟倒可以，若说自己不及周建华的学问好就太气人！凭什么，自己也是师范班的毕业生！

他一开头本来想要压住周建华的气，叫老李头服自己，叫众人都服自己，到现在他才知道这件事很难办到。可是他不怪自己，单怪旁人。他总觉得是：这村里大人们脑瓜筋"顽固"，小孩们是"牲口性"，死认周建华，不认他姓高的，因此影响他学校教不好！

他一连苦恼了好几天，心里乱麻七糟，觉得这靠山屯的学不管怎么都教不下去了。这一天他没心给学生教书，由着孩子们在屋门外挖土捏泥瞎淘气。他独个坐在桌边想心事：靠山屯是没法再待下去了，有心不干回家，可是想到个人是青年团员，提这话太丢人，特别原先自己当小刘说了那末一大堆漂亮话，回去没法交代。有心到区上和民教助理讨论讨论，换到别的村里教学，可是想到这也是表示自己没有办法,不能克服困难,坚持工作,也丢青年团员的人。想来想去,越想越深。想想临来时县里赵科长和区里民教助理说过的话,又想想老李头说过的话;想想群众,又想想自己。他后来心里透亮了,觉得自己现在陷进的这个烂泥坑,不是村里大人小孩不好,倒是自己不对:第一是自己一开头就没把旁人看在眼里,总认为别人不行自己行,这是自大;第二是不愿意佩服周建华,不向人家学经验,这是自己不虚心求进步;第三,更重要的是嘴说为群众服务,但没想怎样服务的办法,心眼里总想叫群众听自己的话,不想自己怎样听群众的话,结果是等于不给群众服务。——毛病是找出来了,但是以后怎么办呢?他决心首先要改变自己过去不对头的想法,要向周建华学经验。想到这里,他就想立刻到西沟去找周建华,可是朝南走了几步,又转了回来,他觉得这一下冷丁跑去学经验怪不好意思。于是他又决定先找机会和老李头谈谈,了解了解到底周建华怎样有办法? 怎样个好法?

四

一个下雨天,高向群踏泥来到老李头家里。老李正坐在外屋地整绳套,一见他来就往里屋炕上让。老李头逗笑似的说:"高先生真稀罕,头一遭进我的大门,八成是今日没事,来教我认字了吧?"劈头遇上这一手,高向群就愁没法问起周建华的事,可好老李头提出来了:"周先生在时节,常来教我认字,也真惹人欢喜学。开头我那有心学字? 我告他说:'我快入土的人啦,还学字干啥?'可是他说:'老李大叔,这是扛活二字,你不认得怎行,受了一辈子扛活的苦,可要认识它!'就这末的,我一个跟着一个学会一大串:'扛活、受苦、共产党、穷人翻身!'"

老李头提起周建华,越说越高兴,又见高向群乐意听,就把周建华来来去去的事都谈了出来。

周建华本是山东人,家住抗日根据地,他原先就是在村里教学,后来遇上日本人"扫荡",他没跑脱,被日本人抓住,把他和一大些人都一起送来北大荒作劳工,就在村南水田地边上挖大壕。"八一五"日本倒台劳工散伙,他就钻进靠山屯。他为了顾嘴活命,开头还卖了几天短工。后来他和众人商议,立起书房教学。开始只有七八个小孩念书,后来叫他弄到二十多个。他不光在书房教学生,还把那些没法上学的放猪放牛的姑娘小子们弄到一起,就在山坡上一边放牲口一边学认字。小孩们都喜欢他,人人都说:"小嘎们对先生真比对个人妈还亲!"因为他比有些人的妈还会看顾小孩:有的小姑娘头上长虱子,他就给逮虱子,洗头;有的小孩鞋破得难穿,他就给补鞋;有的穷孩子们买不起纸笔,他就下手给每人作一个沙盘。夏天他带着孩子们下地薅草,冬天他教孩子们编草鞋卖钱。孩子们跟着他不光孩子们高兴,家里大人也乐意。他不光惹的小孩们喜欢跟他念书,听他的话,还教小孩们在家挂黑板,下地凑歇凉,教给大人们认字。可是后来村里有些人就反对他,因为那时候靠山屯是假农会当权,穷人还没真正直起腰,脑瓜筋都没变过来。有些人就说他把小孩子们教的满脑瓜"怪东西",小孩们动不动就说:"国民党和地主是一家人,国民党是狼虫虎豹,地主是喝穷人血!"又说:"敬神是迷信,翻了身就能得好!"因此有的人就说他有"精神病",不教小孩念"正经"书,就不让孩子再去上学。这还是小事,更要紧的是他常给大些的孩子们说一些抗战当中青年人怎样英勇打日本的故事,又说些八路军怎样好的话,把十七八岁的孩子说跑了六七个,老李头的大小子也在内,都到县里去当上了八路军。有些家有孩子的人都又怕他又恨他,不叫孩子们去亲近他可也管不住,都还是偷偷地去找他。这还不算,更怕人的是听说他又去区上联络,又背后鼓捣穷人,打算推倒假农会。假农会干部和地主们受不住,一合计就把他撵走了。那时撵他走没人敢反对,现在都后悔也来不及。老李头说到这里直叹气。他说:"周先生那人走到那里都吃香,到西沟又立起书房来,听说现在办得比那村都整齐,忙天头念书的小嘎也有三十多个。春天家家户户缺粮,听说周先生就领着小孩念半天书,下地捡半天冻土豆和稻子,一春捡了不老少,给各家解了不少急。这村里谁家孩子若一淘气不爱干活，他准会说："咳，要是有周先生在，管管他们该多好！'可是，没治！打多早这村的干部就三天两头去和西沟干部讨论，到底没把周先生讨论来。众人盼来盼去倒把你盼来了！这也不错，你好好下功教罢，周先生那人教学生就是下功，不怕学生再淘气他都有法叫他服服帖帖的。"

高向群从老李头家回来，晚上睡下又想了半夜。寻思："难怪人家都夸周建华好，那人就是能干！"他打心眼里服气周建华了。但是，他觉得从老李头谈的那些话里，只能看出周建华那末能干，能和群众打成一片，却看不出他怎样能让小孩们听话，怎样能和群众打成一片的经验。于是，他决心明天一定去找周建华，好好跟他学习学习。心里想："一个青年团员，虚心学习求进步有什么丢人！工作干不好硬装英雄才真丢人！"因此他觉得低头求人学经验，没有什么不好意思的了。

第二天上午他跑到了西沟村。学校在村南头，是一座独独的三间上房，房前面一圈柳条障子圈成一个小院子，大门也是柳条编的，和才缮过的房盖配在一块，看起来清新雅致。这缮房的草和夹障子的柳条，都是周建华领着大些的学生们割来的。高向群走到近前，见门口挂着个黄木牌子，上边是："西沟村初级小学校"，字写得极漂亮。他不由心里说："光这笔字就可以看出这人学问不错！"这时他才想起自己闹了一个来月，连牌子还没挂起来。

走进院里，里面很清静，没有什么声音，他寻思："大概都下地啦！"可是一走进屋子，只见满屋地的小学生都趴在桌子上写字，却不见先生在那里。回头往里屋一瞅，原来周建华在小炕上躺着。他不由心说："哈哈，真怪！先生躺炕睡大觉，小学生们一点也不淘！"进了里屋，周建华"哦"一声坐起来，忙招呼他。接着就告诉他，因为自己害了十几天病，现在才瘥些，不然早就到靠山屯看他去了。

开始他一来还有些难开口，二来见周建华身体不好，觉得没法提学经验的事。等谈了一会闲话之后，他总算硬着头皮说出来了："我才出学门，没一点经验，庄户院的情形也不熟悉，办学校真不知从那里下手,今天特意来想跟你学习学习。"周建华很谦虚地说:"我也不敢说有啥经验,也是一直在琢磨。不过我牢记着毛主席说的一条'全心全意为人民服务',再加'依靠群众力量'。今天咱俩可以研究研究。"接着就和他问问答答谈了许多具体的事。高向群越听越高兴,他觉得真学到了不少实本事。最满意的是谈的怎样诱导小孩少淘气,怎样编互助小组让不能上学的儿童参加学习的经验。

高向群离开西沟村,一路上抡着胳膊唱着歌,急急忙忙地回来了。

五

没过一个月,靠山屯的小学变了样,人人都说:"高先生现在真使劲造起来啦!"

开头,高向群从西沟回来,当天晚上就和村里的几个干部们在一块开了个会,首先作一次自我检讨。说明自己过去没经验,要求大家以后多帮助,多动员孩子们上学,自己决心要好好下功夫教。当下村长和农会主任也检讨自己过去因为地里活忙,对学校关心不够,以后一定要多关心。第二天,经过干部们动员,来上学的孩子到了二十多个。没过两天,刘大有也给学校做了个新木牌送了来。高向群趁机会对他说:"老刘,你放心,以后只管逗笑,我再不恼了!"刘大有在前天晚上开会时,一见教员变了样,正想跟他逗个笑,可是生产委员对他挤挤眼,才没开口。现在咧嘴笑着软咕唧地说:"噢! 原来你在早是恼我没给你做这一块木板招牌呀!"高向群也大声笑了。

接着,他把在校的学生们分开编成四个小组,大的和小的,识字多的和识字少的都配搭开。由小学生自己选组长。又领着他们讨论一番,立下了条件:大伙比赛用功学习,比赛不淘气。每天临放学前,他领着孩子们玩闹一会,然后领着开个检讨会,检讨谁好谁错。遇到那个淘气,他就照那个的性格想法子多劝导,鼓励他改变。小学生们越来越会比赛和检讨了:念起书来就比赛谁念会得快;写起字来就比赛谁不吱声写得又快又好;开起检讨会来也满热闹,又有表扬,又有批评。

后来,高向群又发动四个组比赛去动员能上学的小孩来上学,孩子们一哄就跑走了,不多工夫就动员来了八个小孩。

过了几天,高向群见学校里整得差不多了,就跑到地里找放牛放猪的姑娘小子们,给他们编了互助认字小组,也发动他们比赛认字。每天他抽出一些时间,带着几个认字多的学生,遥处去教他们。

高向群慢慢和村里人接近得多了。人们在一堆唠嗑,他也挤进去说笑。村里建政,他也热心帮忙,又是给群众讲解选举条例,又是东跑西颠地布置选举会场。人们一有事情,这个说"找先生!"那个说"找教员!"

秋收时候,他也带着大些的学生下地扒苞米,捡庄稼,又带着学生们下甸割草,准备冬天编草鞋,到了冬天,学生多得房子装不下了,大大小小共有七十来个,搬进了新修好的大书房。白天教小学生,晚上开冬学教大人:又学字,又读报。他帮助村里每个干部订了个"百字"计划,决心在春耕以前教会他们每人学会一百个字。他一天到晚忙得没有头,可是一天到晚痛快得也没头:他走到那里都觉得热乎乎的,小孩、大人对他都很亲热。

有一天,村里敲锣打鼓扭秧歌,老李头的大小子在前方立功的喜报到家了,全村人都来庆贺。村公所摆酒席请老李头全家吃喜酒,老李头也把周建华和高向群都请了来。

周建华给老李头贺喜,说是"你养活的好儿子"!老李头却给周建华贺喜,说是"你教出的好学生"!

人们说笑起来了。老李头说:"真是靠山屯百姓福气大,不光共产党领导咱们翻了身,还给咱们添了个好教员:走了个周先生,就又来了个高老师!"刘大有说:"高先生真行!才来那前儿,只见他一天到晚老噘个嘴对谁都不说话,我直怕他真要哭起来,就想上街扯一疙疸布预备给他擦鼻涕！不承想没等我把布扯来他就变了样,现在蹦得差不离和周先生一般高了,说是靠山屯孩子大人有福可真不假！"众人轰的一声笑起来,高向群比谁笑得都脆。

村长说:"高先生,你快多加些功夫造吧！周先生给靠山屯教出了一个战斗英雄,你可要给靠山屯多教出几个建国英雄！"高向群大声说道:"我决心要像老牛拉犁似的给你们实实在在干下去,一定要帮助全靠山屯的大人小孩都从文化上彻底翻身！"满屋里喊声、笑声、鼓掌声连成一片。

一九四九年二月十七日

选自《文学战线》,1949 年第 2 卷第 4 期

◇ 张光熙

"向你挑个战"

二月二十四日的中午,宋玉桂到连里来看她的丈夫丁柏新。

丁柏新是去年十二月二十一日才参军的新战士。过去给人家驻地方六年,后来自己倒腾小买卖。在部队里思想落后,认为军队里苦,还老惦记着家,怕政府照顾不够,练兵中不积极,抱着混日子的思想。此外还隐瞒了东北解放那年拿媳妇的私书买了点地,以及在参军时受坏人的欺骗——叫他开小差。

宋玉桂来到连里,大家正在开大会评良心。

她到连部后就问丁柏新在这里的情形。大个子的指导员秦玉来同志直爽地说:"他在这里有点落后,练兵时不积极,成绩也不好。别人还活动过他开小差。那个坏人早已抓起来了。"

通信员小刘从俱乐部里把丁柏新叫了回来。一进门她劈头就问:"你在这疙瘩咋这样落后?不好好地干,上了什么人的当啦?"这样冷丁地一问,倒把丁柏新急得出了一头汗。但她还接着说:"政府看到我贫苦,认识好,叫我在纺纱合作社工作,我有病,政府还优先我,现在吃穿都不愁,你还惦记啥呀?!"

大家都静了下来,谁也没说话。她低着头翻弄绒线帽子。指导员看着她两口子,也找不出一句适当的话。机动灵活的小刘递过去手巾叫他擦把汗。这时他才断断续续地说出过去的事情:参军前两天,在道外遇上过去在一起倒腾东西的老×。他是才由长春跑老客回来的,知道丁柏新要参军,他就对丁柏新说:"八路军里苦,'中央军'年前要来哈尔滨,你们要上前方时,你就开小差到长春去找我,准能当个官。"当时也没把这些话当回事儿,回家也没对媳妇说过。在队伍里表现不好,还写信说自己想退伍。后来又想着开小差,直到这次诉苦时,认识还是模糊的。

她把政府优先军人家里的情形对他说了,还说:"你把思想打通了,寻思怎样上前方打敌人吧,别老寻思家里。现在我住在民主大院,公家的房子。电灯,自来水都不掏钱。"接着她谈到了昨天开军属大会的情形说:"大家选我当代表,头一次在这么多人的台子上讲话,心里跳得怦怦的,自个儿也不知道说了些啥。"她又说到明天大伙送她去受训,区长又怎样说,叫她们要学字……

她笑眯眯地带着亲切的口吻说:"你识字,我连名字也不认识,你咋比我还落后呢?我要向你挑个战!咱俩比一比,看谁进步快。"说完了,就捂住嘴暗暗地笑了起来。

这个意外的刺激,引起丁柏新很大的不自在,内心里充满着不服气,但却没有吱声。

丁柏新的媳妇来看他,而且准备给人家讲几句话——这消息是由小刘传到了会场,指导员的讲话更证明了这事;同志们在俱乐部里热烈地期待着。

一阵热烈的掌声过后,她站在大家面前先诉说着自己过去的苦处:

她原是木兰县大贵村人,父母哥哥姐姐都死去了,剩自个儿同寡嫂和小侄子三口人过日子。家里很穷,叔叔宋成国是个二百多坰地的大地主,但连自己的侄女都不管,甚至在他家做活,烫坏了胳膊也没人答理她。姑嫂二人夏天给人家薅草,秋天扒苞米,有时到别人地里捡庄稼,十八岁过的门。她说:"在过门以前,冬天都没有穿过棉。"说着说着就拉开了蓝大袄的袖子,露出又细又黄的胳膊。紧接着,她说:"现在好了,今年过年,政府大伙把肉和大米送到家里,对子贴到门上,拥军小组给倒水,扒炉灰,打扫院子、房子,有一天还去了些大学生呢。初一那天，街长到家给拜年，还送的光荣灯、光荣花……上级对我们讲：'男人上前方打反动派蒋介石，妇女们在后方加紧生产，支援前线。'大伙儿选我当代表，在会上讲了话，又欢送我受训去。区长陪着我们吃饭，晚上还请大伙看戏。今天来看看他，听说他落后，我心里了也是很难受的，这太对不起政府对咱的关照啦！"

末后，她又鼓励大家说："同志们都要好好地干，革命就是咱自个儿的事，大伙儿要不打倒反动派蒋介石，咱们就没有这样的好日子过；大家也不要小见，老惦记着家，家里政府照顾得可周到啦！"

※　　※　　※

丁柏新趴在连部桌子上写着自己的应战书，也顾不得喝小刘给他的那碗水。指导员斜生在桌边的床上静听着宋玉桂提出挑战的条件——"作好组织十个街的军属工作及合作社工作"。有时也问一句两句，或者是习惯了地笑一笑，小刘看着丁柏新着急的样子，偷偷地向他做着鬼脸。

写完了，他用丈夫的口气嘱咐她："你进步得也不彻底，以后还要努力工作，身体要自个儿注意。我在队里也不惦记你，今后我要决心进步，上前线杀敌立功……"她更关心自己的丈夫说："家里的事不用你管，我啥都知道，政府照顾很周到，啥也不缺；你在这疙疸缺啥，下次给你带来；你要好好地干，将来革命成功咱们是个好家庭！你想想，我在家很进步，也参加工作，你在队伍里倒落后，我还有什么脸！怎能对得起政府的这一番好心！"

临走时，丁柏新用坚决的口吻说："咱们以后再见！"

她甜蜜地对他笑了笑。

一九四八年三月四日

选自《东北日报》,1948 年 3 月 18 日

◇ 张 明 云

母亲和儿子

母亲喜爱自己的儿子,每当他扛着镐头去坑的时候,或是晚间从坑口回来,她总等候在门口。

自从父亲死后,母亲就守着这么一个独生子;她珍爱他,把所有的幸福和希望都寄托在他身上。她不怕自己吃苦,她懂得这些都是为了自己的儿子,也是为了自己的将来。每逢儿子走进坑口,她总祈祷着:坑内不要发生任何事故。她知道,任何事故对他都是不利的,或者说对穷人也都是不利的。她乞求着,所有穷人都平安。

儿子呢?也异样顺从自己的母亲,在伪满的时候,有些人下了班就去赌钱喝酒,而他却守候在家里。他常常温顺地对母亲说:

"妈,我不能像他们那样。"

母亲最不安的,是儿子长这么大了,还没娶上媳妇。她常常惭愧地凝望儿子辛劳流着满颊汗的脸,偷偷这么说:

"长这么高,也该成家立业了。"

儿子也最懂得妈,从不违反她的意志去做事,母亲是勤劳的,他也学着一样去勤劳。

"你刚下班,该去歇息一会。"妈爱惜地对他说。

"不,您去歇吧,我不累。"他仍然拾掇门口那块菜地,把种子亲自撒进土里,让它生根发芽……

每逢吃过饭后,母子对坐桌边,她总爱打问坑洞里的情形,有时也爱谈论些邻家琐事。

八月十八，是父亲的丧期。每年这天，母亲总不免要大哭一场，不能被遗忘惨疼的记忆，像针刺一样戳在她心里。

"那一年，"妈含着泪水向儿子重复着，"那一年不是从关内招来不老少的工？你大伯这黑心眼的，咱家里没有一点吃粮，灶里几天冒不出烟，我说找你大伯去借一点，等来年……"妈的眼泪止不住了，顺着干瘪的布满皱纹的脸颊往下淌。

"妈，不要说这些了，现时总算好些了。"

儿子怕听这些话，母亲每一次的讲诉，都会增添他几天的不安和苦恼。

"你让我说，我心里憋得慌，你大伯种了七十来垧地，那一年也吃不完，光你二虎哥娶亲，就化消了七十多担粮食，你爹是脾气硬的人，被我逼得没法，才向他家去借，你说他怎么？！就只给了几个窝窝头……"

"妈。"儿子低沉痛苦地干叫了一声。

"要不是那样，咱们怎么会来到这里？就是死，咱们也得死在祖坟跟前。"母亲用颤栗的手，擦着自己的泪水。

儿子叉着腰，痛苦地沉默着，过一会，忍住了愤怒认真地说：

"有那么一天，他们都通通死光！"

儿子记得父亲是怎么死的，过八月十五这天，人家忙乱着准备过节的东西。清早，父亲还得去上班，家里没有剩余的粮食，每月发下的棒子面，怎么也不够吃。就这样，父亲在坑里压断了腿，第三天，就死了。那时他还年轻，不懂得什么叫伤心，他看着母亲发疯似的哭着闹着，他也微微感到一些难过。如今将近十年了，他站在父亲坟旁，他看到周围埋葬着许多丢弃了孩子的父亲，一阵悲痛像飓风样的向他扑来，他大声地哭了。

过了九月，天气一天比一天凉，家里保有着平常的宁静，只是儿子近来有些不同了。看着他发青的眼睛和不安的神情，母亲就耽心着儿子的健康。

每顿饭后,他再不守候在母亲的身旁,有时甚至连饭都不吃,被人一叫,就出外去了,直到深夜才回来。

母亲惊异着孩子近来的变更,这变更,引起她不少的忧虑。

房里常常聚集和流窜着许多人,他们细声而神秘地商讨着许多听不明白的事。

用恐怖的眼光,母亲凝望着他们——到底是怎么一回事呢?平常什么他都告诉我,现在却变了,连我也隐瞒起来了——母亲微微感到一些不满,她觉得自己孤独起来。

夜间,听到他均匀的呼吸,母亲慢慢从床上坐起,默默地看着他乌黑发光的头发,结实的胸脯,强健而泛红的脸孔,母亲不禁骄傲地笑了。但一想到他近来生活的变更,一滴热泪缓缓地滚在他的额边。

躁烦的日子里,她总抑制不住自己心脏的悸动。她常想到——儿子是不是在干坏事呢?——立刻她又唤醒自己——我的孩子是正经的,决不会去做不正当的事——她颇自信地这样安慰自己。

但她总摸不着儿子近来的行动。

太阳落山了,下班的人们都回到自己的屋了里,儿了疲乏地靠在椅上。她默然地,走近他的身边,用母亲特有的温柔说:

"这些天来,你都忙些啥?"

"咱们还不是要过好日子,这是咱们的年月……"把灯帽放在桌上,儿子用严肃柔和的声音回答。

母亲凝看着他,找不出别的什么话问。

"你们那些人都是……"想了半天,才挣扎出这么一句。

"嗯,妈,咱们受了一辈子苦了,给人家当了一辈子的牛马,今天共产党领导咱们翻身。"

翻身,母亲听到这字眼,她心里马上掠过一种莫名的快感,但又预感到好像要出什么乱子。

"咱们还是安分守己一点,别跟他们……"

"不,妈,这是咱大伙儿的事。我们都合计好了,先把王警长,陈大把头,还有一些坏蛋都抓起来,凡是在伪满欺压过咱们的,该清算的,就得把他的东西分给大家;该枪崩的,就得毙他。"

"枪毙人?"母亲胆怯地说出这几个字,"怎么,你们还做这种事?"

"大坏蛋,从先坏死过人的,当然得枪毙。"

"唉,你千万别跟着干,咱祖宗几辈子,也没做过这样事。"

"妈,这下可轮到咱们报仇了,爹是怎死的? 有这些喝人血的家伙,咱们日子怎能往好里过? 咱是干得对,妈,咱不会胡闹。"

"嗯!"母亲勉强点点头,她知道一下是无法拦阻得住的。

长远了,恐惧和不安,被流去的日子冲淡了。她看见这些年轻人的行动,心里只是有些不满。然而她也渐渐觉得这些粗胳臂壮腿的年轻人有力可靠。

开公审会的早晨,人潮把母亲推向会场,周围都像着了火似的狂热,连些不懂事的小孩,都在喧嚷些什么。

会场在一块平地上,人们涨红了脸在高声谈论着,母亲看见儿子和一大伙人在那里手忙脚乱地指划,好像在吩咐些什么重要的事。一种夸耀的感情,在母亲内心里回旋。

"带人去,武工队怎么还没把人带来?"一个瘦高个,为过度劳动损害了健康的人,在那里叫喊,发急地顿着脚。

一会,台下响起了口号,这口号是惊人的,像雷电在空中翻滚,母亲感到一阵周身发颤,然而她尖起了耳朵倾听台上人的讲话。

在杂乱声中,她分辨不出什么,但"陈大把头"几个字,却明锐地钻进了她的耳朵,她觉得有些不相信自己。

——真会把他逮起来吗? ——她眼睛望着周围的人们,闪着怀疑的光。

"穷哥儿们翻身的年月到了,工友们,咱们要翻过来……"

这不是自己的儿子吗? 看到他愤懑的神情,她有些不认识他了。想不到他还会在人面前,在台上说这些动人的话,这是她想不到的,做梦也想不到的,她为这感到一些快活。

周围的嘈杂和咒骂声更大了，人们不自觉地，沿着骚动的方向望去，肥胖的、绑紧着的人，被押到台口。

"跪下，要他跪下呀！"台下吼叫开了。

"陈把头，你记得吗？我哥是你打死的，死的时候全身发黑……"

"老邢头呢？你说说看，六十多岁的人，被你打得上吊，你还把他的孤儿寡母赶出了矿山，你说说看！……"

"那还用说，矿山的万人坑，都是他们搞的。那一年，我爹有病，干不动活，被他打得皮开肉裂，死了之后，眼睛都没闭！我妈那年冬天，给气死了，我也被他打过，还关过笆篱子……"

人们都流出了泪，母亲也流出了泪。悲痛和仇恨充溢了会场，母亲被卷在这仇恨里面，和他们融合在一起。

台上不少的人，用眼泪在控诉。

"揍呀！不用哭了，用力揍呀！"

一阵皮鞭的声音，母亲看到自己的儿子，抽得特别有劲。

"大娘，你还不说，你不上去当着大伙儿说说！"隔壁的二花催着她上台。

母亲在不休止地流着泪，被二花领到台前，没开口，她先哭了。哭声是凄楚的，儿子走过来扶住她；他没有哭，因为仇恨超过了悲疼。

"报仇啊！"

"有仇报仇啊！"

巨大的声音在会场里冲撞着，台上挤满了人，台下的人伸长了脖子。

母亲在台上打了陈把头的嘴巴，这是她第一次打人。她记得丈夫从前被打得几天不能去上坑，全家饿饭的日子。如今，丈夫死了，丈夫是屈死的。她想起死的那年，自己光着胳臂，布给他们扣去了。她实在忍耐不住，她恨不得咬他的肉，因为打他的人太多，渐渐把她排挤在人圈外，怎么也挣不进去了。

"为死难的工友报仇!"

台下的仇恨和口号,像春雷轰动着会场。

正午,太阳悬在头顶上,母亲心是平静的,用红肿的眼睛望着儿子疲惫的脸孔说:

"你办的事对,替我出了憋在心里几十年的气,以后,我再不阻拦你了。"

儿子微笑地抚着母亲的肩,温和而骄傲地说:

"妈,咱们总算有了这一天。"

元月廿日于兴山

选自《东北日报》,1948 年 2 月 2 日

小　玲

小玲刚来时，人们总爱打趣地称她"小姐"，有时也喜欢叫她一两声"先生"。

的确，她有点小姐派头，早上不大愿意起来，吃饭以前她总要用肥皂洗手，要拿开水烫碗，不然，她就觉得恶心。在吃饭的时候，她老是慢吞吞的，一点一点往嘴时送，好像害怕牙齿咬住舌头似的。有时她也爱剩下半碗饭就不吃了。有人说她太浪费，她说："哼，是现在——"那意思是说过去我还要更浪费哩。

因为她的家就在跟前，经常可以为她捎些钱来，有时不高兴了，家里就派人来看她，给她带些喜爱的东西。这样，穷人（同她一起来这里几个知己同学）渐渐和她隔离起来，甚至都不常跟她搭腔。有时她也会因这而难过，但很快地她却能这样安慰自己："管她们呢？不理我算了，反正我用不着谁来理。"协理员和几个老同志，专门为这事和她谈过几次，每次她都点头称是，并且要决心改正自己，可是谈过之后就忘了。

小玲今年十七岁，在伪满的时候，她念过国高，父亲是家大地主。家里除了母亲外，就只有这么一个独生女。事变的那年，她怀着好奇心加入了一个读书会，从这里她开始听到了一些革命道理。当民主联军来到后，她和几个同学就毅然地参加了革命。起先，她也能吃些苦，在一个剧团里当团员，整天演戏唱歌，有时还可以在台上，在许多观众面前讲话，这样，她很满足，也很骄傲。

去年五月，她随着剧团转移到这里来——一个离她家不远的小城镇。

要帮助农民彻底翻身，同志们都被分发到下乡做实际工作去了，只有她和几个病号留在家里，因为上级照顾她年轻，怕她不习惯吃不了苦，所以把病号和附近的一些群众工作交给她管，希望她从这里能得到一些锻炼。

有天，她接到家里一封信，就像发了疯似的，马上大闹起来：把自己心爱的玻璃杯摔在地上，把墨水瓶也丢出了窗外，甚至用手掌狠狠拍打桌子，总之，只有发疯的人才会做出的事她都做了。同志们不晓得这是为什么，又不敢去劝问，因为她的脾气近来变得特别暴躁，简直像一团烈火……

协理员回来，她也没有理，好像不认识他似的。

"小玲，你近来怎么样？"协理员十分关心地慢慢走到她的面前。

她倒卧在床上，没有回答，用被子紧紧蒙住自己的头。

"有什么事，你说么，小玲，不要这个样子，是不是身体不舒服，是不是同谁闹过了架？你看你这样子多不好，旁人知道了会笑话你的。"协理员用惯常劝慰她的话，又重复了一遍，并且说："我们听说你近来的工作不坏，大家都很满意，同志们都很关心你——。"

她没有说话，却"呜呜"地哭了。

过去她也常哭，都是不愉快，或是反省到自己的错误时而哭的，每次哭过后，很快地，她又能高兴起来。

为了不使她难过，协理员轻轻走近她的床前，准备用更好的话来勉励她。

"不要动，不要理我！"她大声叫出来，把协理员吓了一跳，半天摸不着头脑。

"你们不要理我！哼，你们好，我的家做了什么坏事？现在整起我的家来了！"

停了许久，协理员才知道，原来是她的家被农民分了土地。

　　　　　　　　　※　※　※

剧团里也有别的同志的家被分了，原因是：这些家庭都剥削过人，今天群众翻了身，要求索回过去被剥削去的东西。这个是十分正常合理的,所以同志们都没有怨言,而且还有几个特意请假跑回家去,劝家里的人,把过去骗人的东西,自动拿出来,免得增加一些麻烦,因为他们在实际生活体验中,都能清楚地看出群众的力量,都能清楚地了解:只有跟着共产党,解决帮助穷人翻身,才能有自己。

可是小玲就是不愿看到这些,总是耐不住地发些脾气,或者一个人溜到院子里去哭,叹气……

"小玲,你不要耍孩子气了,我知道。"小华走到她的跟前。小华是她过去最相好的同学,今天特地回来劝她,所以她充着大人的口气,故意和她取闹;"你怎么啦,又哭了吗?唷唷,小东西。"用手去抚摸她的头发。

"别闹,干什么呀!"她不耐烦地瞅了一眼。

"我知道,是不是你家里那回事,嗨!这有什么呢?我还不是跟你一样。"

小华的家也被清算过了,她的哥哥过去当伪警察局长,欺侮过不少的人,这次被清算时,小华丝毫不感到难受,因为她过去看见哥哥胡作非为欺压老百姓时, 股人类的同情心和正义感,驱使她,折磨她,无论如何她都觉得这些老百姓都没有罪,不该遭受这样待遇,而他哥哥却偏要这样对待他们。所以清算时,她说:"活该,自作自受。"

这次,她看到小玲这种神情,她非常不满。她认为这是不对的,也是可耻的,她想,一个人只要稍有天良的话,就会懊悔自己过去的生活,何况今天已参加革命了呢?平常在每次会议中所讨论的:什么"为人民服务",什么"吃苦在前,享乐在后",这些不都是作为一个革命者,做人处世应有的态度吗?而小玲却不来理解这些。唇咕了一天,小玲的糊涂观念总磨不破,小华几次都要生气了。但她记得临走时,协理员再三叮嘱她:要她耐心,说服小玲捏住性子慢慢谈。

最后,费了很大气力,最终讲通了一点,小玲答应她,一块到乡

下去住些时。这样,她很高兴,赶快帮助小玲收拾行李,准备第二天就动身。

※　※　※

在参加清算斗争第一次大会上,小玲偷偷向自己提出了问题:"的确,农民辛苦了一辈子,总是吃不饱,光着胳膊,连衣裳都没有穿的,这是为什么?"她思索着,用力搜寻这问题的答案。然而,她总解答不了,因为她不忍去责怪地主。

第二次,她听到一篇血的控诉:"地主强迫佃户卖了自己的独生子来还地租,霸占人家的妻子,抢夺人家的房屋,把六十多岁的老汉逼去上吊……"她被感动了,她流出了眼泪。她想:"假使要是没有地主的话,穷人都可以过舒服的日子,这该是多好。"可是她一想到自己的家,她浑身发抖,她记得:有一次,一个扛活的争着要工钱,父亲拿起手杖就打,被打得三四天躺在床上不能动。还有一次,佃户老王的老婆要治病,来上她家借钱,父亲也是……她不敢往下想了。她看出了这些都是是罪恶,她咬紧牙关,用力拧自己的腿,她是沉湎在往事的苦痛里了。她觉得自己的父亲和站在台上地主的神情差不多,无论是脸孔和声音,甚至每个细小的动作,都无不相似。她害怕起来,她不自主轻声地说出了这么一句:"他妈的,怎么这样可恶。"

"小玲,你说什么?"坐在旁边的小华,没有听清楚这句话,马上就问。

愣了一下。两颊有点发红,她垂下头去。

"不舒服吗?你先回去休息吧!"小华扶着她回去了。

晚间,她躺在床上,怎么也不能入睡,脑子像风盘一样地旋转,过去曾经遗忘了的事,现在重新又活动起来了,她竭力镇压自己,企图安静地睡过去,然而,说什么也不成,她感到万分的疲乏和苦恼。

日子一天天这样过去,在乡间她慢慢地接近了许多群众,慢慢地习惯于这种新的生活了。她能看出许多群众的优点,在检讨会上，她也能大胆地反省自己，真正地批评别人。

的确，她和从前有着许多的不同了，在老乡家里吃饭，再也不用开水烫碗。吃饭时，旁人有意开玩笑地问她："小玲，怎么不烫碗了呢？怎么家里好久不跟你捎钱来了呢？"她羞得满脸通红，生气地说："鬼才要它捎钱哩！"

协理员关心地问她："小玲，你家近来有信吗？"

"管它呢？我不管了。"

"真的？"不知是谁用不相信的口气这样问一句。

"谁骗你，是狗！"她自然地回答。

"不，这是不好，还是常写些信去问候他们，劝解他们，这，也是你一件工作哩。"协理员扶着她的肩说。

"以后再讲。"她挣脱协理员的手，跳着走开了。

五月十一日于厦山

选自《东北日报》，1947 年 6 月 5 日

◇张德裕

红花还得绿叶扶

七点的汽笛早已鸣过，大家都在讨论怎样订下个月的生产计划和竞赛挑战的条件。木匠组、铁匠组和油匠组的屋子里都像开锅了的小米饭，爆爆喳喳地吵个不休。唯独"模范小组"的瓦匠组会场上连一点热乎气都没有，一个个都闭眼打坐，埋头托腮的。组长李青山急得直打转，嚷着说："大家都发言啊！为什么不发言？你看人家别的组。我看大家还是没觉悟。"他这一说，老孙开腔了："咱都是穿的布底鞋，那能'脚捂'！"李青山听了很不满意，正要批评时，工会刘主任推门进来了。刘主任看见大家一个个都扭头撇膀的，就说："你们这是怎的啦！怎的没人点炮啊？"老赵嘟囔着说："还点哩，没听组长批评么，咱都是不正确的意见。"老孙说："我看，就咱组长又正确，又进步，又有觉悟；明天的活都叫他干得了！"刘主任劝大家工作上有意见不要意气用事，要抱成团，才能把活干好。过去大家又团结又干得好，得了模范小组的锦旗，现在为什么要闹意气呢？刘主任劝了一场，谁也不吱声了，会也就这末不欢而散了。

瓦匠组为什么闹起别扭来呢？这事要细说起来，主要还是怪组长李青山。

李青山也是没大念书，但是由于肯下苦功学，已识了好多字，写个报告啥的，能提笔就来，革命道理也比别人懂得多。因此，大家都佩服他。再加上他干活撒野，所以在段里分组的时候，大家都选他当组长；改选支会的干事时，他又当了宣教委员。

分会成立了临时干部训练班，李青山又去学习了三个月，革命道理懂得更多了。他觉得共产党这套道理和改造人的办法真是再好再对也没有了，于是他抱着满腔热血想把自己小组里的工友都领导成标准的革命的无产阶级。谁知事实与他的幻想正好相反，每当他大讲革命道理的时候，大伙都表现不怎样关心。年青些的工友听不懂，嫌坐得怪腻的；年老些的工友挂着家里的事，不自觉地就谈起这月的工资是怎样支配的，买些什么等。这样就恼坏了李青山，他觉得这些工友太落后，太无知，太可恶，太……共产党流血滴汗地为咱们打天下，谋福利，就不如他们的生活问题重要？亏他们还是工人阶级！

"批评是进步的武器。"他觉得对此有打破情面展开批评的必要；于是便开了批评战，无论会走和不会走的，都要跟着他跑。连工友们有时开玩笑，他都嫌不严肃。

偏偏老孙和老赵就好抬杠。他俩都是多年的熟练瓦工，又都是苦孩子出身，对共产党的印象特别好。老赵这个人特别有趣，一块儿相处，没有跟他合不来的，他能体谅人，就像冬天的日头一样，暖煦煦地招人亲近。老孙头却不这样，他老是搭拉着脸，像是谁欠他多少钱似的，一说话常带刺。可是他心眼最好，你要有什么困难，他真泼死命帮忙，工友们心里都感激他。自打解放后，他俩干活总是干在前头，从不叫苦喊累，一些懒工友要和他俩在一起干半个月的活，保管变成不懒了。可是，他俩就好像一对公鸡，一见面就抬，你一刀，我一枪，谁也不让谁。例如有一次吃午饭的时候，老赵见大家都拿着大饼子，他说："打牌可他妈的合适啦，清一色的'饼子'。要都变成金子么！"老孙又抬上了："你这小子纯粹是大地主思想，饼子好吃，金子好吃么？"老赵说："金子能合铁，大饼子能合吗？"老孙说："大饼子能造粪，金子能造吗？"

李青山每遇到这种场面，就要不耐烦地批评一顿："叫你们扯这套,一个顶两个,要叫你们讨论讨论革命道理就都傻了。我问你们,扯这个到底有什么用? 啊! 到底有什么用?"因此,往往是大家正在有说有笑的时候,只要李青山一来,就像私塾老先生进了书房似的,立刻变得鸦雀无声。工友们挨了几回冷水浇以后,就和李青山渐渐疏远起来了。李青山越嫌工友们落后,工友们越不去理他,他不但没把工友们领导好,反而越落后了。干活也不如以前那样起劲了;开会也不如那样热闹了;号召也没人响应了。组里的老工友老曹头说:"走了风水啦。——这是风水啊,风水可不能不信。"

八点钟的汽笛鸣过之后,他们这一组人从不快活的会场走到现场去工作。

今天他们的任务是修理员工宿舍。别的组都在忙着赶早完成任务,连挠痒的空都不让。他们这瓦匠组,老孙却在领着头抽烟,把李青山气得干瞪眼。说实在的,李青山对老孙确实有些"悚头"。早晨给他顶得挺窝火的,现在也不好意思再去多说,只默默地拆锅台。

现在两下都憋着一股劲,僵到这步情形,谁也不肯让步。李青山当然觉得满身是理,工友们却都觉得这家伙太"个别",不是张三落后,就是李四不觉悟,总瞧不起人。

一会,老孙就扬声说:"叫他干别的不行,给人家穿小鞋,按咸盐什么的,可倒一个顶两个。"虽不明指,李青山知道是说他,就说:"提意见是帮助嘛,怎么能说是穿小鞋呢。'批评与自我批评是进步的唯一武器'。"老孙不耐烦地说:"快搁着你这一套吧! 谁还不知道你喝了几碗醋? ——我告诉你,要跟着脚窝找毛病,没有个找不着!"

李青山勉强学着老干部那种能容忍的作风,没说什么。

快到五点的时候,李青山一看活出得不多:炉灶未整完,墙皮也未刮完,明天怎么刷石灰水呢? 待要想鼓动大家一下,话到嘴边打了好几个转,又没好意思说出来。最后一想,为了工作那能闹个人意气呢? 就扬声说:"我看今天的活要够'整治'起来的。"

没人吱声。李青山碰了个软钉子。

五点钟到了，大家都收拾工具准备回家。李青山一看急了眼，弄得不利不落叫员工们怎样睡觉煮饭呢！"保证不能叫员工们反映"是模范小组的条件之一啊。待要再向大家提议，无奈方才已给了一个软钉子了；待要不提，自己是组长。唉！为了工作，没办法。只好耐着性子对大家说："诸位工友们，我们应该替员工家族想想，你们看，弄得不利不落的叫人家怎样睡觉？"老孙说："他们要都不吃饭饿死，还熊着我们哩！"老赵也帮上腔："你行啊，又是进步又是觉悟的，你自己干吧，也不是不让你干。"

李青山又碰了个硬钉子，像是真碰了钉子一样，只觉得头嗡的一声，险些栽倒。

李青山定了定神，觉得自己太软弱了，连这么点打击都受不了，人家老干部怎样爬雪山走草地哩，我应该克服！

他简直是带着央求的口气说："老孙，老赵！现在都是咱们自己的工作啦……"老孙不等李青山说完，就说道："要是我自己的工作我早就不干啦！"老赵又赘上一句："你不是会批评吗？去批评吧！"

大家连头也没回走出大院，只有老曹头还在找饭盒。李青山说："老曹！你晚走一会帮我搬点不好吗？"老曹因为李青山批评他迷信脑瓜，至今还不满意，但是又不好说不干，就咕咕嚷嚷地走出去搬砖："我回家还得浇菜园子咧！再说，积极也没有你这样积极法啊！……"

李青山见老曹头搬了两趟砖，心里总算稍微舒服一点。第三趟等了半天也不见老曹头回来，回头一看，老曹头的饭盒不见了，再出去一看，那里还有老曹头的影子！

李青山一个人闷着头干活，想着自己一切为工作，大伙却这样拆台，专跟自己过不去，心里这份憋屈劲就别提了，真是想哭一场。但是想着自己一心干活，对得起革命，劲头就又鼓起来了。一个人搬砖又和泥的，喊里喀喳，一阵子把炉灶砌好了。看了看剩下未刮完的墙壁,又动手刮墙皮。

忙乎了一宿,收拾利落以后,天已亮了。李青山出了大院,只觉得头昏胸闷,想着昨天的活虽是干完了,往后的可怎么完成呢!自己是好意地批评他们,帮助他们进步,为什么会受他们的反对呢?要不批评督促,那叫什么领导呢? 这一连串的问题,纠缠在他心里,想着想着,"嘭",他撞在一棵大树上了,撞得他眼睛直冒金星。

到了家,正好母亲才做好饭,问他怎一夜没回,他只说了声:"作夜班了。"勉强喝了一碗稀饭,便坐在窗台前,瞅着瓶里的一枝芍药花发呆,用手一片一片地揪扯着花叶子。母亲见他吃不下饭去,就一直在叨唠,又见他乱揪花叶,就说:"你今天这是怎么的啦,失魂落魄的!"这一说,他才发现,原来自己快把花叶全揪光了! 鲜艳的花朵在光杆的花梗上,孤零零地抖着。

母亲摸摸他的头有些热,就强着他睡下,到段里给他告假。李青山自己也觉得头昏眼花,有些支持不住,躺下后就昏昏沉沉地睡着了。

李大娘到段上去告假说:"李青山病了。"大伙听了,知道他这病的根,心里很不是滋味,尤其是老孙和老赵。等到了现场一看,昨天没做完的活,都已做好了,心里可就更不好受。老赵说:"咱这几天对老李太过火了。一定是连气带累,把老李懊糟病了,这都怨咱。——曹大爷,可你不是在后头来着,怎也没帮他?"老曹头吞吞吐吐地说:"我,我只搬了二十多个砖……"

屋里的空气沉重得很,烟也不抽,嗑也不唠了。大家想着李青山平时对自己的劝导、批评,都是为好,为了这事,把人家气病,实在是太对不起人,都低着头,默默地干活,谁也不看谁。

吃午饭的时候,老孙不胜感慨地说:"谁是我们的好工友? 老李才是我们的好工友咧! 我想想以前和现在简直是两个人,以前的些小毛病都改了不少,这不是老李督促的吗?"老赵说:"老李不来,我就像少点什么似的。"王殿臣也很同意地说:"可不是,没有老李就是不行,早晨隔壁五户给我的'房字',我看着就不像,可是自己又不识字,后来找机务段的老胡一看,闹了半天还是一张旅行证。以前老李批评我不愿学习,我'硌硬'得要命,现在……唷,嘻!"他咂了咂嘴,又叹了口气。

刘主任听说老李病了,就急忙开了张"病字"给老李送去。

虽隔了一宿,刘主任几乎不认识老李了,只见他洼凹着眼,脸腮露出两个大窟窿。李青山见刘主任来了,如同受屈的孩子见了亲娘一般,喉咙像塞了什么,一时说不出话来,只有泪珠在眼眶里直打转。

主任见了这种情形,不说也知道,便安慰了一番说:"做工作不要性急,不能恨铁不成钢地一下就都变成积极分子;也不能怕工友反映就放弃领导,便跟着群众的尾巴转。要知道,到多咱也有先进的与落后的,主要的是,你如何把进步的团结起来,然后才能把那些落后的带起来。对一般落后工友只要他不是破坏分子,就应该鼓励多于批评,慢慢地去争取他,团结他,像你这样泼冷水式的批评,结果是脱离群众而孤立!"主任说罢指着那枝光杆的芍药花说:"就像这枝芍药花一样,孤孤单单有多么可怜。——我看你还是好好养病,病好之后到段上去向群众检讨自己的错误,再叫群众给提些意见,好作为你今后领导的参考。因为我们是干部,没领导好是我们的责任。"李青山没有信心地说:"还是改选组长吧,要我命也干不了了,要再干上几个月,非死不可!"刘主任很严肃地说这是锻炼你自己的机会,你怎么泄起气来呢?这是段上给咱们的任务,给你的任务,希望你能去完成!"李青山两眼水汪汪的,说:"好吧,主任!我,我一定去,去……"缓了一口气,才很坚定地说出来:"去完成任务。"刘主任说:"你要为工作着想啊。"李青山说:"我也这样想啊,但是,但是由不得自己。"

这时李青山才觉得自己过去做得太过火,过去自己嫌落后的工友们,现在却觉得十分可亲了,想起多年的友情,互相的帮助,老赵多么有趣,老孙多么耿直,以及许多工友们在自己领导下尽了多少力;再想起自己对工友们的讥笑和打击,觉得自己太不对了,恨不得马上去向大伙认错。

李青山心里想通了之后，又加上吃了两次药，到第三天，病已经好得差不多了，只是精神还差点。这天，他到了段上去，一进瓦匠组的会场，正见刘主任在领导开会。大家一看李青山能起来开会啦，都用抱歉的笑脸迎上来；李青山也像见了久别的老同事一样觉得心里暖煦煦的，但是谁也没抹得开说话。还是刘主任说了李青山的意思，老李才说起来：

"我知道大家都反对我，这不是大家落后，是我领导得不好，在思想上，对大家耐心帮助不够，才引起大家都反对我，而且还影响了工作，这都是我的错。我自己想咱们都是多年的工友了，也不会很怪我的，那么今天我希望大家都不客气地给我提意见，我心里才好受，那才是大家都真不怪我了。"

沉默了一会，老赵说："是我们不好，这都怨我和老孙，不应该领着头去反对你，你本来是为咱们好，倒把你气病了。"

老孙说："老赵说啦，我不说了，咱们心里明白就行了！"

李青山说："这不怨你们，这都是我的错，我帮助大家的方式不对，快多给我提些意见吧。"

老孙说："还有什么提的呢，只要你知道咱们都是大老粗，比什么都好。"

李青山说："不，我不该打击大伙。"

老赵说："老李呀！别说啦！这样我们就觉得太对不起你了，该是谁错就是谁错嘛！再不叫我们认错，我们得懊悔死！"

搬运工张明德说："咱们就是都有错，有什么用？我看，老李最关心的是咱们的工作和学习，今后咱们把这两样弄好，把毛病改掉，比说什么都好听。"

大伙都说："对！"主任在一旁听了抿着嘴直乐。

王殿臣说："别忙，我也说点，以前我觉得你不对，现在才知道我自己不对。以前你督促我学习，我就不乐意，谁知道昨天就叫字给考住了。"

老曹头这时也站起来说："我也说一点。开了许多会，今天这个会头一次感动了我。以前老李批评我迷信，我心里不满意。今天就是大伙不批评我，我也要检讨检讨错误。以前我确实落后，迷信。"这时屋里静得很，几乎连喘气都听得见。老曹头摸了摸菱角胡，顿了顿又说："嗨呀！我今天才知道这个'干部'可真不易'干'呀！为了完成工作，央告，劝说，给大伙气病了，还得带着病来赔不是。大家伙看着，我再要不进步，就把我的胡子揪去。"临完又重复地说："干部真不易当啊！"

李青山等老曹头说完，说："曹大爷，我驳你，你可别生气呀！"老曹头说："说吧，我还能再生气了！"李青山说："你说得也对也不对。干部很好当，我们在得模范小组的时候，我当得不是很好吗？那就要看你把工友团结得怎样。你领导有办法，大伙拥护你就好当；你领导得不好，大伙不拥护你，就不好当。红花总得绿叶扶，这是我这次得到的经验教训！"

选自《东北日报》，1949 年 8 月 6 日

◇ 陆　地

大家庭

一

晌午，响气老半天了。工友老崔头赶紧把晌饭吃完，一边收拾饭盒子，一边就催李树森说：

"走吧，人家都走啦！"

李树森慢腾腾的，连连打了两个饱嗝，完了才掏出烟袋来，装着烟叶末子。烟末子不多了，掏了三四回也装不满，他满不在乎地自个喃喃地说：

"饭后一袋烟，赛过……"

老崔头又皱着眉眼喊：

"走嘛，人家都开了半天会了！"

"你爱走不走，我把你的腿拴住啦？"

老崔头气得没法，走了。

李树森看着他一抹身走了，也一赌气站起来，拿烟袋往吸烟室走去。嘴里还说：

"反正你说了算！才刚响气了，你还要铆两根，现在迟到一会，又急眼！"

190

李树森就是个袖里藏棒槌，直进直出的性子。老崔头倒是细心谨慎的人。他俩是同在一个工作小组干铆钉活；老崔头管把握子，干的年头不老少了，学到一手好把式；李树森管顶把，年轻，心眼灵，进步快。两人在一堆干起活来满带劲。别看他两人嘴巴子嘈嘈的，心里倒是挺热乎。

李树森到吸烟室，把烟点着吸了两口。一寻思，觉得分外寂静。桌上的闹钟唧唧地发响，一看，正是十二点四十分。"真是，人家开了半天会了！"他把烟弄灭掉，赶紧往学习室走。

当李树森推开学习室的门进去，里边人全坐满了。好在大伙都注意朝台上瞅，没留意他迟到。

台上现在正站着一个工友，结结巴巴急得说不清话。老崔头直瞅台上那个人，李树森在他旁边挤了个坐位，他也不知道。

突然，噼噼啪啪，一阵鼓掌，台上的人一晃就不见了。李树森迷迷糊糊地捅了老崔头一下，还没开口，老崔头一愣，慌忙地分辩说："什么？我没有！"

李树森很奇怪，盯了他一眼，问："你没有啥？"

"没有，没有；没有回忆！"老崔头怪难为情的样了，眼皮搭拉下来，也不敢瞅李树森。

"家伙，咋没回忆？没根没梢地说啥？"

"我回忆！"这声音跟爆豆那样，嘣一声叫唤，在顶后尾那排座位站起来一个满脸漆黑的小伙子。大伙都回过头去瞅他，一边噼噼啪啪鼓掌。

小伙子上台去了。他把早先伪满时候的战斗帽一抹，揣到兜里去，显出发亮的头发，向大伙鞠一鞠躬。说：

"现在大伙都要回忆不是嘛，我也要回忆回忆：我叫赵辉德，打'八一五'以后，眼看工厂就跟人病得没治了的一个样，要散荒了。大伙都往外拿东西，我也……我也就拿了一捆石棉绳，一个手锤和一只水压表。那时候的思想，就是光顾自个利益；现在知道工厂就是咱们的大家庭，工厂的东西就是咱们大伙的。我今天先回忆出来,赶明儿就把东西往回交。"

这时工会张代表站起来,举起手领着大伙喊口号:

"咱们要向赵辉德工友学习!"

"回忆要彻底!"

老崔头也举了手,可是没开腔,嘴唇直哆嗦。李树森看他脸色发青,脑盖直冒汗。问他说:

"老崔头,你咋整的?你看你的脸色!"

"哈呲!"老崔头打了个嚏喷,"嗯,昨晚打更,衣服穿少了,脑袋晕。"

"后晌请个假休息吧!"

"不,不碍事。"

不多一会,汽笛呜呜地响了起来,晌午四十五分钟的政治学习时间过点了。工友们一个一个从学习室走回旋车床、铁炉、火车头的汽锅、烟管清锈机的旁边去。一个人拿起一个人的活,又开始活动起来。机器叮当转动而喧闹了;火炉立刻扇起火焰,电焊那边闪烁着宝绿色的电光,旋车床的轮带不停地飞动,钻眼的风钻发着踏踏的响声。

老崔头跟李树森拿起他们的风握子①接上风带,完了戴上手套,等着火炉那边烧钉的抛过来火红的钉子,把汽锅的钉眼一孔一孔地铆起来。一开动,风握子就跟机关枪那样哒哒地直叫唤。也不知怎的,老崔头的胳膊发软,把不准风握子的震动,钉子铆差了。完了李树森过来看了看,说:

"咋整的?我说你病了不是!钉子铆不住啦!"

"不,不。——你顶得太使劲嘛。"

"哪能呢?这明明是——"

---

① 风握子——这是铆钉用的一种工具;又名"空气铆钉锤"。是利用空气的压力,使机弹发生上下弹力活动,把烧红的铁钉打成铆钉;使两三张铁板很坚固地连成一体。

老崔头噘着嘴,不吱声了。一会,李树森又说:

"不过,老崔头,咱们别嘈嘈了,今天咱们再使把劲,赶上昨天的数目!"

"喂,来了!"管引钉的工友钳着火红的钉子,赶紧往钉眼塞进去。

老崔头和李树森马上拿起风握子,一人一边,顶住冒出来的钉头铆起来。机器又哒哒地响着,这回老崔头使劲把准了风握子,全付精神都搁在上头了。完了李树森过来一看,这发蓝的铆钉,就跟棋子一样匀称得可爱。他高兴地拍拍老崔头的肩说:

"行!"

老崔头不在意地嗯了一声。

"怎的啦?老崔头!看你这两天心里有啥事似的?"李树森奇怪地问。

老崔头却弄得挺窘,说不出话来。

这恐怕不止两天了,自从工厂发动回忆运动以后,老崔头就常常发愣发呆。一听大伙在一堆说话什么的,不管是不是说到他本人,他都多心,怕人家有点干啥。有时候,大家 问他什么,他就愣头愣脑地说:

"没有,我没有。"

"没有啥?"人家问。

"嗯,我没有……"他又照样地回答。

说起老崔头来,大伙都知道他本来是庄稼人,小时候家里还是不愁吃穿的。赶到后来父亲死时候拉下一身饥荒,日子就过得艰难起来。自从他的女儿出世的那年秋后,闹着灾荒,交不上租子,叫地主把地收回去了。加上三天两头闹着胡子,乡下呆不住了,只好跑到这城里来,碰巧遇上一位远房的表亲,给托了人情,把他推荐到工厂来当学徒工。凭他小时候上过几年私学,认得几个字,工厂的活计不久就摸上门道了。十多年来他就每天听着汽笛,上班干活,下班回家,在伪满那年月,虽然也觉得叫日本人当牛马使唤,心里好憋屈呵！可是，不干嘛，又上哪去找个手艺来做，养活一家人呢？买卖没本钱，种庄稼没田地；再说，给地主扛大活，还不是跟在工厂干活一个样？工厂活好赖还不要去担心水涝旱灾的呢！没办法，他也就认命了。可是，有时看那些日本人同那帮狗腿子欺侮人太甚了，也忍不下去，心里也是狠狠地咒骂；也曾盼望有那么一天：中华国回来，杀尽这群狼心狗肺的鬼子。

二

五点了，汽笛呜呜地叫唤起来。今天厂里放粮放炭，下午的技术学习不上了。工友们一个一个放下活计，去到他们自个修起来的"翻身浴池"，把一天的汗和油腻都洗个干干净净，完了又换了干净的制服，挟着空饭盒子，拖着斜长的身影，一伙跟一伙，打各个支厂走进一条直直的林荫道，走回个人的家。有的人还背着沉甸甸的麻袋，里边不是厂里放的粮就是煤炭，或者是制材厂剩余的刨花同碎木片。这时，工友们都是满足而愉快地，高声地议论着今天干的活计，或者是回忆会上的事情。

老崔头却闷着走，特意撒在后面，省得跟别人说话。自个老是来回地寻思："这几天别人干么老盯着我？才刚支厂长干嘛对我笑？老王这两天见我也不招呼了……"

李树森从后面赶来了，喊一声：

"老崔头，急啥？一堆走！"

还没等老崔头回过头来，李树森已经热乎乎地凑上来，跟他挨着肩走了。没走上两步，李树森赶紧问：

"你出来没看到'功过板'吧？"

"没看。咋的啦？"

"你上了'功过板'啦！"

老崔头毛了，要哭的样子。说：

"我没有，上啥板？"

"怎么没有，你昨儿没有上班？"

"昨儿上班呀，干啥？"

"你干啥？"

"干活呗！"

"干活就对啰！昨儿咱们不是铆了七十四眼钉吗？今儿'功过板'把咱俩的名给登上了，说是大大超过了任务，记上一回小功呢！"

"呵，这个。我道是说的啥。"

老崔头这才透了一口闷气，脑袋不那样沉了。心想："共产党办事就是公道，讲民主；有功就赏，有过就……"

他反过来转过去地想，一下子走到大门口了。大门口两根柱子新写上耀眼的红色标语，他一看，上面写的是：

工厂是咱们的家庭，咱们要诚心爱护；

工厂是咱们的学校，咱们要努力学习。

"嗯，真是！"老崔头半给自己说，半给李树森听。可是，半天也听不到对方哼声。回头一看，李树森不知蹓到哪疙疸尿尿去了，一会，他才边走边提溜着裤头，赶紧撵到老崔头身边来。

李树森真是好叨咕，有他在，话就不能停。他说：

"老崔头，我说，咱们工友眼下干活可没二话了。就是家具缺，你信不信？咱们铆工组要多有一两把风握子，那，'五一二'号机车那锅炉的钉眼，不到月底就能完成。你说，不超过任务有鬼！"

"风握子！"老崔头一听到这名字就跟挨了一棒槌一个样，耳朵嗡一声，头又沉了。脊背要冒汗。李树森见他不言语，又说：

"不是嘛，要有家具，小梁跟佟家宝他俩也能干铆钉活了。"

"嗯。"

"风握子这玩意，眼下多少钱也买不来。老崔头，我想起来了，咱们早先在三棵树使唤的那一把，可带劲哪。后尾搬家，一糊弄，不知到哪儿去了！你说气人吧？"李树森认真地惋惜起来。

老崔头这下更不敢说啥了。总想躲开这位伙伴，故意把脚迈小一点，让他先走。可是，他就那样别扭，死缠着人。他走到前面去了，回头一看老崔头落在后面，他又停下来说：

"看你□成这样，言语也不言语。"

"哈叱！"老崔头张着鼻翅又打了个嚏喷。

"看，你昨晚凉了吧！"

三

老崔头的家，以先是住在卅六棚的小胡同里，房子阴暗潮湿，不能提了，一落雨天，门口就放不下脚去，都是烂泥。屋子窄小得透不过气。赶到民主政府八路军的宋厂长来了，才把日本鬼子早先住的铁路公房，分给了工友。老崔头也就在那座红楼分到一间又明亮又清洁的洋房。"这是早先日本鬼子才能住的呵，现在让咱们也住上了！"老崔头想想自个一家人安顿下这样的房子，感激得也不知怎的说才好了。

有一回，宋厂长跟大伙讲话，说是，乡下的农民翻身：斗争地主分到田地；咱们工人翻身：就是斗争汉奸、特务，清除坏人；爱护工厂，好比农民爱他的田地，工厂就是咱们工友的大家庭！老崔头过细寻思，这话可也实在：如今工友真是翻身了，组长是工友们自家举的，班长工长也是工友们自家举的；都是工友里头谁能办事就让谁出来管"家"；谁干活有了成绩，谁就叫大伙选做英雄模范。当了英雄模范，吕局长还请去同一个桌子喝酒；另外还照相，听戏，看电影，送这送那的。要在旧社会，哪能有这样呢？

工厂每天后晌五点钟下班。下班后，工友们洗完了澡，又上一个钟头的技术课才回家，夏天日子长，下完课，日头还吊在那么老高。老崔头心想那么早回家也没啥事做，心想公家对工友照顾那样周到，不多做一点活太对不住良心了。因此，时常自动要求加点；或者等工友们都走净了，他一个人小心谨慎地到处转一圈。看看火炉、电门、水管和仓库……看这些东西都封严和关闭好了没有。左看右看，反复好几回。完了才提起他的饭盒子，戴上破草帽，放心回个人的家。有时，等他回到家，坐到窗台边去的时候，星星已经出来了。

可是,今天是他这半年来第一回这样特别的了。回来早不说,脸上却变成那个闷样,要病又不像病。他的女儿小桂在门外的栏杆旁边纺纱,见爸爸来了,冷丁把纺车停下,站起来,望着爸爸,欢喜地说:

"爹,今天回来早啦? 妈妈包饺子,还怕你回来晚了哪!"小桂跨过纺车这边来,推开门,喊:"妈呀,爹回来了!"

崔老太婆四十多岁的人了,长得粗壮,四方脸,像个男子汉。一看就觉得她是心广体胖那一种性情的人。她现在一边忙着照顾烧水下饺子,一边还要包最后的几个。汗水把她薄薄的洋布大褂都弄潮湿了。她一见老崔头就说:

"今天怎的回来那样早?"

"嗯。"

老崔头跟老太婆两口子的性情,正好是两个对照。他是慢性子的,说话总是初一一句十五一句,就没大声嘈嘈过。今天更加闷得叫人难受,老也不吱声;把饭盒子照老样子,往窗台一搁,草帽往墙上钉子一拃,屁股就要往床上蹲下去。一看,床上正搁着用布蒙住的两案板饺子。他只好呆着,直直地站在那里,老太婆当他是要帮拿饺子往锅里下呢,马上拦说:

"你别动了吧,让我自个来。"

"哈叱!"老崔头打个嚏喷。

"你看,你都给饺子加酱油了;你就好好歇一会等着吃得啰!"

老太婆拿了一案板饺子,转回去揭开锅盖。锅里水早开了。她赶紧把饺子往锅里扑通扑通地下下去。锅里溅起烫热的水点,使得她好几次把手缩回来。下完了,盖上锅盖;又蹲下灶口来看看火候,添柴。

小桂的纺车呜呜地发响。

老崔头昨晚打更没睡好,又着了凉,是有点困了,连连打呵欠。脑袋好像戴上铁帽,沉得难受,鼻子又不通气。加上赵辉德的回忆，李树森的话，支厂长的微笑……一想到这些东西，就使他坐也不是站也不是的可不自在啦。

"唉，早不该……"他一想，就叫刀子拉了一口那样疼得难受。饺子煮好了，老太婆把它盛了两大海碗；再把早预备好的醋、酱油，和捣好了的蒜泥，筷子，碗碟，一样一样往桌上摆好。完了才往门外喊：

"小桂，你就记得纺纱，饺子也不吃啦？"

停一会，小桂才进来。她十七岁了，可是，早先那些饥饿的日子，使她没有足够的营养，长成那样瘦猴子。她穿一身蓝布大褂；衣襟沾着几点稀薄的棉絮。手里拿着一穗纱，凑上母亲的面前，说：

"妈，你瞅瞅，我这穗纱够得上做头等吧？"

老崔头这才开了心似的，说："拿来我看！"他把小桂的纱接过来看了看，点点头。

老太婆急着说："得啰，快点坐下吃吧！"

他们一家三口，把鞋脱了，都上床来围坐在小饭桌，开始吃晚饭。这饺子是白面猪肉馅呵，在伪满时节大年夜也吃不上的东西。可是，现在小桂却爱吃不吃的，只管叨咕：

"爹，你们工厂选英雄，咱们纺纱的也要选英雄哪；今儿我去交纱，主任说：这个月要大伙比赛，到月底看谁纺得多，纺得匀称，不糟踏花，谁就能够条件当模范英雄。还说要披红啥的。"

老崔头问："披啥红？纺一斤纱算一斤工钱，哪来的红披？"

小桂只管她自个心里高兴，紧接着就说："哪来的红披，主任说，合作社买了一百斤花发给各户纺，完了把纱卖出去，除了照样给大伙纺纱工钱，还能挣了不老少一笔呢。这笔钱不能都叫他们合作社办事的人自个分了，得拿来按各户纺的纱多少，好赖，给大伙分摊。"

老太婆说："可也真是民主政府才能这样办事；要说以先那时候呀，嘿，不克扣你工钱算不得离了，这挣下的钱还不早就进他们的腰包了？"

"爹，咱们家属要成立妇女会哪，说是要工友家属都要生产：纳鞋底，纺纱，还要学文化。都是你们宋厂长帮合计出来的好主意。刘家大嫂邀我也参加。你说好不好？"

"那还不好！"老崔头应了一句。

老太婆马上说："现在你也说好啦？以先人家民主联军刚来那工夫，你还说：这样的军队，穿的戴的都不像样，怕成不了事，把工厂糊弄荒了呢！"

这几句话好比把镊子，挑开人的伤口，老崔头听了就一愣，饺子吃得没了味道了。他想起：去年四五月吧，苏联红军要走了，民主联军进来。当时瞅着这样一个队伍，土里土气，哪能管理好工厂呢？工厂要荒了，一家三口哪儿来的饭吃？那时候，工友们大伙都把工厂的东西往外拿。老崔头寻思：工厂要真荒了，只好去跟人家包零活做了。可是做零活就得有个家具。本来，他素常是个厚道人，不敢做那些犯过的事，可是为着活命，也顾不了那些了。一天，正是下班回家，他故意慢走一步，等旁人都走光了，才鬼鬼祟祟，把一把风握子挟在大衣的腋窝里边，溜出了支厂。那时候，管门岗的几个人也就闭半只眼，让工友们糊弄出去了。这以后，有时看没了人，他又拿了钻头、螺丝扳子啥的小零件东西。拿回家来，他就用麻袋装起，搁在床底下。怕生锈，隔不几天，等老婆女儿都串门去了，他才把房门关起来，取出麻袋把风握子掏出来看了又看；给抹上一些凡士林，完了又小心地放回去。

不过，打今年三月以后，他搬了家。宋厂长又到工厂当厂长了，他叫大伙工友们上课，发动劳模竞赛，号召爱护工厂啥的，闹得大伙干活都挺带劲。他每天从厂里回来都要傍黑了，再没心思去管这件事，甚至都快忘了。这两天厂里发动回忆运动才叫他又想起这事情："这事要不要向大伙回忆出来呢？现在我工作学习都差不离，一回忆这事，不是有了缺点了吗？反正我一样积极干活，努力学习，那，不就得了吗？……不过，才刚李树森说的也是真事，风握子这玩意,厂里实在是不好找!"

晚饭算吃好了,老太婆还想要多吃几个,可是再也吃不进去了。只好让小桂来收拾碗筷。小桂一边收拾,忽然想到说:

"爹,才刚隔壁刘家大嫂找麻袋,说明天工厂放粮,咱们也明天领吧?"

"你把麻袋倒腾出来呗!"

"你叫她往哪儿倒腾?上月的粮还有半拉袋没吃完哪。"

"爹,壁炉上不是有个麻袋吗?搁在那儿半年了,里边装的啥?"

老崔头窝火了,马上拦住说:

"啰嗦啥,啰嗦的?女孩子没家没教!"

"我说你昨晚碰上啥鬼怪了吧,哪来的这样大脾气?"老太婆看着丈夫今天实在别扭,要就是闷着不吱声,要一张开嘴就是气话。她可耐不住这个闷气,拿起一只没纳完的鞋底到旁的工友家串门去了。

小桂收拾好了桌子、锅灶,看看天还早,也出去了。门外呜呜地又响着纺车的声音。

屋里只剩下老崔头一个人。他这才瞅到搬家以后搁在壁炉上的麻袋。寻思了半天,最后鼓了勇气,把门轻轻闭上,又小心地上了闩。完了搭上矮凳子,把麻袋拉下来。半年没去动弹它了,麻袋长了毛茸茸的一层灰尘,一挪动就飞满了一屋子,呛得你呼吸都不顺畅。他解开了袋口,倒出来一把风握子,三个钻头,一块碗口大的小砂轮,和一个螺丝扳子。风握子起了星星点点黄锈了。可是,上面的洋文还是一个老样,他不懂,却挺熟悉。他同李树森两人使唤了好些年头了。他一看,心口就别别地跳得自己都听到声音来。门外边人家走道的声音一响,他就冷丁跟老鼠一个样,赶紧把这几件家具往麻袋一塞,使劲推进床底下去。等到脚步走远了,才又小心地拖出来,仔细地看了又看。

四

夜里……

老太婆上床睡觉时候,对老崔头说:

"明天上班记得带麻袋去把粮领来吧!"

"麻袋呢?"

"你问我要麻袋?壁炉上那个麻袋呢?看你又做了好人,借给谁去啦?"

"好了,好了,别烦你了;我自个找。"

"你爱找不找,以先咱们不是有好几条麻袋来的,都叫你拿去给工厂做擦油布了。真是,明儿你就搬进厂里去住家得了,别回来!"

"嗨,你哪来这大火?"

"啥火不火的,本来嘛,公是公,私是私,谁跟你拖拖拉拉闹不清。"

"哎,别说了,没有今天这工厂就有咱们这个家啦?才刚你怎么说来的?"老崔头认真气呼呼地把被头一拉,躺下了。

老太婆忍不住扑哧一笑,说:"我说你肚里就那样窄,搁不住人家一句话。心里要真有啥,叫人一激,包管都漏出来了!"

老崔头却赌气不搭理她了。

老太婆见对方不吱声,停一会就问:"怎的啦,不言语了?"

老崔头真是不言语了。想早点睡,明儿好上班。可是真怪:眼皮老合不上。耳边老是李树森的话,赵辉德的回忆;加上支厂长的微笑又在眼前晃。……他寻思:"明儿拿回去吧?!不说工厂不会荒,倒是一天一天进步,再别发愁没工做,要自个去包零活了。这玩意厂里正需要,把它白搁着不是……不过,拿回去又怎么个说呢?也得上台去回忆吗?上台去,那么多人都要瞪着眼瞅,完了还噼噼啪啪鼓掌,叫脸往哪放呀?……唉!早晓得,不……不过,回忆出来也没啥关系吧?小伙子赵辉德他不是回忆了吗?再说,往外拿东

西，早先那时期，大伙谁不也都拿过？……我现在回忆出来，正是思想有进步，把工厂真是当做个大家庭哩！"

老崔头反过来转过去地寻思，合计，到老半夜。窗上的月色都落了，他才迷迷糊糊地睡着。

第二天，老崔头一早起来，头也轻了，鼻子也通气了，身上来了一股劲。脸都顾不上抹就只管捣拢麻袋去了。他把麻袋解开，用手通进袋里去，把里边那几样东西，一件一件都摸到了才放了心。老太婆煮好饭，帮他把饭盒子装好，又用块手巾包了，搁在窗台上。完了才催老崔头吃饭。

老崔头吃过饭，没等工厂响气就背着麻袋走了。老太婆在后面拿着饭盒子撵上两步说：

"看你急得饭也不带啦？——袋里装啥？又拿啥东西往厂里搬啦？"

"拿来，拿来！你嘈嘈啥，嘈的！"老崔头接过饭盒子走了。

厂里现在还挺静。昨晚下过雨，这碎石子铺的道，好比洗过一样干净。客车厂门前蹲着好几辆卧车，邮政车，和头等客车；都是刚釉得挺新，玻璃窗那样明亮，里边绿色的丝绒窗幔，配上乳白的灯罩，可美得不能说了。老崔头留意看了看，觉得这都是大伙工友一样一样做起来的，心里可乐了。

今天又数他头一个先到了，厂门还关着。他推开大门扇上的小门洞进去，把银洋一样大小的铜号牌往牌板挂上。完了他才到他的工房，开开衣柜，把肩上沉甸甸的麻袋放进里边去。又脱下蓝色制服盖在麻袋上，然后将油腻的工服穿了。工厂还睡觉哩，白天那样嘈嘈那样爱动的机器，现在都不声不响，一动不动地蹲着。

老崔头到处都看了一遍。看看"五一二"号车头锅炉的钉眼都铆得差不离了。他伸手去摸了摸，自个点了点头。最后才走进学习室去。黑板上贴着一张写得整整齐齐的正楷字。这是昨晚新贴上的吧？他上去一看，原来是调整工资的条例。上面说道有哪几样条件就升级，犯了哪几样就降级，啥条件就能保持原俸。他看一条寻思一下：

"咱合哪一条呢？'第一，工作一贯积极负责'……这条咱有，比方去年冬天佳木斯江桥那份活，有一回组长不在，支厂长说，要赶一星期完成，我就领着大伙，猛干三个夜晚也没睡，这能算上积极负责吧？'第二，学习努力，思想有进步。'这我也差不离……"

老崔头把能升级的六条都拿来跟自个平时的工作学习比量了一番，认为有五条是够格的，心里可乐了。一个人就坐在每天上课的座位去，等待上早课。

这时，好几道金色的光线，射到南边的窗户来，窗台上一盆凤仙和一盆海棠，开着火红的花。麻雀在屋外的树上唧唧喳喳闹着。

老崔头又寻思：

"等晌午开回忆会时候，我就第一个人上台去。我说：'我也有回忆！'……不，我先不说话，我提溜麻袋往台上的桌子一搁，叫大伙都注意，完了我说：'大伙同志们猜猜，里边装的啥？'紧赶着我就说：'我对不住工友同志啦，我不该自私不是？我拿了工厂东西，我是个人自私。现在我脑筋也开了，工厂是咱们工友自个的大家庭。我把东西都拿来了！'完了，我再把麻袋解开，第一个拿出风握子来……"

老崔头正想到这，门口叮当开了，支厂长走了进来。他一见老崔头，照样是眯着眼笑，说：

"今早又数你头一个先到的吧？"

老崔头怕人家知道了自个才想的事似的，脸一红，站起来发愣。支厂长朝黑板上摆了摆头，问：

"你看了吧？调整工资条例你有啥意见？"

老崔头顾不上回答，倒是认真地问：

"工资啥时候讨论呢？今天不回忆了吗？"

"回忆还是回忆，晌午开。讨论工资就搁在早上文化学习那个钟点吧，你说怎样？不行吗？"

"不。哪能不行呢？……"

支厂长看看老崔头想要说啥的样子，马上接过来问：

"那你……"

老崔头说："我说，支厂长，反正我这个人你是明白的不是？——"

"那，我明白，咱俩在一块干活，不多也有十来年了，谁……嗯，坐下谈吧！"

他们两人就坐下来。老崔头挺认真，也挺不好意思地直瞅着台上，避免同支厂长的眼光碰着。停一会，说：

"你知道我是不会说话的人。"

"是的是的。我们都知道你是个好工友——埋头苦干！"

"那，我回忆时候不上台去说行不行？"

"回忆？……不上台，可以呀！"

"你帮我对大伙说行吗？"

"行！"

"我才刚自个想了老半天了，就怕一上台去又说不出来。"

这时，支长厂严肃地盯着他问："你要回忆什么呢？"

"我要回忆早先拿的东西。早先不是吗，大伙都……"

支厂长赶紧问："你拿了啥？"

"风握子！……"

"呵！那好，好！拿来了吗？"

"拿来了，还在衣柜里搁着呢！"

支厂长马上站起来，拍拍老崔的肩，说：

"走，走！咱俩去看看！咱们厂的活，不到月底准能完成了！"

晌午，工友们正吃晌饭时候，职工总会又照例开始广播音乐、时事、各支厂消息了。工友们都端着饭盒子凑合到扩音器的跟前去。一边吃，一边听。

扩音器说话了：

"工友们请注意，工友们请注意！铆工厂工友崔诚恩，他早先拿回家去一把风握子，和其他零件工具，今天回忆出来献给工厂了！这种大公无私，真正把工厂当做自个的家一样看的精神，值得咱们大伙工友学习……"

大伙听到这，一呼啦，都乐得嚷起来。李树森冷丁一蹦，端着饭盒子找老崔头去了。口里还一边咀嚼饭，一边嚷：

"老崔头，老崔头！……"

一九四七年双十节于哈尔滨

选自《北方》，光华书店 1947 年

好样的人

我到屯上来就同工作队的小组住在老百姓家里。亮天就到农会，或者到各户去访问啥的；夜晚，一开会总是头遍鸡叫了才散。房东的掌柜也是起早趟黑地在外头开会，干活。四五天了，咱们都还没个时候遇上，见个面。

"咱们房东是个啥样人？"有一回，我问起小组长老陈。

老陈只简单地说：

"他的成份是贫农；是劳而又苦的庄稼人。我在这儿住就舍不得他和这位老大娘。"

老大娘六十多岁的人了。两只眼睛眯着，看不见了。可是，她很快就从我们几个人的语气和脚步声分辨出谁和谁来。每天半夜里，我从农会回来，她总是亲切地告诉我说：

"老陆，是你吧？你的被窝我替你'捂'上了。"

她怕我们回来太迟，炕上的热气跑了，每天晚上都把我们的铺盖铺得好好的，让我们睡觉时候不受冻。

这两天，老大娘才不再说捂被窝的话了，话题和口气都有了改变。外屋的门才一响，就听到她问：

"谁？……老陆呀？！"

"老大娘还没睡吗？"

"嗯哪。我老也睡不着呀，你见我儿子回来了吗？"

"没有……他到哪儿去呢？"我也分担了她的焦急了。

"你不知道？他，每天每天不是上站去记公粮账嘛。嗳，我的儿子呀，那么晚还不回来！"

"他给大伙办事，很好嘛！"

"那,谁不说呢。老陆,我倒不是为的啥,就担心他饿了,那么晚了,又是大风大雪的。"

有时,我已经昏昏沉沉地要睡着了,还听到老大娘独个儿嘀咕:

"我的儿子呀,那么晚还不回来!"

※　※　※

农会放地的那天晚上,我却吃了两片阿士匹林。很早就躺下了。

半夜里,迷迷糊糊地听到村长的声音在门外嚷:

"老大娘,四叔回来没有? 去会上挑地吧!"

老大娘说:

"你四叔没回来哪,你替他挑一块得了!"

村长说:

"哪能呢。这不是旁的,千年万代的事情。要整块还是挑零碎的,得自个乐意挑哪算哪。"

四嫂子刚醒过来,嘟嘟哝哝地说:

"千年万代! 知道今天要放地也不早点回来!"

老大娘说:

"媳妇,你去吧。"

"他帮大伙干活去,你们大伙就不兴帮他挑一下?"大嫂的声音。

"四婶来吧! 真抱歉,这不是旁的活,咱们不能包办代替! 来吧,大伙都等着哩。"

"去吧,去吧! 挑北昌垄那边拉地好,不怕涝。要是旁人挑完了,就要南坡头那疙疸也不孬!"老大娘欢喜地对媳妇叮咛。

"知道知道,你好叽叽啥?"大嫂把门砰一下,往回关上。

院里雪地上,嚓嚓地响着脚步声。狗汪汪地直咬。

"我的儿子呀,那么晚还不回来!"

老大娘又独自个嘀咕着。

※　※　※

第二天,一早,老大娘和四嫂子她们不知嘀咕啥,把我弄醒了。我一细听,老大娘问:

"我说,闻学,你又不吃饭就走啦?"

"有饭吃。等一会,会上把饭送去。"这是男人的声音。听起来挺熟似的,好像在会上常听到;就是联想不到他的脸面是怎么个模样儿。我掀开被窝,想看一看。可是,屋里一片昏暗,什么也看不清。

大嫂尖嗓门问:

"你就不能少去一天怎的?"

"少去一天?人家连夜赶还怕送不完,你倒说……"

"得了,别充能耐。会上那么多人,没你这块料能怎的?再说,谁同你那样:王八吃秤砣,死心眼。"

"人家也没有你这样,就知道护己!"

"啥虎鸡,虎狗的?你怕我担心你……嗳,我不说,随你爱怎的就怎的,等公粮送过了日子,把自个的拉下了,看你咋整?"

老大娘这才插上嘴说:

"对啰,闻学,把咱们公粮也送了吧,你不能少去一天吗?"

"嗯哪!"闻学哼了一声,好像正寻思着哩。

稍停一会,闻学忽然欢喜地说:

"妈,别着忙!还有两天,咱们赶后尾送,能赶趟。"

门砰一声关上,院里的雪地上嚓嚓地响着脚步声。

※　　※　　※

晚上,老大娘知道我还不舒坦,没到会上去。而她的媳妇和小孙子都开会去了。这里只有我和她两个人。

外边落着雪花,豆油灯的火光异常柔和而宁静。老大娘拨开火盆里的草灰,点燃她的长烟袋,长久地吸着。完了她又继续讲述她过去那些悲苦的日子来了:

她说,这个尹闻学原来是她姑姑的孩子。姑姑孩子多,日子过得困难,闻学生下来时候都不想要了。老大娘自个一直没养活,等到闻学才四五个月就抱过来了。虽说自己也缺吃愁穿，可是，一想到日后年纪大了，有个人照应啥的，也就甜的苦的把他拉扯大了。闻学十二三岁就给人当半拉子，到二十岁才跟地主榜青，种上一垧来地，后尾就在大地主家扛大活。上过三年冬学，自己挺用功，晚间要看书没油点灯，就点香头照亮，一行一行照着读。就这样，认到几个字。

在这屯子，除了人家地主的会写会算，穷哥儿们，都是"两眼一线黑"的。闻学能认几个字，会上有啥文书公事的就得摊到他的份上来了。

老大娘还说："闻学这孩子就是胆小呀，啥他都不敢有个错。"

紧接着，她告诉我说：去年村上叫他领大伙上拉林县去拉砖，给他两千块钱做吃喝。去了两天一宵，才只花了三百块。回来把剩下的钱都还回去了。大伙问他：

"才化那么些，吃了啥来的？"他说：就买一斤豆腐干，和几根麻花对付着吃了。说的叫大伙都乐得好笑，都说："闻学，你给大伙办事嘛，该吃还是吃呀！"

"老陆，我的儿了就是个实心眼的孩子呀！"老人娘说。

经过老大娘这一说，引出我好大的好奇心，同时，使我作着多余的猜想。

我寻思：到是哪一个呢？是不是在农会里，那个成天挂着一个小皮包，成天不言语地趴在桌子上，给大伙计算土地的数目的文书员？是不是那位穿斜纹布面小袄的高个，在会上老是那样热情地照顾着会场秩序？是不是那个戴瓜皮毡帽的小个子，为着赶不上参加到南满去的工作团而懊恼了好几天的？是不是那天在出公粮的会上，第一个上台去，哑着嗓门说话，把自个的收获量彻底地报了出来的人？或者是那位有着好嗓门的宣传委员，每天开会之前领着大伙唱歌子的？

这几天来，我接触过好些穷哥儿们，他们都是那样温厚可亲，都是那样：成天成夜地为着公共的幸福而忘去睡眠，忘去自个的家。

可是，"尹闻学到是个怎么个样呢？"有一回我问农会里一个干部。

回答说：

"他人可老实了，好样的人！——你不是住他的屋吗？"

"可是，我们老也遇不上见面。"我说。

※　※　※

现在，小学校的教室点着七八盏豆油灯，六七十个贫雇农分成了小组，都一堆一堆聚到灯光旁边去。为了不得串鼻子，喜欢大声说话的都沉默着。都跟作战参谋一个样：认真地、估量、议论、决定举出他们的头行人。

我打这个小组到那个小组，听他们大伙核计，看他们写下决定举出的候选人的名单：

"尹闻学，中！好样的人，写下。"

在这个组听到这样说，到那个组就在名单的头前见到"尹闻学"三个字。我还疑心他们马虎：听到旁的组说，自个组也就顺水潮流，照样写下了。可是，再细听，声音太低了，低到本小组几个人自个都听不清。

一会，开票结果，黑板上尹闻学的名字底下写着："正下"。有人就问：

"才有七个组，干啥尹闻学有八票？"

唱票的人说：

"有一张有他两个名。"

"那不算。"

坐在桌子上的一个老头说：

"拿我看，也算。多写他两回，就是他是好样的，能带头，有号召，大伙才多拥护他，是不是？"

"嗯哪！"好几个声音同时哼起来。

这时，老陈低着声对我说：

"老百姓的眼睛真尖呀！我打心里琢磨的几个人也都叫他们

看中了!"

候选人都得上台上去讲话了。我心想:这回我可好好地认识认识我的房东了。看他是不是我猜想那几个人里的一个。我极力朝前挤,好看看他。谁知道,叫到他的名字老半天了,也没见人站起来。

"尹闻学!"谁大声再嚷。

"当干部还磨不开哪!"

"又不是新娘子,害啥鸡巴臊!"

人们你一句我一句,带着笑声地嘈嘈。

"他在站上记公粮账还没回来啦吧?"

"他不在也中呀! 反正他为人好赖,谁还不明白!"

候选人讲完了话,紧接着就选举了。结果:尹闻学被举为新的以贫雇农为骨干的农会的带头人了。

我也分得满怀欢喜,回来,一进屋就赶紧告诉老大娘说:

"老大娘,闻学哥叫大伙举做农会主任了!"

"嗯哪!"

老大娘也乐了。紧接着她说:

"你的四哥早先也在农工会当干部来的。"

"啥时候?"我问。

"打小鼻子日本才走不多时候呗。那时候呀,咱也不知道干啥,反正呀,人家叫去就去呗。尾后看农工会那些个人贪污,当地主狗腿子。你的四哥是个正直人,又说不过他们,我就叫他干脆不要再去了,省得日后沾包。嗳,真有报应呀,前儿个大伙斗争那些个人,你见了吧? 他们就是早先当狗腿子的坏蛋呀!"

"现在不是以先的农工会了,现在是贫雇农大伙当家的了。"

"那,我知道,我明白。要不,我不能让你四哥起早趟黑地给会上弄这弄那的。今儿个才真正是咱们穷人捞到好处,真正翻身,是不是? 不过,老陆,你看你四哥当主任能行嘛?"

"行! 不行大伙还能举他嘛!"

"嗯哪!"

※ ※ ※

这是偶然一个机会,我访问火车道的一个小站去了。

这里成了临时的公粮接收栈。农民们为着支援前方自卫保田的战争,在这里,他们用战斗的姿态驱赶他的爬犁,紧张地搬运着麻袋,完了,虔诚地倒出他的豆子、高粱,和谷子。而雪花正在乳白的天空落着。

我正凝视这庄严的场景。一个声音冷丁呼唤着我:

"老陆,你来啦,冷呵!"

回头一瞅,一个中年人对着我微微地笑着。冰霜把他的帽檐全封住了,就像镶着一圈棉花似的。他身上的军用大衣破衣啰嗦的,衣领的羊毛都脱了大半了,腰里扎一条缕绳,靰鞡的顶尖全堆满了雪。他有着高高的鼻梁,黑黑的眼珠子。是个良善、朴实的农民。

"你不认识我吗?"他的眼光好像这样问着我。

我正在疑惑,秤台旁边一位农会的财粮委员记完了账,过来对我说:

"你不认得吗? 他是你们房东掌柜尹闻学。"

"呵,呵! ……"我可乐了,习惯地除下手套要跟他握手。旁边冷丁一呼啦:

"搬吧,快搬!"大伙都往秤台那边拉去搬动着粮袋。

尹闻学也赶紧凑过去了,很快就捎上沉甸甸的一个麻袋往粮堆走去。一晃,他就挤进纷忙的人群里去了。想跟他多谈几句话,却不好在这众多的农民群中辨认出他的身影来了。可是,我却得到心满意足的快乐。

一九四七年十二月十四日于拉林伊家木匠铺

选自《东北日报》,1947 年 12 月 22 日

家　乡

这是一篇记录，记着一个人的怨诉。

我原先是在沈阳一家私人印刷所当排字工人。小鼻子还在的时候，咱们工友老是嘀咕着：

"啥时候能不拣这些鬼子字呀？能把鬼子的字扔掉就好啦！"

"八一五"那一天，你没看见：咱们排字房的十多个工友都乐得什么似的，把字架上的鬼子铅字扔散了满地。有的人带着笑出泪水的眼睛望着快空的字架说：

"把咱们的中国字留下来呵，往后咱们还得使唤它呢！"

可是，赶到国民党来了，起先大伙以为日后工作该顺手了，谁知道等了几个月，看看他们对文化事情并不看重。掌柜听人说饭铺和跳舞厅生意旺，利大。他只好让印刷所荒了；能值几个钱的机器都让了人，拿本钱都投到饭铺和跳舞厅上去。

我在印刷所没活干，在城里也没有亲戚朋友能照应，成了无头苍蝇一样，乱撞一气也捞不到活来做。古话说得好："树高千丈，落叶归根"，我也只好回到本溪湖老家来。

回到家时，正是盂兰节才过不几天。天气闷热闷热的；小孩都在太子河里闹着玩。庄稼长成树林子一样密。蝉儿在柳树梢上叫唤。我心想：

"乡下倒还安静呵，何必一定到城里去奔波，吃了这顿愁那顿呢！"

我是心安理得地走回家来了。一推开院门，见到妈妈在院子当间痴痴呆呆如像做梦一样，瞪着发红的眼睛，看着我说：

"呵，永年！你回来正赶趟；去吧，你大哥要去当兵啦，你马上

去区政府看看他吧！"

妈妈话一说完，眼泪就往外淌了，用袖子抹了抹，顺手擤了一下鼻子，还想要说什么，可是，喉咙像塞了一块棉花，哽住说不出来。

嫂嫂抱着三四岁的土豆，不声不响，从里屋出来，眼里也是含着一泡眼泪。

我真纳闷："大哥从来是离不了他几垧土地的庄稼人，那样大年纪了，还没在旁人的炕上睡过一夜，怎的要当兵去了呢？就是两口子吵嘴也不会就去当兵吧？"

我是个急性子的人，也没问好怎么回事，急忙将包袱放下就往区政府去了。

刚一跨出院门，后街上已经劈劈啪啪响了一阵鞭炮。我加快了步子赶去，到街口一看，街东头正走着一小队人，好比送殡的样子，头前十来八个人都低着脑袋；后面就是二三十个小学生，再后面就是小学生的教师和几个大概是区政府的工作员了，也都是静静的，旁边一个领队的人，喊了一声：

"欢送出征……"

口号还没喊完，可是他挺聪明的，看没有人跟着叫，也就把话收住了。

我看到大哥了。他在队伍里也跟旁人一样，像是被送到法场去似的，低下脑袋，不声不响地走去。

回到家来，母亲就问我说是鬼子都靡了，怎的又要"国兵"呢？难道中华国也还跟"满洲国"一个样吗？再说，就要"国兵"吧，大哥在屯里抓阄时候得的是第四名，这回才先派一个人，为啥先派大哥去呢？

虽说我在城里待了五六年，不过，当时也实在弄不明白：日本鬼子倒了，还要壮丁去"征"啥？也不知道为什么先派到大哥的头上来的道理。

后来听邻家赵大伯说：原来抓到第一名的，不知道怎的一弄，忽然过继了人家，成了当家人了，第二名马上到区政府去当了差，第三名说是害了心症。头前三名既然不能去，只好轮到第四名了。

我听这样一说，禁不住有了疑问，说：

"那，在抓阄以前不让他们抓就完了吗？为什么抓了以后……"

赵大伯马上抢着说："那可不。人家就是不那样干呵……嗳，一句老话：'有钱能使鬼推磨。'这世道能有啥好讲的！"

老大伯话讲到这就不想再往下讲了。一声不响含着他的旱烟袋，喷出一口一口灰白的烟。

屯里的人也都说："满洲国"荒了，康德给毛子抓走了，中华国来啦。头前几个月民主联军在这时候，大伙可真是能有几天好日子过。赶到后来，"中央"来了，大伙又是变成了不死不活的，成天成夜担心打仗，担心出"国兵"，就跟小鸡害怕老鹰，躲躲藏藏的。见了我就瞪着眼向我打听：

"城里倒是怎么个样呀？"

我只说："城里好待，咱也不回来啦！"

"那么，你说……？"

我是不忍心告诉他们说："'中央'还比不上鬼子哪！"可是，我实在也说不出叫大伙宽心的话。

大概过了十来天吧，那是晚晌了。屯西头正围着一大群人，我也走去一看，原来是大哥回来了。

他正在那里给人讲，怎样地到了沈阳，怎样地脱光了衣服给检查。

"连屁股眼长不长毛都检查，可仔细了。"

大哥担心别人不相信的样子，故意讲得特别明白，有时还作了比画。可是，他的声音越高，比画得越真切，我越觉得不对劲：好像是另外一个人在那里装扮，演戏。可是我眼前确确实实是我的大哥。

他说，他是因为眼睛有毛病，人家不要他的。听的人都特意望着他的眼睛，表示非常地羡慕。

妈妈和大嫂为着大哥回来了，自然是挺高兴，土豆一见大哥就跳着扑到怀里去,爸爸长爸爸短地直叫。大哥却是冷冷地沉了脸,就跟赌输了钱的神气,叹了口气,往炕上躺下。

土豆在外边锅灶拿着刚煮熟的一穗包米进来,爬上炕去搬动爸爸的肩膀,"爸爸爸爸"地让大哥拿。

"拿开,我不吃。"大哥把包米一推,又把手蒙住着头。

妈妈和嫂嫂都愣住了,你望望我,我望望你,摸不开怎么回事。

过一会我把刚才在屯西头听到大哥讲的都告诉了妈妈,妈妈才松了口气说:

"呵,我当是啥紧要的事。眼睛有点毛病,算个啥,又不是瞎了的,能免了'国兵'就谢天谢地了!"

但是,大哥再也没刚才在旁人面前那样神气了。好像是挑着担子似的,晚饭也没吃就进里屋睡去了。过一会,不知是跟嫂嫂叨咕什么,一会儿叹气,一会儿两口子抱怨,争吵;一会儿,叭叭地揍着土豆。土豆哇哇地哭起来。

"出了几天门,邪魔妖怪上身了吧?"妈妈带着怨烦的口气嘟哝着说。

第二天一早,大哥对妈妈劈头就说:要把耕地的小黑马卖了。理由是:如今捐税多,光靠地里出的是应付不了啦,得兼做些小买卖,能填补一点算一点。

妈妈说:"大年下你怎么的了?这是咱们家生的牲口,使唤那么多年了,爸爸在世的时候,再为难也靡舍得卖它呀,咱们就少吃少穿点吧,别胡思乱想了,等会不要偷不来鸡还得失把米哪。"

大哥满脸烦闷样,不哼声。

当时,我们都成哑巴了:整整吃了一顿早饭,谁也不哼气。苍蝇倒是闹哄哄的;牲口大概没人照平常时候给它牵出来让打滚,用蹄子敲着地板,秃秃地响。

大哥到底没有依从妈妈的话,他把自己也当着自个的孩子一样心爱的小黑马拉到附近的集上去了。

妈妈在家整天叨咕着,越讲越气。站又不是,坐又不是地来回转。嫂嫂躲在里屋暗暗低泣,微微听到抽噎的声音。

"真是扫把星,咱家以先什么没有? 都是叫你们这些败家精给败光了,只是剩下这么一匹牲口也守不住! 看明年拿手去扒地吧! 哭,哭有啥用处!"

妈妈怨怒地瞅了瞅里屋。谁知道,这么一来,嫂嫂带着哭得发红的眼睛出来,一把拉住了妈妈,喊一声:

"妈……"冷丁一下投到妈妈怀里,呜呜地哭起来。

嫂嫂说:大哥不是眼睛有什么毛病,而是到了半道贿赂了带队的人。现在人家正在县上等着要钱,三天内拿不出钱,又得当兵去。

"呵呀?! ……"妈妈叫了一声,痉挛地再说不出话。

"哪一代没修好阴骘呵!"过了一会,妈妈才又说了一句。

太阳落下去了。

大哥拿着一个酒瓶摇摇晃晃地回来。到院子时候,他还走到马房去看望了一会,完了,才心疼地叹了一声。我看他眼睛带着一种邪气,定定地看人。也不同我招呼;把酒瓶往桌上使劲一搁,对嫂嫂粗声粗气地喊道:

"看什么,今天是我的生日,你忘了吧? ……给我把那只麻鸡宰了。……咱们高高兴兴吃一顿……不吃还不是让人家拿了去!"

他已经喝过酒了,带着一身酒味。话是说了两句三句又停一停;呃呃地连打饱嗝。

嫂嫂和妈妈不吱声,互相交换了一下眼色。过后妈妈盯了我一眼,好像求我给搭救这个局面。可是我能做什么呢? 我也只有发呆了。大伙都好比给一垛墙压倒在身上,呼吸都困难,那时候我真想大叫一声。

"为什么不来菜呀? ……唔。"大哥莫明其妙地叫了一声,拔开酒瓶的塞子,咕嘟咕嘟喝了半瓶子,摇摇晃晃又倒到炕沿上了。

妈妈和嫂嫂惊慌起来。我将酒瓶收藏了。猛然,他睁大眼睛,惊叫:

"什么? 你们怎的都不动啦? 我走到城隍庙来啦? ……不,马房！我的牲口……小黑马……呃！"

大哥吐了。

"呃……"

"真不知是哪一代没修好的阴骘呵！要报应啦!"妈妈喃喃地说。

土豆哇哇地哭起来。

正在这时候,听到"砰,砰"的有人敲打院门,嫂嫂走了出去。

"你叔叔永年在家吧?"随着声音闯进来两个人。

这两个人我都认识的,杨家窝铺姓杨和姓石的。听人说他俩也是为了躲避征兵,给了区长他们一些钱,到区政府去随便当个办事员什么的。他们现在装着不认识我,装模作样地说:

"哪一位是永年?"

"是我。什么事?"我回答了他们。

"好事是没有。嗯,你看吧!"他们递给我一张票子。

我打开一瞧:

原来是一张征兵的传票!

我发呆了。

"区长说:明天一早八点钟赶到区政府去集合。"他们又说一句。

妈妈眼睛瞪得圆圆的怕人。嘴唇直打哆嗦,问道:

"什么?他——永年也……"

"怎的,当兵管吃饱饭不好吗?"他们当中姓石的家伙恶毒地说。

我当时真是火了,想打他一个嘴巴,可是压下去了。故意装得镇定地回答说:

"好！明天准定去。"

这两个家伙心满意足地走了。

大哥眼睛定定地盯着我,说:"什么,你走啦?我的小黑马?你……你站着干啥?你是谁?"

"永年,你怎么啦,你也要……"妈妈又哭又叫。

土豆哇哇地又哭了;嫂嫂不停地抹眼睛。

凄惨全罩上了我的家门来了,就像六年前爸爸死的那天夜里一样。

我一想:"好汉不吃眼前亏!"拿过大哥的半瓶酒,咕嘟喝了两口提了提神,心一横,溜之大吉了。

赶到一出了屯子,月芽正要发亮了,太子河镜子一般闪眼;北斗星也明闪闪的。我就朝着这座星一直往北边走了来。

　　　　　　　　　　一九四六年十二月一日于哈尔滨

　　　　　　　　选自《北方》,光华书店 1947 年

老马头

我跟东北的老百姓有过认识，以至后来有过交往，第一个就算是马河图了。

那是四六年春天，刚到海龙的时候，由于公共宿舍的缺少，只得到老百姓家去暂时借房子住。我跟随着一位牌长的引领，到各民户去看有没有宽裕的房间，然后向房东要求肯不肯给我们借宿。

"你们要不嫌窄，就住我这屋吧，咱可没有说的，弟兄们为咱们辛辛苦苦，几千里地跑来，还能叫弟兄们挨冻吗？"

这位五十多岁的老头，在我们刚到他屋里看了看，还没有说什么，他就从炕上连忙下来，诚恳地望着我们说。

屋子是不怎么宽敞的。碗筷，案板，菜刀，水瓢，以及破旧的水袜子，麻袋，黑腻的洗脸布……这些，都是东一件西一件，随便搁置着。墙上挂着一把泥水匠用的瓦刀和一块瓦板；再往后的角落里有一个牛轭和绳索，在一根木钉上悬挂着，被灰尘封得满满的了，周围全是蜘蛛网似的烟灰。朝南一个不大的方格子门窗，用好几样写过了字的纸糊着，靠近炕头的墙上，还有一张八寸大的镜子，主人在很久以前就没有照顾它了，上面积下厚厚的一层尘埃。

"地下站着冷，上炕坐吧！"老头又恭恭敬敬地让我上炕。

我却为着鞋子不好脱，就在炕沿坐下。

他告诉我，他姓马，名叫河图。今年五十七岁了。从他这顶全是油污和破洞，连帽檐也残缺了的呢帽子下边显露出来的鬓发，已经斑白了。在这样冰冷的日子，他只穿一件破烂的棉袄，袖子都烂到肘节上了。虽然扎着一条宽边的腰带，可是怎能挡住寒冷的袭来呢？

"没有错，这都是日本人给咱们东北的灾殃。不过，现在比早先好多了！"他这样说着，表示同意我对敌人的看法。

大概我是南方人的缘故，我们交换过几句普通见面话之后，很自然地就谈起这边的天气和食物，因而使对方很容易想到寒冷和饥饿，跟着很自然地就想起过去的奴隶生活。

"这真遭罪呵！就说我这一家吧，我的家起始并不是这个样的。"他一边说，一边环顾屋里那些破烂的家具。

他早先是种庄稼的，两口子和一个小孩。种人家四五垧地，除去缴租子，献纳粮税，一家三口穿衣吃饭还不发愁。碰到好年成，过大年夜，不是自家杀一口猪也得跟旁人家分个对半。赶到后来，世道变了：自从来小鬼子，出了个康德皇帝，租子增多了出荷加重了还不说，好像日本人把天灾也带了来，接连几年都盼不到有个好年成。缴不起租子，出不了捐税。加上孩子他妈一死，他就没有再到地里去了。

"你看，牛轭已经快十年没动它了。唉，说来话长！你先生喝水吧，我去烧壶水。"

"不，不要。我真的不渴！"我把他拦住了。

"我说，你先生到咱这来可不要客气！"他坐回去，在火盆里拨弄上面已经熄黑了的草灰。草灰里的底层偶然闪现着还没冷息的火星。

屋里静了。封在窗户外面的雪，经过阳光的融化而掉落，发出息索的微响。

"你不种庄稼了，后来又干了啥？"我问。

"后来做这做那的，不一定了。人总得想法子活下去，是不是？不过，我后来学了一门手艺——做了泥水匠。夏天能烧窑时候，就做砖瓦，冬天就给人家砌个炕，修个灶啥的，日子可真是不好对付呵，还带个孩子！"

"孩子多大岁数了？"

"提起孩子来,可是把我气死啦! 他,七岁就没了妈,这十年来,我一个人甜的苦的,受够了奔波,折磨,都为的盼他成人。人嘛,一到了年纪,总想有个亲人依靠呵,没承想——"

我看他怪难过的样子,以为是他儿子不听话什么的。我抢着说:

"如今世道不同啦,人也变了,好比小鸟,翅膀长了毛就要飞的,只要他……"

"不,不,你先生弄错啦,"他立即截住我的话,"我说的,倒不是我的孩子不听话,我的孩子可孝敬我哩。我说的是:日本人太狠毒! 你听我说吧,我的孩子赶到今年二月十五才满十八岁哪,可是那个人家都管叫他'海龙王'的坏蛋,他硬说我的孩子够二十了,要抓去当国兵。抓到半道,孩子跑了,他又转回头来硬说我把孩子藏起来。把人家活活抓走,完了活不见人,死不见尸,我不追究算好了,还回来向我要人! 你先生评评看,能有这样道理吗?"

他越发激动了,嘴唇颤抖着,眼睛睁得圆圆的。停了一会,紧接着又说:

"说实话,他哪里不知道我的孩子没有回家来,他故意刁难我,就是要我去当劳工。因为有一个人给了他八百块钱,免了劳工,他就来抓我去顶名。啥事咱都看得雪亮呵。只是咱们是穷梆子,没有咱们讲的。"

"真是混账的世界!"我禁不住骂了一声。

"可可不是怎的。我不止去一回劳工哩。头一回去磨盘山挖水壕,人家日本人验身,说是有寒腿病,年纪也大了,送了回来。还过不了半个月,那个黑了良心的'海龙王'又在半夜三更派人来抓我去第二回,到二十里方地去修飞机场。就这样一糊弄,害了我父子离散……"

"'海龙王'是谁? 早先干啥的?"我问。

"就是'满洲国'时候的区长呗。人家是县长的女婿,又是日本特务的朋友——都是一窝坏心肝的货。你先生没见过,他可真是俗话说的：头顶长疮，脚下流脓，坏透啦！提起'海龙王'，三岁小孩都知道怕他。人家在'满洲国'那时辰可真是威风呀，又有钱又有势！"

"现在可不能让他再霸道了！"

"那是呀！"他应了一声，马上沉默了，好像忽然想起什么事。

我这才又注意瞅他。在他瘦黑的脸面上，看出农民特有的诚实，也显出农民中不常见的见识和聪敏。比如他的谈吐，比如他的眼色和神情。然而，他的眼光都泄露着轻微的迷惘和寂寞。

"来了吗？快请屋里坐吧！"

屋外突然有人说话，随着是脚步的声音。

老马头听到这，马上尖起耳朵听，眼睛闪烁着希望的光。但，当他听到脚步声消失在对屋的喧声时，他又恢复原先的迷惘和寂寞。

"你的孩子现在还没有回来吗？"

"他不回来了！——他叫我到他那边去。"

"他在哪儿？"

"他——"他转过头来，老老实实地对着我看了半天，仿佛得到了安慰。说："我的孩子吗？他也同……你是八路军老同志吧？我的儿子上个月给人带来一封信，说是参加你们八路了。驻在本溪湖。他信上还说叫我到那边去，随便找个啥工做都比在家强。你先生说，真不？"

"真！那好。你孩子参加了八路，将来会有出息的。"

"哈哈，那就好。实在，咱们在'满洲国'真遭罪呀，也该有个好日子过啦！"

他活泼一些了。从这一笑里，我看到他曾经是一个快乐而坦直的性格。而这个被压抑的本性，仿佛经过霜雪摧损的草木，一到春天的来临，它会复活，滋长的。

我问他说："你现在想不想去找他呢？"

他说："现在交通不方便，待些日子再说吧。不过，咱们这地方你们也都来了，还不都是一样吗？"

这位老头挺□谈，而且殷勤的。可惜，我不能分出更多的时间献给谈天。也因他的屋子太小，不能使我有比较长的日子跟他相处。我终于从他温暖的炕头离开了。

"有空来串门，陆先生！"

他一直把我送到院门外来，殷勤地说。

从此，每次听到人们谈到伪满的人民生活来，眼前老是闪出老马头憔悴的颜面。他那为着贫苦的叹息，为着仇恨而激怒的言语，常常在我的听觉中交织成乐曲似的，响着幽怨或铿锵的回声。

从此，每次一有空闲，我就想到他最后对我说的，殷勤的话句：

"有空来串门，陆先生！"

然而，我第二次到他家去"串门"却不是为着"有空"，而是为着工作，为着关系到他翻身的事了。

当时，地方上正在酝酿着肃清敌伪残余，砍倒"大树"，召唤老百姓起来向汉奸特务作控诉和清算的斗争。

老马算是受伪满损害的人民的标本了，如果要控诉，他该有发言的优先权。想到这，我就访问他去了。

这是美好的春日。街道上的冰层在微温的阳光里，化成了乌黑的泥泞，挂在屋檐的黄色的冰柱，逐渐变成细瘦，以至减少了。

到老马头的家去必须通过弯弯曲曲的小巷，这些弯弯曲曲的小巷就是泥泞的家乡；可是老马头的院子却收拾得挺利索，使我感到经过一度泥泞的路之后，得到了一种说不出的爽快。

我走到他的门边，正要敲开门，猛然，一个声音使我的手在门环上停住了。

"人家那样大财户，咱们拿啥玩意跟人家拼呀？"一个声音寂寞地说。

声音是窗里边传透出来的。紧接着就是五六个不同的语调抢着要说话。

显然，老马头已经和旁人商量斗争了。我怕猛然闯进去会使他们受拘束。因而，走过窗下去谛听。

"我说,老徐头,世道可变了,你还在鼓里睡觉呢。你说咱们没啥玩意跟他拼?哼,咱们就凭大伙一条心嘛!早先,有钱人能跟日本特务勾搭连环,现在,哼,只要咱们联络好,准能压住他!好比说,一个小指头没带劲,要是五个手指头握拢来,你看,一个拳头哩,一个拳头就能打倒人!"

我听明白了:这是老马头的声音!我仿佛看到他黧黑而多皱的脸上,为着激情的燃烧而绯红,仿佛看到他多茧的手,握成拳头,在空中挥动。

"对,老马头说得差不离,咱准得跟'海龙王'算账!"

"他妈的,他逼死我爸爸,明天我也得上政府告他去!"

"大伙都敢干,咱也不怕。"

"怕啥呀,你真是!"

"现在就下定决心吧,赶到明后天开大会,咱们大伙准得上台去控告'海龙王',昨儿政府说了:如今老百姓说的话,说了算。老杨头,你说不是吗?"

这又是老马头的话。

"是!"两三个声音响在一堆。

"是就那么干!"

声音又是乱嘈嘈了。

"喂,"有一个提高了嗓门喊,"不是说要选个组长吗?咱们叫老马头做头行人行吧?"

"行!"好几个声一齐喊。

"海龙王"被人民审判的那天,我有点小事耽搁,赶到会场时,会已经进行了半天了。会场几千人现在都非常肃静,所有的眼光都投射到台上那个讲话的人了。一下子爆发了一阵掌声,跟着就是海涛般的口号。我挤到近边去一看,呵,原来是:

老马头!

他愤愤地指骂那个垂下着头,站在台角边受审的罪人"海龙王"。末尾,他大声呼叫:

"大伙都来呵！都来跟他算账：杀人要偿命，欠债要还清！"

老马头的嗓子都喊得哑了。这哑的嗓子却激起了台下的咆哮。

虽然，我不是个艺术家，却深深感到这些群众愤怒的声浪，这些为着洗雪冤仇而举起林木般的手臂；这位老马头挥动拳头的丰姿，都应该让它在画布，在浮雕，留下恒久的生命。

我愈益觉得这位老马头的可亲了。

往后，我的工作少一些了。每天黄昏，总有些空闲。因而在一天下晚，老马头洁净的院子，又印上我的足迹。但，我正要叩他的门，发现门上被一只古旧的铁锁锁住了。

我回到街上时，电杆上的灯已发微黄的光亮。黄昏已来到每家每户的门口了。我才要从道北拐到道东，左边突然送来一声亲切的呼唤：

"陆同志，上哪儿去？"

"呵，老马！"

他如同做新郎的人了，满脸溢盈着欢欣，高兴地走到我跟前，我把他仔细看了一下，他跟起先不同一些了：胡须，眼眶，和鼻翼，都用心洗干净了好多，人也年青了些似的。最耀眼的却是他胸脯上缀着的红布条。

原来他是被选为县临参会的议员，刚从县政府开会回来。

"开会挺忙吧？"我问他。

"忙一点算啥。大伙都说要我出来当个代表，说个意见什么的。我想，这是公意，耽误些工夫不算啥，就怕岁数大了，脑袋瓜不灵啦，得请你们老同志多多开导开导！"

"我刚才去看你来的，你不在家。"

"那，现在去呗。走，往回走！"

他再向我走近一步，想把我拉住。

我说，天晚了，回来不方便，不敢去了。

"那，有空就来串门，陆同志！"

末了，他殷勤地叮咛。

　　我往回走的路上，不断地看到同老马头那样，胸前缀着红布条的人。他们三个两个挨着走，计议着，谈笑着。走得远了，我还贪婪地回转头去看望他们。赶到回家来了，脑子里依然出现着老马头，以及同老马头一样的人民议员。不论是他们的身影，笑貌，还是他们那抑止不住的欢喜的语言，都使我留下难忘的记忆。

　　　　　　　　　　　　一九四六年三月二十九日于海龙

　　　　　　　　选自《北方》，光华书店 1947 年

钱

一

王励本从银行回到队上来的时候,什么声音也没有,静极了。他疑惑地把这个窑洞那个窑洞的门全部给开开,铺盖、挂包、草帽和茶盅都不见了,屋里空空洞洞。他想:"人都到哪儿去了? 难道已经出发了吗?"可是仔细一看:牙刷和手巾还在窗台边安安静静地放着,好像平时一样。老程准备行军用的榛子木棍子依旧靠在屋角;门外晒衣服的绳子上还挂着几件半湿的裤子。

"对了,一定是临时有什么报告,叫大伙都听去了!"

王励本这才同做完了一场恶梦,松了口气,顺手抹一抹额上沁出来的汗。他额角上满布了皱纹,稀疏地有鬓发隐约地显出几根白发。人总是那样精瘦。眼睛又大又深,脖子显得那样细长,打后边看,可是有点像鹤的后脑瓜。这几天天气热了,他就爱穿齐到膝盖的短裤跟布条打的草鞋;虽说是热,他的皮腰带照例是要扎的,后面还挂上一条手巾。

他现在心静下来了。一个人坐在炕上,缝着肠一样的带子。带子缝好了,他就把刚从银行换来的七块银洋装进去;为了防备银洋在里边互相摩擦,又在带子外边把银洋一个一个隔开,缝了一道圈圈,然后把带子捆在腰上。

"这个又怎么放呢?"他又从小布包里拿出一只韭菜边的金戒指,套上无名指去,然后将手指都并齐比了比,觉得黄橙橙的,发闪得耀眼。"咱这双粗手不要这个玩意!"他带点厌恶的感情把它取下来,可是往哪儿放呢? 想来想去,最后,才用缝衣服的白线一道

228

一道把它缠起来,一下子金戒指变成一个白圈。这样不再惹眼了,他才把它套到右手的无名指上。他也知道旁人戴金戒指都套在左手,他却以为右手灵便,有力,容易照顾。另外,他还有一打发绿的国民党中央银行的关金券,一打太岳解放区的钞票,八百元晋西北的农钞,他都用一块小小的黄色油布包得牢牢实实的放在口袋里,扣了扣子还怕掉了,再别上一个别针。

好了,他什么都准备齐全了。现在就准备出发了。

傍晚。

队上的人从飞机场听完报告回来了。人们像一窝蜂,有的解开沾满了泥尘的裹腿,有的匆匆忙忙解开衣领,将手巾塞进脖子和胸膛去抹着汗。有的用嘴吹着茶盅的熟开水,有的却忘了口渴,兴奋地议论刚听到的报告;有的把草帽往地上一放,坐在帽边上,掏出旱烟叶来卷成了烟卷,慢吞吞地呼出氤氲,留意听旁人的发言,好像要等一个机会,自己也插进这场欢喜的谈话。

王励本听得心动了。从窑里蹦了出来。睁着迷惑的目光看望每个兴奋的脸面。

"王老汉,你今天到哪儿去啦?听报告你怎的不去?"谁在人群那边远远地叫过来。

王励本说不出来话,好像有了失错的人,叫旁人给点破,显得很拘束。后来他实在忍耐不住了,向着坐在土蹾上的老程问:

"老程,倒是听了谁的报告啦?"

"毛主席!"老程停止了吹气,喝了一口开水以后才骄矜地回答。好像打了一场胜仗的神气。

"真的?"

"那可不,你怎的不去?"

"哎,谁知道。"王励本跺了跺脚,表现无限的遗憾的样子,"为什么早上不通知呢?"

"你为什么不在家,到哪儿去了?"

"我去银行换钱嘛。哎,要知道是毛主席报告,我……我不要这些钱也甘愿!"王励本也蹲下来,靠在老程旁边。

"那,拿钱给我,我把毛主席的话传达一遍。"

"好你说哩,老弟,你可不是毛主席。"

"那有什么关系,反正把他的意思告诉了你就行了呗。"

"好,你讲吧。"王励本稍稍想了一下,说。

"拿钱来。"

"哎,你这个人,可是那样爱钱。"

"嗨哟,老汉,你不爱钱?为了这几个宝贝钱,报告也不去听了,还说漂亮话:不——爱——钱!"老程把最后三个字拖得挺长,带着嘲讽的意味。

王励本好像受了一肚子冤枉,哑巴一样说不出话。

老程停了一会,带着半开玩笑的口气问:"王老汉,我问你:你倒是哪儿来这些钱?"

"哪儿来的钱?还不是革命给的。"

王励本说他自从三四年在拉子口最后打那一仗,左胳膊挂了彩,以后一年就领四次三等残废金,另外还有保健费;加上他个人这两年种了两三亩麻和山药蛋,得些钱,他都把它放进合作社去入了股,慢慢就成了大数目了。

"你怎么不把它用掉呢?"老程问。

老程是工人出身,有着直爽的性情,爱痛快。有钱就化,自己化,给朋友化,满不在乎。

王励本和老程可是两样:自从他把地主的犁耙放下,参加了红军,这十七八年来,他都保持农民勤俭的习性,钱不到该化的时候,他决不轻易浪费的,不管是公家的开支或私人的使用。他说:

"做什么用呢?有吃有穿,这两年又赶上'丰衣足食',公家给的都用不完,自己还有什么好用场呀!"

老程马上接着说:"那,你走时候把钱交给公家算了,还带它干啥?"

"这又不同啦,到前方去不能像在延安一样啦,比如说,要经过

230

敌占区,经过国民党区,就是经过旁的解放区吧,怕也不能跟延安一个样啦。比方说,买点茶水什么的,不得化点零钱吗?"

"你想得倒是周到。"老程回了一句。

"唔。……不过,我没有听到毛主席的报告,可是比掉了钱还难过! 你想吧,咱们这回到前方去,什么时候能再听到毛主席报告呀! 他今天倒是讲了什么呢? 你给我传达一下好吗?"

"好吧,我传达,你给多少钱做慰劳?"老程掉过头来盯着他。

"你讲吧,反正你真是需要钱的时候,我保险给你!"

"好,你听着。第一,毛主席告诉咱们说:要时时刻刻记住……"

"唔,记住什么?"王励本插了一句,异常专心地听。

老程接着说:"毛主席讲:要记住咱们是为老百姓当勤务员去的;不是去当官。一定记住自己是老百姓的子弟兵,不能是旁的什么人,一定记住把军民关系搞好!"

老程讲到这就顿住了,掏出烟叶来卷纸烟。王励本却急着问:"第二呢?"

"没有第二了!"老程一边吸着烟,一边回答。

"只说一条就完了吗!"

"对啰。毛主席说:大家都把这一条军民关系做好了,其余的第二、第三、第四条都能办好了。"

"唔,有理,有理!"王励本点点头。

当天晚上,大家都快要睡觉了,队部的小鬼来说:

"哪一位是王励本同志? 队长请去一趟。"

王励本问:"什么事?"

"谁知道,你去就明白啦。"小鬼说完回头就走了。

王励本一边走,一边嘀咕着:"怎么回事呢? ……就是今天没去听毛主席报告吧? 要挨批评了! 该倒霉,革命那么多年还没挨批评哩,这回可……哎,早知道,那些钱……不过,这不能怪我,有报告为什么不先通知呢? 我出去时候是跟班长请过假的。"王励本想到

这,已经走到队部门口了。他鼓起勇气喊了一声"报告"。他小心地走进队部去。队长正在审阅着一堆"鉴定表",人进来了他才抬起头,细细打量进来的人。

王励本站得直直的,膝盖要发抖的样子。心里想:"糟糕了!"

队长问:"你就是王励本同志吗?"

"是。"

"好!你抽烟吧?啊,你请坐嘛。"队长亲切地说。嘴上噙着一支吴满有牌的纸烟,凑到灯火去点燃。

王励本坐在队长左边的凳子上,心里还是狐疑地猜想:"怎么回事?"

队长喷出一口烟雾,带着微笑说:"你还是个模范工作者哩!"

王励本的脸发了一阵热,嘴唇颤了一下。

队长说:"这样,咱们这个干部队的同志都是从各个不同的工作岗位调来的,人都不熟,你嘛,在原来机关是搞总务工作的,我们的意见,想在行军时期请你来做管理员;把咱们的伙食闹好一点,叫大伙能吃饱,走得动路,是不是?"

"是的,是的。有理,有理!"王励本点点头。

队长把烟头捻灭了,才两只手抱住膝盖想了一会,又说:"励本同志,这是比较艰苦的工作啊,不过,大家的事情,反正总得有人出来做,对不对?"

王励本这时候才把疑虑消散了,人变得活泼起来,看了看队长才说:"那不对怎的。我老汉不懂得多也懂得少,歌子不是唱过吗?'一人为大家,大家为一人。'我旁的记不住,这两句歌子倒是忘不了。咱们革命可不就是这个道理吗?"

队长听着,高兴地笑了。

但,过一会,王励本忽然迟疑起来,想要说什么话,可是又不敢说。队长问:"你还有什么意见吧?"

"没有!"王励本机械地答了一句。

队长沈了脸,默想。又抽出第二根纸烟来点燃,慢慢地吸着。

"不过,队长,我得有个声明。"王励本突然地说了。

"可以的,什么事呢?"队长回答了他。

"我个人身上现在有七块光洋,一支一钱半的金箍子,六千元国民党关金票,还有一千三百元太岳票,八百元晋西北农钞,都是我的残废金、保健费和生产积下来的钱。"

"那当然是你个人的东西。"

"唔,不过也得先讲明,日后咱管伙食,人多,大伙又不熟,摸不透咱这个人心地好赖,怕别人多心,有什么闲话就不好了。"

"不会的。老乡说话说的:'立得正不怕影儿歪。'是不是?"

"那倒是。那末,没旁的事我回去了。"

"回去吧,明天你就上任呵!"队长笑了笑,站起身来送他出了门口。

二

队伍出发了。

这是三伏的天气,行军很容易疲劳。每天一到宿营地,人们就忙着去请求房东准许下门板架床,或者找没烧火的炕头,急急忙忙安置铺盖休息。有的就去远地找小河滩或涧水洗澡。只有王老汉走马灯似的转来转去,不是从区公所抱着柴草走来,就是在太阳下淌着汗水,举起瘦棱棱的手,拿着斧子,劈着木柴。他的眼角近来常常有一泡白眼屎,眼眶加大加深了。然而,他一点也不憔悴,依然挺带劲。

要用饭了。他就跟保姆一样:到每个班的住屋去摇醒睡得太熟了的人,亲切地喊:

"吃饭啦,等一下就要洗锅还老乡啦!"

队长一见他就说:

"王老汉,你也该休息休息了,有些事情可以让炊事员他们做,用不着你亲自动手嘛!"

他当时虽然点点头,表示同意。可是事情一来,他又亲自动手

233

做去了。好像旁人干的话,他放心不了似的。

有一次开饭时候,有人吵嚷起来,你一句我一句地追问:"怎么回事呀?伙夫打瞌睡吧?菜不搁盐怎么吃?"

炊事员受了委屈,气呼呼地说:"盐才有那么些,叫我们怎么搁?爱吃咸的自各买去吧。"

"王老汉!"有人先火了,大声吼起来。

"什么?"王励本不慌不忙地应了一声。

"盐也不给够,怎么吃?"

"少吃点算了吧,路还长呢。这地方缺盐,一斤盐顶得上买一斤猪肉了。"

"哈哈!王老汉,盐也节省?真是成了'悭吝人'了。"好几个声音都这样叫起来。

"节省将来还不是归大伙。又不是归我个人。"王励本这下可有点生气,嘟哝了半天,走开了。

现在,王励本他们住宿在黄河西岸的一个小镇上。人们大半都已睡了。这时王励本才开始脱下他的草鞋,坐在用门板在屋檐下架起来的床铺上,只是想:

这几天来,在陕甘宁解放区一路上都有老乡们慰劳,用不着什么钱;明天要到晋西北新地区去,可不能一样了吧?路上买点茶水,米汤,总得化些零用钱吧?得拿出一部分晋西北农钞出来预备。

王励本把别针解开,从口袋掏出油布包来,轻轻地解开外边的小绳子,然后再翻开油布,油布里边还有一层鸡皮纸,最后才是票子。票子压成实实的,比早先扁多了,他放心不过,数了一下,才安了心。最后拿出了三百元,其余又把它包扎好,放进口袋去,又用别针别好。临到要睡的时候,照例地摸一摸腰带上的七块银洋,摸一摸右手无名指上的"疙疸"。

为着避免白天行军疲劳,夜里,鸡才叫第一遍,队伍就起来,在半明半暗的灯光下,匆匆忙忙吃上冷硬的馍馍,准备出发了。锅少,开水来不及预备。大家的水壶空空的,挂在腰上直晃荡。一路上大伙都嚷着口干。过了黄河以后,王励本就报告队长,说是他先走一步,到前面该休息的村庄去烧几锅开水让大家喝,队长答应了,并且叫他顺便熬些米汤。

一路上他走得急,也真渴得难受。他想:"这回儿见到鸡子什么的,一定也得买一些了,只要有稀粥米汤,管它多少钱我要喝它两三碗再说。"三伏天的太阳可真厉害,刚刚露上地面,晒到你背上就发烫。露水很快就不见了。蜜蜂在金黄的瓜花上闹哄哄地饮着花汁。

前面就是索达干了,这是滨临黄河的大村庄。街道打扫得怪干净。一进村头,就见到在一间小屋门口的石板矮桌上面摆着的罐子,里面装着小米熬的米汤,旁边堆着大大小小的碗。几个穿白粗布衫的庄稼人守候在那儿。他们一见到这位穿军衣的八路,马上热烈地招呼说:

"同志,辛苦啦,坐下喝碗米汤吧!"

"好,我喝。"王励本坐下,捡了一只大海碗,一咕噜喝完了,接着又舀了第二碗,第三碗,完了,才打了个饱嗝,掏出昨天夜晚拿出来准备零用的三百元农钞,问:

"老乡,多少钱?"

"我们不要钱。"

王励本急忙问:"不要钱要什么?"

老乡们说:"咱们这是为同志们过路准备的。不要钱。"

"啊,啊……"王励本眼睁得圆圆的,说不出来话。他摸摸票子想给一点,可是看样子人家的确不是买卖的饭铺。迟疑了一会,他又记起来什么说:

"我们后面还来队伍哩,要好多开水才够。老乡,你再去烧两大锅来吧,我们给钱!"

老乡问:"你们倒是来多少队伍呀?"

王励本说:"多了,千把来人吧,光是咱们一个队就一百多。"

"那不愁。这一路上家家户户都准备上了,就等同志们来啦!"

"你们怎么知道我们来啦?"

"咋不知道,前两天就听说有队伍过,要到鬼子的屁股后面去解放老百姓。"

"啊,啊!"王励本连声啊啊的,拿起草帽,向老乡说一句"谢谢",就往前面街上走去了。

大街上的每条小胡同口,果然是摆着一张桌子,放上装米汤和开水的罐子,同样也有叠起尺来高的粗细不一样的碗。有的还搁着一碟咸菜。米汤的表面,凝成一条薄薄的发皱的饭皮,有的落下一两只苍蝇。人们都注意望着村口来了八路没有,顾不上赶苍蝇了。老乡们一见到王励本就包围过来,你一句我一句亲切地说:

"同志辛苦了,才一个人吗?"

"喝水呵……"

"抽烟吧!"一个老头拿着一盒吴满有牌纸烟抽出一根来,凑到王老汉的跟前,闹得他挺窘,直摇手说不会抽烟给挡回去了。

"八路同志,给你熟鸡子!"一个小孩从小篮里掏出两只染红的熟鸡蛋使劲地往王励本的胸前伸。

王励本连声嚷:"不要,不要。我不吃鸡蛋。"说完急忙拔开腿就走,可是前面同样的人又包围过来了。另外一个小孩追到他背后,敏捷地把鸡蛋往他的挂包塞。好像赛球,把球投进了篮似的,喜笑着跑回来,骄傲地对他的小同伴夸说:

"我给八路同志两只了。"

"糟糕!"王励本摸了摸挂包里的鸡蛋,回头去看看小孩,小孩已经走远了。等他回转头来时,另外一个小孩端着一碗开水堵住了他,说:

"同志,请喝开水。"

"谢谢你,我喝饱了。"

"不,不行,得喝一碗。"小孩固执地努着嘴要哭的样子。

王励本被逼得毫无办法了,突然,身上的水壶和茶盅碰着发响,他才想到，水壶还空着哩，正好，把它灌满。他停了脚，接过小孩的水碗往水壶倒。他太兴奋也过于急促，倒着倒着，水壶一下子满了，水溢了出来，把衣襟湿了一大片，孩子们哈哈地笑着，满足地走开了。

王励本出了一身汗才走出索达干的村口来。他现在可以安静地坐在一棵白杨树下边，抹拭他额前的汗粒，用草帽当做扇子扇着。他想：开水不用烧了，任务算完成了，觉得一阵轻松。但，他摸到挂包里的鸡蛋，心上仿佛长个疙疸，浑身发痒。他想："三大纪律八项注意"不是说不拿老百姓一针一线吗？我为什么白拿人家的鸡蛋呢？这不是违犯了纪律吗？糟了糕！不行，得还回去。他取两颗鸡蛋出来，看了看。鸡蛋挺大，有一个是特别圆，说不定是双黄呢，糟了糕，说不定抱出两只鸡娃哪！……王励本越想越发不安，忽然站起来，自己对自己说："还回去。"

当他刚走回到村口，队伍已经涌到街上来了，老乡们的声音就同赶集一样喧闹起来：

"同志辛苦了，喝水，抽烟！"

"辛苦了同志，抽烟，喝水！"

王励本拿着两颗红鸡蛋在人群里穿来穿去。小孩那么多，认不出谁是这两颗鸡蛋的主人了。

"王老汉，咱们烧的开水在哪儿？"老程一把捉住他的衣袖问。

"米汤开水到处都是，你还要什么样的开水？"王励本不在意地回答了一句。

夜里。王励本想：我这三百元农钞又没啥用场，该把它包回去，免得弄丢了。不过，才刚队长说：前面五十里地就是离汾公路，那是敌人的封锁线。咱们在这休息两天然后在夜里过。夜里过封锁线得准备些干粮吧？怕要每个人自己化钱买了，钱还是别忙包回去。

两天过了。早晨，队长告诉王励本说：下午要出发，提早开晚饭。王励本把这意思交代炊事班长完了，自己就到街上去想买几个烙饼做干粮,他走了好儿家铺子,拿起烙饼掂了掂分量,问一问价钱,都嫌贵了一点,要买不买地迟疑起来……蓦然,他想起忘了告诉炊事班长一件什么事了,急急地跑回来。刚一进院门,大家一个一个都拿着一条干粮袋等着领干粮。有人一见到王励本就喊:

"老汉到哪儿去啦?找你好半天不见。人家老乡送来干粮等开条子哩。"

"啊,啊,现在呢?老乡在哪儿?"王励本环视着周围的人众。

"队长代开了,你快点帮着快分吧。"

王励本马上解开腰带上的茶盅,问炊事班长一个人发多少,然后照着一茶盅一茶盅地给大家发。

这是掺着麦的炒面,咖啡一样颜色。每人拿到手都尝了一口,说:

"甜,甜。嗨,好吃!"

"先别吃呵!"王励本喊着。流了一脸的汗水。

给大家发完了,王励本把自己的也装进猪大肠一般的衣带子去。他一边想:

"太好了,样样都给想得那样周到,我的钱得包回去了。"

三

通过了离汾公路以后,部队深入到吕梁山脉。这儿是日寇三光政策的"屠宰场"。走了两天了,经过好些个村镇,再也看不到一片完整的瓦,看不到烟筒的烟火,井口被填平了,艾草占满了整个村庄的房院。山头的松树和白杨绿得那样凄凉。

队伍凭着干粮、溪水解救着饥渴,凭着树枝和叶子架成了 A 字形的草棚,人们就在这样的草棚度过他们的夜晚,山沟变成了长长的街道。他们在这儿等待着通过同蒲路的敌人封锁线,通过汾河——这条难渡的天险。

那是带着露水的早晨,支队司令员对着一千多人的队伍讲话了。说是:从这儿再往东走五十里山地就是平坝子了。队伍要赶在天黑时候出山,继续走八十里平地才到汾河。过了汾河再走十五里就是同蒲路了,过完了同蒲路还得走四十里才到达太岳区山地。这一共有一百八九十里地,要在下午三点到明天天亮以前赶完。这一路上敌人碉堡特别多,而且是敌人的占领区了。号召大家发扬革命友爱,体力强些的帮助体力弱的同志。情况是艰苦而紧张的,说不定要跟敌人开火呢。不过,最后,司令员却用镇定、果敢、带着轻快的语气说:

"同志们!我们有信心克服困难。大家把草鞋带检查一下,准备走路!"

随着这个声音之后,全队的人都动起来了。有的重新认真地检查鞋子,有的检查干粮袋,有的给水壶装满开水,有的精简多余的行李,同暴风雨要来以前的蚂蚁一样,紧张而纷忙。

王励本也忙起来了,他忙着叫炊事员准备饭菜、开水,忙着动员炊事班上大家互相帮助。直到晌午,他才坐回棚里来,将腰上的银洋带子解开来看了看,白带子已变成黑污了,显出七个黑圆圈。他先用小刀将缝在银洋周围的线头割断,再从帽檐上取下一根针,闷声闷气地把线脚一针一针挑开。挑了两道圈圈,他就把针别回帽檐上去。从带子里挤出一块袁头和一块墨西哥鹰洋。完了才把带子又缠回腰上去。

他拿这两块银洋在人群里找来找去,找了好半天才在半山腰的松树下边见到了老程。老程可是不在乎地躺在一张油布上睡觉。一只小蚱蜢在他的胸脯上跳着。王励本坐到他左近去,摇了摇他。老程醒过来了,揉揉眼皮,看了一下,冷淡地问:

"什么事?"

"你怎么还睡觉?"

"不睡觉干吗?"

王励本焦急地说:"要出发啦!"

老程却不慌不忙地答道:"就是为了要出发才睡觉嘛!"老程讲完了话又想倒头去睡,王励本却拉住他说:

"老程，队长叫我先到前面去买干粮给大伙补充。我先走了！"

"什么？你先走？一个人？"老程这才关心地，睁着眼睛看王励本。

王励本平静地说："不，不止我一个人，有向导。"

"嗯。不过，得小心啊，敌占区可不是好玩的。"

"老程，"王励本说，"我这两块光洋给你吧。说不定跟不上队伍什么的，一百八十里路哩，谁能保险一定……反正有几个钱在身上预防是好的。上一回你给我传达毛主席的报告，我不是说给你钱做慰劳吗？这回你怕要用钱了，你拿着吧，我先走了。"

王励本把钱塞进老程的口袋里去就站起来要走了。老程跟着站起来，心里一阵难过，半天才说：

"好！——你把我这条棍子带着吧！"老程顺手将他那根榛子木的棍子给了他。

"你自各不用？"王励本问。

"咱们人多，走不动时候准有人搀，你拿着吧！"

王励本想了一下，点点头说：

"唔，有理，有理！"

老程看王励本走远了，才又坐下来，掏出两块银洋细细地看。他对这个肥头大脑的袁世凯头像啐了一口，喃喃地咒骂：

"死顽固，老独裁，卖国贼！"

当夜，队伍进行英雄的跋涉了。他们巨流般穿过平原，穿过密布如棋子的敌人据点。当中，向导在网一般的道上迷失了预定休息的地点，临近汾河边时，启明星已发亮，鸡声从四近的村庄啼叫起来，东边升起一片橘色的云彩。支队司令部传来一道紧急命令：说是马上渡河，迅速通过同蒲路，不休息了。立即，队伍作了最后的振奋，有如山洪，急急奔泻，最终跨越过了最难渡的汾河和严森的同蒲路。

当队伍进入太岳山地休息下来时候，干部队的人发觉王励本不见了。人们如同孩子失去母亲，或者是旅行者失了伴侣。一谈起

来,大家都用担忧和惋惜的心情来想念他们这位和善而勤劳的管理员:

"王老汉怕走差了道?叫敌人俘虏去可糟了!"

"真可惜,那么大年纪了!"

"这两天没了'管家婆婆',伙食弄不好了!"

……

老程比旁人有着更多的怀念,然而比谁都要缺少着语言。这两天他老把那两块银洋拿出来细细地鉴赏,鉴赏得无可如何了,又照例地,对袁世凯的头像憎恨地咒骂:

"老顽固,卖国贼!"

好像王励本的不幸也是这位独裁者嫁给似的。

一天傍黑的时候,炊事班的院里拥挤着一大堆人。有的人看清楚了什么回事以后,立刻往门外直喊:

"王老汉回来啦,咱们的管家婆婆回来啦!"

老程一听,急得帽子也忘了戴,连跑带跳地往人堆里直挤。他一把捉住穿一身农民衣裳的王励本,哑巴一样,呆看了半天。一下子见到王励本左手拿的棍子,才喊道:

"啊呀,棍子,你还拿着哩!"

王励本倒是平静地带着微笑说:"你当是我丢了吧?我什么也没丢。你怎样?好吧?两块光洋化完了没有?"

"没有。你的呢?怕化完了?"

"哪里话,我一个钱也没化。"

王励本说,他当初怕敌占区是人家鬼子的世界,以为要用到钱。想不到敌占区的老乡也跟解放区一个样,只要你把两只手指头比个八字,就保管你同在亲戚家一样:

"我这几天可是享福了:走了几天亲戚,有吃有喝的,夜里还睡得安稳。哈哈!"王励本小孩样天真地笑起来。

大伙也哈哈地跟着一阵笑。

晚上,老程到王励本的炕上来,把两块银洋还给他。说是没有用上,叫他存在一起吧。

"你为什么不用呢?"王励本严肃地反问着老程。

"用什么呢?那天一直都没停过脚。再说,一路上老乡也都是又是茶又是水的,往你跟前送,有钱也没处化。"老程说。

"那,这两天休息,买些鸡子喝喝补一下嘛!"

"嗨,炊事班长还没有告诉你吧?这两天太岳军区尽是送来猪肉豆腐,大伙都吃得跑了肚,你还说……"

"明天还得有两顿吃哪!"旁边一个炊事员插了一句。

"那你留着以后用。"王励本说。

"不,还是你带着吧,我带不惯钱,有了就想化,带着真别扭。没有了倒痛快。"

最后,老程把银洋丢在炕上就走了。王励本只好把它拣起来,又装进带子里去,却没有照原来的圆道道缝起来。

四

不久,日本无条件投降了。

干部队行动的路线跟着有了更改:原先是要到美丽的南方去的,现在却要到冰雪的东北来。

天气一天一天变凉了。躲寒去的雁群像部队一样,飞过明净的高空。绿叶落尽了,庄稼收完了,留下这片河北的平原宛如海样的辽阔。早起,地上染着了一层白霜。

王励本到底是年岁大了,这两天夜里常被冻醒过来。"光盖被单不行,得絮棉花了。"他自己嘀咕着。队伍到新镇时候,队部来了个通知,说是明天不出发了,叫大家好好休息。

第二天早上,队上又来一个通知说:叫每个班派两个人到部队去集合;旁人在家休息,任何人不准上街。这可把王励本急坏了。他早上还盘算好了的:要买多少棉花絮被子,完了还买一绺线;被面盖了五六年了,要是布料便宜,也顺便换一床花的,抗战胜利了,换一床花被面不能算腐化吧?早上凉飕飕了,能有毛衣也买一件。

一个金箍子总够了。现在却来了这样通知,多憋气！他想去请假,又怕碰钉子……

王励本一个人正在呆着发闷,老程来了,一见他就嚷:

"老汉,今天喝两杯吧?"

王励本满不高兴说:"你请客吧?"

"嗨,你那么多钱还不请客,留着干啥？再过十来八天就出关了,听说一出关就坐上火车。你的钱……哎,留着干啥?"

"你讲得倒轻巧。就说快到了,也不能胡化钱呀,这一路来吃得还不够好吗?"

"那倒是,不过,今天不能上街玩,就在家喝两杯,大伙乐和乐和。"

"不能上街,你哪里去买酒?"王励本问。

"叫房东的小孩去买呗。"

"能吗?"王励本又问,"我今天倒想上街买棉花絮被子,又怕不准请假,真恼火！"

老程听他这么一讲才笑着说:"老汉,你别操心絮被子了,今天晚上保管你当新郎:盖新被子。"

"你别骚情了,哪里来的新被子?"

"你不信,咱俩打赌吧?"

"赌吧！"

"好,找证人来咱们打赌:要是今天晚上有被子盖你就请客——请喝酒?"

"行。要是没有呢?"

突然,门外嚷闹起来了,谁大声喊:

"王老汉,到队部去！"

王励本去了。老程在他后面追着说:

"老汉记住请客呀！"

王励本赶到队部去一看,啊,炕上全是崭新的棉被、棉袄、鞋袜,一大堆,把王励本的眼都给照花了。人们一个跟一个地拿到一床米色细布套的被子，一身铁灰色的棉袄，一双青色的布鞋和一双白布袜子。

王励本满满地抱了一大堆回来，一样样地过细鉴赏了一番。最后，拿起袜子来反复地看看，接连着说：

"这袜子可结实了，够穿两三年吧？冀中的娘们真有耐性，一针一针纳得那样细密；被子也……"他又掂起被子爱抚地摸了又摸，脸色充满着说不尽的欢欣。

王励本藏不住他的欢欣，马上找老程去了。他一边走，一边想："这回请老程喝酒吧！"但是，老程不知又到哪儿串门去了。王励本东找西找也找不见个影儿来。"找不到可不能怪我。"王励本这么一想，心又平静了。他又急急忙忙回来，把棉袄、鞋袜、铺盖一样样过细鉴赏一番。最后把棉袄穿上试试，还问炊事员拿来一面银洋一般大的小镜子，照了照衣领。

炊事员说："管理员年轻了！"

"管他年轻年老哩，能管暖就行了。"

五

王励本他们终于出关，到沈阳来了。

现在，他们住在招待所，上级规定暂时不准上街。王励本每天就在屋里呆着。有时就到门外去观望那些树林样的烟囱电杆和电线，有时谛听远远近近的机器的鸣声和火车的吼叫，有时对着屋里挂着乳白的电灯泡出神。

"咱们革了十多年命，算盼到头了！"他满足地，嘴边常常浮上微笑。他把个人什么事都忘了，忘了盘算一下，自己要接受什么样的新工作，忘了原先决定回老家的欢喜；连腰带上的银洋，手指上的金戒指，口袋里的钞票，他也都忘了。

他完全沉溺在满足的快乐里，为着幸福、美满的预感所激荡。

一天，招待所请他们去洗澡。王励本到了澡堂，找到座位，也同旁人一样，脱下衣服什么的。蓦地，他发觉腰带上的银洋，跟着，记起了手指上的戒指和口袋里的钞票。"这些往哪儿搁呢?"他迟疑起来了。他想:"这种地方人多手杂的,自己人等会都进池子里去了,放下谁管呢?"他又把衣服穿起来了。痴痴呆呆地坐着。屋里一股闷热气把他弄得冒汗了。旁边一个同志从池子出来,见到他就奇怪地问:

"老汉,怎么还不脱衣服进去洗?"

"我……我不……"王励本害臊似的,摸了摸额前的汗。

他到底没有洗澡就回来了。他一路回来一路想:觉得留着钱是没啥用场,带在身上反而累赘。

晚上,公家又招待大家看电影玩去了。王励本没有去。他又想:看电影看戏也不用化钱,留着钱是没啥用场。他一个人把装银洋的带子解出来,又用小刀把线头弄断,然后一个一个圆圈把它挑开,将七块银洋都挤了出来。接着把金戒指外面的线也割开,这金色的光泽在电灯光下特别耀眼,王励本看了看才搁在银洋上。另外,包在油布的关金券、晋西北农钞、太岳区票子和一路来公家津贴的伙食补助金、零用费什么的,都掏了出来,他数了一下,然后又包在一起,一声不响地拿到队部去。

队长和政委也没空去看电影。他们正在商量:在大家分配工作以前,把路上节省下来的伙食费核算,分给大家。队长一见王励本来了,迎头就说:

"老汉来了! 正好,我们正要找你呢。"

"什么?"王励本愣了一下,站着,直瞅着队长。

政委对他说:"你请坐下谈吧!"

王励本坐下。摸不清什么回事,咽下一口唾沫,嗫嚅着说:"队长,政委,你们让我先说,我一开头打延安出发时候,不是有不少钱吗? ——"

队长惊讶起来,打断他的话,问:

"唔,我知道。怎样,现在丢了?"

"不。银钱这东西得来不容易,哪能随便丢了。"

"化了不少了吧?"政委愉快地抽着烟问。

"没有。一个也没有化。倒是多了一千七百块晋察冀票。"王励本回答。

"那,你现在——"

队长想说,现在该用的就把它用了吧。王励本却接过来说:

"现在我把它全拿来了,统统交给公家吧。"

队长和政委都诧异地,同时说:

"那为什么? 不行,不行!"

王励本平静地说:

"什么也不为。就是觉得吃穿什么也不用自个发愁,觉得钱拿在手上没啥用。"

王励本把七块银洋、一个金戒指和一包油布包的钞票,都放在队长面前,好像一个虔诚的香客献上了供品,完却一番心愿似的。立即车转身走了。

政委说:

"那不成,还给他!"

队长拿着钱,追出门去叫:"老汉,王励本同志请回来!"

一九四六年儿童节于哈尔滨

选自《东北文艺》,1947 年第 2 卷第 2 期

乡　村

　　火车在一个小站停下来了。

　　孙玉宝穿上棉大氅,背上背兜,系了腰带,正要下车。他把门一拉,冷风挺硬,脸像叫刀割似的,赶紧把狗皮的帽耳朵抹下来,顺便把大氅的领子使劲往上掇。车台的铁栏杆冰得都要沾手,哈出来气,一落在帽边上就冻成霜了。天气冷得人都怕出门似的,站台上只有一个管红绿信号旗的人,看不到像在旁的大站台那样,上上下下着忙的旅客。才刚没下车时,孙玉宝寻思:在站上会遇个把熟人一块回家,一边走一边唠,十来八里地一霎眼也就到了。现在,看这情形只好自各一个人走了。他蹲下来,系上靰鞡带子,等列车开过去以后,就跨过铁道,朝西边拉的毛道走去。

　　昨个晚间落了一宿雪,地上无边无岸,好大一片都是一色白的,就同镀过银一样。

　　晚晌了。日头好比切开半拉的咸鸭蛋,挂在乳白的西边拉。一只狐狸拖条长尾巴在坟圈子前面的地里寻食,搭拉个脑袋,拿鼻子往地上直拱。孙玉宝停住脚,仔细一瞅,认出狐狸来了,乐得了不得,赶紧往肩上取枪。可是,他省悟过来,枪不在肩上好些日子了。自从那天在火线上打得正剧烈时候,左边大腿一麻,淌了一摊血,紧跟着他的枪就叫排长暂时拿回去了。后来他就昏昏沉沉躺在担架上,醒过来时,已躺在白布单铺着的病床。躺上个把月工夫,就像过了好几年那样长。真恨不得又拿起他的三八大盖,背上炸弹,又像那回攻打四平的白楼似的,一个人就撩倒七八个。打开一个大口。坚持了一刻钟。等到二排全上来了,一鼓气,把敌人的据点拔得痛快、利索。

本来经他三番两头的叨咕，上级已经接受了他的要求，让他提早回前线去。因为一时没有车，走不了。这么一来，他就想起了家，想起一辈子挨饥受冻的母亲：现在人家旁的地区，穷哥们都斗了封建，分了果实，过好日子了。"咱的屯子咋的了？ 备不住还闹'夹生'啥的，老百姓还是没真正翻过身来？回去瞧瞧看，老财要不垮，非烧它一把火把它煮透不价，一定得使后方的'小蒋介石'也垮个溜干二净！"前天晚响，他把这个思想告诉了上级。昨个下晚，上级跟他说："趁着新年回家一趟也要得，可别叫扯后腿呵！ 明天，最晚也得后天准定回来！"这样，他跟政治处取了路条就回来了。

这只狐狸好像也知道他没带枪似的，一点也不怕，照旧搭拉个脑袋，拿鼻子往地上直拱。孙玉宝干发急，拿两只手乱摇晃："啊——啊——"吆喝了半天。狐狸一惊，拖起尾巴奔北边拉去了。

孙玉宝又继续朝前面的屯子走。道上的雪有寸来深，见不到一个脚印，驴粪蛋也都叫雪盖了半拉，毛道不好认出来。可是，这嘎哒，就叫孙玉宝把眼睛眯着走，也不会掉到雪坑里去的。他当小猪倌、羊倌、半拉子、榜青、扛大活，这么些年，就在这近边打转转。不管是道道，田园，坟圈，还是树林，这些就跟他自各衣裳的纽扣那样认准。就说是那样大的雪瓮，把地面盖得那样严实，他也能指出这几垄，早先是谁租崔胡家的十垧地，那几垄就是谁跟大粮户赵大院榜青的两垧平川。他知道这一片地，要种豆子，一垧地不离的都能打四石，要种高粱，侍弄得好，打六石还挂点零……

孙玉宝看了看，寻思：

"道南那两垧才是二洼地哪，旱涝都不愁。这是崔胡他家的地，那年跟他好话说了九千六，怎么的他也说不零租。他妈巴子，这回看他还零租不者？……嗯，看今年种的啥？"他当真走到地里，拿轭鞭去踢开雪。"麦槎！这两垧准打上八石！哎，要是家里分到这块地就对劲了！"

去年也是十冬腊月时候，屯里才嚷嚷要斗争恶霸、地主，要劈地、劈房子啥的,人家大地主正要往城里躲。紧接着村里就来了打胡子的八路军。起始他也跟大伙一样,不摸底,赶到后来慢慢地知道这八路军挺好,是跟穷人一家子人似的。等到他们开走的时候,他就跟着参军了。在旁的地区,他看到老百姓起来闹翻身,诉苦、清算、斗争、砍大树、挖浮产,真是轰轰烈烈。有几回,见旁人诉苦,他就想起自各在早受的那些罪:他寻思,那年跟崔胡家榜青,起早贪黑的,把人困得早晨吃饭时候都打盹,一边还怕人家打头的骂,手直哆嗦,筷子掉下来都迷迷糊糊的不知道。再说,爹死的那时辰,眼皮都没闭上呵,妈含一泡眼泪说:"玉宝,快给你爹把眼合上吧,告诉他放心去得了,怎的也给他找几块板凑合一付料子!"可是,到底爹还是没有棺材,只用秫秸卷上就埋了……他一想到这,鼻子就酸酸的,眼泪也淌下了。真想也上台去,把地主揍一顿解解恨。

现在,他回来了,寻思:"今个晚上,农会要是开会,他得坚决上台去诉苦:把在早那些个冤屈事都倒出来……完了,顺便宣传宣传前方打胜仗的消息。大伙准是欢迎唱歌子吧?唱个啥?'没有共产党就没有中国'?老掉牙了,人家还能不会吗?唱个'参军去'?嗯,这不着忙,临时再说。只怕老百姓还没发动哪!老财垮了不呢?要不垮,我非烧它一把火不价,狗日的!……崔胡家,他妈巴子看他还有啥招?……"

他一边走,一边想,已经快到村边来了。村边这趟榆树,全都挂了"树挂",就像三月天开满了花的梨树园。一只喜鹊在树枝上一飞,雪一片一片,像落花一样,落在他的衣领上。树根铺着一层刚弹过的新棉絮一样的雪。

孙玉宝的家就在东南拐,是一间单独的小房子。他抬头一瞅,房子还是那个老样子,屋檐挂有几码苞米穗。烟筒上见不到冒烟,心里不觉凉了半截,早年凄惨的情景又在他眼里晃起来。他寻思:"难道妈又……"好像头一回上火线似的,心跳起来了。

他拉开门进去,屋里比外边还冰凉似的,北边拉墙,全是白花花的霜。里屋的门，挂的是草袋子做的门帘，当间还破了个大窟窿。他越看越来了懊糟了。心里不觉说了一句：

"这叫啥翻身呀？还不是外甥提灯笼，照旧！"

他掀开草袋子门帘，进里屋去。一看，炕梢的柜子没了，露出半截炕没炕席。上面，尽是些破烂：乱麻绳，"破铺陈"，缺把的茶杯，没有缝上的鞋帮啥的，还有撒了一炕的绿豆和苘花子。在炕头，一堆麻袋和破烂的尿骚被下面，露出一头蓬乱的头发。哼哼唧唧的。

"妈！"孙玉宝叫了一声。

蓬头发蠕动一下，睁开眼，迷迷糊糊瞅一眼，马上搭拉着眼皮，又钻进尿骚被里去了。

"这是谁呀？到是咋的啦？"孙玉宝可是急了。这早先明明是他的家！不，不是自各的房子，是租人家崔胡家的。备不住这一年来，大哥遇上啥变故，交不起租啥的，叫人撵了？旁处人家穷哥们翻身，房子、地、马匹、衣裳……说哪样哪样不缺。咱们这地方怎么弄的？准定是"夹生"！坏干部捣鬼！他妈巴子，等我收拾他一家伙！玉宝这十八九岁的小伙子脾气可是好炸，一股劲的火往头上冒。

他出门外来张望，也拿不定先干啥去。看人家西边拉的大院套跟那几家老财的烟筒冒的蓝烟多欢呀！他恨恨地骂："他妈巴子，这嘎哒地主有鬼了，还不垮！"

这时，西边拉街上来了一个穿新蓝棉袄的小嘎。老远就喊：

"同志，找谁？"

孙玉宝当他是老财家的小犊子，装做没听见。只管朝前街走。小嘎三步两步蹦到跟前来，热呼呼地拉住孙玉宝的手。

孙玉宝觉得这人怪生的，想不起这是谁的小孩，加上自己心懊糟得了不得，对他爱理不理的。

小嘎看他有点"隔路"，马上收住笑，机灵地，眯着眼打量了他一下，问：

"你到这嘎哒来干啥？"

"回家来呗,干啥? 看你问的!"

"你回家,干啥到这地方来……?"

"这不是我的家吗?"孙玉宝眼睛往这单独的小马架瞟了一眼。

"这是人家老财的屋子。"

"他的屋子怎的? 我有钱给租,他还不给我住?"

"啊! 你是?"小嘎歪着脑袋瞅了瞅。完了他问明了孙玉宝的名字,才笑着说:

"喏,你是金宝的兄弟呀! 你闹错啦! 你才到不是? 我说呢,我当你是谁哪? 你家不在这啦……"

"在哪? ……"

孙玉宝又惊又喜,摸不开到是怎么回事了。

小嘎说:

"你还不知道? 来吧,跟我走。我领你去。"

这时,孙玉宝问起他来,才知道他是今年六七月才打三区搬来的新户,姓阮,小名叫拴住。

走到半道,看老远来了一个穿青花旗的羊皮袄。大襟的下摆翻开来,往腰带上掖,显出一大片白羔羊皮。孙玉宝低声问小嘎:

"谁?"

"你认不出来?"

"赵大院的二秧子吧?"

"赵二秧子早都垮个蛋的了,还让他这样神能得了?"

穿皮袄的人到跟前来了。他小时候也给崔胡家放过马,叫马给脑盖踢了一个窟窿,差点没死。现在左眉毛上还有个疤。人比早日胖了,要不是这个疤,孙玉宝就认不出来。

"佟二哥,好吧!"

"啊,你是……玉宝吧! 穿上这西服,都认不出来了。才到吗? 正赶趟。去吧,晚上咱哥俩再唠。"

他好像才喝过酒,脸上发红。

小嘎一边走,一边告诉孙玉宝说:他原先住的屋给了崔胡家了,他的家劈的是崔胡大院套的东上屋。军属的都劈到好房。旁的东西也是比别人劈得多些,还让在头前先挑……

孙玉宝边走边瞅,这一排房子周围也都翻了个的样子,家家户户都围上鲜红的秫秸。屋前屋后堆着谷草、滑秸。院里拴着马或牛。小鸡三个五个的,到处都是,有的屋前还蹲着几只鸭子。

这是早日崔胡家的大院套。一进了正门楼,一匹黄骠马叫啸起来,拿它一只白蹄敲打地上。孙玉宝一看,上屋的东屋门窗,挂上一张木板牌子,上面写是:

"参军真光荣。"

孙玉宝在早是一斗认不出三升的睁眼瞎子。到部队去一年,学了文化,才半拉咔叽地认得几个字。他对这牌子瞅了半天才认得"参军","光"。"真"字和"荣"字就跟夜行军看树林子似的,密密登登,认不出是啥。可是他心上噔一下闪亮了,分外乐得不得了。这还不是因为自各的家搬到暖炕上来了,而是寻思这院里没有老崔的声音了。在早时候,他走过这东屋的窗下,都得加小心哪,脚步也不敢迈大了。有一回夜里,他出外,才拐过这窗下,打头的老佟,在黑地里吓唬他一下。他当是有鬼,"毛"了,只顾得拼命跑。惹得崔胡发了脾气,真是吹胡瞪眼地把他喊到炕前来,叫跪下!那老家伙抽了半宿大烟,迷迷糊糊睡着了,到鸡叫三遍也没叫他起来。打那以后,这地方就同阎王殿一个样,路过时,魂都得掉半拉个。现在,倒过来了。小嘎说:才刚躺在那小房子的蓬头发就是崔胡家的大媳妇,她正耍花招,装病。

孙玉宝家口少,就是妈妈,一个哥哥和嫂嫂,还有一个抱在怀里的侄子。现在不知都到哪去了?屋里一个人也不见。不会,西屋老苗家的老大娘听有人来,她就过来看。她在早也是没房没地,一家人就靠卖工夫过日子,吃不上穿不上。现在也好了。穿一身青斜纹棉袄,棉裤腿还扎一条青腿带。戴顶黑绒帽。嘴边吊个翠玛瑙嘴子的长烟袋。她告玉宝说:他妈叫农会请去坐席哪,还没回来。大哥去南屯起果实,嫂嫂抱着小孩到妇女会的屋去开会。

老大娘有好多话要问孙玉宝似的,才要往炕沿坐下,她的小孙女在西屋就哇哇哭开了。

"你看,又闹了!什么呀?哭,哭!"老大娘叨叨叨叨地走了。

孙玉宝取下背兜,找不到地方挂就撂在炕上。对小嘎问:

"农会今天办啥事要坐席?"

小嘎说:今天是阳历大年夜,农会特意做了些菜,请村里的军属去吃一顿饭。另外,昨个还给每个家军属五斤面,五斤猪肉,叫明个包饺子。

"你真有口福,回来正赶趟!"小嘎说。

孙玉宝这才看到北墙边的柜上,搁着一块猪肉,一盆白面。旁边还有三四棵白菜和一把葱。

本来,规定没有房子的,五口人,劈两间。因为孙玉宝他家是军属,给劈了两间半。里屋还有南北两铺炕,是他哥嫂住,这外面是他妈。这是瓦房,板棚,住上两辈子也不爱坏的。人少,家把什儿也少,显得空一些。可是,收拾得倒挺干净利索。炕梢被格子的玻璃,东大墙的躺箱,大镜,两尊蓝花的掸瓶,不走了的坐钟……样样都擦得净亮。门楣上还挂一张镜架,画的银松树,旁边立着一只鹤,东边拉出来一个柿子一样的日头。这些都是劈来的东西,标价的"飞子"都还贴在上边。另外,还有一个青绿色的大玻璃瓶,装着多半瓶清水,里边有两条泥鳅游动得挺欢。

孙玉宝看了看,好像那回挂彩晕倒,醒过来时候,见到同志们围在身旁,可是乐得了不得。

他在车上熬了一天一宿,困得不行了,就在炕上歪躺着。小嘎爬在炕沿,不肯走。要赖皮似的,央着他:

"你教咱们唱新歌子吧!"

"不会,我不会新歌子。"笑着回答。

"哪能呢?人家去担架才几天都学了不老少,你参军那么些日子,还不会?你不唱,等下叫大伙来'悠'你!"

小嘎十三岁了,鼻涕还是老没个断,鼻孔外面像两条水沟似的。

可是,眼睛倒挺灵,两条眉毛像倒写的八字,好像啥事在他眼里都漏不过去。

孙玉宝觉得穿大氅躺下鼓鼓囊囊的,怪别扭,起来把它脱了。这一下,他怀里别着两只耀眼的小牌显出来了。小嘎一瞅,歌子也不要听了,两只眼睛直直地盯着这新鲜的玩意。这两只小牌子,一只是银色的五角星,中间是毛主席的像;一只上半拉是白洋磁底,中间是红鲜鲜的五角星,两边是两穗金色的麦穗护着,下边就是红底金字。

"多神! 是个官儿吗?"小嘎一下子摸不开说啥,直瞪眼珠子,不动。

"怎么的了,不哼啦?"孙玉宝又躺下来,把大氅盖上。

小嘎还是不吱声。他瞅了瞅板壁的一张小镜框,那上面是两个人合照的六寸相片。是夏天的军人打扮,两个人都是十八九岁小伙子。身板直直的,像学校操场的两根架起单杠的柱子,推也推不动似的。小嘎看了老半天,完了才回头来,对这大眼睛的孙玉宝仔细比量一下,意思好像是说:"照片就是你吗?"

孙玉宝想眯一会也眯不成。睁开眼睛来,见小嘎还痴痴呆呆地趴在炕沿。对他说:

"拴住,上炕吧,来,咱俩好好唠个嗑。"

小嘎爬上炕来了。

孙玉宝问他:

"咱们屯的地主老财都垮彻底了没有?"

"不垮也差不哪去了……"小嘎说。

这下说到节骨眼上来了,人分外有了精神,他把村里搞土改、斗恶霸的情形,比手划脚地一五一十告诉了玉宝,临末还说:"咱们算是彻底翻身过来了!"

"'眯'在外地那样的,还有没回来的吧?"孙玉宝问。

"咱们村的几个,早先有跑出去的,现在有的叫抓回来,有的自各就回来了。"

"跑了怎么自各还回来呢？"

"他不回来往哪跑？到哪村哪村斗。现在没有户口，就是黑人，没有路条一步也不能走。"

小嘎一边说，一边比划。

孙玉宝一肚子的狐疑，好比打春后的冰雪，慢慢化开了。在前方见到老百姓白天黑夜斗争地主，打倒封建的情景又在眼里出现。他寻思："老百姓到处都是的，只要有共产党给他们撑腰、领路。早日受过那份苦楚，冤屈的，谁也忘不了，谁还不起来斗地主斗封建？要早知道屯里已经打垮了地主老财，翻好了身，我也用不着白操那份心，空回来一趟了！咱回前方还得加油干，彻底打垮蒋介石，保住果实……"

"现在谁当农会主任？"

"刘文河。"

"是他吗？家伙，看他茶不支的，一扁担打不出个屁来。现在当起干部了呵！"孙玉宝心里乐得说着话就淌出泪来了。

小嘎说：

"你说的，你太把人看扁了。人家在早不爱说话，那是受地主压迫，没咱们穷人说话的必要。现在一翻身，脑袋瓜开了，不是哑巴，谁不能会唠两句。再说，他，人可是老实厚道，老百姓就乐意举他。在早那些光会说会唠的二流子都垮了。"

"村长是谁？"

"是东道沟老吴家的老大吴海峰。那小子可不'善'，今年七八月间出担架，他负责领咱们五区的担架队，得了模范旗子回来。"

"吴海峰？就是那小子……"孙玉宝自各打心里隔膜起来。在"八一五"以前，他牲口吃了孙玉宝的苞米，两人打了一仗，后来两人见面一直也没说过话。现在听说到他，心里还是不舒服。寻思："别说他的事了吧。"他赶紧问小嘎说：

"人家农会啥都好，你们儿童的组织起来了没有？"

"咱们不敢说好，可也不落后，吓！"

"谁当儿童团长？"

"当团长不当团长还不是一个样。反正都为人民服务，大伙的事大伙办呗！"

"是你的团长吧？你还是个'官'哩！敬礼！"

小嘎脸红了。但他马上带着骄傲的神气，盯着孙玉宝，好像问人家说："你笑啥，笑我不行？吓！"

孙玉宝瞅着小嘎，自各在心里打算盘："农会，民兵，儿童……"

"妇女也发动起来了吧？"孙玉宝问。

"不起来？人家可积极哪！"

"谁当的主任？"

"你问她干啥？不告诉你！"小嘎顽皮地，歪着头瞅孙玉宝。顺手去摘人家怀里的小牌。问：

"这是啥牌子？"

孙玉宝拿手握住。说什么也不让动。后来叫缠得没法，只好叫他，认出上面的字就让摘下来看。在孙玉宝寻思，小嘎在早时候，成天就跟几只猪屁股转，哪去认得上面的字？这不过故意给他出的难题，省得给他打麻缠就是了。谁知道，小嘎今年翻了身，上了一年学，东一个西一个地认了不老少的字了。他先就在银色的五角星上，一个角认出一个字。一字一句地念起来：

"为……人……民……服……务！你说对不对？给摘下来！"

"不，念完第二个一块给你摘！"

"好！你把手放开。"

这是细小的字，小嘎把眼睛都贴到上面去了，半天才认出头一个"战"字。第二个像是个"开"又不像。后面那两个更加困难了，密密麻麻，啥呀？小嘎的鼻尖都冒汗了。眼珠睁得铃一个样，也不哼。

"认输了吧？这下看你可没咒念了！"孙玉宝笑着问。

小嘎好不服气，可是，又说不出话。

孙玉宝把两个牌子都摘下来给小嘎看，还对他指点说：

"这个五角星是花钱买的,谁也能戴。当央是咱们毛主席,上面五个字你刚才说对了:'为人民服务'! 是毛主席告诉咱们的话。另外一个就不是买的了!"

"捡的吧?"

"捡的? 好玄! 那是豁出命换来的哩! 上面不是写的四个字吗?'战斗模范'。"

这时候孙玉宝告诉小嘎这个奖章是怎么得来的故事:他说那是今年夏季攻势,打四平,他一个人背上炸药冲到一个地堡,炸开了,打开了前进的道。一个人先冲到前面去顶住了一刻钟,支持到后面部队赶上来,结果,夺取了阵地,胜利地完成了任务。

小嘎听得挺过瘾。一边寻思:"人家在前方可不是豁出命来为咱们保江山怎的? 咱们真该拥护前方! 出点公粮,还有啥不愿意的? ……"

孙玉宝又说:

"你不知道,第一回上火线,刚听到枪响,怎么的也有点'毛'。可是,他妈巴子,枪炮一响多了,像早时候过大年初一那样的。听惯了也不怎的,打仗可有的是乐的哩!"

小嘎点了点头。可是又挺懊糟地说:

"我今年去了三回参军,都叫验回来了。都说我人小,扛不动枪。这回我跟你一块去,中不中?"

"中!"

"说正经,不兴撒谎?"小嘎乐得跳起来。又问:"你使的啥枪? 套子? 三八大盖? 匣子? 嗯,你怎么不带回来? 带回来打狐狸多好,前天民兵打了一只。狐狸皮一万多块钱一张。自各做个帽子、衣领子啥的,可美哩……"

孙玉宝拿银色五角星对小嘎说:

"这个给你吧!"

小嘎嗯一下抢过来,乐得不知怎的好了,一边看,一边问:

"真是给我怎的? 给我我就要了?"

孙玉宝说：

"你拿去吧！不过，有个条件：你得好好地记住上面五个字：'为人民服务'！"

小嘎正要说话，外屋的门吱嘎一声，紧接着是跺一跺脚上的雪，完了才进西屋去。小嘎睁着眼细听，说：

"妇女会主任来了。"小嘎一蹦就蹦起来，拿起银色五角星，哗嚓推开门过西屋去了。

西屋不知唠啥？嘎嘎地直乐。

一会，小嘎回来，使劲吸了一口气，把淌下的鼻涕倒抽回去。完了，跳上炕来，把两只手对孙玉宝摊开，说：

"牌子给妇女会主任抢走了！"

"她咋要去了？"

"她说拿过去看一看，就不给了！抢也抢不过她！"

"她来干啥？"

"来叫西屋老苗家媳妇晚上去开会。还问你来的。"

"问啥？"

"她问你咋来的。是的，你请假回来的不是？你到是有没有……"

"有没有路条是吧？"

"你知道就好。"

"没有咋整？"

"咋整？那，还能客气啦？照公办事，谁也不兴向情！"

紧跟着小嘎说：他们儿童团前两天才卡住了一个外县的地主。那地主跟一个赶车老板，赶一挂两匹马的胶皮轱辘大车，朝哈尔滨的电道走。向他要路条一看，是村农会开的。村农会的路条到外县去能好使嘛？他们几个小嘎一合计，知道准是有招。把人和车马都叫到农会来了。那家伙做贼心虚，还不怎么追问，他就承认是个地主，路条是假的，打算把车和马拉到哈尔滨卖了，就在那边"眯"起来。

最后小嘎说：

"你看，眼下没有路条，长翅膀也飞不掉！你到是有没有吧！"

他们正谈得起劲，孙玉宝的妈回来了。

本来，孙大娘在农会坐完席，主任，村长，大伙才正在唠闲嗑，说前方这两天正打胜仗，打到奉天南边去了。几个老太太惦念自己的儿子，要请文书员帮写个信。妇女主任冷丁进去嚷：

"孙玉宝回来了！孙大娘快回家看去吧！"

孙大娘一听，跟做梦一样，来不及细问，连跑带颠地奔回来了。

"玉宝，真是你呀？"孙大娘推开门进来，对着炕上穿黄棉军衣的人喊。"嗳呀，你咋来的？坐车嘛，坐爬犁？要来也不先捎个信。你看，昨儿个农会送来五斤面五斤肉，叫包饺子。你嫂嫂呀，成天开会，我又忙这忙那，饺子也没空包。今个晚说是过阳历年，农会请咱们军属去坐席哪！你还没吃的吧？看你，棉袄，棉裤，新轧鞋，还有棉大氅，嘻，可没个冻的了。拴住，你也去得了！"

"谁不说呢，就人家嫌乎咱小嘛！"小嘎说。

孙大娘也上来炕，把玉宝的背兜拿去找钉子挂，掂了掂，说：

"你这是啥？"她伸手去摸。"嗳哟，书本子！我倒是啥？那末沉！你们军队的也兴上冬学？咱们屯上妇女会也快要上冬学啦。"

孙玉宝只是不说话，瞅着妈这个乐劲。她好像喝了两杯似的，话说那么些，把背兜挂好了，马上坐回来，凑近儿子身边，低声说：

"这两天听说又打胜仗，'中央'胡子来不了了吧。"

"跑都没找到道跑哪，还来？！"

"嗯哪！我说呢！那，你还去不者？"

"咋不去？明天不等亮天就得走。"

"准定得那样紧怎的？好不容易回来一趟，等过完年再走呗。今年咱们穷人可是要美美地过个好年了。可惜，你爹没赶上！……我说，你回来一趟不容易，差不几天了，过完年再……"

"今天不是过了年了吗？"

"我说是咱们庄稼人过的旧历年呀！"

孙玉宝不知想的啥，直瞅着炕梢被格里，叠得干豆腐那样齐整的麻花被。孙大娘又叨咕说：

"嗯哪，玉宝，你走了，农会可是照顾咱们呀：分地让我替你先挑一坰好地，劈果实，劈屋子也先照顾军属。你看看，这屋要不是翻身，咱们一辈子就说置一根檩子都怕置不起呵，别说盖这样大房子了！"

"咱们挑的地是那嘎哒？"孙玉宝问。

"我说要挑赵大院那块靠路东的地，你大哥说啥'场远地近家中宝'，嫌远了。就挑近边路南崔胡的地了。人家今年种的麦楂，你才刚回来看到了吧？地可也行。在早有钱也摊不到咱们买呀，嗳，翻身可是没啥说的了，样样叫人称心如意的。"

孙大娘只管她的高兴，孙玉宝也只管听他妈的欢喜了，小嘎啥时候溜了号，他们也不知道。

一会。那只白蹄的黄骠马在院里嘶叫。孙大娘接着又说：

"对啰，还有外面大黄马，那也是劈的。人家说啥'孤蹄缨榜不发家'，都不乐意要。我脑筋可开了，不信那一套。看我好好侍弄庄稼，今年明年要不闹旱炎雨涝的，看我发不发家？"

孙大娘挺利索一个人，二十多岁守的寡。就凭她能耐，把玉宝哥俩拉扯大。现在快平五十了，人还是结实像棵核桃。

有人来了。院子里的雪地，吱吱嚓嚓地响。人还没进来，先就听到声嚷：

"玉宝快走，到农会去！来了，怎么不到农会去？过年嘛，难得遇上。咱们庄稼人现在都兴过阳历年了，你参了军倒是不兴过？"

主任一边嚷一边推开门进来。伸手去抓住玉宝的胳膊。村长在后面，玉宝瞅他一眼，觉得挺别扭似的。人家倒没那么回事，就同见了老朋友那样。他们都特意瞅他怀里的牌子。玉宝把手握住，怪难为情的样子。主任马上挣开玉宝的手。说：

"你别装迷糊了，你送给人家能行，我瞅一瞅不中吗？"玉宝一听这话，脸红了。把手一松开，那只耀眼的奖章，主任村长看了，又惊又乐的。村长说：

"可不是怎的，'战斗模范'！中！咱们村也光荣！老大娘，玉宝兄弟当了战斗模范啦！光荣加上光荣，双料，好样的！"

孙玉宝听村长这样说，心里更加惭愧，觉得早先同他闹别扭，打的仗，全是自各不对。

主任真是比早日变了，变得会说话了。现在他就坐也坐不住，站也站不住。催玉宝说：

"走，走！到农会去！"

"玉宝，今晚上你给大伙演说演说前方胜利消息吧！"

"对，对！走，走！不冷，不穿大衣行啦！"

"帽子，帽子，不戴帽子等会凉了！"

孙大娘把狗皮帽子给了玉宝。玉宝叫主任和村长呼啦出去了。

孙大娘想打玻璃窗朝外瞅他们。挺厚一层霜把玻璃封得挺严，看不见。她机灵地赶紧拿火盆里的"烙提"往窗上一烙。吱吱发响，霜花立刻化了，玻璃亮了一大片。她把鼻尖贴上去，瞅见玉宝他们三人平排着走。她看到玉宝的新靰鞡，看到他打得结结实实的腿绊，看到他轻巧地踢着雪地上的冰块。末了，听到他们三个嘻嘻哈哈地笑，随着风吹到窗纸上来。

一九四八年二月于哈尔滨

选自《东北日报》，1948 年 3 月 9、10 日

小姑娘

一个十六七岁的小姑娘。戴一顶兔皮的日本军用皮帽,一件补着补丁的短袄罩上一件崭新的海蓝色布大褂,扎着皮腰带,挂着挂包,扎着裹腿,脚上是一双春天穿的单鞋。这双单鞋却老在雪地里走来走去。

"你老在外边跑,不怕冷呀?"房东的老太婆关心地问着。

"不冷。我一进屋就热,鼻尖直淌汗。"

真是,老太婆把炕烧得太热了,小姑娘的鼻尖果然冒着汗珠儿。

她是外屯的妇女会主任,到这屯跟工作队学习工作办法来的。在家时候可封建了,要她同不认识的男人说句话可困难。现在也不知怎的,变得那样快:

一位打区上刚下来的新同志,才坐下。她马上大方地问他:

"同志,贵姓呀?"

这位新来的同志惊异地,把名字告诉她。

"咱们啥也不明白,希望卢同志以后多多帮助!"

看样子,她是刚从学校出来的学生,其实,贫穷把她一直阻拦在学校的门槛外,在一个月以前,自个的名字都认不出来哪!

一天,她妈打家里坐了六七里地的爬犁来了:

说是,今年夏天辟来的六尺水淋布,拿去叫她姐帮缝条棉裤,现在听说,姐姐她婆家是富农,怕六尺水淋布也叫大伙斗了。叫她去姐姐家看看,能取得回来不?

"我不去! 谁去她那个地主富农家?"

她噘起小嘴,回答得那样脆。

妈瞪起眼,半天才柔声地问:

"那你不穿棉裤啦?"

"不穿能怎的?多少年没穿还不一样抗过了!"

她出去了。让妈自个坐在炕上,去拨开炉里那快没火星的草灰。

"我这丫头的脾气可倔了,真拗不过她!"妈对着才进来的房东老太婆说。

老太婆也有同样欢喜地感慨:

"哎,这年头年轻人都一个样呀,我的孙女还不也是这样的:成天就在外边跑,开会、调查地主浮产啥的,没个回来时候。"

※　※　※

小姑娘学习半拉月,回到本屯领导妇女们作打倒封建的斗争去了。

有一回,农会两个民兵到一个富农老石家去借马。老石这尖头的富农,他冷言冷语地说:

"不知道你们农会要使唤马,要知道,早给你们买两匹!"

民兵寻思:"你这鸡巴地主富农,还不服气怎的?说风凉话哪!"两人都上火了,气呼呼的,马也不借了。

老石知道惹了"不是"了。赶紧跑来找小姑娘她爹,说明了这件事,完了哀求说:

"老和头,你帮我这一回吧!这回能过去了,我……"

老和头说:

"老石,这不是在早那时候了,眼下农会换了那伙人,反正你也明白,哪能有我说的?!"

"不是要你说呀,要你姑娘说一说,准能成!"

老和头寻思一会。说:

"我丫头?可也行!等她回来给你说吧。"

小姑娘今天刚好就回家来。她爹就对她说了:

"凤云,才刚老石家来说:农会民兵来借马,他说了两句不好听的话,他知道错了! 日后可不敢再这样。你到农会跟主任说说吧:说老石家一时糊涂……"

"糊涂? 别耍奸头啦!"小姑娘锋利地截住了爹的话,眼直睁着爹说:"叫他别逞那屄威风啦吧! 你还替他卖人情哪! ——"

"哎,你……"

"我,我怎的? 你再说,连你也非揪到农会去斗不价! 你寻思还要当两面光哪!"

小姑娘急眼了,打炕上叮当跳下地来,推开门,直奔农会去了。

一九四七年十二月十九日于拉林柯家窝棚

选自《东北日报》,1947 年 12 月 28 日

在抚顺煤矿的日子

　　这儿，我写下我的感激和信任，纪念着一个难忘的友人。

　　事情的起始是在三年前的秋天，当时，我正在抚顺炭矿的一个仓库里做保管员。整年整月地守在低湿的房子里，时间久了，就跟因在笼里的鸟儿一样，两只翅膀渐渐变成麻痹，我的两只膝盖每当下雨刮风的来临，就感到微微的酸痛。有人说，这可不得了，将来会成软瘫病哩；叫我多走动走动。

　　从此，我才学会散步这个玩意来。

　　我散步的路线老是在附近的一条通到炭坑去的路上。这当中就得经过一座为着监视工人进出炭坑的岗楼。

　　看岗楼的是一个瘦长瘦长个子，有着白净的脸面和细小的，可是笔直的鼻梁。他看人总爱深深地凝视。每次我从他岗楼经过，他总是用温和的、询问的眼光看视着我那只走得不大灵便的脚，好像要问：

　　"你的脚怎么回事？"

　　然而，他一直都没有问我，只是在嘴角上挂着一丝笑影。

　　"这个人可有意思哩！"我这样想。

　　往后我也用友谊的眼光回答他，也没有跟他讲话。但，这种情形并没有继续得很久，我们终于说话了。

　　那是一天下午，我从公司里领到一大堆表册回来，走过岗楼不远，后面突然响着一个生疏可是亲热的呼唤：

　　"东西掉了！"

　　我回头一看，就是那个瘦长瘦长的看岗楼的人，从地上拾起一本硬皮的"物品登记簿",带着微笑,恭恭敬敬地送到我的跟前来。

"谢谢你!"我只说了一句,再没讲别的了。他好像要问我什么,嗫嚅了半天,也没有说成,两个人就走开了。可是,我觉得他还在我后边用温和的、询问的眼光看视着我那只走得不大灵便的脚。

本来,像我这样一个二十来岁的年青人,他应该有着美好的学校来养育他的技能,应该有着温馨的家庭来陶冶他健全的心灵的。可是我呢?为着贫穷,说得确切一些,为着日本鬼子所迫害——日本鬼子来了,才把我的一个杂货店闹成了破产,我的父亲由一个小商店的掌柜变成了小贩。我在伪满国高没有读完课程就离开学校了,以后就寂寞地在这个阴森森的鬼矿山,让生命逐渐销蚀。除了一个月换来七十三元五角薪水,百来斤的配给高粱米,再什么也没有了,没有朋友,没有欢笑,没有衷心的谈天。

现在,发现了这个人,这个稀有的微笑,使我感到畅快,有若经久的雨天,忽然见到了阳光。

第二天,我照例地,可是怀着企望的心情到岗楼去散步。我是企望着在那瘦长瘦长的看守人,从他和善的话语里,分到一些欢乐。

"十二点了吗?"当我快走到他的近边去时,他对我招呼。

"不,十二点早过了,现在怕有一点多了吧!"我在他面前停止了脚步。

"你不是每天晌午出来走的吗?"他和善地看看我的眼睛,然后才看看我的脚,想问,但又把话咽住了。

"今天要做月终结账,忙一些。"

接着是他问我的职务,姓氏,籍贯和年纪。想了一下才决定请我进入他那个低矮的岗楼去坐。

其实,要坐是很勉强的,里边就是一张长长的木板,用两块不整齐的石头撑着,算是凳子,再就通着两只眼洞,圆圆的墙壁。屋里空空洞洞。

"你的脚怎么回事?"他让我坐定了,才温和地、关心地问着。

"谁知道呢,大概是住的屋太潮。人家都说是寒腿,叫我多走动走动。"

"是膝盖上的吗?"他走近来叫我把裤管挽起,伸着手按摩了一阵,又叫我把左脚架在右脚上,然后在我的左膝盖轻轻地敲了两下,脚一动也不动。于是他使劲再敲了一下,左脚尖这才勉强地往上跳了跳。完了,他抬起头来看我,像一个老练的医生,窥探着他的病人,说:

"这是关节炎!"他思索了一会,然后又说:"还轻。不过,你这种小散步不行的,治不好。——得需要'大散步'!"

最终一句他却带着幽默的口吻说,意味深长地看着我。

"什么大散步呢? 每天多走一点吗? 还是跟早先在学校那样,每天早起来就跑步?"

"不,不。"他笑着,手摇了几摇。

"那是什么意思呢?"

他静静地仔细地端详了我好一会,才说是关节炎不能拿散步来治得好的,只有迁移住居;所谓"大散步",意思是叫我离开这个低湿的地方。

"要是不能'大散步'呢,那,把被窝多晒,顶好每天能在太阳下把裤管挽起,让膝盖晒他一两点钟。"

看他那副严肃而郑重的神气,我当时感到有点滑稽似的。

"你不信? 我是当过医生哩!"他突然止住他的述说,转过来庄严地看着我。

"真的? 那你过去是……"我这才有点惊异了。

"过去——不说了吧,过去的事没啥味道。"他马上察觉了什么,带着几分戒心似的改换了口气。随即沉住了脸。

我也不做声,重新审视着他的神情。他,看样子是快近三十岁的人了。有着一双深沉而富于思考的眼睛,有着表示出坚定和果断的嘴唇,有着一双细瘦而白皙的手。这些都标明着他曾经有过良好的教养,也有过不少的人世的磨练。可是,他又怎的有着这个可悲的遭遇呢？真是一个"谜"样的人！但因为都还不很熟，话总是说了这句没了那句。而且我也有事情得办理，不能同他扯得太多，回来了。

从此，我和他慢慢才熟悉起来，以至成朋友了。虽然他说散步医不好我的关节炎，然而为了要看到他，谈天什么的，每天总要到岗楼门口去。

他一见我来了，总是带着微笑，问："怎样？不忙吧？"接着就是他唱独角戏，讲着"水浒传"和"三国"的故事，议论着那些英雄们。他给赵云好多的赞美，他说他年青时可爱，年老了也还可爱。

"这回我再看，觉得关公这老家伙可要不得，杀了颜良、文丑，替曹操做了工作，变节。你说对不对？"

有时他自己讲得多了，也来一下停顿，征求我的意见。等我表示不很明白，谈不下去的时候，他就引导我谈出炭矿里的一些情形，或者是问炭矿附近的老百姓都是些什么人，过去的矿工怎样逃跑得出去等问题。我从来也不去想：他为什么要打听这些事情？只是照着自己知道的都告诉了他。他总是很留心地听着。这不仅是白天，就是夜里，该他守夜班的时候，我也常常到那间岗楼去陪着他坐着。静静地听他讲不完的故事。

是的，他爱讲故事。不光是讲赵云、马超，讲武松和鲁智深。一样的，他也爱讲关里抗战的故事，爱讲那个跟老百姓成了一家人样的队伍。但是，他却不爱讲他的经历。

然而，关于他的身世，却有着许多传说：有的说他是"中央军"的什么医佐，是一个大学生，学医的；在山西打仗被鬼子俘虏来了。另外有的说：他先头是"中央军"，后来觉得"中央军"黑暗腐败，不满意，投到共产党去了。他在工人里头，好多工人都听他的话。鬼子怕他闹乱子才把他调开。看他现在和旁的看岗楼的就不一样：没有跟把头他们勾勾搭搭，欺负工人。

虽说这样，他对我依然是"谜"样的人物。我几次想问他，可是，他是不爱谈说他的经历的，但他却爱讲故事。我也就爱听他讲关里抗战的故事,爱听那个跟老百姓一家人样的队伍的事情。

不久,我的父亲从邻家赵大叔那里,打听到我常和他一块谈天,对我就狠狠地发了一顿脾气,说是听赵大叔说,姓张这个人,是"特殊工人",是共产党。把头老郑很留心他,要我以后不许再去同他来往了。

"不是说,共产党同红胡子一样吗?像老张这样懂得道理,诚心诚意的人,怎的会是跟鬼子们说的共产党一样呢?如果共产党是同老张这样,那倒是天大的好人党,为啥不敢跟他玩?吓,把头老郑,他妈的,什么玩意?"我这一想,可有点气愤。我不管,以后还是偷空到他那里去听故事。

但是,不久我突然病了。

公司里对我这样一个职员,死了也不算数,当然没有人来理睬我的病了。只得让高热整天整夜地煎熬着。母亲不断地埋怨父亲,可是父亲有什么办法呢?上一个月为着买高粱已经问人家借了五十多元了,现在又哪儿去借钱来买药?

弟弟和妹妹为着我的病,为着家里的贫窘,变得痴痴呆呆地张望着。

病人的心思总是特别复杂的。此时,许多老张曾经描绘给我的故事,都杂乱地来到我的眼前:我瞥见好多人争着为一个垂死者输血;瞥见好多人走过浮着薄冰的河面还见到溅起一片水花。也瞥见赵子龙怀里裹着"阿斗"从千军万马的重围杀开一条血路;忽然又见到武松在鸳鸯楼上写"杀人者武松"的气概……

"真有这样事情吗?鬼,不信!"我烦恼地从这些幻像逃开。眼前却是站着弟弟呆呆地望着我。

猛然,门开开了,透进一丝凉风。

"小李,病啦?"

一个焦急而关切的呼声,随同脚步来了。我来不及转过头去看,他已经站到我的床前。

他就是看岗楼的人,瘦长瘦长的张树德。

"怎的？不碍事吧？"他在我的床沿坐下，摸摸我的额角，"温度很高！"最后一句，声音变低了，随着是作着一阵沉思，又摸了摸我的额。

随即问我这几天以及从前的"病历"。弟弟看我说话很难的样子，抢着替我回答；母亲却又拦住弟弟，自己才将我这三天来发热、讲胡话的情形告诉他。

"那一定是害的回归热了。老太太，放心吧，没啥关系！"

"他现在才好些了，一发起烧来，可是——"母亲对他诉苦似的说。

"他每天什么时候发作呢？"

"就是晌午和夜里吧。反正总说不准。"

"嗯。"他点点头。

他默默地坐着，也不多和我说话，只是环视着我这个贫穷的屋子。好像每件家具，都成了在风雪中哆嗦的叫化子，引动他的悯惜。他继而深沉地凝视着我，比我病人还痛苦似的。

"我明天再来！"他说着就走了。

到门外碰上母亲去打水回来，他又吩咐母亲怎样地照顾我。母亲回来急急地把水烧开了送给我，才问：

"才来的那个是谁呀？"

我照实地告诉了她。

"看他，人倒是个好性子的。鬼子真是把什么好人都给坑坏了，唉！像他这样的人，能有什么罪过呀？乃森，你真是，应该留人家喝杯开水再走嘛！"

"我们都很熟的，他说明天还来。"我说。

但是，母亲总以为过意不去。就是没有茶，让他喝杯开水也算咱们一番诚意。

第二天他果然来了。他带来了一支六〇六，一支蒸馏水的针药和一支注射器。

"哪里来的这些东西？"我很诧异地问。

他说：针药是买的，注射器是药房里借的，不过是拿钱作了抵押。他和平而轻声地回答我。

"多少钱？你怎么敢拿钱去——"我痛苦地诘问他。

"你别管这些。"他怕我难过，极力地，用温和的话和眼睛抚慰着我。

"你……你不是说，钱是你的血液，是你的——"我听说他把钱看得很珍贵的，每个月拿到几十元钱，都把它藏存得很周密，一若乡下人爱惜他的元宝一样，连纸烟也戒了，不敢化钱买。

"就是血液也能给你，你不要太兴奋。你知道：你现在是病着哩！你看，你又要发烧了！"他按着我的额角说。

等我静了一下，他才仔细地替我打了针。完了就静默地坐在我床沿，为我驱赶着苍蝇。我睡醒过来时，妹妹说，他等我睡定了以后才走的。他还叫妹妹不要吵闹怕把我吵醒了。

经过药针的注射后，病倒是不再发了；身体还是一点力气没有，暂时在家休息着。老张隔一天来看一回，叫我不要劳动，疲劳了会复发的；也不敢吃生冷的东西，这样，一个礼拜就能好的。

"你交的这个朋友还不大离！"

有一回，他跟我的父亲谈了很多话，不论是对贫苦人的生活情况还是我家过去的遭遇，他都表示着极大的同情，并且安慰父亲说："穷人总有一天能翻身的。"父亲在他走后，才对我这样说。随后又感慨地说道：

"起始听老赵说把头老郑讲他怎样的不好。现在看来，人家才是好样人哩！真是一面之言不可信。"

不多日子，我终于又回到原来工作的"转盘"上了。一天一天的又是照旧转着。老张也依然看守他的岗楼。

一个月过去了，两个月过去了。

奇怪的是这几天来，老张显示出不安，脸上不那样安静了。话也说得很少。然而，看样子他却比什么时候都有着更多、更紧要的话要告诉我。可是，总没有说。

"什么事呢?"我也满肚子的狐疑。

是一个夜间,他约我去。在他的岗楼的木板上,我坐着。

他深深地打量着我,一会,眼光显着一种忆想,一种策划。

"你为什么这样看我,你想的啥?"我忍不住闷气了,问了一声。

"我想起——"

"你想了啥?"

"我想起一个聪明能耐的人。可惜他跟这儿附近的杏树一样:长在不适宜的地土,结不成好花果!"

"这个人是谁呀?"

"是……"他把话咽回去了,定定地看我,流露着怜惜的神色。

"那么,你说什么地方的地土才合适呢?"过一会我问他。

"地球那么大,还怕没有合适的地方吗?这里不合,那里总会合的!"他忽然来了一股火热的气概,站起来走了两圈。然后伸着脖子探望门外面:

外面是静寂的,只听到远处送来起煤车的轰鸣。

"比如这个地方对我不合适,对你也不合适。"

他好像经过好大的努力才把话讲出口,讲完了顿时感到平静,可是又感到惶恐。

我们又沉默了。远处又传来起煤车的轰鸣。

"小李,你家真是靠你挣钱过日子吗?"停了好一阵,他才又问我。

"是。"我回答。

"可是小李,你千万别忘了你是中国人!"

静了好久,他才没头没脑说了这句话。

我默默地点了点头。心里却有点不服气,想:"我什么时候忘记我是中国人呀?吓,瞧着吧!"但是,当我把眼睛移向着他,他的那样不安、急躁、怜悯、怅惜、复杂矛盾的神情一下子侵袭着我。

"老张,你……"我带着颤声,艰难地说出这句话。

他一惊,瞅住我。起煤车的轰鸣霎时间停了,夜静得那样冰冷。

"小李!"他坐到我身边,握住我的手,捏得紧紧的。

我不知是喜是悲,只是呆呆地望着他。

"我,我也害了关节炎了!"他挣脱我的手,站起来。来回地走动。

"那末,你要……"

"我总不会死的。将来——"他突然充满着信心。但话老是没讲完,就要吞回去了。

"不早了,回去睡吧!"过后,他说。声音带着无边的依恋。

不知怎的,这时我很不想离开他,却又怕违反他的意思,只得回来了。

第二天,鬼子来检验仓库,没有空去散步了。到夜晚我又到岗楼去的时候,有一个矮小的、长着满脸胡须、新的看守人,睁着发光的眼睛迎着我走近去。然后神秘地向我招手,意思是叫我进入岗楼去。我心跳得很厉害,预感着一件什么不吉利的事发生了。等我进了岗楼,那个人机密地从衣兜掏了半天,才摸出一张字条,交给我说道:

"老张给的。"

"他呢?"我拿着字条,手颤抖了一下。

"不要问。回去看。"他下命令式的,络腮胡猛然变成黑森林一样威严。

我立时将字条随手插进裤袋里,手还把字条紧握着,怕它溜走了似的。

我一直走回自己的家来。母亲迎头就问:

"张先生不是说要来玩吗?怎的你老不叫他来?"

我却说不出话,只顾急着把电门开开,拿出字条来。一看,下面就是老张留下的文字了:

> 小李:
>
> 我"大散步"去了。本来该约你一块去的,可是,你是
>
> 不能离开家。不过,再过些日子,我们会来的。我们后会

有期。

交字条给你的，是个老实人，他会告诉你关于我的事。

你的一个朋友"长工"临去之晨

"你的那个朋友呢？带我找他玩去！"弟弟摇着我呆呆地站立着的身躯。

"去请他明晚来吧，咱们明晚包饺子吃。"母亲虔诚地说着。

这是伪满康德十年秋末叶子落了的时候了。

一九四六年六月十四日于哈尔滨

选自《东北文化》，1946年第1卷第1期

早　晨

办公室原来是每天早晨都一样,几个小孩子吵吵闹闹,扫地,拭抹桌子,给煤炉子生火。一边做活,一边说笑,常是把晏起的人吵醒。

今天此时却挺静,我疑心起得早了。迟疑地把门推开:办公室的火炉边,四五个小孩有的伏在桌子上,有的恭恭敬敬站立,手上还拿着扫把。都静静地围着一个老太婆看。

"哪里来的这样一个老太婆?"我诧异着,走近去。

老太婆快有五十岁人了。头上一大块青布包着,穿一身厚重的布棉袄,手腕上还带着一只银镯子。她见我来了不但不怯生,却亲切地微笑,说:

"老同志,坐!"她移一移自己坐的条凳。

"她是小朱的妈,昨天才来!"小范以眼色瞅着老太婆,然后对我说。

"是吗,那好嘛。小朱呢?"我说。以眼睛寻找着小朱。

小朱害臊地坐在另外一张桌子,摆弄着一根绿杆的钢笔。

"老太太辛苦了吧!"我在老太太旁边坐下问,"打哪儿来的?"

"本溪。"另外一个小孩抢着说。

"本溪? 挺远道啊!"我吃惊地重新看看老太太的身体。她倒是健康的,瘦小个子,眼睛挺精神。

"可不是远怎的,都是为了他啊,"老太太回转头去瞥了小朱一眼,"早知道他在这儿安安稳稳的,咱也不必操那份心,走那样远道了!"

"昨晚到的吧?"我问。

"是嘛，昨儿下晚，到××下了火车，晚了，雇不到马车，咱就硬着头皮走路。才刚化过雪，道可真是不好走。好在走不远，碰上你们老同志一架汽车，同志们看我这老太婆走得辛苦啦，问我到哪儿，我说来报社找的小朱。同志们就亲戚邻舍一样的，扶我上了车。还让我坐在头前司机旁边。要不是，昨晚走到半夜还不一定到哪。"

老太太擤了一下鼻涕，顺手抹在鞋带子上。完了，她环视着我们的办公室。

办公室每天晚上就成为勤务员学习的教室，墙上挂着一块绿色的黑板，上面还没有抹掉的，小孩子写下的算术习题。每张桌子都放着透明的墨水壶，红杆或绿杆的钢笔和船一样的吸墨器。

老太太喜悦地将视线收回来，看望着旁边这几个淘气的孩子，沉吟了一阵，好像说："你们这些孩子真像鸡子掉进了米缸，不怕长不好了。"

老太太说，她家是种菜园的，一家五口人，勉勉强强能过得去。去年民主联军到本溪，住在她家附近，小朱常去跟同志们玩，听老同志讲关里的小孩子参加打鬼子故事，听得动了心。也看见同志们大伙和和气气，比家里还热闹，心就变野了。等民主联军开走时候，他就瞒着家里，偷着跑了。

"老太太是不是要小朱回家去呢？"我问。

"唔，……本来就是想叫他回去的。他自己却不乐意。嗳，老同志，俗话说的：做母亲的能养大儿子的身，可不能管他的心啊！"

"是的。"我笨拙地说了一句，但立刻又想起话头，"是的，我早先也是母亲不让走，都是偷偷跑了来的。现在还不是长得蛮结实吗？"

"昨个晚咱也想了想：小朱既然在这儿能学到好，我倒是不要强着他回去了。你老同志日后多管教他就好了！"

老太太把手伸向火炉烤了烤。虔敬地望着我。

"咱们人都是一样的，不会叫小朱他们受委屈。"

"这，咱一路来是看到了。只怕小朱自各淘气，不学好。"

"小朱，听着了吧，妈妈叫你以后要学好哪!"学习小组长洪任猷望着小朱说。

"妈妈，你什么时候回去?"另外一个小孩亲切地问着。

"不回去，不让回去了!"

"对了，不让回去了!"

孩子们唧唧喳喳抢着说话。有的攀老太太的肩，有的拉她的手嚷着。把老太太逗得笑了。

一九四六年十一月四日于哈尔滨

选自《东北文艺》，1946 年第 1 卷第 1 期

最后的夜晚

又是礼拜六了。

人们都落得一身的轻松。三三两两的在化了雪而铺上了细沙的院子里散步,在音乐室按风琴,在乒乓球场不断地发出哄笑,在墙报跟前静静地看谁在文章里剖白欢快的心情,看谁对人生对世界发表新的观点和议论。

雀鸟们也是那样喜悦的:不管是屋檐下的鸽子,还是栖息在柳树上的麻雀,都唧咕着初春的温暖。门外边的小河开了,不时发出冰块碎裂的声响,黄色的水流欢笑地往前奔驶,追逐。湖水样的蓝天,衬着橘色的晚霞,上天也是那样美丽。

一切都显示着新鲜,欢欣而宁静。

云青从一个朋友家回来了。她还是披一件平领子的黑大衣,一双结结实实的棉鞋。不知什么心事把她绊住了,一进了校门,那双习惯于思索的目光,更显得深沉,要寻找什么似的,从宿舍走到音乐室,从音乐室走到院子里;在院子里兜了一个圈子,又转回来。最终,在俱乐部里的墙报跟前,见到了两个背影:一个是深蓝色旗袍罩上一件青色呢子短外套,头上梳着两根刚搭到肩上的小辫子。一个是一身黑色的学生制服,束着腰带,雪白的领子翻在外边。这都是今天下午天气暖了,她们才换的春装。云青看了好几分钟才认得出:穿学生装的是若苇,梳辫子的是艾明。

"干么打扮得那样漂亮呀?"

云青走到她们后边,突然一问,吓得两个人都惊疑地转回头来。艾明脸红了一下,若苇却严正地注意到云青不大自然的神色,顺嘴就问：

"你到哪儿去了？"

"到哪儿去，还不是找人家的……"艾明抿了抿嘴，瞟了若苇一眼，若苇笑了笑。

"讨厌，人家正是有事情跟你们商量，你们倒反把人家来开心！"云青立即变得很不高兴的样子，噘着嘴，把头掉到一边去。

"什么回事？"若苇敛住了笑容，大姊姊似的，拉住她的手轻声地问。

沉默了。艾明就同打破了碗的小孩，畏怯地看看若苇。

"云青，什么回事？谁讲了什么事情了？"若苇温柔地对着她的眼看。

"告诉你……"云青将若苇的手捏了一下，神秘地左右看了看有没有人听见。

若苇把云青和艾明拉到屋角的椅子上坐下。

"告诉你们：我刚才在怀深家里听到说：民主联军要开走啦，咱们学校也要搬到旁的地方去。"云青低声地说，心别别地发跳。

"那怎么办？"艾明单纯地睁着眼睛望着若苇。

"怎么办，要搬就跟着走，怕啥！"若苇喜悦而亲切地伸张两只胳膊挽住艾明和云青的腰肢。

风琴声柔和地响着：

冰河在春天已解冻，

万物在春天已复生……

谁又和着琴声唱了，声音由单一变成杂乱，由杂乱又趋于和谐。

倘若在平日，即使沉静的云青也会因这激人心弦的歌声而暗暗地低声吟唱起来的。现在她们却为这个意外的消息统治着了。一个人有一个人的心思：

若苇听说要走，要离开这个局促的小城了。心里立刻涌起一股热流，全个心情都向往于《夜未央》的索菲亚，《前夜》中的伊林娜；以及那个成为妇女界奋斗的标帜"娜拉"。她宛如瞥见了光明而平坦的道路,伸展在前面,一直伸展于无止尽的远处。云青却不同了,她另外有着她的心境:现在她脑子里闪现着年老的母亲的影像,咀嚼着母亲抚爱的语言,也分担着母亲的寂寞和愁苦。可是,马上又闪出另一个影子,这个一看就叫人快乐的伟,这清秀而健康的青年,他曾经那样强烈地占去了云青的心灵。"他怎么了呢?他们那个学校——'军大'也迁走吗?"云青想到这儿,心乱极了,如同断了线的风筝,在旋风中飘飞,没有着落。只有艾明才那样安静,她知道,什么都有若苇在前面,若苇怎么着她就怎么着,反正若苇比她懂得多,听她做,错不了。

"云青姐,若苇姊走,你到底走不走?"艾明握住云青的手问。

"怎么说呢?走,我又怕母亲难过,不走,又……又舍不得和大家分开。"云青忧郁地嘟哝着,嘴边掠过一丝苦笑。

"消息不一定是真的,不要自作烦恼吧!"若苇镇定地说。

论起年岁来,若苇跟云青差不到哪儿去,都才是十八九岁的女孩子,伪满国高刚卒业。书也不比云青读得多的,也都是偷偷地从教师或同学那儿借到一些小说。可是一个人的性情总是一个样:若苇从小说中得到了对人类社会的热爱,得到了勇敢和反抗。云青呢?她得到的却是柔情、细心和犹豫。艾明却依然保持着十六岁的女孩子的天真。

"要是真呢?"艾明紧接着,向若苇问。

"真,我就走!谁没有母亲?母亲又不能陪我们一辈子,将来还不是有一天总得要离开!"若苇说得很坚决也很平静。

"人家不是为了母亲,你真是!"艾明又顽皮地对若苇使了一个眼色。

"什么,你这毛丫头,专拿人来开心!"云青伸着食指,指着艾明的前额,艾明也顺手给云青的脖子拧了一把,两个人就缠着,闹了一阵。

"不闹了!到街上去买东西吃,我请客。"若苇把两个人的手挣开,拉着她们往外走去。艾明小辫上的白结子散开了,云青一边走,一边给她缠上。

"你们爱吃什么,说吧!"若苇到了十字街口,停在卖糖的小摊旁边开始问着。

"我喜欢吃松子。咱们拿回去,慢慢地嗑。一边嗑,一边想,多有意思哪!"云青把刚才的心事暂时撇开了,又回复她平时那样,爱讲些变幻的话语。

"我爱吃水果糖:甜蜜,爽快。挺讨厌斯斯文文吃上老半天。"若苇正掏着口袋的钱说。接着又摇了摇艾明的胳膊问:

"你呢,你爱吃啥?"

"我什么都行!"艾明答了一句。

"你这个人什么事也没主意。将来要你嫁给个哑巴,看你怎么说?"若苇半开玩笑地说。

云青却不说话,偷偷地在艾明白嫩的脖子放下一个松子去。

"哑巴就哑巴,只要——唔,讨厌!"艾明发觉脖子滑溜地窜进一只什么东西。反转来伸出拳头追着云青捶了几下。

※　※　※

云青他们从街上散步回来,整个学校都骚动了。电灯比往日亮得早了似的,亮得那么耀眼。寝室里蜂窝样显得那么拥挤、喧闹、混乱和忙碌。人们的嘴巴老是不知疲倦,不是抱怨反动派破坏他们的可爱而宁静的生活,就是议论着什么地方的风景;有的人却轻轻地哼着歌子。

教务处通知说:迁移是为了避免遭受反动派军队进攻的灾害。同学们当中,有不乐意走的,可以留下,不要勉强。

云青一下子失去主意了。"走呢?不走呢?"她焦躁而苦痛地徘徊着。

她在寝室里待不下去了,一个人漫无目的走到院子来。半圆的上弦月发亮了。疏枝的桃树和长了细叶的柳枝在地上都投画着淡淡的影子。

"学校的生活多美啊!不跟伪满时候了:大伙不管男的女的,

都是兄弟姊妹一般;不管读书,玩乐,都是那样自由,不要去为任何事情担忧……但,要是这回不跟着学校走呢? 明后天我就得离开它了,离开若苇、艾明,离开……不! 不能,我也要走!"

云青一边想,一边走着。猛然一决定,转回身,要到寝室来了。但是刚走上两步,又想:

"母亲能让走吗?"

想到这,心又乱糟糟了:母亲半白的头发又在她眼前摇晃;母亲慈祥的目光又深切地抚慰着她。母亲太可怜了:十多年前就没了父亲;五年前又失去哥哥。要是现在自己又走,只剩下一个苦命的嫂嫂和一个六岁的侄儿了!

"我不能走! ……可是呢,我要和学校,和若苇他们分开了,明天我就孤零零一个人了!"

想到这,热泪一滴一滴从眼眶落下来。

夜在人们兴奋的情绪中,在明亮的电灯光外面进行着。夜已带来了寒冷,带来了深沉和寂静了!

若苇收拾完了东西,烧毁了旧日的书信,然后才发觉云青的铺盖上,照旧整整齐齐地摆着一对枕头。问了问艾明,她也没有见到她。若苇到处找着,终于在走廊的一个角落里找到了云青。

云青被若苇一说,眼泪更抑止不住,居然伤心地哭泣起来。叫她回去她又不肯。若苇回去告诉教务主任。主任是一个和善的老太婆似的,叫人去请云青进来。

"云青同志,"主任放下了笔,将手扶着头对着云青说,"我们知道你是想走的,不过你有个母亲不能离开你。那你就暂时留下。等到你什么时候要来,我们都欢迎的! 革命一定得要自愿,不能勉强,一勉强就不好,是不是? 现在你还有什么意见呢?"

"我……舍不……"云青低着头看着自己的脚尖。

"我知道。我知道你是舍不得离开你的同学和教师的。现在你就先回去吧! 要来,什么时候再来都行!"主任恳切地安慰着。

第二天早晨,云青依然那样不安。

"云青怎样？不回家，就走得啰！"若苇挽着云青的胳膊，在微暖的阳光下走着。

"还是矛盾得很！"

"下决心吧，快刀斩乱麻，痛痛快快！"

"唔？"云青犹疑着。

※　　※　　※

云青忍痛地从学校搬回家来了。

现在她已经没了矛盾，没了踌躇，有若从街市走到寂静的旷野，让她有个平静的呼吸。

这是一个小小的宁静而温暖的家。一个明亮而洁净的闺房，房里安置着哥哥遗留下的一些自然的和文学的著作，一些朱漆的木器，墙上还有亲戚朋友的照片，风景画屏，古老的镜架，和花瓶。这每一样东西对云青都是那样的亲切啊！

云青在微温的炕上歪躺着。抚爱地环视房里的一切，一切都给她带来恬静和安宁。但是，她看着看着，视线慢慢地从这个房间离开了。她仿佛走入了另外一个世界：这是多么热闹啊，若苇，艾明，怀深也在。还有好多好多人，伟！他也来了，开运动会。好多旗子，好多队伍，好大的声音呀，大家都张开嘴叫什么。不是，他们都在镜子似的冰河上追逐着哪。唔，对了，他们划船，一个两个，……五个，不止，七、八、九个，都□□划，啊呀！船翻了！啊！伟掉进水去了……

云青失声叫着。张开眼一看，对面墙上的大镜子正是自己迷惘的眼睛对着自己瞅。她知道是做了一个梦。梦给她带来莫明其妙的空虚：她孤单了，想找人谈天，想问人什么话，可是一看，又是镜子上自己瞅着自己。照片上的哥哥老是这样瞅着，永远不会说话。

"嗳！"云青叹了口气想，"若苇现在做什么呀？如果学校不搬家，今天又该是开小组讨论会了；明天又是那位讲哲学的教师讲：'存在决定意识'，'矛盾的统一'了；后天又该是……"

云青越想越烦，从炕的这头走到那头，从那头走到这头，来回走了好几个圈子。突然拿起柜子上边的小镜框里的照片:伟,这是他的二十岁生日照的。"多英俊呀! 他的学校搬不搬呢? 搬的话,他能走吗? 这两天怎么没有信来呢? 前天若苇接到一封信,为什么那样神秘,一定不让我看? 她为什么说他不错? ……"

云青想到这,嫂嫂轻轻地掀起棉帘子,露着半个身,对云青说,饭好了,叫她过对屋去吃饭。云青默默地望着嫂嫂。嫂嫂这几年来突然老了,眼角处的皱纹那样多,那样惹眼;握住帘边边的手指变成那样粗糙了。云青看了看自己的手。自己的手倒是白皙而纤细的。

"走吧,等会饭菜凉了!"嫂嫂又催着。

云青说在学校吃过回来的,叫妈妈和小桂吃吧。嫂嫂回身走了。云青怜悯地叹了一口气。回过身来一看,墙上嫂嫂的照片触目惊心地摄住了她。

是的,嫂嫂也跟自己一样:有过黄金似的年华,有过不知愁苦的中学生时代,有过皙白而纤细的手。这手曾经是准确地画过几何的图形,画过美好的水彩画;曾经使老师和同学赞羡的高才生……现在却成了这样:成了书本里压干了的蔷薇一般,失去芳香和鲜艳了。

"难道这就是女子永久的命运吗? 难道我将来也——?"

云青掀起心的海潮来了……

"母亲能陪你一辈子吗?"

"早晚还不是嫁给人,早晚还不是要离开家?"

这些话又沉重地捶敲着她的心。屋子忽然变成囚牢一般狭窄,快窒息了。她跑到院子里去,两只鹅伸着脖子迎着她走来,她想伸手去抓它玩,又觉得没意思。回到房里来,还是一股闷气。顺手拿一本巴金的《春》翻开,可是,不看还好,一看,却从那些字里出现着若苇,艾明,伟,大伙的脸面都对着她,耳边又微微地闻到他们的歌声和话语……

云青再也忍受不住这样的折磨了。她决心要找人谈谈去。她对着镜子，将头发弄了弄，缠上方格子的围巾，恍恍惚惚地走到街上来。

"找谁去呢？比较能谈得拢的朋友都在干部学校，好意思再去见人家吗？"

云青这样踟蹰了半天，才想到怀深来了。怀深虽然不去干部学校，这些日子来和云青多少有点疏远。不过，她们原先是要好过；而且怀深的二哥跟伟都是"军大"的，说不定能打听到"他"的消息哪！

※　※　※

怀深的二哥明天也要随从"军大"走，现在到朋友家告别去了。旁的朋友却到他的家来送行。两个对面炕都坐满了人。嗑瓜子，谈笑话，抹纸牌，还有熏人的纸烟味，屋里盈溢着沉闷的喜悦。云青轻轻地藏在怀深的身边，好像不让人家知道她到这儿似的。她躲避着询问，躲避着任何人的眼光。

这儿好些个人，云青都认得。只有一个穿黄色军衣的，长得枯瘦，但是很有精神的陌生人。云青不自主地留意着他。他现在尽是不停地嗑着瓜子，亲切地坐近杨老太太跟前讲着话。

杨老太太并不反对老二跟着学校走，说是"鸟儿长了翅膀总要飞的。咱管不了"。可是真正要走了，心里总还要叨咕的。

那位穿黄军衣的人却爽快地说：

"老太太，不要担心。他们年轻人学好了本事，将来才有出息。"

"跟你们去，错倒是不错，就是他年纪小，没出惯门。"

"年纪小怕啥？年纪越小，人家越发照顾得周到呢！"

"这个人是谁？"云青低着声问怀深。

怀深凑到云青的耳边去说：他是打关里来的老同志，跟怀深的哥哥认识。是个老好人。

"他的媳妇定下好几年了，还没娶过来。他这一出去，什么时候能回来呀？"怀深的妈妈把两只手往袖口一拢，对这位老同志笑了笑。

"是什么样的姑娘？老二喜欢不呢？"

"不喜欢也不行呀？已经过了礼了。"

"老二要真的不喜欢就把她退掉算了吧，他以后还怕没有老婆吗？让他自由恋爱结婚，两口子将来一道，带个小娃娃回来看你这位有福的老太太多好！"

云青听这位老同志说到这，脸不觉得红了，和怀深交换了一个眼色。

"唔，不能吧？你自家现在也有了媳妇啦？"杨老太太问。

这位老同志说，他结婚好几年了。太太现在是在××县政府当财政科长。

"你们共产党女的也挺有能耐，两口子都能办事。啥时候把你媳妇带来咱们看看。"

"我们的人只要有本事，不拘你是男是女都一样看待。"老同志说着。停了一下，才把眼光扫视对面炕的几个女孩子，然后望着怀深问道：

"你的同学是不是也要走呀？"

"她自己倒是想走，就是母亲不让。"怀深说。

"谁？"云青轻轻地问着怀深。

"王树辉！"

"她也要走？"云青诧异地，自己反问一下。

王树辉是云青的同班，平日云青不大瞧得起她的：认为她软弱，没志气。现在人家却要走了，自己反而……

"唉！"云青不自主地叹了一声。

"自己要走就走，母亲又不能把她的脚缠住！"老同志说得那样容易，那样坦然。

"唔，走，没有被子怎么办？不冷吗？"怀深歪着头，问。

"哈哈，你真是小孩子气，怕冷？只要她肯走，有的是同志的帮助，还怕没有被子盖？以先我参加革命也是偷跑出来的哩。我们的老同志差不多都是跑出来的,到了革命队伍,什么也不用发愁了。"

老同志的话有如决了堤的流水,哗啦哗啦地讲他怎的参加了革命,到了革命队伍后,又是怎么个学习。说着说着,把大伙的眼睛都集拢到他身上去了。

云青反而越听越不安起来。有若一个失恋者听人家新娘子讲述恋爱的故事,句句都是针刺。她终于悄悄地告诉怀深说,头有点疼,走了。

怀深送她到院门,老二回来了。给云青一封信,说是伟给他让怀深转交的,想不到在这儿遇见了。

云青娇怯地接过信,脸红了。心猛烈地跳动。忘记对人家说句感谢话,疾速地走了。

她走过街的拐角处,才用颤抖的手撕开信。不知信是讲什么。她如同落在惊涛骇浪里,手脚都失去主宰了。

现在,街上已弥漫着黄昏。冷风开始在屋顶,在电线上呼啸,店铺都要关板了。点心铺和杂货店还进进出出一些年轻人。人家都要准备着明天路上的干粮,或者购买捆行李的绳子,看样子个个人都那么高高兴兴的。云青想买松子,又怕同熟人见面打招呼,索性加快脚步,急急往家里奔。

到院门口,突然走出邻居的梁老婆子来。

"嘻嘻,姑娘回来啦!"她莫明其妙地给云青打了个招呼。

云青对她点了点头。心想:"奇怪了,她怎么用这样的眼睛打量我呢?这爱管闲事的老婆子真讨厌!"

※　※　※

云青又回到小房间来了。房子在微暗的黄昏里成了空虚的谷洞一般的怕人。

嫂嫂进来,意味深长地带着微笑,悄悄地坐在云青跟前,问道:

"见到梁老婆子了吧?"

"在门口见到她。"

"要给你恭喜了!"

"怎么回事?"云青从炕上忽然坐起来,握住嫂嫂的手,仿佛求人搭救似的。

嫂嫂却冷静地说:

"刚才梁老婆子来跟妈妈说:想把你说给张家油房的大少爷呢。妈妈已经答应了,就怕你不愿意。"

云青的手立即冰冷了,呆呆地望着嫂嫂。嫂嫂这粗糙的手,额前这些皱纹,一下叫醒着她。心的天空,马上掠过一片乌云:

"我也要做人家的嫂嫂了! ……"

"不,我不愿意!"云青说着,眼泪成了解冻的冰柱,滴答滴答地落下。

"是好事啊,怎么哭啦!"嫂嫂抚摸着倒在自己怀里的妹妹的头发。自己也失去主意了。

"什么好事呀? 嫂嫂! 像你这个样你说能好吗? 你想,你早先是不是也愿意这样?"

给妹妹这一提起,沉潜了十来年的往事又浮泛上来了。她环顾墙上自己的那些青春时候的影子,那些曾经是花一样的年月,火一样的雄心,海一样的对人群的爱。而今都同水流般地逝去,炭灰一样地熄灭了!

嫂嫂知道劝也劝不转妹妹的心。主要的,自己也迷乱了起来,只好默默地出去了。

桌上的闹钟又走了好久的行程了。夜跟随着静寂来了,月光在院子里徘徊。两只鹅儿迈着方步,伸长脖子游走。

云青拭干了眼角处的泪痕。把伟的信又掏出来,扭开电灯,看下去:

> 云青:
>
> 我的话只好用文字来代替了。
>
> 正如在伙伴中我选择了你,在事业的路程,我是站在人民大众这边来了。明天,随同黎明的升起,我就踏上新的前途。我没有回顾的眷恋,我一定走到路的尽头!

本来，以为你是能够和我一道，齐肩并进，共同奔向光明，达到幸福的彼岸。谁知道你却甘心被家庭圈住了，被母爱的温暖俘虏了！

把我忘了吧。我们的距离，会同离了岸的船，越走越远。但愿你自有你的"幸福"吧！

伟四月二十二日

"吓，那样瞧不起人？我偏要走叫他看！我走！"

云青经不起伟的反激，好强的心猛然爆发了火花了。

若苇坚定而直率的话又撞击着她，那位老同志的故事又是那样引动人啊！嫂嫂意外的消息针一样地刺痛……

"走吧！一走了之！"云青把心一横，决定了。

"你什么时候来我们都欢迎的！"教务主任和善的话语温暖着她的心。

"现在就去！明天，同若苇，艾明！……大伙高高兴兴奔向崭新的天地去。不要天天看这个乌烟瘴气，全是煤烟的鬼地方了！"云青的心突然舒畅了！

"走吧！伟，我来了！不，我偏不理他。"她不禁自语着。匆忙地拿了两件要换的小衫，一本心爱的《夜未央》；一张原来放在小镜框里的，伟的照片，她摸了摸，又赌气放下了。就这样简单的一小包东西，就这样轻快地，乘着月色的光亮，悄悄地移开院门。看门的大黑狗，熟悉地摆着尾巴送她出了大门。

在街上，云青的脑子里全是装满了教务主任和善的微笑与柔和的言词：

"你什么时候来，我们都欢迎的！"

云青一路走，一路想，一到学校，先到教务处去对主任说：

"我也走！跟大家一块走。大家到哪，我也到哪！"

然后，回头来找若苇……

一九四六年八月十六日于哈尔滨

选自《北方》，光华书店 1947 年

◇陈　陇

一棵萝卜

　　虽然经过了指导员一再的说服解释了,战士们还是觉得奇怪!他们都以为指导员不该这样死板,这样不懂情理。

　　比方说吧,行军一百八十里走了个两头不见太阳,现在又快晌午了,大家连放屁的工夫都没有,加上大热的天,每个人身上的汗水都抽干净了,尿也憋死了,可是,走到萝卜地头上,他连一棵萝卜都不让拔,这不是死板是什么?

　　奇怪,大家都解不透指导员究竟安的什么心眼。

　　"拔一棵萝卜怕什么呢? 在这老山沟口里,又没有老百姓看见!"战士们抓着了这条道理总不放手,而指导员呢,他就是啃着"三大纪律,八项注意"讲呀讲的,又是"我们同老百姓是鱼和水"呀,又是"这是新的地区,老百姓们还不了解我们八路军"哪! 一大套,他一讲就是一大套,可谁愿听这些啰嗦话呢!

　　"鱼呀,水呀,八路军脱离了群众就是鱼离开了水呀! 算了吧! 老子听腻啦!"

　　"拔一棵萝卜算什么呢! 地里出的,土里长的,就是叫人吃的吗!"

　　"是吗! 从前我在家里放羊的时候,谁管这个:走到哪家萝卜地头上,还不让拔两棵吃! 见鬼!"

　　"老百姓也不在乎这个一星半点的!"

290

"去你的吧！再讲也是白费唾沫。"

"你也拔，我也拔，咱们大伙一齐下手拔，那这二亩萝卜地一下就光啦！……"一个战士慢声慢气地说着，别人立刻把他的话给打断了。

"好啦！你们听吧！二指导员给咱们上政治课啦！"

"说正经话的，不一定不想吃！算了吧！"

"别他妈说啦！留两句打发阎王爷吧！"……

战士们小声地嘟哝着，争吵着，指导员好像若无其事，和平常一样和蔼可亲，笑眯眯地在后面走着。

※　※　※

连长沉默地在队伍的最前面走着，他是不大讲话的，如果他讲，他会比指导员还激烈些，还死板些，他过惯了纪律的生活，像这样的急行军，两天三天不吃饭在他来说那是很平常的事。他也是人，但他是守纪律的人，过惯了严格生活的人。

队伍离开了萝卜地已经半里多路了，指导员还拖在后面没有赶上来，战士张顺就把偷偷地拔来的小萝卜头儿啃到嘴里，他一边走，一边向后看望，他自己也觉得被指导员或者别的同志发觉了，是一件很不光彩的事。

※　※　※

指导员把五块边区票子压在新拔了的萝卜的那个土坑里，然后写了个字条儿，写下自己部队番号，便走来了。

※　※　※

看守萝卜的孩子眼睛看得真真的，队伍从自己地头上走过去了，什么也没有动。他从石洞里钻出来，特地跑到地里巡查了一遍。他从一个拔掉了萝卜的坑里捡到了一张五元的边区票和一张字条儿"我们路过此地，因行军百余里，战士口渴，吃了你们一棵萝卜，今留下大洋伍元，请收下，望勿怪！八路军游击二支队第五连留"。

萝卜地的主人喜笑颜开地给全家人念着这张字条儿，念了又念，看了又看，然后把一张五元的边区票小心地揣在怀里，自言自语地说："是好！没见过！没见过！耳听是虚，眼见是实，这才是现实货呢！"

"快，把咱们昨个弄出来的大萝卜给队伍上送去！"他大声地命令着他的孩子。

"队伍走远了怎办？"

"追去！挑一挑！快去！"

※ ※ ※

当第五连停驻在游击区的吴家庄的工夫，一挑鲜白的大萝卜送到了连部门口。

战士们看着萝卜，大家都笑了，连张顺儿也笑了。可是究竟是指导员不对呢，还是张顺该受批评呢，这工夫，大家才明白了。

虽然，一挑萝卜没收下，可是第五连的关于萝卜的小故事，就在游击区传开了。

选自《东北日报》，1946 年 3 月 24 日

◇ 陈学昭

高山上

天没有亮足,我们就出发,分驻在相隔五六里、七八里地的村庄里,我们的人,都向着上山唯一的大路走去。

我们,几个队部的工作同志,掉了队,走在第一队的后边,尽力地往高山上爬着爬着,喘着气。山是那么的高,爬完一个又一个。我们和胡宗南反动军转圈子已近两个月了,我们带领着的就是那来进攻我们的校尉军官,他们的人数一天一天地增加,使得我们逐渐地感到行动困难,有那么多的嘴巴要吃、喝,而且,他们还受着优待呢!

"快到休息地了,好大雾!加油呵!前面有便宜枣子!"我们的一位负责同志,视察各队出发的情况后,骑着一匹小红马,赶着上前去,从我们旁边经过,说。

前面又是一座陡削的山,山顶被浓雾盖着,模糊一片,走在山脚下,望着挡住了视线的高山,一个一个往山上走的人,好像悬挂在山上,直到隐没在雾里,很难想像他们是在走着路,虽然事实上,我们自己也是一步一步上得高山去,而且跨过它,这样大的高山!

山顶是一大块平平的高原,没有一棵树,整个是暴露着,如果在晴天,太阳一出来,国民党反动军的美国飞机早就来盘旋扫射了,

293

对我们又会增加麻烦,这么多的人,挤在一起走!

近午,雾刚散去,我们停落在半山里,一个仅有卅来家的小村庄上,这里离×××,黄河的一个渡口只有二十来里地。

"同志,你们去×××么?白天不过渡,反动军的飞机要来扫射!不如在这里休息!"一位年约五十岁的老太太,略圆的面孔,头发因为杂着很多白的,陡然一看,便像是灰色的了,却是像一个女同志似的剪得短短的,她站在她的窑门前,对我说,并殷勤地招呼我。

近两个月来,每夜我停留在不同的村庄,不同的人家,可是每夜我都好像回到自己的家里,永不能忘怀的陕甘宁人民的亲切和友爱!就是这一个高贵的伟大的团结和同志之爱使我们忍受,克服一切的苦难,而最后战胜反动军,战胜一切的敌人!

"啊!你老人家好!"我问老太太好,停住了脚步,看见前面的同志们也歇住了脚,正在找休息的地方。

"张惠,既然那老太太邀请你,你就到她那里休息去罢,我们要吃过晚饭才走。"打前站的同志远远地立在山坡上对我喊。

老太太微笑着领我走进她的窑里去。

窑有两丈来深,丈把阔,前面是石砌的,后半是土。一进门有一个土炕,铺着一条半旧的席子,叠着半旧的被褥,很洁净也很整齐。炕的一角摆着一辆纺车,锭子上拖着还没有纺完的一条棉卷。

"敌人这几天在哪里?"老太太一边让我上炕,一边问我,"你们往哪里去?"她看见我迟疑的神色,立刻又接下:"听说敌人到了义合镇,是不是?"她坐到炕沿上,对着我的面孔问。

"我的儿子五天前从这边过去了,他们过去了,我们就知道敌人离这里不会太远,哼!要是顽固军敢到这里来……"

嗡——嗡——远处传来飞机的声音,老太太从炕沿上立起来走到窑门口,我也跟着她下炕来。两眼不自觉地望了望天空,又望地面。

晴天没有一片云,五月的太阳照着满斜坡的枣树林,嫩绿的枣树叶上发出一种油润的颜色；斜坡的尽头是一座高山，开满了杜鹃花，在阳光下，那红色显得是多么的灿烂，它简直高得和天空接连在一起了。

"轰，轰，轰，轰"，接连四下，窑洞好像受到轻微的地震而略微抖动了一下，四下之后，又接连了五六下，是从绥德城和义合镇那个方向来的。

"看你狗日的蒋介石有多少飞机，总不能把我们的山个个炸平，有山，就有我们人哩！"她的面部肌肉因为憎恨、忿怒，而突然地收紧了。

"同志，我们过了这么多年的好日月，都是毛主席共产党给的呵！从前，当他们刚来的时节，那时候白军土匪也常来糟蹋这一带地方，但是从来不敢留上过三天，他们来二十个人，顶多回去十三四个……"

我望着老太太，不出声，心里正在念恨而忧虑地想："要是敌人到这地方来呢，敌人正在到处乱钻，到处奸淫烧杀，老太太将怎样呢……"

"邻居人家几个年轻婆姨，听说敌人到了义合，着急地要过黄河去，我说：'你们要走，快走罢，我是不去的，反正老了，拼一条老命罢，就是一个拼一个也不算吃亏。'"

"那年，"她继续说，"白军来把我的老汉拉走了，也牵走了我家的牛、羊，就正是这个时节，山上满开着红花，过了几天，这些豺狼又进了村。那时候，我们村子附近的山上都有着我们的游击队，我们女人和儿童轮流在高山顶上放哨，一望见白军来了，我们就遍山吆喊着，通报我们的同志，白军在村子里，我们家家户户做着记号，同志们也就不冒失地进村来了。"

突然，飞机声又响了，可是，终归于沉寂。

"走了！"老太太说，她重新邀我一起坐到炕上，继续她的叙述。

"那一天，白军在村里，已经是第三天了，还不走，是轮到我在山上放哨，"她指着那对面的高山，"近晚，太阳快下山，一个白军上山来,他装做要找寻什么的样子,却向我走近来,我是在挖野菜,他戏弄我,说出种种难听的丑话。我说:'你怎么的?青天白日!在高山上!找个僻静的地方。'他听着我说,跟我到山背后一块向阴的陡削的地方。'放下你的枪,好说话咧!'他倒是听话的,嘻皮哈脸,正在这个时候,我用枪托把他用力死劲地一顶,他像一只笨猪似的掉下去了,在身边拣了一块大石头往下面扔去,站在那里直看他真的死透了,才放心!"她笑了:"同志,你看罢,要是敌人这回再到这地方来,我们会组织起游击队来的⋯⋯"

我们过河以后,接着,疯狂的敌人,竟到义合镇,并到×××这一带渡口来,但是恰像那位老太太说的,他们没有敢停留,他们甚至不敢走进村庄里,露宿在山顶上,过了一晚,他们退回绥德城里去了,后来,他们就在那附近,被彭德怀将军的西北人民解放军所消灭,有的是增加到解放军里面,而有的是增加到解放军官团里来了。

一九四七年六月

选自《新柜中缘》,光华书店1948年

恨　绳

　　在我童年的回忆里，这是唯一使我不觉得害怕的男子，相反，而且是觉得可亲的，他没有那种令人望而生畏的威势，总是和蔼而谦卑的。他是我们家的长工。他的父亲，原来就是我们家的长工，在他六岁的时候，没有了母亲，他就被他父亲带到我们家来了，在他一天一天长大起来的日子里，一天一天地接替了他父亲的职务，直到他父亲一死，那时他已有二十来岁，他就完全代替了他的父亲。一年到头，他做一切的各种各样的事，可是没有工钱，因为他是被当做"自家人"的，穿衣、吃饭、住房都是我们的；凡是一切需要信托可靠的事，都交他去做。

　　为了表示尊敬，母亲和哥哥们，特别是小哥哥和我，是他看我们长大的，我们叫他"赵伯伯"，不许我们叫他的名字"小毛"。他生着一脸孔的麻子，中等个子，很少说话，嘱咐他什么事时，他总是笑微微地允着"唔，唔"。

　　可是当他一喝了几口酒，微微地有了几分酒意的时候，他的话就多起来了，茶肆酒楼，街头巷尾，他平常日子里所看到所听到的粗俗、狂野，但大都是生动的故事都搬出来了，我呢，总是他的一个忠实的听众。有时，他一边喝着酒，一边就说开了。除了酒，他什么嗜好也没有。下酒的菜是很简单的：一包带壳花生米，或者一包新鲜的白烧羊肉，一包猪脚爪……是他从街上买回来的，他把纸包一打开，坐在厨房里的方桌边，倒了一盅酒，就喝起来了。

　　我常常在他喝酒的时候，乘家人不看见的时候，跑去分尝他的带壳花生米，白烧羊肉和猪脚爪……这些食品从来是在我们饭桌上

找不到的,但我觉得有那么好的滋味,有时,他索性拿一把带壳花生米塞到我的手里,他帮助隐瞒我的家人,总是我的一个很好的同谋者。

当他带着几分酒意,坐在廊上的一只竹椅里,他的故事就一个接着一个地说起来了。他的周围坐满了像我一般大小的我的从姊和从兄们。

"有一天大早,天还没有亮,我走过池塘对面的坟堆,一棵柏树底下出来了一个美人……"

这是一个永远的未完的故事,可是很久,常常在大早起来,瞒着家人,走到池塘对面,希望我能够看见那一个美人。

"唉!小毛,你今天又喝醉了!"我母亲从他旁边走过说。

"没有,我没有喝醉!"赵伯伯分辩着。

"你怎么没有喝醉,你看你的话就这样无收歇了,小官官们要睡觉了,今天不要说了罢!"母亲说。

我们惆怅而依恋不舍地各各回到卧房里,赵伯伯呢,也不大高兴地回到他的住房里去。

在我的童年,是一个多病的孩子,常常一个月两个月地发着烧,躺在床上,每天我盼望着的事情:就是赵伯伯从街上回来,买来我想吃的糕点,小桃雪片。有一次,他很晚很晚才回来,他去走了一家亲戚,喝醉了酒;但是他还记得有一些什么东西应当买回来的,他记得那东西该是在南货店里,可是他记不起究竟是哪一样东西了,当他走进南货店,看见柜台前挂着一对一对的红蜡烛,或者就是这东西罢,他就买了一对,挂在一根拾到的竹竿上,跄跄踉踉地走回来。

"唉!小毛,你喝得这么醉,把小桃雪片都买成红蜡烛了!"我听到廊上母亲说话的声音。

以后,好些日子,当他上街去,我总要用玩笑的口吻叮嘱他:"赵伯伯,今天可不要买红蜡烛回来!"

在民国八、九、十一、十二年间,虽然是"民国",一切还和留着辫子的时候差不许多，女子的教育是不普及的，在内地，就像在我们的小县里，只有几家较有"权威"的开明人家，敢于不怕一般人的议论，送他们的女儿上学校，可是每天还总要派一个可靠的老成的男仆送去和接回，不敢让她们独自在大街上行走的。赵伯伯每天早间送我上学校，晚上放学来接我回家，我的午饭是在学校里吃的。

"五四"以后，社会上的一般识见开通了些，有时女学生也敢独自在街上走一段路；但是那些太偏静或太热闹的街道，以及有流氓居住的巷口，还不是敢独个人走的。赵伯伯有时到孤老弄口来接我，因为从学校到孤老弄口是一条较平安的路；有时他送我到北门外过了轿行，他就在轿行这边的一家茶馆里留下，因为过了轿行到平安桥直到家，这一段路也是保险的。

正对着平安桥，有一家小小的米店，有时当我走过，店伙用着半开玩笑半正经的口吻对我说："九小姐，你们家的麻子赵小毛的老相识带口信来叫小毛回去一趟。"

我很不高兴的，特别听到"麻子赵小毛"这五个字，仿佛刺痛了我的自尊心，羞怯又加害怕地迅速地走过了那店铺，一个字也没有回答。

也有几次，米店店伙看见我走来，远远地喊着："九小姐，看！你们家麻子赵小毛的老相识来了！"真的，从我对面走来了一个穿着夏天农村里最时式的衣服，上身是月白的生丝衫，下边是黑色的细棉绸裙，看去该有近五十的年纪，她那多纹的面孔上，涂着厚厚的白粉，好像白马庙的庙会时，绍兴班子里的化了装的戏子。可是她却显得是健康的，她那小小的脚，跨着还轻捷的步伐，手里提着一篮纺好的棉绸。

"老妖精！"米店里的店伙在她走过后，说了这么一句。

赵伯伯和这个老妇人之间有些什么纠葛，在十三四岁的我，当然是不会知道的。

已经到了初冬，一个大早，天边没有亮足，李妈跑来敲母亲的房门："太太，小毛的哥哥来了，有事急着要见你呢。"

"什么事呀？"母亲问。

"他说要对太太自己说的。"

母亲起来，在房门口和李妈交谈了些什么，一忽儿，母亲回到床上，穿整了衣服，走出去了。

我起来，好奇地跟出去。

赵伯伯的哥哥坐在走廊上的一张条凳上，流着眼泪，发抖的声音说："警察局把他关起来了……"

我吓了一跳，才要往下听，母亲严厉地打发我走开："走开！走开！你来管什么？"

但是晚上，我终于在李妈口中得知了一切，首先使我高兴的事情，是赵伯伯已经放出来了；可是他怎样被警察局关起来的呢？

在赵伯伯哥哥家的前面，约半里路的地方，住了一家姓赵的，是赵伯伯的本家，那家当家人已经死了十多年，没有儿女，只剩下一个寡妇，论起辈分来，赵伯伯是她的远房侄儿。当赵伯伯到哥哥家的时候，进出都必须从这婶母门口经过，有时，她唤住小毛，请他帮助搬一些重东西，做一点小差使……日子久了，她竟看中了他，挑选了他。

村里的几个流氓和伪道学家很早就要收拾他们了，只是赵伯伯和他的婶母都没有提防。那几个流氓和伪道学家讨厌这个寡妇，他们怪她，恨她，恼羞成怒地，特别觉得她的不可饶恕是她竟拒绝了他们中每个人的殷勤，而反去挑选上这个长工，这个麻子赵小毛；还有她是有五六亩地的，她竟倒贴地养起男人来了，这更使他们恼怒。

那天大早，几个流氓知道赵伯伯在，打进寡妇的门去，把他们拉出来，赵伯伯被绑起，送进了警察局。

下一天，赵伯伯回到我们家里来了，他见了我们每个人，头也不好意思抬起来，显得很难为情的样子。可是我们大家，从母亲起，都装做什么也不知道，什么也没有过似的。

往后，他变得更加沉默，更加不说话了，就是喝了酒的时候，也是闷喝,一句话也不说。他不再和我们谈故事,那个突然从树林里出来的美人,和一切有趣的新闻,喝完酒,他就到他的住处睡觉去了。我们都觉得他没有从前可亲了。

有一次,我看见他在厨房里喝酒,突然在他举起酒盅来的时候,发现他的右手腕上系着一根快要由白色变成灰黑色的绳子。

"这是什么?"我问,指着他手腕上的绳子。

"这是恨绳。"他回答。

"是什么意思呢?"我忍不住好奇地又问。

"那是为了有件事情叫自己不要忘记。做的一个记号。"赵伯伯严肃地回答我。

"呀!他有什么事情要这般地牢记不忘呢?有什么事情使他如此发恨呢?"我依然是好奇的,但是他已经喝完了酒,抹了抹嘴巴,向厨房外边走去了,我也只好怀着我的好奇走开。

离开家乡十二年,重新回到故乡,老家已经东分西散了,在荒凉残破的老屋里我看见赵伯伯,穿着一套破旧褪色的棉绸夹衣裤,他正病着,憔悴,枯瘦得没有生人的影子。我从衣袋里摸出四个银元给他,他伸着颤抖的手迅速地接过,他,一向是不欢喜受人馈赠的骄傲的人,我第一次看见他确实是在需要帮助的窘境里,我不禁感到一阵辛酸,忽然想到不知什么时候再会回家乡来,什么时候再能见到他呢?

我就此再没有见到他了,他带着他的恨绳埋到地里去了。

每当在解放区看到那分得了土地,翻了身,自由、幸福的农民时,我总不能不带着惆怅,并怀着一种难过的类似赎罪的心情,回忆到我童年时代可亲的人物:赵伯伯。

一九四七年五月

选自《新柜中缘》,光华书店 1948 年

黄美珍

和我在本县女子高小同级,有一个同学名黄美珍,她比我们同级所有同学的一般年龄大了四五岁,她呢,已有十九岁了。

父亲过世很早,一个同胞哥哥在上海一家同乡开设的丝号子里做伙计。母女俩相依为命。她家的境况不怎么好,有两间旧的小小的平房,她们不用女仆,但为了习惯,为了面子及其他种种,上街买菜,走亲戚等等,都是托邻家的一个老妇人去帮她们做。

我们,这些年龄比她小的女同学,是什么事情也还不懂得的毛丫头,还不知道打扮,也不知道修饰,更不知道什么恋爱,每当功课一下堂,大家便一哄地跑到那过道里,等教师走远一点,争着拍皮球、跳绳。

"阿摩尼亚!"

"陈蕃!"

…………

…………

从刚刚念过的历史课和自然科学课上摘记下来的名字,好像一个刚刚学会喊"爸爸"和"妈妈"的小孩子,胡乱地傻里傻气地彼此叫唤,作为新鲜的有趣的绰号。

美珍是和我们这些毛丫头不同的:在县城里还没有出现女皮鞋的时候,她已经穿上了上海最新式的皮鞋了;洋袜子,花洋布的衣服,衣服上洒的香水一阵一阵地发着香,头发上抹着同样的发香的油;她那胖胖的鹅蛋脸上,擦着也是香气四溢的雪花膏;据说那都是她的一个姓金的表哥从上海带回来送给她的。她常常谈到她的表哥,她叫他"三哥"的,充满了仰慕和爱,大家都觉得心照不宣,只要美珍一毕业,就会和这"三哥"结婚的。

夏天,本城及镇上的,在省城和在上海念书的男女师范生和男女专科学校学生,借女高小的校址办了一个暑假补习学校,宗旨很好,是专为那些平时没有钱进学校念书的成年人办的一种业余的识字学校,在思想上,带着启蒙的性质,是不收学费的。

我和表姊及其他的同学有时上母校操场打篮球,顺便也就去看他们的补习学校上课,每次我们都碰见美珍也在那里,她和那些男学生已经很熟了的样子,而且不知道从哪一天起,她也成了他们补习学校的创办人之一了。

次年夏天,我们都在女高小毕业,出于大家意料之外,恰恰不是过去所估计,也不是从前美珍自己所流露:毕业以后和她的"三哥"结婚,突然地,她投考嘉兴女师,被录取了。

那个年假,同级的同学,大家有的从上海、杭州,有的从南京、嘉兴……的学校放假回来,大部分都变了样子:首先表现在衣服的式样上,其次便是态度举止和说话上,"士别三日,便当刮目相视",聪明人都会是这样的,而变化得最多的要算美珍,才短短几个月的时间,她简直变成一个嘉兴人了,穿着嘉兴女师的制服,挂着嘉兴女师的校徽,再加上一口嘉兴话,全盘变成嘉兴的了。

快近阴历年,我和表姊从美珍家门口经过,便进去看她,美珍睡在床上,说是病了几天,看见我们去,她坐起来,头上裹着一块黑绉纱,顶有精神地和我们谈着天。

在回来的路上,表姊和我闲谈着:

"你看美珍生的什么病呵?"

"什么病呵?"

"什么病?她骗我们,人家都说她打胎咧!"表姊显得顶有把握地说。

听到这个打胎的新奇名字,出了一惊,并且害怕得什么似的。

"人家说打胎要死人的呢！"我说。

"你不知道，"表姊似乎对我表示不屑解释的口气，"那个江耀辉是学医的。"

我才想起城里流行着美珍和江耀辉要好的谣言，有人说美珍升入嘉兴女师的学费也是姓江的帮助的。

事情好像照着人们的谣言进行着。过了年假，美珍不再到嘉兴女师，而转到杭州的一个私立女子产科学校学助产士去了，江耀辉还在杭州医专里。

那年暑假，江耀辉的妻暴病死了，城里议论纷纷，都说那可怜的女人，根本就不是什么暴病死的，在这以前，邻居人家好几次曾看见她的丈夫用扁担打她，还听见他逼她去投河……可是人们虽然忿慨着，议论着，究竟她是怎样死去的呢？谁知道呢？在这个没有人权，没有法律保障的中国旧社会下的女人，她死，等于秋风吹掉一片落叶，是无声无息的，不被注意的。她抛下一个男孩和一个女孩，埋了，很简单的。

同镇的江耀辉的一个同学，要控告江耀辉，清查这件事，但到底他是一个不相干的人，并且江耀辉的妻，娘家没有人了，没有一个出头的人，终于那个热情的学生也只有空打了一番抱不平……真的，他凭什么资格来做原告呢。

美珍结婚了，他和江耀辉选择了"人月圆"那天，在杭州聚丰园举行文明结婚。

年假时，她带来她的丈夫，在她家里过年，他们寸步不离，大家都说少有的美好夫妇。

接着的二三年，我没有再见到美珍，只听到家里的人随便告诉我说美珍和江耀辉在新仓镇上设了一个诊所，江耀辉看病，美珍接生，生活好像很理想的。祝福他们罢，我想，"愿天下有情人都成眷属"。家里人又对我补充着说：美珍已经生了一个孩子。

我有十三四年没有回到家乡。

时间是在考验着，磨难着，锻炼着人的，时间也在完成着什么。

老太太们和我谈着什么因果关系——因为她们只会这样来理解，她们对我说：

"你会相信么？江耀辉吸鸦片烟，不好好地看病，一天都是闲荡着，到夜晚，美珍还要提着灯笼，到烟馆和私娼家里，一家又一家地去找他回来，他还常常拿起一把青竹扫帚打她，她生了一大堆孩子，牵着大的，抱着小的，还要下地里去，采豆荚，打场，从前大家看见美珍穿戴着头房的衣饰，现在大家又看见私娼穿戴着美珍的衣饰，阿弥陀佛，一报还一报，真正是天报应！"带着幸灾乐祸的口吻，女人是欢喜讽骂女人的，但是另外一些中年人却说，美珍把江耀辉前妻的子女和自己的子女带得一样好，她已经不可能接生，孩子太多了，可是她到底还是把这些困难顶了下来，到底是新式的受过教育的女子，还是不错。

抗战的前夜，我回家，一天在后街遇见她，她已经完全变了一个人，从她的行动、言谈上再也找不到在女高小同学时的那种爱好虚荣、喜出风头和轻佻的影子，她头上包着一块毛巾，身上穿着一套青布短袄和裤子，面额上有了几条皱纹，却显得还有结实的身体，精神也顶好。

人家告诉我，江耀辉在前两三年已经走了，他在一天当美珍回家来上母亲坟的时候，卷起了家里的一点细软，不知走到哪里去了。他走了倒是好。美珍靠着那几亩地来养育孩子们，她什么都能做：下种打场，顶能操作。

她的遭遇，在一方面看起来好像是不幸的，但是经过了这些磨练，劳动，孩子们的负担、养育和牵累，使她变成了坚强的，独立而朴素的人，用自己的劳动、忍耐和刻苦，来培养着新的一代。像美珍这样的母亲，在我们过去的旧社会里是特别多的。对于美珍，现在她倒是找着了人生的真实意义。

就是那些欢喜刻薄和幸灾乐祸的人们，今天也不能不对她自己及从她的儿女们所从事的事业上——他们已经拿起武器来攻打封建旧社会的反动势力，和它所带来的一切腐败的东西——表示着尊敬。

一九四七年八月

选自《新柜中缘》，光华书店 1948 年

邻　居

　　"铁石部队"还在顽强地坚持着,这是一九四六年四月二十二日的傍晚。

　　炮声和枪声密集地从空中掠过,这些坐着美国飞机从天空中落下来的特务们,加上姜鹏飞的汉奸伪警部队,他们是这样地"打回老家来"接收长春的,他们同着日本法西斯吸血鬼,以前是他们的主人,现在成了最好的朋友,以为就这样,他们又可以来过着同从前一样的日子:吃人肉喝人血的日子,可是,历史是不可能重复的。人类要走一些曲折艰难的道路,但它总不可能不是往前进更往前进的!

　　东荣区的贫民们,好些人都爬上了他们那高不及丈的屋顶,在那里瞭望着,谈论着。

　　"哈!"有的人拍起手来,有的人笑着,"看啊! 着了! 着了! 这是那一面的,民主联军的,在那伪满洲国的中央银行那边!"

　　这些人都忘记了肚子饿,好像一点也不怕枪炮和子弹,不怕死,和自己的生命开玩笑。这是很简单的,十四年来,他们是天天看见打人、杀人、枪毙人,再加上饿死的,冻死的,人要死,要死在日本人的手里;死在汉奸、特务、警察的手里,那简直比家常便饭还要平常,而他们自己也正是这一分钟还不知道下一分钟命运的。

　　在走出这一条两边像牛圈羊圈似的房子,快通到进入长春的大路边,有一座小小的红色砖瓦的日本洋房,里面住着"八一五"以前本区的一家配给店的二掌柜,三十九岁的杨文卿,善于占些小便宜的小狗腿子,和他那同年的妻,他们有两个儿子,大的在吉林学买卖,第二个刚刚读完了"国民高等",十八岁的厚福。

"共产党要来了,共产共妻!"文卿的妻坐在炕上,对着走进门来的丈夫说,"进来,你看什么,快关上门!"

"我看这些人全像发了疯一样,爬在屋顶上看打仗!"文卿关上门,走到炕边,上了炕。

"像这样,我们怎么办呢,要是真的来了?"妻问。

"咱们没有女儿,也少却一件心事。"文卿说。厚福始终站立在炕边,这忽儿插嘴说:

"吉林那边已有共产党,做买卖的人回来都说很好呢,公买公卖,对老百姓顶客气!"

厚福是在日本人的长年统治下长大的,但在学校里,他受几个比较进步的教员的影响,平常又喜接近一些直爽的爱打抱不平的同学,青年人到底是天真而热情的,对于父母平时的行为,不是十分同意的,甚至有时还起着反感。这时候听着父母俩的谈话,他耐不住地插了两句。

"你懂个什么!"文卿叱责儿子。

"咱们还有五个鸡,都杀了罢?"妻问。

"干什么? 正生鸡蛋呢!"文卿说。

"给人家吃,还不如自己吃,"妻说着,就走下炕来,"厚福,帮妈到鸡棚里捉鸡去!"

厚福跟在母亲后面,到小院子里去。帮母亲把五个鸡杀了,拔去了毛,洗干净。

文卿妻把两个鸡下到锅里,三个挂在炕头,明天吃。

当一家人正在炕上喝着鸡汤,吃着鸡,听到敲门的声音,夫妻俩吓得从炕上跳下来:"共产党已经来了么?"

"杨大嫂! 杨大嫂! 你们还没有睡觉?"

文卿妻贴窗一听,好像是邻居薛大嫂的声音,开出门去,果然是。

"我看见你们这边还有灯光,跑的来的,我们的大妮睡不着觉,想来同你们借半支洋烛,……"薛大嫂一边说,一边走进来。

"可不是,电灯没有电快三天了,真是……"文卿妻说。

"呵!你们这个时候才吃夜饭?"看见炕上全是碗箸,薛大嫂不自禁地带着出惊地说。

"嗯!我们厚福说肚子饿哩!"文卿妻有点牵强地回答,眼睛却不由自主地望着那炕头的三个鸡。薛大嫂也看见了那三个鸡,心里就有些明白了。

"唉!这年头……"文卿说,叹着气,"你们还不睡觉,外边怎样了?"

"我听那些爬在屋顶上的人在喊:快了!快了!好些赶马车的吆大车的人快活得什么似的,大伙儿都跑去载伤兵去了!"

薛大嫂拿着半支洋烛,走出杨家的屋子,她的面孔上露出微笑,她笑这一家人的行动,和他们的心理。

"你说这薛家的屋里人……"文卿妻带着不高兴的口气说,"这个时候还来借洋烛。"文卿出神地抽着卷烟,不出声。

薛大嫂,薛长庆的妻,贫民区里的男女老少都这样叫她的。他们住在文卿家的对面,一间又破又小的屋里。人们知道他们一家是从河北逃来的难民,在战争时候,人们的流动性很大,像浮萍一样,今天飘到这里,明天飘到那里,悲欢离合的情感只不过变成了一种奢侈品,贫穷的人简直没有力量来购买他们了。人们为着一口饭,一条命,到处飘流。

她是一个庄重的,一面孔堆着善良和慈祥的四十来岁的中年妇人,高个子,结实的体格,不太多讲话,常常是微笑着,贫民区的老人,病人,孩子们,个个都欢喜她。她的丈夫也是一个勤快的诚实的庄稼人,讨人尊敬和欢喜。这是一定的,一个对人和气的人,必然能得到别人的好待,乐于帮助别人的人,也必然能得到别人的帮助。

可是薛大嫂他们却不是像杨文卿夫妇和一般邻人所想像的,简单地逃战争或逃灾荒的难民。

一九三九年年底,当敌人已开始经常"扫荡"冀中的时候,某次，他们夫妇俩掩护了一个八路军的女工作同志，汉奸去报告了，敌人来搜查，没有获得什么，敌人把他们俩用皮鞭狠狠地抽了一顿，把他们的房子放火烧了，当他们正在觉得困难的时候，想起在关外拉拉屯的长庆的弟弟曾写信来说关外找活还容易些，他们便这样，怀着对敌人的怨恨和对家乡难舍的情感，无可奈何地离开了高阳。

那个时候，大妮还刚满八岁。早晨走了一程路，她便喊叫走不动了，长庆把她放在筐筐里，一头是锅子，一头是大妮，这样挑着走一程又一程，谁知路程愈走愈难，走到山海关，他们可真是遇着了难关。日本人搜查反满抗日分子和八路军的探子，搜查得很严，只有"满洲国"政府官员的眷属和有可靠的身份证的人，才能在这条路上来来往往。怎么办呢？好不容易，长庆他们从一条幽僻小路，夜里摸黑路偷过去了；到得拉拉屯，二庆早已不在那里，到煤矿里挖煤去了。找活很困难，情形完全不是像二庆信上写的，原来二庆是不能不这么写着，作为一个"满洲国"的居民，要不然，这信也不可能到达，他却没有想到他的哥哥嫂嫂真的路远迢迢跑得来了。不久，拉拉屯的日本人，就抓劳工，长庆他们一家都是"黑人"，——没有身份证和居留证，长庆偷着在这家那家做一些零工，抓劳工抓得紧时，他只好躲着。

邻近一个在"会社"里做工的老头子，看见这一家人，动了慈心，对薛大嫂说：

"叫你男人到'会社'里去做工罢，到'会社'里去，可以免当劳工。"

就这样，那老头子把长庆荐到"会社"里去做工，总算免去了当劳工，但他们还是"黑人"，他们领不到任何一种配给品，要化极高的价来购买粮食及一切实用品。

"八一五"以前约二三个月，听说二庆在长春，他们跑得来，没有找到，停在贫民区。这一段事情的经过，只有他们夫妇俩自己清楚，便是大妮，毕竟年纪小，也是糊糊涂涂的，在女孩子的记忆里，只记得自从他们离开了家乡,自从她再见不到八路军以后,他们受尽了欺侮,吃尽了苦头,再没有过着一天的好日子!再没有人把他们当人待过!

薛大嫂走进自己的屋子,对长庆说:"杨家这个时候在吃鸡,炕头还挂了三个,没有烧的,好像把鸡都杀光了,见了我怪不好意思,怪别扭似的,你说呢?"

"怕八路军来了吃他们的鸡么?"长庆笑着说,"这些人多么没见识!"

"妈,你怎么不对他们说,他们有金有银,人家八路军也不会去拿他们的!还稀奇他们几个鸡?"大妮说,她还能记得起那些到过他们村里的八路军,他们逗着她玩,顶和气也顶客气。

"人家没有见过八路军,没见识。"薛大嫂回答她的女儿,可是,说起八路军,全家都怀念从起未见过比这个更好的部队来了。苏联红军也是好,可是讲不通话。想起在冀中的日子,八路军打仗,还帮老百姓春耕夏收,担水劈柴,什么事都帮着老百姓做,老百姓的酬谢却一点也不肯接受。他们是那么的客气和规矩,没有男人的女眷宅子里,他们是不进去的,见了年纪比他们大的妇女叫老妈妈、老人家,见了平辈的叫大嫂子。日本人和顽固军奸淫烧杀,哪一样恶事不做,在那些魔鬼统治的日子里,女人有的是灾难。可是八路军这个好人的队伍,对女人就是这么客气,这么尊重。

谁也没有想到就在那个时分,由周保中将军指挥着的民主联军的一部分已经进到东荣区,向长春的城中心挺进。

过了沸腾的七八天,天翻地覆的七八天。

那天晚上,大家参加了清算汉奸恶霸配给店老板的大会回来,整个贫民区的每间矮小房子里都传出谈话声,快乐的笑声,和惊讶的赞叹声。

"我说,这是妇女主任呢,你不敢喊她,怕认错了,她原是东北人,这回还不该回东北来?"长庆对他的妻说。

"她说明天来看我们。"大妮说。

"想不到会在这里重新遇到他们。"薛大嫂带着感慨地说。

"什么地方都有他们,他们什么地方都会来的!"长庆高兴地说。

在对面杨家,父、母、子三个人也在说着话。

厚福今天在清算大会上,听到许多人对他父亲所提的意见,说的话,他是同意的,但到底心里还有些难过,想到父亲有过不少对不起人的事,又难过又替父亲惋惜,父亲替这汉奸老板做过死忠臣。想着想着想到自己往后的日子,在这个家庭里是没有出路的。他沉默了一歇,终于说:

"大家不都说只要你认错改过,就可以宽大你。"父亲不出声,儿子继续说,

"今天你在会上说的那些话,莫说大家听不中意,我也不高兴听。我是决不待在这个房子里了,已经明白了,我也要做一个长进的人!"

"那么你要到哪里去呢?"文卿妻着急地问儿子,"你什么事情不中意呢?"

"我要走! 我要去找民主联军!"

一九四六年五月

选自《新柜中缘》,光华书店 1948 年

女 疯

"我看到过不少的女疯子，但是发疯的起因特别使我留得深刻的印象，因为那并不是纯粹由于家庭的悲剧……"宋璞慢腾腾地说，"这是最近我在东北偶然碰到的。我第一次见到她，在北平，当时她是一女中的学生，穿着一套女学生的制服，她来看她的堂哥哥，他是我们的同学。她有着一只黑黑的圆圆的面孔，健康的体格，一双黑色的眼睛很有神采。我仅知道她的父亲是'大元帅府'里的显赫而又亲信的人物；在北平的学校里，这样出身的学生是并不少的，我们是一个半封建基础的社会，没有什么稀奇。后来我回南方读完我的大学；但是往后在伦敦，我又碰见了这个女子的堂哥哥。"

事变——"九一八"的那一年，她在北平念书，离家已经有五六年了，还有一年半，她就要在女师大毕业。事变对于她，也正如对其他的中国人一样，是一个晴天霹雳。她的心理和好些当时在北平念书的东北学生差不多：希望政府出兵，希望东北的地方部队起来抵抗，希望国际联盟有效地调停，不太使中国人吃亏，谁知东北这块广大的土地早就给卖国政府出卖了，所以那些希望自然成了一种可怜的幻想；但当时的卖国政府用尽了那种欺骗的语句来掩饰和推诿他卖国的行为和责任，一般老百姓是容易产生这种幻想的。这些幻想使她发生苦恼的矛盾：想急于赶回家乡去看一看；可是想到日本鬼子统治下的沈阳，不敢回去；而盼望她的父亲，整个家庭，搬到北平来，脱离那个地方。

一九三三年，她在北平一个私立中学里已教了半年书，秋天，接

313

到父亲的信，唤她回去，说祖母病危，要见一见唯一的孙女，她读完父亲的信，很犹豫：不回去罢，流亡生活很苦，关里的亲戚朋友少，东北人到处遭白眼，跑到哪里去都是一样；况且北平也是一天一天地走进"华北共荣圈"里，日本货充塞了市场，日本人越来越多。怎么办呢？在她面前简直是黑漆一团；做亡国奴去罢，她到底是不甘心，但想到还不是有成千成万的东北人呻吟在日本人的魔掌之下。这种最初产生于绝望的屈服和投降的思想，就影响到她的行动，她就是这样回家去的；可是在今天，她深深地悔恨这一次的回家。她那时不回家，她的情形将不同。

家已搬到长春。回到家里，她懂得了她父亲所做的事情，这件事情使她伤心的程度远远地超过了祖母的死，这件事情不仅使她伤心，而且使她感到羞忿，难见人面。又看见父亲已经另外娶了一个女人，并且还有了能走路的一弟一妹。她亲生的母亲却被安置在厨房的对面，一间冰冷的小房间里，在厨师的房间里还装置有菊花炉子，可是她的娘却被打入"冷宫"了。这个已经大学毕业，自己也有谋生能力的长女的归来，才改善了被弃的妇人的待遇，住进女儿的房间，有着一切应有的设备。但是母亲像经过了严酷的风霜打过的小植物，不久也就枯萎了，死了。

家里常常有日本客人来：日本最高级的顾问，日本军官，日本领事，警官和特务……以及这一切人的太太小姐。日本人就是那个日本人样：虚伪、狡诈、残暴，但他们倒是上下一心的：侵占中国的土地，奴役中国的人民；不像中国人是这样的不齐心，这样的不团结。日本人开始像潮涌一样地涌进东北来，地方行政机关，大学校，中学校，小学校，工厂，商店……一处一处地都给日本人占领，没有一处的主要负责者不是日本人，没有一件事情不受日本人的支配，剩下来的事才交给他们的走狗去办。不能想像，当看着那排山倒海而来的日本人，身受压迫的东北同胞心里是怎样的难受么？每一条街道上，每一所房子里，都有着悲泣的，为着国恨家仇，祈求复仇的人呵！

为什么他要干这个事情呢？这个被全中国人、全东北人所唾弃的，甚至连日本人也瞧不起的事情，他这样出卖了全中国全东北的人民，出卖了自己祖先的光荣，出卖了他的儿女的前途，他，为什么呢？即使找出一百一千个理由来解释，汉奸终归还是汉奸，即使做的罪恶有大有小，有多有少，可是最后的真实的理由，还不只有这么一个：贪生怕死，在敌人面前丧失了民族的气节！

春天来了，花园里开遍了樱花；那几棵樱花，是日本人拿来送的。这些樱花迎着春风吹到人的脸上，只不过使人觉得脸上更一次地蒙上一层耻辱！

那天晚上，父亲在花园里宴客，被请的全是日本人：有男的有女的。她被继母——现在她这样称呼那比她只大了五六岁的父亲的妻，邀出去陪客，一个日本特务和他的妹妹问她："大小姐为什么不学日语？我介绍一个好教员来教你。"她回答说她的脑子坏，学不成，事实上呢，她憎恨这些鬼话，她已经很不耐烦了，然而还得坐着，等待这些日本人一个一个辞去。

月亮升起的时候，最后一个日本人才离开他们的花园，还和父亲在台阶前咿哩哗啦讲了不少话。当她立在过道上，看见父亲两手反靠在背后，显出疑难的样子，他一定又接到什么命令了。

"明天有个日语教员来教你学日文；不管你用心学不学，至少这也表示个亲善……"父亲从女儿身旁走过，说。

她回进她自己的房间，次日早晨，他们发现她疯了：她起初是高声地唱着，大声地不停地说着话，后来连衣服也不穿，到处乱跑，手里拿着一把刀……她是完全疯了。他们把她关闭起来，在一间花园旁的孤零零的小屋子里。

当她的神智渐渐恢复到正常的日子，抗日战争已在祖国进行了很久。但她已不大参加家里的正常生活了，人们对她也不和从前一样，冷冷淡淡的。

八月十六日早晨，父亲出去开紧急会议，一去就再没有回家来；后来，她知道那天早晨，他们是开的秘密会议，预备逃往日本去，谁知在飞机场上,给苏联红军的飞机截住了,不是飞往东京,而是飞往莫斯科。家里的人得知这个消息,当天晚上便都躲逃了。

"谁想我在东北会碰到这么一个人呢!我是在一个牙医生的诊所里遇到的,她的记忆力很不错,就是她先认出我来的!"

"啊!那么她现在应该是比较高兴些了。"我说。

"是的,她是曾经高兴过的,当苏联红军解放东北的时候,当民主联军还在长春的时候,在那些日子里,她是应当高兴过的。她不是一个完全没有头脑的女人,她有点思想,有点判断能力,特别是已经尝过一次做亡国奴的滋味,是的,对于'国军',她少不得有过幻想,对于他们的接收,也是抱着一种较高的期望,但是现实是冷酷无情的:他们使她失望,接收大员们的腐化、贪污,瞧不起东北人,当然没有把东北人民的利益放在心上,他们是发横财来到东北的,他们要把东北造成'二满洲',这种情形,在东北人是一天一天地看清楚起来了。还有,内战的扩大!她对这些有着反抗的情感。在民主联军撤出长春的前一天,我还收到她的信,她说,虽然她的堂兄已从吉林来到了长春,但是她并不能得到精神上的极大支持,她简直感到难以述说的苦闷。是的,她是苦闷的,我相信这是一句真实的话,她应当摆脱一切,走一条绝对新的道路,而且只有这才是唯一的出路;但是她没有力量去摆脱,这是悲惨的。我觉得她好像是一个掉在河里的人,我很怀疑她能依靠自己的气力挣扎到岸上来。她已经卅九岁了,没有过恋爱,也没有过结婚,自然是因为有种一人她不爱,而她爱的则又不被见爱。像她母亲的那一代女人,差不多都是那么地出嫁,那么地生男育女,那么地被打进'冷宫',而又那么地埋葬到土里去。只有我们这一代女人开始能自己决定自己的命运和出路,但我看她们中有的还不能脱出传统力量的限制,或者是由于出身,或者是由于性格的懦弱,真是遗憾的事!呵!我扯得太远了!"停了一下,宋璞这样结束了他的叙述:

"现在,她必须走一条道路,中间的道路从来是没有过,现在比任何时候更没有中间的道路。至于她呢,我看弄得不好,她还只好发疯,对旧社会种种显得不满,却又认识不清,无反抗的意志,不能摆脱私自的小利益,那样的人要不发疯,才奇怪呢!"

一九四六年六月

<div align="center">选自《新柜中缘》,光华书店 1948 年</div>

四月的夜

　　四月的夜,暮春的夜,风吹着道旁刚发芽的树枝,微微作响,已经快到戒严的时间了,街上来往行人的脚步声显得很稀落,偶尔那些迟归的人力车夫,拖着他们的空车子慢慢地走过,四周是充满着静寂而和煦的空气。

　　这是民主联军解放这个城市后的第六天,一个夜晚。在六天以前,从肉体到灵魂,从头发到脚趾都是卖给了别人的。在这间房子里,金翠花受过多少男人的侮辱,流过多少眼泪,七八年来,她做梦也没有想过会有像这样安静而自由的夜晚;不是受着男人的糟蹋,便是鸨母的鞭打,——怪她不好好接待客人,生意清淡。现在,没有人逼她出卖肉体,也没有人鞭打她,和接收大员结识的鸨母,在民主联军解放这城后,带着金银首饰跑掉了。剩下十来个姊妹,有的跟主顾走了,有的找家族亲戚去了,金翠花呢,她是一个卖绝了的,无家可归的外路人。她独个人住在这座大院落里,好得鸨母弃下的粮食,倒够她独个人吃两三个月,她有时间来考虑自己的出路,自然,无论如何,她是决不再过原来的生活,她要做一个独立的,即使不是光荣的,至少也不受人轻视的女人。

　　在十二三岁的时候,她也有过无忧无虑的日子,父亲那时只赚十二块钱一个月,当一个小学教员。父亲和母亲都钟爱着这个独养女儿,给她上学识字;穿的没有绫罗绸缎,土棉绸衣服是干干净净的;每天没有猪肉,总有点鸡蛋吃。十四岁那年春天,父亲一场暴病死了;到冬天,母亲也竟一病不起,她记得伏在冰冷了的母亲尸上好久好久,给她那个从上海回来的堂伯母拖开了的。从此,她便变成了孤单单的一个人,没有了父亲,也没有了母亲。后来,堂伯母把她带到上海去,她含着眼泪告别了故乡。她恋恋不舍地望着家屋前面的一片桑林,当春夏暖和的日子,他们一家便在桑林前的一块空地上吃晚饭。

堂伯父在宝山路口开设一个兑换银钱和出售纸烟的小摊,他们租着一个看弄堂的老头子家的灶间睡觉,每天搭个起倒铺。翠花想进丝厂缫丝,却因为是一个生手,没有进得去。丝业不景气,连熟手都失了业。隔了一个月,她才由看弄堂的老头子,他们的房东,荐到一家做掮客的人家当小大姐,吃、住以外,赚一元钱一个月。她给他们烧饭、洗衣、倒马桶、拖地板、装鸦片烟、捶腿……但是当太太和老爷不高兴的时候,他们还要把她狠狠地咒骂着。

"找一份人家罢!"堂伯父有时对堂伯母说。

"找一份人家也了个心事!"堂伯母回答。

看亲的人来了不少,十六岁的翠花张大着眼睛,不声不响地对待这些陌生人。

有一天傍晚,堂伯母到东家那里叫她回去,她回到灶间里,看见堂伯父正陪着一个年约三十左右的矮胖的男子,黝黑的面孔,他朝外坐着。

"这是张先生。"堂伯父说,翠花叫了一声:"张先生。"张先生的一双眼睛往翠花的身上打量了一转,好像自言自语地说:"好!"

"怎么样?"堂伯父问。

"好是好。"张先生轻声地回答。

"那么加一点罢,先生,在你只是这一遭,她爷娘还没入葬呢!看了死人面上。"堂伯父说。

"你先生别看她年纪轻,她什么事都能做,看家是顶好的,也会侍候人,还能记账,写个条子。"堂伯母说。

"我加二十,二百四十,再也不加了。"他坚决地说,立起身,好像要走,其实,只是装样子。

堂伯父叹了一口气。翠花躲在堂伯母的身后,脸孔涨红了,却不敢流泪。

隔了两天，翠花离开了那家她做事的东家，被张先生带走了。最初，他们赁居在宝乐安路，一间靠街的前楼，仅仅过了半个来月工夫，他走了，留下很少的钱。他是镇江人，走关外的皮货商，经常跑在外边。她在这间屋子里，举目无亲，孤苦伶仃地过着孤独而寂寞无比的日子，幸而她还识了几个字，在《庵堂相会》，《剪发卖发》……这些唱本里消磨她余暇的时刻。张先生是个刻板的，冷淡的，专心致志在生意里的人，很少的日子是和她在一起的。后来，某一次，他回上海的时候，把她带到大连，接着从大连搬到营口，营口又到沈阳，再到长春……东北的城市，他们几乎走遍了。

不久，皮货被日本仔当做军用品，禁用了。空闲了一些日子，为生活所迫，张先生进到一家同乡人开的南货店去帮个忙，只是混日子。

就在这年秋天，旧历八月初五，张先生对她说，要她把漂亮衣服穿起来，到一家朋友家去打麻将，有应酬。一个约莫四十三四的瘦削的女人，叫做赵太太的，把他们接进，他们就打起牌来。这座院落里有好几个女眷，穿着的都很华丽，她们出来招呼他们，显得很和气也很大方。

麻将打到第三圈，张先生立起身来，告诉翠花，说他约好了一个朋友去谈一件事情，出去一下，等一忽儿来同她。女主人微笑着送他走，继续殷勤地和翠花打麻将。

一圈又一圈，眼看着天是快黑下来了，还不见张先生来同她回家，翠花看看不能再等了，只得起身告辞。就在这个时候，里边走出一个穿着黑绸短衣服的中年男子，叉起一双手，对翠花说：

"你男人已经把你卖在这里了，再也不会回来同你的！"

好像用木棍子在她头上猛然打了一棍，打得她头昏眼花，她着急地说："没有的事！"

"别装假正经了，"赵太太说，"你男人二百块钱卖给我们的，他说他是二百四十块钱买进的，还亏了本呢！"

翠花定了定心,说:"二百块,既然有个数目,让我回家找男人来赎出去。"

"你找不到你男人的!"那男子说。

她哀求他们,并说把她身上外边穿的衣服脱下来给他们做抵押,让她出去找一些同乡借笔钱来赎身,可是鸨母他们怎么也不同意,不答允,七手八脚地把她拉到里边的一间屋子里,关了起来。

她被鞭打,被咒骂,……她有求死的念头,但有时,死也竟是不容易得到的。最初她还想,这个皮货商人是出于无奈,才把她卖了,她还希望当他稍稍宽裕一点时,会来赎出她去。可是,日子久了,他并没有来赎她,而且,也探听不到他的音讯。拖着痛苦和侮辱的生活,却为着有那么一个希望:难道事情就永远是这样了么?压在重重的高楼下的砖头瓦块也有一天要翻过来,她还只有十九岁呢!她总不相信事情将永远是这样的。

苏联红军推进东北,日本仔的气焰低下去了,鸨母也不敢公开逼迫她们卖淫了,但是国民党的接收大员们一到,依然是汉奸、特务、警察的天下,鸨母又回到从前那凶恶的态度,逼迫她们接客,出卖肉体。

如果不是民主联军来,她是一辈子也跳不出这个火坑的,不知道哪一天死了,像一条狗一样地用破席卷起,抛在荒郊……前年,她从一个流落在关外的厨司口中听到八路军共产党为穷人谋幸福,现在她不但看见了,而且亲身体验到了。

"怎样过以后的日子?"她想,"开一个洗衣作,但是没有本钱。"……当她正盘算着,忽然,院子里响着皮鞋的声音,嘎的一下在她房门口停住了,门同时推开,一个穿着青灰色西装的中年男子走了进来。翠花急忙地走下炕,当他站到她面前,她才认得。

"你怎么没有走,还留在这里?"翠花打量了这中年男子一下,说。

"我改装了,你不看见么?"男子微笑着说。"这里附近有八路么?"说到"八路"两个字,他放低了声音,用两个手指比了一个八路的记号。"他们搜查得利害么？"他问，变得严肃而慎重起来。

"这里没有八路来，也没有什么搜查，但你为什么不走呢？哦！你改装了！"翠花呻吟了一下，她一边倒茶，一边让他上炕，并从柜子里取出了大烟家具，放在炕上。

他把呢帽往炕角一抛，解开了西装上衣的领子，坐到炕上。

"我还有事情。"他说。

她坐到他旁边。

"难得你今天来，"她说，"人都跑光了。"接着殷勤地问："你想喝酒么？我去替你热一壶酒。"

她出去了一忽儿工夫，端来了一壶日本清酒，一碟花生，一碟香肠，这位"国军"营长是江苏人，她知道他的胃口。

"他说还有事情？有什么事情？看神情决不会是做的好事情，"翠花想，一边却劝着，"喝呵！喝呵！"接着她说："干脆把上衣脱下来罢，利利爽爽地干几杯！"

他把上衣脱下，从西装裤袋里露出了一支手枪。

"啊！你还带着这个，多笨重！拿下来，我替你收着。"

他迟疑了一下，可是，把枪摸了出来，她伸手接过手枪，把它塞在炕上的呢毯下，一边倒酒，一边问：

"你有事情，什么事情？做得还顺手么？"

他一边喝酒，一边在那发光的油润的脸上，露出了狡奸的微笑："哼！我们做不到一大起一大起杀，也要一个一个地杀，总之，我们要想法杀尽这些共匪，和共匪的一帮，他们的探子。昨天一家日本理发店里给我们弄死一个他们的连长，他来剃头，我们把他脖子也剃下来了……"他带着得意的口吻，但神色到底没有从前来时的悠闲、舒适，两只眼睛不时地瞅着房门，两只耳朵也显得特别机警似的。

翠花微笑着听他的叙述。

院子里一阵脚步的声音，接着，门开了。在那门还没有开的一刹那间，他伸手往炕上取他的枪，翠花一双手把枪按住，她的身坐着往后移，一屁股把枪坐得牢牢的。他扭住她，她死不放手，死不移开。

两个民主联军站在面前，他们原来是来检查自己军队的纪律，偶然进这屋子来的。

"这是个特务暗杀犯！"翠花大声地喊。

民主联军把特务和他的枪都带走了。

金翠花得到了奖赏。

一个从来没有得到过人们的赞扬和尊敬的女人，现在有这么一天，开始有可能过着独立、快乐、自由、光荣和劳动的日子；并得到人们的赞扬和尊敬。

在从齐齐哈尔到白城子的火车里，韩同志对我谈了上面的这一故事。

一九四六年六月

选自《新柜中缘》，光华书店 1948 年

未婚妻

是枣子快红的时候，早晚得穿上衬绒的衣服，天，时常一阵风一阵雨地吹着打着，在我们那座有百多年历史的称得上古老的房子里，几乎每一间楼房和平房里都陈列过最近二三代的死尸，显得特别的萧瑟、忧愁和寂寞。

整座屋子是空落落的，死一样的静寂，春天的养蚕季候的紧张，和冬天准备过年时季的热闹的气氛，是再也找不到了，多么可咒诅的季候呵！男子们都不在家，一到晚上，女人们都老早悄悄地躲到房间里，聚在一盏灯下，看唱本小说，做针线，话家常，记伙食账……

小偷几乎是夜夜来的，也有技巧很高，能飞檐走壁的所谓"名工贼"，他用一根竹竿，可以从屋顶上毫无声息地落到院子里，又从院子里毫无声息地爬到楼窗前。

风和雨的夜，我那童年的心，被贼来的恐惧威吓着，但是母亲总很镇静而安详地对我说："我们家又没有做过什么恶事，白天不做亏心事，半夜敲门不吃惊，况且也没有值钱的东西，他们要拿什么东西就让他们拿去罢！"接着她叹息："为了这几幅画，弄得这样不安宁。"虽然她这样说，我还是不能安心睡觉的：张大着一双眼睛，从黑暗中望着窗口，看是不是有一个贼突然从门口进来了，拿着武器……可是实在，直到我们搬进城，在这座老屋里，我始终是没有和贼碰过面的；果然有些日子，当我们大早起来，发现这里那里的墙壁上挖了一个大洞，女仆吵着厨房里少了什么东西。但一到白天，对于贼的事，我总有些将信将疑，只是到了晚上，我却又担心起来了。

在那样的风雨的秋夜，嫂嫂和我，我们常常邀邻家汤姓家的珍宝哥到我们家过夜，有时，我们凑起一桌麻将来，但大半的场合，我们觉得打牌没有兴致，还愿意坐着谈天。

珍宝哥——我们习惯地这样叫她，是贴近我们家的两家邻居中唯一可亲的女子，她家的屋前有一棵大枣树，这在我们家乡是一种稀奇的果树，一到秋天，枣子快红的时候，下过雨刮过风的夜以后，一大早，我们就可以在院子里听到珍宝哥的清脆的喊声："韵姊，玉弟，快来拾枣子!"我和嫂嫂跑得去，我们在枣子树底下拾到很多又大又红的枣子，吹落在地上的枣子，比树头鲜还要好吃。

她比我的嫂嫂小一岁，比我大九岁，这时候有二十二岁了，在她十六岁的那年，她跟着她的父母和胞兄搬到碛石去，在那里住了五年多，她的哥哥是在一家丝号子里做伙计的。

在他们搬到碛石以前，我们和她家很少往来，就是在她家从碛石搬回来后，我们和珍宝哥来往很亲密了，可是每当有亲戚在家的时候，我们还是掩饰这种亲密的，害怕亲戚们诽议我们和这类不相称的人家来往，人言是可畏的，在那种社会里，一切都传统地要求门当户对的，人们是毫无例外地都得服从它。

珍宝哥从碛石搬回来时，她是变成一个极时髦的少女了：不单单她穿的衣服质料和式样都极新颖，她的言谈举止也顶大方，使人觉得可亲可爱，她还识了许多字，看过各种宝卷和唱本，她能说许多的故事，也会唱好些小调，《四季相思》，《卖油郎》……可是她并没有进过一天学校，使人难以想像她在碛石过的是怎样的生活。她长着一个不高不低的适中身材，小小的鹅蛋脸，笑起来，露出整齐洁白的牙齿，把她和她那长着一脸麻子的哥哥比起来，真是老鸦窝里出凤凰。

她的父母，一天都在烟榻上过日子，不管春、夏、秋、冬，从来是难得露面的，珍宝哥呢，不论天晴或下雨，只要是我家没有亲戚的日子，她总是要来找我们玩的。

她家从碛石回来，她的父母和哥哥宣称她是一个订了亲的待嫁之女了。她的未婚夫是硖石一家米行的小老板,姓徐,很有钱的,而且是个独生子。在门当户对的人看起来,这门亲事对于珍宝哥是太高攀了,也显得太突然了。于是各种传说都散播开来,这一家说珍宝哥的父母在硖石开烟馆,那一家说珍宝哥曾接过客来,和那个米行小老板是这样认识而相好起来的,因为他的父母反对他把珍宝哥娶过去,但儿子坚执非这个女子不娶,父母才让步要她走远一点,隔些时日,使得硖石社会上不再有人议论他们了,然后明媒正娶地像个样子把她娶过去,是这样,她的父母和她才搬回城里来的……

珍宝哥有着一个爽朗而快乐的性格,一点事情就可以引得她打哈哈,晚上,她和嫂嫂同床,我总要挤在她们中间一直要到瞌睡沉沉的时候,被母亲威胁要熄灯不再等我了,才回到母亲床上去。

"珍宝哥,讲一个故事!"我恳求她,最害怕贼,但也最爱听关于贼的故事。

"你喜听什么?"她问,已经完全准备好了,"讲个僵尸给你听。"她笑着,装出吓我的口吻。

"有一次,"珍宝哥开始说,"一个贼知道那份人家在这个晚上只有老太太一个人在屋里,到半夜他就去了:挖好洞正爬进洞去。那个老太太恰恰因为独个人胆小怕有贼来,不敢睡觉,点着灯,正在念佛;她听到贼来挖洞的声音,看见他把洞挖通了,正爬进来,老太太念道:'嗦落嗦落爬进来,阿弥陀佛。'贼一听老太太这个声音,惊吓地停住了,两只眼睛向里望着,老太太看见他停住不进,念道:'两只眼睛乌溜溜,阿弥陀佛。'那贼一听,心想不好,老太太一定有了准备,赶忙往外爬,老太太又念道:'嗦落嗦落爬出去,阿弥陀佛。'贼听着,飞奔地逃走了。"

我们出神地听着,大声地笑着,就在那夜里,贼进来,把我们家堂前的香炉蜡烛台等等拿走,开了大门扬长而去,我们却什么也没有听到。

"珍宝哥,什么时候请我们吃喜酒呢?"嫂嫂和我有时对她开玩笑地问，并希望从她口中探听出一些什么来，但她只是微笑着，脸红了，什么也不肯说，不过显然，她是十分满意这头亲事的。

但是为什么还不结婚呢，从春到夏，从夏到秋……日子一天一天过去，季候一个一个过去，总不见男家来提出迎亲，据说，女家每年都要去催几次，但是回说："少爷生病，等明年罢！"一定的，她的父母等得着急了，她自己也等得着急了，就是我们旁人，也替她着急了。

八年过去了，珍宝哥已经三十岁了，她虽然还很有丰采的，但是憔悴而且忧悒，再也不容易听到她那过去惯有的哈哈笑声了，我和嫂嫂也不敢再和她开玩笑了。

有一次我们正打麻将，珍宝哥是我小哥哥的上家，她发了几张牌都是下家正需要的，小哥哥高兴着，赞美着，就说："徐家那个家伙，摆什么臭架子，给我碰见，准定要请他吃三拳头！"当然他是随便说的，但确实也是我们的真实思想。

过后，麻将打完了，我看见珍宝哥在我嫂嫂的房间里掉眼泪……

她的父母在一年里先后死去了，不久她也病了，她变得非常委靡，没精神，真是茶不思，饭不想的样子，但她在精神较好的日子，还到我们家来玩的。她的病好好又坏坏，坏坏又好好，那么拖着拖着，后来，终于一天，她不能起床了，成天地躺着。

我们每去看她一次，看见她的面孔和躯体更瘦削了些，她好像渐渐地在那里缩小；后来，简直变成一个像十四五岁没有成长足够的女孩子。她呆呆地望着我和嫂嫂，说一句话喘一口气，老半天才说出一句话来。

她死了，家里的长辈没有许可我去送她入殓，据说她生的是痨病，要"过"的。

大约过了几个月，正是枣子快红的时候，徐家放了一只船来，停在珍宝哥家的后门口，媒人也随了来，船夫和几个男工把珍宝哥的棺材抬到船里，男家来接她入葬去。

媒人对人家说，那米行小老板娶的姨太太所生的头生儿子，已经七岁，不久以前，那姨太太已经扶正了。

唉！可不是，这是没有什么出惊的！我想，几千年来，我国的土地里，就不知道埋葬了多少这样珍宝哥似的命运的女子！她们没有自己独立的生命，独立的价值，独立的前途！不要想像得太容易了，我们今天的解放不是从天上掉下来的！我们一切权利的获得，还需要依靠自身的努力，以及对人类集体事业的贡献！旧社会就是整个推翻了，传统的残余力量还会来影响我们，当我们脆弱的时候，不加警惕的时候，我们还会陷到这类私人情感的泥坑里去的。

一九四七年五月

选自《新柜中缘》，光华书店 1948 年

新柜中缘

　　当敌人的铁蹄伸进桑干河的两岸时,在已经建立民主政权的远近村庄上的居民,除了民兵,负担着任务外,大半都往山里跑去,他们把粮食带走,不能或来不及带走的东西,都坚壁起来了。

　　李老汉十八岁的女儿金妮在炕边把洋芋一大把一大把地塞到一只麻袋里去。

　　"忙什么?看你这个样子!"父亲叱责的口吻说,"你们胆小的都走罢!我是要留着看家的。"

　　金妮受着父亲的叱责,手抚着麻袋口,抬起头来,望着坐在炕上的父亲,用劲地正抽着一支板烟,两颊深深地凹进去,板烟在烟斗里发出吱吱的声音。往常,她是看惯了这一个神气的:这个表示不高兴和不满意她的神气,不由得放下了麻袋,站起身来,带着畏怯,可是说:"爸,村长叫把不能带走的东西都收拾起来藏好呢!"

　　"说是这么说,你想人家都会家家这样做么?"李老汉有点顽固,他从来只相信自己。

　　"人家是那么做的,我看见宝儿和妞儿家都收拾起了。"金妮说,宝儿和妞儿家是金妮家的邻居。

　　"我是说你们走罢,我要留着看家。"老头子重复他的话,显得是那么的坚决。

　　父亲的意志,从来是不可能打一点折扣的,自从十一岁那年春天,母亲过世以后,她和比她大三岁的哥哥,就得长年忍受这个父亲的执拗、怪僻、吝啬和易怒的脾气,没有任何人的缓冲;但是做男人家毕竟自由和利爽得多,金妮想到她的哥哥,充满了羡慕的心思。她想起那一天傍晚，父亲为着一点不顺遂的事，叱骂哥哥，哥哥在奋激的情感里竟和父亲斗起嘴来，父亲从门角里拿起一根磨子上的木棒往儿子的头上打去，儿子跑掉了，走了，从此再没有回来。可是，金妮是曾经见过她的哥哥的，那一天，八路军的一个游击支队经过村里，黄昏时，日落西山，她去关猪圈的门，从泥墙边转出了哥哥，"金妮"，他喊她。她看见她哥哥穿着一套全新的灰布军装，肩着一支三八式步枪，他笑微微地站着，黝黑的面孔上发着光。他一点也没有懊悔离开家的样子，不，他恰恰是显得那么有精神，那么的快乐。但是金妮，她什么话也说不出来，只用那青布的衣裳角揩着眼睛。

"回去罢！别又惹那老头子的骂了！"这是哥哥临走时说的话。

村里十四岁以上的女孩子，差不多个个是有了人家的，只有金妮，到了十八岁还没有定，虽然年青的小伙子们都被金妮那一对黑沉沉的大眼睛，黝黑而整齐的面孔，健康的体格，像一头小母牛似的能够操作，再加上一点嫁妆，因为大家知道李老汉是有积蓄的，只有一男一女；虽然有这许多引诱，大家却都被那老头子的不容易招惹而退却了。现在战争来了，谁也顾不上这种事情了，兵荒马乱，女人只不过使人们觉得无用和累赘；在战争的时候，只有女人需要男人种种的帮助，男人找着女人不过增加麻烦，金妮的命运就更加难得说了。

李老汉有着自己的打算，他想每次坚壁，敌人都没有来，这次可又会白忙一阵，就是敌人来，要跑也来得及，敌人在周围村庄的袭击，杀人放火，拉走牛、羊，抢走粮食，他也是知道的，但是他存着一个侥幸的心，他想有那么多人家，难道偏偏碰上他家不成，再看看这一排三间房子，小麦、洋芋和三缸酸菜，……越加觉得"在家千日好，出门一时难"，到哪里都是及不上自己家里的方便。

晚间，李老汉坐在炕上，慢慢地数着他积了二三十年的几十元白洋，一、二、三、四……银洋发出那清脆而尖锐的声响。每天晚间，他必定要把它们数一遍，这是一个严重的时刻，谁也不容许走到他的炕前去,便是金妮也是不许可的。

"喤! 喤! 喤!"村口打着紧急的锣声,这是通报敌人出来,有情况的记号。

李老汉赶紧收拾他的银洋,一边喊:"金妮!"

金妮没有回声,刚才她被父亲打发出来,在妞儿家门口和妞儿聊天呢。

人声、狗叫声、皮靴声、枪声,奔袭的敌人已经进了村。

金妮躲进一个放在猪圈边的破旧柜子里,刚进去一忽儿,另有一人来揭开柜子盖,她吓得直哆悚,以为是鬼子来了,谁知那揭盖的人也躲了进来,两个人卷缩地坐在柜子里,彼此都摒住声息,不敢透一口大气。

敌人从村东头进来,在他们蹄印经过的地方,叫喊声和哭声跟着起来;但是,敌人的算盘没有打得好,村里大多数人家都已坚壁得很好,只有少数像李老汉这样的人家,在家里还留有食粮,敌人看看拿不到什么东西,很是忿恼,门、窗、板、炕随便地用枪托刺刀乱打乱挑,有三个敌人走进李老汉的房子,看见那三缸不容易带走的酸菜,正在没有办法,走进一个敌人,提了一罐煤油,他倒在李老汉炕上的一条被子上,一根洋火,就着了。

附近山上的游击队望见村庄上的烟,同时得到村里民兵来报消息,知道敌人出来突然袭击,游击队四面八方迎上敌人来,敌人跑出村外,逃向据点里去。

李老汉躲在房子前面磨子边的一堆干草里,听到喊"起火了!起火了!",钻出头来一看,火正从自己的房子里冒出来。老汉爬出草堆,冒着烟,走进自己的屋子,可是他立刻想起金妮来了,大声地喊叫金妮。

金妮听到父亲的喊声,从柜子里爬出来,在她的后面,跟着爬出了一个八路军的工作人员。这是一个病号,本来是安置在村长家里的,没有来得及转移,他顾念到村长一家的生命,可是在紧张中他不知道躲到哪里好,看见一个破旧柜子,就躲了进去。

村里人和八路军病号大家帮李老汉救火,好容易把火救熄了,那晚偏偏刮着大风,烧得李老汉的三间房子只剩了一间,而且连这一间也是不完整的了。

老汉又急又恨又心痛,一肚子气正不知往哪里出,突然看见金妮一声不响地站在他面前,就连哭带骂地指着女儿:

"不要脸的贱货!怪不得叫她半天没听见回声!"老汉愈骂愈加气上头来。

"滚!给我滚!"

年轻的八路军工作同志本来已经要转身向村长家里走去,听到"滚!给我滚!"的骂声,不觉停了脚步,回过头来,看见女孩子正睁大着两只眼睛,忿恼的脸色望着她的父亲,他也就懂得了。

"老人家,你不要误会了……"八路军工作同志走拢来,开始向老汉进行解释和劝慰,可是金妮飞也似的向村外的路上跑去了。

那天夜里,李老汉坐在他那烧剩的一间房子里,悔恨和悲伤,女儿是自己骂走的,儿子是自己打走的,现在是连可以打骂的人也没有了。敌人,可恶的敌人把房子烧成这样,还有什么好日子过!难怪年轻小伙子都要去打敌人,不打走敌人哪里会有好日子过,八路军早是那么说过的!真对!

下一天早晨,有一个五十岁左右的老汉找到这一乡的民兵小组队长,他带着羞怯,可是坚决的口吻请求允许他参加民兵小组。队长劝他回去,说,年纪大了,保卫家乡有年轻人呢,但是老汉不肯往回走,悄悄地流起泪来了。有几个常往各村走动的民兵认出了这个老汉,彼此用惊奇的口吻说着:"怎么啦!这是李老汉!"

金妮自从那晚出走,径去村妇救会,妇救会主任起初劝她回家,但她坚执不愿,这样,几天后,把她送到县妇女纺织训练班,她聪明,求上进的心也很切,无论在技术上、政治上、文化上,进步都很快,后来,就留在县里帮县妇救会下乡做工作,当她到哪一个乡去帮助工作,哪个乡的妇女就完成任务得快。她自己就是一个勤俭、刻苦、劳动的女人,也就很自然地起着示范的作用。

　　在那个时间里，由于工作上的某些联系，她认识了武委会的一个干事，他是一个还不到三十岁的却颇有见解的男同志，起初，同志们看见他们接近时，偶然在她面前说一二句玩笑，谁知后来高同志真的直接了当地提出了问题，请金妮考虑。并且出乎金妮意料之外的，高同志和她说："我早就认识你了。"金妮带着怀疑和惊恐，不知道怎样来处理高同志所提出的问题，想到对方是个老革命，而自己是一个离开家庭不久，没有很多文化的女子；又不晓得爸爸和哥哥的意见。高同志似乎了解到她的心情，对她说："你有时间考虑的。"

　　接着，在更久和更多时间的接近中，金妮和高同志间的了解更为深刻了，金妮才相信事情的发展结果是应当这样的，因而做了决定。

一九四五年十月

选自《新柜中缘》，光华书店 1948 年

在一个铁路员工的家里

正是最冷的日子，冰天雪地，一到露天，鼻孔边和睫毛上都结了冰。

为了等待修理汽车，在营盘停留了四天。我借住在一家姓赵的铁路员工的家里，那是两间（其实只能算一间）典型的东北贫苦人家的房子，草顶，矮矮的。外边的一间，推进门去，由于柴火的烟和热气的蒸发，使得你的两眼模糊看不清。里面一间有两个炕，炕的一端摆着一些柜子，两个炕占了房间三分之二的地位，剩下的空地方恰恰足够安置一只小小的菊花炉。除了赵先生到铁路上工作以外，一家七口人，吃饭，睡觉，整天整夜的时刻都是在炕上过的。炕是热的，每个炕通到外间用以烧水煮饭的炉灶。起初，我在他们的房间里很不习惯，好像没有一角可以安心坐下的地方——也没有一只凳子，特别是不惯于盘膝坐炕，一上炕，我就只好躺着，兼之炕是暖的，一躺下，就想瞌睡。我觉得东北老百姓的住屋不很卫生，一家老小都在一个炕上，有疾病一定是容易传染，但后来，当我住过了一间南方式的房间，没有热炕，也没有炉子，升一盆炭火，冷得我生起病来，才想到这些草屋，这些热炕，对于一般老百姓，确实是既经济又最合适的了。"入乡随乡"，这真是一句现实不过的真理，你要是太主观，你就只有碰壁。

赵先生夫妇都是三十七岁，长女已十五岁，次子十一岁，幼子约十多个月。他们夫妇都应当说是还年轻的中年人，但看起来，却像一个小老头子、小老婆婆一样，苍老而瘦削的面孔，灰白的脸色；甚至他们的心情，也像被酷冷的严冬所冻坏了的小草，刚刚经过阳春的风一吹，透出一点娇嫩的芽头。每当赵先生从铁路上工作回来，躺在炕上，拿起一本《剑侠传》或《济公活佛》，便孜孜地读起来；夜里，在电灯光下，一直要读到午夜，兴致好的时候，还要朗读给他的儿女听。莫问世事，这一定是十四年来，在敌人统治下，他习惯了的精神消遣：读神怪小说。无疑地，敌人长期的统治，在他们的精神上留有束缚的伤痕，这种束缚的创伤，只有在他们能够得到新的精神上的粮食和滋养，才使他们有力量正视自己的创伤，并自己来清算敌人所留给他们的毒害。他们需要正当的文化娱乐，以及使他们能够懂得自己的力量，增加自己的信心，并学习为大众，为自己而工作，关心别人一如关心自己，才是人类高贵而正常的生活。他们需要看一些说理的书和描写生活的书，赶快供给他们一些这样的书罢，我想民主政府一定会注意到这件事情的。

　　赵先生告诉我，他在铁路上任职已经十七年，最初在南满线，调到西满，又调到沈海线。十七年来，他没有被提升过，因为，"九一八"事变的时候，他已经二十四岁，在敌人看来，他当然是受过中国教育的，而敌人是不欢喜受过中国教育的青年，还有，他不会讲日语，这在日本人看来，也是一个不可饶恕的缺点。这几年来，他拿的一直是一百元的月薪，配给的是高粱米。一家大小吃不饱，穿不暖，凑合着打发日子。在伪满时，铁路上做着同样工作，却有几种不同待遇：日本人，当然，那不用说了，他们是大老爷，汉奸特务，是敌人的爪牙，宠爱的走狗，苦的是为了吃饭，不得不在敌人汉奸之下做着工的员工们，在日本人看来是不可靠的，"良心大大地坏"，是我们有民族良心的广大的铁路员工。

　　"如果再不光复，那么，我又要被调开沈海线了，日本人不愿意把我们放定在一个地方工作，时常要调来调去，每调一次地方，我们就变得更穷一点。最初我在南满线上工作，离家很近，还有自己的二三间草屋，够自己住家。后来愈调愈远，从此只好租房子住，没有半间房子，也没有半寸土地，单靠这点薪水过活，像我这样的员工很多，日本人总要把我们弄得一干二净，使我们不能不依靠他们，服从他们。"赵先生带着忿恨，接着说："现在我们是像个人了，要是从前，不瞒你陈先生，我们衣没衣，鞋没鞋，真见不得人呢！我这件大衣是八路军来了以后，公家发给我的。孩子们的棉衣都是光复后做的。"民主政府建立以后，交通马上就恢复了，赵先生被提升为这一段铁路的段长，他的薪水增加到一倍以上（以前伪满时的那个汉奸段长早已逃走了），他们的生活有了显著的改善，吃得饱也穿得暖。

"日本人在我们东北，不论土地、人力和物力，统都收括尽了，'出荷''抓劳工''勤劳奉仕'……哪一样没想到呢！如果再不光复，今年他们连我们的头发也来要了。每个老百姓要'献纳'二寸长的头发。"赵先生说着，又转谈到小孩子身上。"小孩子们也可怜呵，问问他们看，能念上点什么书呢？"

十一岁的男孩插下嘴说："我们每个小学生每年要缴几斤猪血，去年，还要每个人缴三张野兔皮。有一天，老师领我们上山去捉兔子，找了好久，才找到一只兔子，咱们大家赶去，赶了好半天也没有赶得上，还有八九岁的小学生，跑到山上就已经跑累了，哪里还有力气赶兔子呢，也只好拼着命地赶……"

女学生也一样要"勤劳奉仕"，一样也要缴纳猪血，去锄草，上山采药……一学期念不上几天书。男女学生必修的功课是日文，赵先生的长女曾经念过伪满的"国民高等"（等于我们旧制高小的程度），她拿出一本日语读本给我看，并说："如果日语不用心念，就不能升级，往往因为考不好日语，被打耳刮子，罚跪……但我们的老师有时也对我们悄悄地说：'孩子们，用心念满语（我们的国语，敌人称为"满语"），满语将来总有用处。'我爸也常说：我们是中国人，多认几个中国字，现在没有好书念，将来总有一天能念到自己的书。"

"你们知道关里的抗战么？"

"怎么不知道呢？从那个时候起，我们在铁路上工作，被监督得更严，不许中国人之间讲中国话，不许交头接耳，只要有一点使他们不顺眼，他们就叫我们跪着，叫我们之间互相地打耳刮，"赵先生一边说,一边比给我看,"两个人对跪着相互地打,不打得凶还不行,得狠狠地打,劈劈啪啪,这样,日本人在旁边看着哈哈大笑,不然,他们就骂:'八格阿鲁,重重地打!'此外还时常叫我们集合起来祈祷'圣战'胜利,还有一星期三次的防空演习……"

赵太太抢着说:"到防空演习那一天,男女老幼都要提着水桶,或拿着镢头的,到指定的场上去排成队,日本仔来检阅,缺了谁,谁立得不像样,有被用脚踢的,有被用皮鞭抽的,等到说是飞机来炸了,消防的,救护的,就都要做得若有其事。他们日本仔可害怕飞机来轰炸,咱们不怕,咱们想,飞机来多炸死几个日本仔,让咱们看看他们也有难受的一天。"赵先生打断他的夫人说:

"最近一年来,日本人的威风也没有从前那么大了,我们也看出日本人是渐渐地不行了,八月九日苏联对他们宣战以后,铁路上的日本人惊惶得很,我们偷偷地从十一日的报上看见长春被炸。大约隔了四五天,有一天,日本鬼子召集日本人念诏书,不许中国人看。鬼子他们从来都是有什么事不许中国人听,也不许中国人看的。但是有一个懂得日本话的中国人偷偷地去看,看见念诏书的日本军官念一下,就哭起来了,呜咽得念不下去。换一个军官上去念。就知道总是日本投降了。后来,看见许多火车载着日本男女往东北方去了。但是老百姓还不敢什么的,等到八路军进到这里,老百姓这一下可高兴了。"

这时候进来一个约莫有五十多岁的老汉,赵先生介绍我说这是他们的邻居,也是个铁路老员工。老汉也来参加叙说他对于东北解放的兴奋和快乐:"咱们总算盼到了好日子!多么好的军队,从没有见过这样好的队伍,不打人,不骂人,一点也不惊扰老百姓,他们说毛主席和朱总司令教出来的队伍都是这样好的。这地方很多年轻人都跟上他们去了,我的儿子也吵得不行,一定要去,也去了。大家都看这个部队太好了,年轻人都要跟得去。"

在我动身的上一天晚上,赵太太叮嘱她的大女儿明晨早点起来生炉子,烧点开水,好让我喝了水,洗了脸再走路。女孩子为着这件事情,半夜里惊醒过来,开亮电灯,立在挂钟面前,自言自语地说:"二点钟!"到了早上,她睡得很甜蜜,等她张开眼来看见炉子已经生起,抱怨她母亲为什么没有叫她。

他们是清苦的,但他们的热情和好意使我感动。当我动身的时候,赵先生夫妇送我到门口,带着抱歉的口吻说:"我们没有很好招待你,实在穷得见笑,再过营盘,一定来我们这边玩玩!"

"你们招待得我太好了!我相信再见你们的时候,你们生活得一定比从前好,现在你们已比从前好了,将来还要好。"

他们笑了。他们的女孩和男孩一直送我到汽车边。

一九四六年三月十八日

选自《东北日报》,1946 年 3 月 27 日

真实的故事

　　她们两个是一个工作团的团员,出发到前方去,在北岳恒山的半山里,被风云所阻,停留在一个小村庄上。

　　她们睡在老百姓家炕前的地上,贴近灶头。地上有着各种各样的屎尿:小孩子的、鸡的和小猪的,但是她们铺了厚厚的一大堆干草,干草的香味遮盖了其他一切的味道。她们睡在那暖和的草堆上,听着房子外面的北风正呼呼地吹着,雪下得正紧呢。

　　她们忘记了停留在这半山里是多么不愉快的事,却想到明天有一整天的休息而高兴着,在草堆里翻着身,兴奋得睡不着觉。

　　"喂!李淑,你还没有睡着?讲一个故事罢,讲完一个故事,我们再睡觉。"方玫说。

　　"我讲不出,还是你讲罢,随便讲个什么。"李淑回答。

　　方玫浙江人,李淑云南人,都有三十二三岁,在行军中,她们俩常在一起,顶投机的。

　　停了一歇,方玫说:"好!我想出了一个,那是一个真实的故事,我来讲给你听罢。

　　这是我在小学里的一个同学的事情。我住的是我们县里的第一小学,男女同学,但是女生很少,在我的级上,只有两个女生,我和施玉娥,在教室里,我俩是并排坐的。她比我大三岁,是一个聪明而懂事的女孩,什么功课都考在我的前面,特别是笔算和珠算;她常常做我们的级长,分派男同学们打扫教室和院子,揩洗漆板,一切都很公正,偶有调皮的男同学和她捣蛋时,她的嘴巴是谁也斗不过她的。可是,她很少和男同学们来往,显得很孤独,同学们中,有不少的人对她一半带着嘲弄，一半带着畏惧的态度，使我奇怪，但是玉娥，对于这一切，她有一种好似骄倨而不理睬的态度，谁要是惹了她，有证据落在她的手里时，她是决不干休的。比如有一年夏天，那天是我们最后一天上学校，毕业的那一级同学正举行过毕业仪式，其他的同学也听完了校长的训词，大家正要散去，玉娥，她一个人把守住楼梯，因为三年级里的一个女同学说了关于她的一些诳话，她非要找到那同学到校长跟前去对照，三年级的那个女同学吓得在教室里不敢走出来，只是哭。你看，她是这样的一个女孩子。

有一天傍晚，放学以后，我被她邀到她家去玩，她和她的母亲住在我们县里出名的一个恶讼姓俞的家，对面的嫁妆店的楼上——那嫁妆店也是姓俞的财产。当我回到家里告诉母亲说曾到施玉娥家去玩过时，母亲生气地对我说：'好，我不许你再去第二次。'我的好奇心逼迫我悄悄地向四处打听，终于，从另外的一些年长的同学口中，得知了家里不许我再去第二次的原因。

我和玉娥还在女高小里同了三年学，以后，她到省城里念书去了，我呢，到上海升学了，但是在暑假和年假期里，我们还常常见面的——我瞒着我的家去看她。

常常有些长方形的白纸头上写着讽骂玉娥母亲的，我们叫做'地壁书'歪歪斜斜地贴在弄里巷口，这使玉娥气忿得哭起来的。

那一年，俞立人死了，玉娥和她母亲搬回自己家里来住，她到念佛堂里向她的父亲跪着，求他回到家里来，她求他宽恕她母亲过去的一切，她要用她的努力来重建一个正经的像样的家庭，撑起一个被大家尊敬的门面来。有十年没有见到自己的妻和女儿的父亲，受不住女儿的好话、恳求和哭泣，他，自从她们走了之后，一直吃着长素，以诵经来消磨日子，终于回到家里来了；他见了她们是畏缩的，憎恶的，他住在屋子中间堂屋的后面，很小，没有窗，搭着一张草率的铺，一大早起身后，就悄悄地到念佛堂里去了，直到天快黑的时候，回来睡觉。好像一个影子似的从那一对不顶高大的门里每天进出两次。

玉娥的母亲，人们在背后叫她做黄阿小的，长着一只鹅蛋脸，鼻子的两边有几点雀斑，俊俏的身材。不知道是天生的，还是在恶讼那里受的锻炼，她有一张锐利的嘴巴，竟还会替附近的一些小户人家作法律顾问，口述作状子。单就外貌上看，他们两个人的婚姻，也就使人觉得是不恰当的；可是，虽然两个人彼此都有充足的理由来憎恶并卑视对方，却还要生活在一个屋檐底下，仅仅为了要撑一份像样人家的门面。

玉娥小心翼翼地做着一个孝顺女儿，在一对毫不相投的父母之间周旋着。她在省城的女子师范念书，交际了些男女朋友，有的是同学，有的是在学生会里做代表而认识的，也有的是她们的教员；这些朋友，原来对她都很好，其中某些男朋友也还对她表示了超出一般友谊的其他的希望，可是，当他们一到她的家乡来过之后，对她的友谊却总是渐渐地冷淡下去，冷淡下去，而到一个不再继续的地步为止。当她在暑假或年假从省城回到家乡时，"地壁书"也还是看得到，好像她愈是害怕流言，害怕人家的讥嘲，流言和讥嘲，就愈加紧紧地跟随着她。

突然，我们得知，在女师快毕业的上一年，她和在省城的一家广货店做帮闲的一个破落户，结婚了，他是一个同乡。我们都很出惊，并替她惋惜，因为我们都知道她的母亲曾经从俞立人那里积聚了一点私房，着实够玉娥用来读完大学的学费；她既然聪明而又用功，为什么不多念一点书呢，自己有本领，也就可以做一番事业；就是结婚罢，她也总可以在一些男朋友中挑选一个比破落户更合适些的人；而他呢，这个破落户呢，连小学也没有读毕业；可是，玉娥却有她自己的理由，在新婚后的第三天，当我去看她时，她对我说：

'何必自讨没趣呢？还不够遭受到的侮辱么？我恰好配和这样的人结婚，他是不能够也不会嘲笑我的，他的母亲和我的那个有差不多的历史。'

这是真实的：据城里的人所知道，这个破落户的母亲和黄阿小有类似的历史。他是个独生子，她是个独生女，两家都要支撑一个门面，这一对母亲得到子女的同意，还订了一个分配未来的子女的子女的条约：生下来第一个男孩属施家，第二个属张家……

玉娥在女师毕业后，除了生孩子的时候，闲住在家里，——可是也还做着各种各样的手艺，她是非常能干的，例如结绒帽，缝童装，放到广货店寄售，赚一些钱，其他的日子，都在外边教书。这时候她的父亲已经死了；她的母亲，当她不在家的时候，却又结识上人了，假期中，玉娥回到家里来，她常常坐在堂屋里，看守着大门，弄得黄阿小的情人不好走进屋子里来。黄阿小恨得没有办法，咒骂女儿化了许多钱念书，也没有念出个什么名堂来，招个丈夫只挣十四元大洋一个月，不够养家，还要靠她和女儿来倒贴……母女俩常常哭哭啼啼地吵闹着。

到一九三六年，玉娥已经有了四个小孩子，她那最大的女儿，快十岁了。

端午节的下一天，突然收到玉娥丈夫的一封挂号信；我是从来没有和她的丈夫通过信的，他求我去上海看他们一次，'请你来救救我们的性命'，他这么写着。开始我以为也许是玉娥又企图自杀了，她和她母亲吵架得太利害的时候，常常是想自杀的，而且有过一次，她真的跳了河……可是这信里还附了玉娥自己写的一个短条：'我也盼你来，但恐徒劳往返耳！'当时玉娥在一个私立中学里教一点书。

那时我住在苏州，没事也常往上海跑跑，收到这封信，当天傍晚，我动身，就到了上海。

玉娥和丈夫这时候全家租住在上海南市一家南货店的楼上，一间小小的前楼，用一个布帷拦成两间，住着玉娥夫妇俩和两个小的孩子，——两个大的没有带出来，寄养在乡间玉娥的外婆家——以及玉娥的母亲。

玉娥的母亲和丈夫要我劝住玉娥不要走，她呢，恰恰要重复她母亲所做过的事情。

　　他们和我说完话，就引着两个孩子下楼去了，为的使我可以好好地劝玉娥，故意让我们两个人单独地在一起。

　　我和她倚在她的床上，沉思着，我觉得决不能用什么道德廉耻……这种空洞的字眼来劝她，而且在这个腐败透顶的旧社会里，所谓道德和廉耻岂不早就变成廉价的东西了么？我只是问：

　　'玉娥，你打算怎样呢？'

　　'我打算把小的一个带走，可怜的是老二，这是个老实女孩子，又生得不好看，我走后，他们一定要虐待她。'

　　'他是怎样一个人？'

　　'他么，是有着妻子的，不过她生着很利害的肺病，不久就要死的；但是死和不死，也没有什么关系；反正他不会和她在一起的。'

　　'那这算什么呢？'

　　'反正我在这边也没有离婚，我只是这么走出去，我要去过一过那种生活。'

　　'万一那个人把你抛了，你又怎样呢？'

　　'那我就回来，如果他们不要我了，我就往别处去。'

　　'咦！'我禁不住惊叹了一声。

　　'方玫，我不是从前的玉娥了，你是再也找不到她的了！'她忽然两手遮住面孔，哭起来了。

　　我也很替她伤心，甚至替他们大家伤心，她的母亲，她的丈夫，她的孩子。我忿慨，我不知道忿慨什么。我忿慨这中国的旧社会！

　　'这已经不是第一个人了！'

　　'那么是第几个？'我悄声地问，仿佛觉得这句话的本身就是可怕的。

　　'已经有过七八个，我要报复，报复这大家和他们（指她的母亲和丈夫）给我的侮辱！'

　　'方玫，你也该还记得罢，那一年暑假，我常常坐在堂屋里，对着大门，我妈天天和我吵架；那个时候，我妈爱上一个和尚，什么人都还可以的，我就是不要她和这个和尚好。'她顿了一下，忽然用着

343

沉痛而讥嘲的口吻接下说：

'我不知道你听了我这些话是害怕还是唾弃我们。你这位小姐，你是这样干净，这样高贵！'

'你这么说，真使我太难堪了。你想像得太简单了，我们每个中国女人的出身都给了我们一定的不幸的负担！况且谁能够保证自己的一生没有一点错处？'我说，声音有些发抖。

"但是你也不要想像我一直是这样的：只是从前年起，我才开始改变我过去一贯做人的态度。前年春天，他生大病，杭州的店里雇了一乘长脚轿把他送回家来，你想，他病到那个程度。他生的是斑疹伤寒，我衣不解带，寝不安枕的，真的比孝子还孝地服侍他，我照管小孩子们是一把尿一把粪弄大的，可是对于丈夫，我也是一把尿一把粪地照管他好来的，及至服侍得他能起床了，可是杭州店里的事情却掉了。我只好替他去省城取他的行李，在理东西的时候，发现他结识了一个杭州的髦儿戏子，她的照片，他们互相交换的礼物，他还拿我来作为向情人卖俏的资本呢，你看，他倒也有办法！'她向枕头边拉出一块手帕，悄悄地揩着正在落下的眼泪。'我也没有和他吵闹，甚至一个字也没有和他提到这件事。我明白了，大家都是这样，我又何必一定不这样呢？何苦来呢？过去我一直总是巴巴结结希望讨人家说个好，我怎么样做，人家还是说我不好，那么就索性不好罢，又怎么样呢？'她停了一下，'随便你怎样看待我罢，方玫，也许你不要再和我做朋友了！'

'唉！你不要那么想，我只有同情你！'我说，'我懂得一个女人要向旧社会挑战是多么不容易！'确实我是感动了，接着说：'但你不值得这样糟蹋你自己呵！'

那天晚上，我和玉娥睡在地板上，天气闷热，楼底下的干黄鱼及各式各样海货的腥味从那楼板缝里透上来，好像是睡在荒岸边的一只渔船上，我的心出奇的凄凉。

我从来是一个太单纯的人，把别人和社会上的一切看得和自己一样的单纯，玉娥的那些话好像冷水似的冲在我幼稚而热烈的心上，我的心怎能不凄凉呢？"

"这就完了么？以后你那个同学施玉娥怎样了？"李淑问。

"以后就抗战了，再也得不到关于她的消息了，我离开了家乡，谁知道她变成怎样了呢？在这个伟大的时代中，有的人经不起锻炼而淹没下去，有的人站立起来；有的人唱着战歌，有的人唱着丧歌，对于施玉娥，如果她勇敢而坚决，她该已找到反抗旧社会给她的侮辱和损害的正当道路了！这是我的希望！"方玫回答说。

一九四五年十月

选自《新柜中缘》，光华书店 1948 年

◇陈　昃

歪歪屯的春天

太阳刚升起来,彭大福的牛车,已经往地里送第七回粪了。装得满满的,周围用草打的席子圈着,栓儿坐在车后头,彭大福坐在车前头,鞭梢只消在空中划了一个半环形,牛就把腰一拱,拖着车子吱吱呀呀地,向屯子外头走去了。

彭大福多么高兴啊,看见房子,丛树,小河沟,土岗子……靡一样不使他心花怒放的。尤其在早晨的阳光下边,牛身上的细毛,闪着赭黄的光,他用手摸着牛背,觉得那样温暖,柔滑。角长得也是那么好看。他回头看一看,栓儿两只眼睛,直怔怔地望着树梢上的老鸹窝。

"栓儿呀,加小心,过河沟啦,别掉下来呀!"

"爹呀,我正看那老鸹窝呢!你看,大老鸹喂小老鸹哩!"栓儿把小手指着。彭大福没有回答,又把鞭梢向空中划了一个半环形,牛一拱腰,就把粪车拖过河沟那边去了。

河沟那边是一个小学校,栓儿看见从对面屯子走来两个背书包的学生,栓儿就问爹爹:

"爹呀,我也该上学啦,你看人家都上学啦。"

"栓儿呀,今年爹是一定送你上学的,今年可不比往年啦,今年爹有了牛,有了车子,还有三垧好地,有吃有喝,还让你蹲在家里,和爹一样白眼瞎不成?往年,爹穷,饭都吃不上,还有钱供你念书吗？今年，爹一定供你的，后个，不，大后个吧，你帮爹把粪送完，爹就送你到这个学堂来。"

栓儿高兴啦。

"可是爹呀，我今年十三啦，一天书靡念，先生能要吗？"

"能要的。"

彭大福把鞭子放在左手里，右手摸索着牛背上的细毛，越摸越可爱。一阵微风，车里的粪味，吹到彭大福的鼻孔里，觉得有一种特殊的香气似的。

"大福哥，你瞧什么哩？"

彭大福把头抬起来一看，原来是张老疙疸的粪车也赶来了。

"老疙疸，我瞧牛哩。我活了五十八岁啦，头一回能这样看一看我自己的牛哩。这牛，昨儿个早晨，还是何阎王的，可是今儿个，就是我彭大福的啦，哈哈……"笑容，泛满了彭大福多皱的脸上。

"我也是一样啊，你瞧我这两条毛驴子，昨儿个不还是何阎王的吗？可是今儿个，倒是我张老疙疸的啦。大福哥，说真的，何阎王不斗倒，咱们哪里能趁这些东西？就是把我张老疙疸的骨头渣滓砸碎了变□卖，也买不起一条驴大腿呀！"

"都是一样，天下的穷人都是一样！这回工作队可帮着咱们穷人翻了身啦。"

两个人都咧着嘴笑起来。张老疙疸，赶着毛驴车吁吁呼呼地向那边走去。彭大福，也把鞭梢一扬，大大咧咧地向这边来了。

当牛车赶到地头上的时候，太阳已经升起老高，一条条金黄的光线，照到垄沟上，没有化净的雪，闪着金星，彭大福把席子扯开，用锹把发酵的粪推下来，在太阳低下，冒着一股热气，他深深地呼吸了一下，那种特殊的粪香，使得彭大福的心，又笑得裂出瓣儿来了。

"爹呀，你怎么这样高兴哩？"栓儿在旁边，用五齿耙子一下一下，帮助爹往下扒粪。

"不高兴？今年咱们有地了，有车子了，你看这粪都是咱们自己的呀。"彭大福顺手抓起一块粪来:"往年,粪是臭的,唯独今年,粪也变成香的啦。我说栓儿呀,今年秋天咱就有吃有穿,再不像他妈以前那样穷啦。"

彭大福真是高兴,一边卸着粪,一边又哼哼起来了:

> 工作队来了呀!
>
> 咱们穷人都翻了身啊!
>
> 有冤的伸了冤呀!
>
> 有仇的报了仇!
>
> 我彭大福再也不给何阎王做马牛!

牛,拉着空的车子,又吱吱呀呀地往回来了。

彭大福坐在车辕上,把腰上掖着的旱烟袋,向车轱辘上一敲,满满地装了一袋烟末,丝丝拉拉地抽起来。牛没有鞭梢在空中摇摆着,走得更显得慢腾腾的了。栓儿在车里,一会儿往这看看,一会儿又要往那看看。

经过一道乱葬岗子的时候,栓儿的眼睛里,立刻看见一座新坟,栓儿敲着爹的后背说:

"爹呀,你看姐姐的坟。别人的坟前都堆着纸灰,过清明啦,还靡给姐姐烧点纸哩,姐姐该穷得靡钱花啦,在棺材里,也会埋怨爹和娘的。"

彭大福听栓儿一说,脸上立刻罩满了阴郁的颜色,把烟袋锅里的灰磕了磕,就把烟袋往腰里一掖。

"烧纸?得钱呀!穷人连饭都吃不上,还有啥钱买纸烧?谁叫她摊上了这个穷爹穷娘?好在她的仇算报了!"

彭大福的眼睛一酸,泪就滚下来了。

"爹,你又哭啊?想姐姐哩!"

"靡哭!靡哭!爹哭什么呢?爹不想你姐姐呀!"

"爹净撒谎,靡哭,怎么会有眼泪哩?"栓儿的眼睛也觉得有些酸了。

工作队一到歪歪屯,在彭大福的家里就住了两个同志。一个叫胡容,一个叫田衍,两个人都是二十多岁的小伙子,一说话总先带笑,非常和气。

那时候,还是正月刚过,天气挺冷。彭大福家只有一间草房,还是租何阎王的对面炕。妞儿才死去三天。彭大福和他的婆姨,栓儿,一个十九岁的大儿子洛子住南炕,北炕是经年不烧火的,墙上白霜挂了寸多厚。

胡同志和田同志,一到彭大福的家,就住上没有席子的北炕。彭大福挺过意不去地说:

"我说同志呀,这炕是成年不烧火的,住上去可要受寒,我看还是在南炕一块儿挤吧!"

彭大福口里这样说着,心里可不这么想:他一看见挂着手枪,穿黑衣服或者黄衣服的工作队,就吓得不知怎样好。他清楚地记得,在老中华民国的时候,因为靡侍候好穿灰衣服挂匣枪的兵,就挨了一顿揍。在伪满时候,因为防空演习,才露了一点光,就让穿黄衣服的警察,把嘴巴打肿了一寸多高,还罚了两个钟头跪。这回,他一看见工作队来,就想,这还不是以前一样,可得好好恭敬呀,一不小心,就要吃亏。当田同志和胡同志说话的时候,他早吓得腿乱哆嗦了。

"我也说,同志呀,你们还是在南炕一块儿挤着睡吧,北炕太凉!"栓儿的娘也搭讪上一句。

"多谢谢老大爷老大娘的好心吧,我们可对付着睡啦。"田同志说。

"老大爷,老大娘,咱们工作队都是老百姓的儿子,咱们不敢给老百姓添麻烦,在北炕,只要铺上几捆谷草就可以睡了。"胡同志也补充上几句。

彭大福一听这话,更是弄糊涂了,他想:从古以来,他看见过的挂枪的,哪个不是老百姓的爷爷祖宗,从来靡看见今天这样挂枪的,给庄稼人当儿子,这一定是有说道,这一定不是好意,可得小心哪!

彭大福越想越害怕,越觉得局促起来。田同志看见他这样表情,也就猜到几分了,向胡同志说:

"咱们自己到外边找点茅草吧!"

两人把炕上铺了一些茅草,在豆油灯下,和彭大福唠嗑,问彭大福给谁扛活,家里怎么样。彭大福胡乱支吾了一阵。头一天夜里,一点什么也靡唠出来,胡同志和田同志也就睡去了。

明天,彭大福就出去干活了,栓儿和洛子去打柴,家里就丢下栓儿的娘一个人。胡同志和田同志,给挑了一满缸水,把院子也给扫得干干净净。晚上彭大福回来,一摸水扁担,往缸里一看,满满的,栓儿和洛子也靡回来。

"求谁给挑的水呀?"彭大福问栓儿的娘。

"是这两位同志给挑的,院子也扫得干干净净哪!"

这回,彭大福更摸不着头脑了,这是干啥的。我彭大福活了五十多年,也靡有这样使用过谁,可好,这两个挂枪的工作队,倒来给当听差的啦。

以后,每天每天,缸里都是挑满了水,院子扫得干干净净,有时候,田同志,还要出去给他们打柴。一直过了半拉多月,彭大福再也忍不住了,一天晚上,在豆油灯下,彭大福拉着田同志的手说:

"同志啊!我问你们,你们是干啥的,说你们是兵,又不像兵那样横,说你们不是兵吧,又都挂着枪,挂枪的,都是横的哩,你们和气得像两个大姑娘!"

"老大爷,我们是工作队的,工作队就是帮助穷人翻身,再也不受恶霸和有钱人的欺侮!现在的工作队,和民主联军,都是老百姓的儿子,谁也不敢横一横的。"

"怪不得,这两年,穿黄衣服的八路军咧,咳呀,还有什么什么民主联军咧,见着咱们老百姓,真是规规矩矩的,连一根草都不敢动一动,原来是咱们的儿子呀!"

从这天晚上以后,彭大福就感觉到这两个工作队同志可爱了,也和田同志胡同志玩闹了。

第二天晚上，田同志和胡同志从街上回来的时候，在北炕上，发现他们的行李都没有了。

"把你们的行李都搬到南炕来啦，你们和我的孩子一样，把你们冻坏了，我可心疼啊！"

"不，老大娘，南炕太挤啦，还是让我们在北炕睡吧，一点也冻不着。"

"傻孩子，冻着可就晚啦。"

"你们刚来的时候，我不知道是干什么的，现在，我知道你们是来给咱们穷人做事的，一家人还分啥，你们要是我的孩子，就要听话呀！"彭大福一边说，一边抽着烟袋锅。

"好吧，老大爷，咱们就在一炕上睡吧。"

寒夜是漫长的，彭大福躺在炕上睡不着，就讲起歪歪屯的事情来了：

"这歪歪屯，只有百户人家，除了何阎王有钱有势，那九十多家都是穷光光的。我从小就在何阎王家放猪，以后又放牛放马，做半拉子，到十九岁，就给何阎王扛活，直到现在，我今年五十八啦，扛不动活，只好给何阎王担水烧饭。洛子接了我的橙，又给何阎王扛活。我从小扛到老，也靡给洛子扛来一个媳妇，他十九啦，有力气，性子又好，就是靡人看上咱这穷人家。栓儿直嚷着要念书，你想，咱这穷人家，饭还吃不上，拿啥供他念书呀？"

彭大福说着就叹了一口气。

"老大爷你伤啥心呀？"田同志在问着。

"咱们爷们是熟啦，就是说出来也靡关系。"彭大福一骨碌翻起身来，又把烟袋锅装满，"到今天，我的妞儿死去整一百天了。她活着到今年，正好十七，他妈的何阎王那老王八犊子，生生把妞儿给逼死啦。"

"爹呀，别说啦，娘听见又该吃不下饭啦。"洛子用手扯了一下彭大福的被角。彭大福果然就不往下再讲了，只是一袋一袋抽着烟。

从邻居的口里,才打听出事情的原委。

原来,何阎王是歪歪屯的老户,有钱有势,在伪满时候,给日本人当过满拓经理,歪歪屯一百多家种的地,有五六十家是租何阎王的。何阎王还趁一片很大的草甸子。伪满时候,谁要到他草甸子打柴砍柳条子,都得纳税,不然就要捉到警察所去。八一五后,他的妻侄是什么地下军的少将指挥。那时歪歪屯,挨家挨户住满了什么地下军,谁敢惹一下何阎王?伪满时候当了十四年屯长,大伙怕他,给他上了这个称号。八一五后,他更豪横起来,大伙怕得厉害,一提起何阎王来谁不害怕得真哆嗦。

何阎王五十多岁了,没有生过一男半女,有人说是他青年荒淫过甚,不能生育了。又有人说他的老婆染过梅毒,才不能生育了。但是何阎王盼子心切。

一天,他带着两个长工,到彭大福家来玩,那时正是夏天,彭大福给何阎王烧饭,洛子上地里去了,栓儿的娘也到地里给人家拔草,栓儿跑到外边去玩,屋里只丢下妞儿一个人。何阎王看见妞儿的丰满肉体,就动了坏心思。一个十七岁的女孩子,抵抗不住何阎王的暴力,就被他强奸了。

"这给你的钱!我老不能白玩你!"何阎王临走的时候,给妞儿放下了一卷纸币,妞儿只是望着纸币哭。

晚上的时候,彭大福和妞儿的娘都回来了,洛子和栓儿回来了。彭大福一听说女儿被辱,气得乱哆嗦,一句话也讲不出,娘只是陪着妞儿哭泣,洛子也气得直骂:

"我非给妹妹报仇不可!何阎王,我非得找你算账不可!"

彭大福听见洛子高声一骂,急忙摇着手道:

"别骂啦,这屯子的地下军太多啦,传到何阎王的耳朵去,还有咱们的活路?唉,算了吧,这都怪咱们命不好。人家何阎王是有好命哪,在老中华民国人家当官,鬼子来了,人家当经理当屯长,现在八一五啦,人家又有什么地下军,天下是人家何阎王的,咱们是小胳膊拧不过大腿去!"

话虽然这样说,可是妞儿让何阎王强奸的事情,传播得远近都知道了。何阎王听来反倒引为快意,唯独一传到妞儿的耳朵去,她的痛苦,真是愤不欲生。直到阴历年前,妞儿越想越憋屈,终于在房后一棵小树上吊死了。

妞儿的娘哭得死去活来,号啕着非要给孩子报仇不可,彭大福好说歹说的算是把她劝住。

"报仇? 就这样容易吗? 你看哪个官儿不是和何阎王出来进去的? 别说去告状,就是不告状,人家何阎王一不要咱们去干活,一家人就得饿死呀,死就死了吧,谁叫她托生在咱们穷人家?"

何阎王也算够点意思,在妞儿临往外抬的时候,还打发人来给烧了两张纸,给妞儿的娘留下三百块钱。

正月十五以后,歪歪屯的地下"中央军",突然见少了。没到几天,又来了一大批穿黄衣服的军队,听说是八路军什么的,歪歪屯的人,吓得不敢出门,大家都想,这还像地下"中央军"一样,除了抓鸡吃,抓姑娘,就是打人。可是过了些日子,那些穿黄衣服的八路军,真奇怪,在谁家住,都是住在地上,给扫院子,担水,哄孩子,说话总是笑呵呵的,别说小鸡麽少一只,就是一个鸡蛋也麽有给拿走。大家渐渐地敢上街了,也敢和八路军说话了,这时,何阎王也和八路军厮混在一起。有一次八路军的一个连指导员,问何阎王说:

"歪歪屯有几个恶霸?"

"歪歪屯最好不过,一个坏人也麽有。"何阎王笑着回答。

当这位连指导员向别的老百姓打听情况的时候,谁都回答说:"歪歪屯很好哩。"

有一天,连指导员撞进彭大福的家来,栓儿正和娘在挑土粮食。

"老大娘,歪歪屯,没有坏人吗?"

"没有!"栓儿的娘,把头抬起来,冷冷地回答这么一句,心想:坏人就是何阎王呀,谁敢说呢? 从前人家的妻侄儿是地下军的少将指挥,现在人家何阎王又和你们八路军出来进去的,说了可危险哪。

后来，那队八路军出发打胡匪去了，工作队到歪歪屯来工作。胡同志和田同志一块儿住在彭大福的家里，起初，看见彭大福和栓儿的娘，好像有深忧似的，向他们探问谁也不肯说，何阎王又接二连三往工作队队部去跑，往队部里送猪送面，虽然都遭队部谢绝了，但是屯里的人们，在街上见着何阎王，仍然是觉得懔懔可畏。

一天夜里，工作队的胡同志和田同志，向彭大福说要斗争何阎王的时候，彭大福吓得连话都讲不出了，老半天才说道：

"这可不是玩儿的呀，你们工作队在这儿，何阎王不敢滋毛，工作队一走，咱们谁敢搪他呀？我看，还是别斗的好，冤家宜解不宜结，咱们受气，是天生成受气的穷命，这辈子不好，下辈子就许好哩。"

"你大爷说得对呀！"栓儿的娘也接着说，"一斗何阎王，人家就不要咱们扛活了，房子也不租给咱们啦，大冷天，上哪去住呀？"

为了要斗争何阎王，彭大福一夜靡睡好觉，心里老盘算，一斗何阎王，就得把自己饭碗子斗坏。况且说妞儿已经死了一百多天，怎样去斗，也不会再把妞儿斗活了。何阎王，虽然恶，将来老天爷一定去罚他，老天爷的眼睛，可不饶那个恶人……彭大福一直盘算到天亮。就披好了衣裳到何阎王家去烧饭。

工作队一直酝酿了好多日子，已经发现一些积极分子，田同志和胡同志，接连几个晚上，给大福讲道理，彭大福才答应一句：

"我一定要替妞儿报仇的！"

那是清明节的前两天，下了一场大雪，歪歪屯附近的人们，在这天早晨，都踏着雪，在歪歪屯外的广场上集会了，一个用树枝扎的大彩门上写着斗大的几个大字："斗争恶霸何阎王大会"。

何阎王绑着双臂被拥到主席台上去，立刻高喊着："打倒何阎王！""穷人翻身万岁！"

何阎王不慌不忙地说道："各位乡亲们，我老何有啥不对的地方，还望高高手放过去吧！下次，我决不敢再得罪各位乡亲了……"没让何阎王说完,一个花白头发的老太太就挤上主席台去,哭着说道:"何阎王,你知道有今天吗?我孙寡妇就一个儿子,在伪满时,你当屯长,帮助鬼子把我儿子抓去当劳工,现在还没有音信,叫我孙寡妇靠着谁呀?你还我的儿子来!"孙寡妇哭得颤抖起来。还没等孙寡妇下去,又上来一个中年女人,哭不成声地说:"我男人因……为了伪满时偷了他一升高粱……就……叫他给打死啦……我要他偿命……呀!"

工作队的田同志在后边把彭大福拉了一把:

"老大爷,你怎还不伸冤去呀?"

彭大福便哆哆嗦嗦地走上主席台去,何阎王一看是彭大福上来了,厉声说道:

"彭大福,你来干啥?我待你不坏呀!"

彭大福一见何阎王的威风,嘴就嗫嚅得讲不出话来了,台下立刻暴叫起来:

"彭大福,有工作队帮助咱们,咱们怕啥,这是穷人翻身的年头呀,快说,快说,何阎王是怎么害过你的?"

彭大福经这么一叫喊,想起栓儿来。眼泪便刷刷拉拉地落下来,同时又向台下一看那些怒冲冲的人群,不由自己也增长了力量,立刻对着何阎王说道:

"何阎王!你别装横!你想我怕你吗?"彭大福说到这儿,一股怒气就涌上来了:"何阎王,我今天非叫你给栓儿偿命不可。我给你扛了一辈子活,我的儿子也给你扛活,你欠了我几十年的工钱,你要还我工钱呀!你!你这人面兽心的恶霸,你不该强奸了我的妞儿。她!她今年十七岁呀,你逼死了她,我和你拼了吧……"彭大福一头撞在何阎王的胸前,这时一个披头散发的妇人,也疯狂似的挤到台上来,拧着何阎王的嘴巴说:"何阎王,你还给我的妞儿呀!我要你的命,要你的命!"栓儿的娘才说到这里就晕过去了。台下群众,立刻又暴叫起来:

"打,打死这狗肏的何阎王!"

"杀人偿命！欠债还钱！"

何阎王，这时才吓得面无人色地跪在主席台上。

最后，群众判决了何阎王的死刑，就地枪毙。洛子端起了九九式枪，把枪口朝准了何阎王的脑袋，心里默默地说道：

"妞儿妹妹，今天哥哥给你手刃仇人了！"

枪声一响，雪地上，立刻印了一大块血迹，威风了几十年的何阎王，今天，是狗一般地在血泊中了。

在斗争委员会的主持之下，彭大福从何阎王的家里牵一头大牛和一辆大车，另外又分得三垧好地，一大堆发酵好粪和食粮。

清明一过，彭大福就准备种小麦了。彭大福就把地照拿回家去，天天乐得睡不着觉，有时到半夜里，还要起来到地里去看看。

"我说栓儿他娘呀，今年是啥年月呀？咱们怎么会有了地和房子和牛呢……"

"你真是乐糊涂了，这地，房子，牛，车，粮食……不都是工作队帮助咱们分来的吗？这回咱们可真的翻身了，恶霸一死，穷人就有日子过啦！"

彭大福又笑得合不住嘴了。

现在是否极泰来，自从斗倒了恶霸何阎王，翻身之后，洛子也报名参军了，门上高高挂着一块"家庭光荣"的军人家属大匾，张老疙疸每逢赶着毛驴车碰见彭大福的时候，总是羡慕地说：

"大福哥，洛子一参军，保卫咱们家乡和土地，是你的光荣，也是咱们歪歪屯的光荣，可惜我靡有像洛子大的孩子，不然，咱也是军属咧！"

彭大福的喜悦，真是言语不能形容的呢。

彭大福坐在卸完粪的空牛车上，乐得直门用手摸着牛背，走到一条岔路上，栓儿用小手指着正走到一个土岗上的驴车说：

"爹呀，你看张大叔也回来咧！"

彭大福一看，果然是张老疙疸从外面赶着驴车走了，张老疙疸，吆吆喝喝地在唱着：

我说穷人呀。

翻了身哪一身轻。

清明一过种小麦呀。

打倒了反动派就得太平。

谁帮助咱们翻了身哪。

就是工作队呀。

和咱们的八路军！

选自《东北文艺》,1947 年第 1 卷第 6 期